Hermann Hesse hat nicht nur faszinierende Werke geschrieben, die ihn zu einem der weltweit meistgelesenen Schriftsteller gemacht haben, sondern er hat auch selbst ein fesselndes Leben geführt, und er hat an nicht minder faszinierenden Orten gewohnt. Aus dieser besonderen Konstellation ist das Konzept des vorliegenden Bandes entstanden, der gleichermaßen als kleine Biographie und als Reiseführer dienen kann.

Die Lebensreise beginnt in dem Schwarzwaldstädtchen Calw, wo Hesse 1877 geboren wird und eine abenteuerliche Jugendzeit erlebt, die er in vielen Erzählungen beschrieben hat. In Maulbronn mit seinem prächtigen Kloster wird seine durch den Roman »Unterm Rad« exemplarisch gewordene Schulzeit lebendig. Die romantische Studentenstadt Tübingen ist der Ort, an dem er sich 1895 nach der tiefen Jugendkrise von seinem Elternhaus unabhängig macht und erste schriftstellerische Versuche unternimmt. In Basel, wo er ab 1899 als Buchhändler arbeitet, gelingt ihm der literarische Durchbruch. 1904 läßt er sich in dem idyllischen Dörfchen Gaienhofen am Bodensee als freier Schriftsteller nieder, gründet eine Familie und versucht, seßhaft zu werden. 1912 zieht er jedoch nach Bern weiter, wo während des Weltkrieges seine Familie und Teile seines bisherigen Weltbildes zerbrechen. Allein begibt er sich 1919 ins Tessin und findet dort, hoch überm Luganer See, das Bergdörfchen Montagnola, das zunächst dem einsamen Steppenwolf eine Zuflucht bietet und schließlich zur Heimat für den geläuterten Glasperlenspieler wird.

Bei allen diesen Lebensstationen wird jeweils in einem ersten Teil ein kurzer biographischer Abriß gegeben. In einem zweiten Teil wird dann vor Ort an jene Stellen geführt, die im Leben und Werk Hermann Hesses eine bestimmte Rolle gespielt haben. - Eine Erlebnisreise, die unter dem von Hesse formulierten Motto stehen könnte: *»Reisen sollte stets Erleben bedeuten, und etwas Wertvolles erleben kann man nur in Umgebungen, zu welchen man eine seelische Beziehung hat.«*

insel taschenbuch 1964
Herbert Schnierle-Lutz
Hermann Hesse – Schauplätze
seines Lebens

Herbert Schnierle-Lutz

Hermann Hesse Schauplätze seines Lebens

Mit zahlreichen Fotografien

Insel Verlag

insel taschenbuch 1964
Erste Auflage 1997
Überarbeitete Neuausgabe des 1991 erschienenen
Bandes »Literaturreisen. Auf den Spuren Hermann Hesses«

Text- und Bildnachweise am Schluß des Bandes
Vertrieb durch den Suhrkamp Taschenbuch Verlag
Umschlag nach Entwürfen von Willy Fleckhaus
Satz: MZ-Verlagsdruckerei GmbH, Memmingen
Druck: Offizin Andersen Nexö, Leipzig
Printed in Germany

1 2 3 4 5 6 – 02 01 00 99 98 97

Inhalt

Calw:
Geburtsstadt Hermann Hesses, Heimat,
Ort der Jugendkrisen und Urbild
für das ›Gerbersau‹ seiner Erzählungen

Maulbronn:
Zwischen Kindheit
und Erwachsenwerden

Tübingen:
Erste Schritte auf dem Weg
zur Selbständigkeit

Basel:
Kinderheimat und Ort
der künstlerischen Reifung

Gaienhofen:
Schriftsteller und Familienvater

Bern:
Zeit der Krise und Entscheidung

Montagnola:
Fluchtpunkt, Wahlheimat und Ort
der künstlerischen Entfaltung

»Mir das Leben leicht und bequem zu machen, habe ich leider niemals verstanden. Eine Kunst aber ist mir immer zu Gebote gestanden: die Kunst, schön zu wohnen.«

Hermann Hesse

Calw:
Geburtsstadt Hermann Hesses, Heimat, Ort der Jugendkrisen und Urbild für das ›Gerbersau‹ seiner Erzählungen

Hermann Hesses Calwer Zeit 1877-1881 und 1886-1895

»Zwischen Bremen und Neapel, zwischen Wien und Singapore habe ich manche hübsche Stadt gesehen, Städte am Meer und Städte hoch auf Bergen, und aus manchem Brunnen habe ich als Pilger einen Trunk getan, aus dem mir später das süße Gift des Heimwehs wurde.

Die schönste Stadt von allen aber, die ich kenne, ist Calw an der Nagold, ein kleines, altes, schwäbisches Schwarzwaldstädtchen.

Wenn ich jetzt etwa wieder einmal nach Calw komme, dann gehe ich langsam vom Bahnhof hin abwärts, an der katholischen Kirche, am Adler und am Waldhorn vorbei und durch die Bischofstraße an der Nagold hin bis zum Weinsteg oder auch bis zum Brühl, dann über den Fluß und durch die untere Ledergasse, durch eine der steilen Seitengassen zum Marktplatz hinauf, unter der Halle des Rathauses durch, an den zwei mächtigen alten Brunnen vorbei, tue auch einen Blick hinauf gegen die alten Gebäude der Lateinschule, höre im Garten des Kannenwirts die Hühner gackern, wende mich wieder abwärts, am Hirschen und Rößle vorüber, und bleibe dann lang auf der Brücke stehen. Das ist mir der liebste Platz im Städtchen, der Domplatz von Florenz ist mir nichts dagegen.

Wenn ich nun von der schönen steinernen Brücke aus dem Fluß nachblicke, hinab und hinauf, dann sehe ich Häuser, von denen ich nicht weiß, wer in ihnen wohnt. Und wenn aus einem der Häuser ein hübsches Mädchen blickt (die es in Calw stets gegeben hat), dann weiß ich nicht, wie sie heißt.

Aber vor dreißig Jahren, da saß hinter all diesen vielen Fenstern kein Mädchen und kein Mann, keine alte Frau, kein Hund und keine Katze, die ich nicht gekannt hätte. Über die Brücke lief kein

Calw um die Mitte des 19. Jahrhunderts. Stich von A.H. Payne

Wagen und trabte kein Gaul, von dem ich nicht wußte, wem er gehöre. Und so kannte ich alles, die vielen Schulbuben und ihre Spiele und Spottnamen, die Bäckerläden und ihre Ware, die Metzger und ihre Hunde, die Bäume und die Maikäfer und Vögel und Nester darauf, die Stachelbeersorten in den Gärten.

Daher hat die Stadt Calw diese merkwürdige Schönheit. Zu beschreiben brauche ich sie nicht, das steht in fast allen Büchern, die ich geschrieben habe. Ich hätte sie nicht zu schreiben brauchen, wenn ich in diesem schönen Calw sitzen geblieben wäre. Das war mir nicht bestimmt.

Aber wenn ich jetzt (wie es bis zum Krieg alle paar Jahre einmal geschah) wieder eine Viertelstunde auf der Brückenbrüstung sitze, über die ich als Knabe tausend Mal meine Angelschnur hinabhängen hatte, dann fühle ich tief und mit einer wunderlichen Ergriffenheit, wie schön und merkwürdig dies Erlebnis für mich war: einmal eine Heimat gehabt zu haben! Einmal an einem kleinen Ort der Erde alle Häuser und ihre Fenster und alle Leute dahinter gekannt zu haben! Einmal an einen bestimmten Ort dieser Erde gebunden gewesen zu sein, wie der Baum mit Wurzeln und Leben an seinen Ort gebunden ist.

Wenn ich ein Baum wäre, so stünde ich noch dort. So aber kann ich nicht wünschen, das Gewesene zu erneuern. Ich tue das in meinem Träumen und Dichten zuweilen, ohne es in der Wirklichkeit tun zu wollen.

Jetzt habe ich hie und da eine Nacht Heimweh nach Calw. Wohnte ich aber dort, so hätte ich jede Stunde des Tags und in der Nacht Heimweh nach der schönen alten Zeit, die vor dreißig Jahren war und die längst unter den Bogen der alten Brücke hinweggeronnen ist. Das wäre nicht gut. Schritte, die man getan hat, und Tode, die man gestorben ist, soll man nicht bereuen.

Man darf nur zuweilen einen Blick dort hinein tun, durch die Ledergasse schlendern, und eine Viertelstunde auf der Brücke stehen, sei es auch nur im Traum, und das nicht allzu oft.«

Hesse, Heimat (1918), GS, Band 3, S. 932 f.

So lautet die schönste Liebeserklärung Hermann Hesses, die er dem Ort seiner Jugend gemacht hat, dem am Rande des Nordschwarzwaldes gelegenen Calw, das damals ein Städtchen von kaum mehr als viertausend Einwohnern war.

Hier wird er 1877 geboren. Hier verbringt er die ersten vier Jahre seiner Kindheit und – nach einer Unterbrechung von fünf Jahren, während der er mit seiner Familie in Basel lebt (siehe Kapitel Basel, S. 173) – auch die prägenden Schüler- und Lausbubenjahre zwischen dem neunten und dreizehnten Lebensjahr sowie die zwei Jahre der Krise und beruflichen Orientierung zwischen dem sechzehnten und achtzehnten Lebensjahr, die an die Zeit seiner auswärtigen Schulausbildung in Göppingen, Maulbronn und Cannstatt anschlossen.

Hermann Hesse hat Calw mehr Betrachtungen gewidmet als jedem anderen Ort, an dem er im Laufe seiner 85 Lebensjahre gewohnt hat. Und vor allem hat ihm das Städtchen als Schauplatz für zahlreiche Erzählungen, Romane und Schilderungen gedient. Er hat dazu im Rückblick einmal geschrieben:

»Nie mehr ist eine andere Stadt in den Ländern, in denen ich seither gewohnt habe und gereist bin, mir so bekannt geworden; noch immer

ist die Vaterstadt für mich Vorbild, Urbild der Stadt, und die Gassen, Häuser, Menschen und Geschichten dort Vorbild und Urbild aller Menschenheimaten und Menschengeschicke.«

Hesse, Erlebnis in der Knabenzeit, GE 1, S. 12

Calw war Hermann Hesse das Vorbild für seinen poetischen Ort »Gerbersau«, in dem Hans Giebenrath aus dem Roman *»Unterm Rad«* eine glückliche Jugend verlebt, in ehrgeizige Pläne der Erwachsenen verstrickt wird und schließlich so tragisch scheitert. Hier geht der zarte Knabe Emil Sinclair in dem Roman *»Demian«* zur Schule und wird von dem Gassenjungen Franz Kromer zu Schutzgeldzahlungen erpreßt, bevor ihn der geheimnisvolle Max Demian unter seinen Schutz nimmt. Und hier ruht sich zu Zeiten der Vagabund Knulp in der gleichnamigen Erzählung für ein paar Tage von seinem unsteten Wanderleben aus und kokettiert mit bürgerlicher Seßhaftigkeit, bis es ihn wieder in die Ferne zieht. Darüber hinaus gibt es im Werk Hermann Hesses über zwei Dutzend kleinere Erzählungen, die in Calw spielen, beziehungsweise in »Gerbersau«, wie Hesse Calw in Anspielung auf die vielen Gerbereien nennt, die zu seiner Jugendzeit das Bild des Städtchens entlang der Nagold prägten. Mit diesen »Gerbersauer Erzählungen«, die heute vollständig in den vier Taschenbuchbänden »Gesammelte Erzählungen« (siehe Literaturverzeichnis S. 340) nachlesbar sind, hat Hermann Hesse ein Werk geschaffen, in dem der ganze Kosmos einer schwäbischen Kleinstadt vor der Jahrhundertwende lebendig wird.

Hermann Hesses Familie gehörte nicht zu den alteingesessenen Calwer Familien. Sein Vater wurde 1847 als Sohn einer deutsch-baltischen Arztfamilie in Estland in Weißenstein geboren. Seine Mutter kam 1842 in der zur Basler Mission gehörenden Missionsstation Talatscheri an der Westküste Indiens zur Welt; deren Mutter stammte aus der französischen Schweiz, während ihr Vater, der Missionar Hermann Gundert, in Stuttgart aufgewachsen war.

Mit Calw kam die Familie erst 1860 in Berührung. In diesem Jahr zog die Mutter mit ihren Eltern und ihren vier Brüdern nach Calw. Ihr Vater hatte die Arbeit in Indien wegen einer schweren Ruhrerkrankung aufgeben müssen und wurde nun von der Basler Mission nach Calw delegiert, um hier die Leitung des Calwer Verlagsver-

»Die Stadt machte einen sehr bäuerlichen Eindruck; Heuwagen, Heugeruch und Sensendengeln erfüllte die Straßen und Lüfte ...« (Unterm Rad). Die Calwer Ledergasse in der ersten Hälfte des 20. Jahrhunderts

eines zu übernehmen, der christliche Bücher und vor allem Traktate für die evangelisch-pietistische Missionsarbeit in aller Welt verlegte (siehe hierzu auch S. 37ff.).

Hier lernte Marie Gundert, die spätere Mutter Hermann Hesses, zunächst ihren ersten Ehemann, den vierundzwanzigjährigen englischen Missionar Charles W. Isenberg kennen, mit dem sie 1865 in die am Indus gelegene Missionsstation Haiderabad übersiedelte und zwei Söhne bekam, der aber bereits 1869 wegen einer schweren Lungenerkrankung nach Deutschland zurück mußte. Sie lebten noch ein halbes Jahr in Stuttgart zusammen, dann starb er und die achtundzwanzigjährige Witwe zog 1870 mit ihren beiden kleinen Söhnen Karl und Theodor zu den Eltern nach Calw zurück. Dort arbeitete sie von Juni 1871 bis Juli 1872 als Lehrerin für Englisch an der örtlichen Knaben-Realschule; übrigens als erste weibliche Lehrkraft im württembergischen Realschuldienst, was nicht geringes Aufsehen erregte.

Im Jahr 1873 schickte die Basler Mission einen jungen Missionar namens Johannes Hesse, der die Missionsarbeit in Indien wegen einer Erkrankung an Dysenterie hatte aufgeben müssen, als Gehilfen für den Verlagsverein nach Calw. Dieser hielt 1874 um die Hand Marie Isenbergs an und heiratete sie gegen Ende des Jahres. Unmittelbar nach der Hochzeit zog das Paar in die Wohnung am Marktplatz, in der Hermann Hesse dann am 2. Juli 1877 als zweites Kind zur Welt kommt (siehe hierzu Station 5 beim Rundgang durch Calw: Geburtshaus, S. 62).

Kurz vor Hermann Hesses viertem Geburtstag übersiedelt die Familie im April 1881 von Calw nach Basel. Vater Johannes Hesse ist von der Basler Mission berufen worden, im dortigen Missionshaus das Missionsmagazin herauszugeben und an der Missionsschule zukünftige Missionare in Missionsgeschichte und Missionslehre zu unterrichten. Die Eltern Hesse folgen diesem Ruf in die große Stadt nicht ungern, da sie sich im kleinstädtischen Calw unter lauter Schwaben als »Zugereiste« immer beengt gefühlt haben. (Hermann Hesse berichtet später einmal, daß zu seiner Jugendzeit bei den alteingesessenen Calwern noch die Enkel von Zugezogenen als »Zugereiste« oder »Reingeschmeckte« gegolten haben.) Zudem finden die Hesses im Umkreis der Missionszentrale, die Anlauf-

Hermann Hesse im Juli 1880 im Alter von drei Jahren

stelle für Missionare aus aller Welt ist, einen internationalen und anregenden Kreis Gleichgesinnter. Bei Vater Hesse kommt noch hinzu, daß er froh ist, in Basel selbständiger arbeiten zu können, während er in Calw immer im Schatten des Schwiegervaters Hermann Gundert stand, eines Patriarchen und genialischen Kraftmenschen (vgl. S. 39ff.).

Die Geschehnisse in Basel sind im vorliegenden Band im Kapitel »Hermann Hesses erste Basler Zeit 1881-1886« ausführlich geschildert (siehe S. 173ff.). Deshalb seien hier nur die wichtigsten biographischen Stationen genannt: Ab 1882 besucht Hermann die Kinderschulklasse im Knabenhaus der Mission, die eine Art Vorschule ist. 1883 erhält die Familie, die vom Vater her noch einen estnisch-russischen Paß besitzt, die schweizerische Staatsangehörigkeit, nachdem sie die deutsche verweigert bekommen hat, da sie im Ausland

Hermann Hesse (links) 1889 mit seinen Eltern und Geschwistern

chen Willen zu zwingen, das ist ein Kernstück der pietistischen Pädagogik. Hermann Hesse wehrt sich gegen dieses Erziehungsprogramm von Anfang an. Er läßt sich nicht »brechen«, aber wird durch die Versuche tief verletzt. Hierin ist auch eine der Wurzeln zu sehen für die dramatischen und unglücklichen Geschehnisse, die ihn im Verlauf der Pubertät aus dem Gleis und an den Rand des Abgrunds bringen werden und die lebenslang nachwirken.

Wohin diese Pädagogik im Extremfall führen kann, hat Hermann Hesse in seinem Roman *»Steppenwolf«* veranschaulicht, in dem es über den menschenscheuen Einzelgänger (»Steppenwolf«) Harry Haller, der eines der vielen Spiegelbilder Hermann Hesses in seinem Werk ist, heißt:

»Hier muß ich eine psychologische Anmerkung einfügen. Obgleich ich über das Leben des Steppenwolfs sehr wenig weiß, habe ich doch

allen Grund zu vermuten, daß er von liebevollen, aber strengen und sehr frommen Eltern und Lehrern in jenem Sinne erzogen wurde, der das »Brechen des Willens« zur Grundlage der Erziehung macht. Dieses Vernichten der Persönlichkeit und Brechen des Willens nun war bei diesem Schüler nicht gelungen, dazu war er viel zu stark und hart, viel zu stolz und geistig. Statt seine Persönlichkeit zu vernichten, war es nur gelungen, ihn sich selbst hassen zu lehren.«

Hesse, Der Steppenwolf. Roman. GW 7, S. 191

1886 siedelt die Familie Hesse wieder von Basel nach Calw über. Der mittlerweile zweiundsiebzigjährige und seit kurzem verwitwete Großvater Gundert hatte die Basler Mission gebeten, ihm seinen Schwiegersohn wieder als rechte Hand und Nachfolger im Verlagsverein zur Verfügung zu stellen. Die Mission gab diesem Wunsch statt, und die Eltern Hesse fügten sich schweren Herzens.

Der nun neunjährige Hermann findet in Calw zunächst eine wirkliche Jugendheimat. Rasch ist er an den Ufern der Nagold, in den verwinkelten Gassen und den umliegenden Waldbergen zu Hause. Die folgenden drei Jahre gehören wohl zu den glücklichsten und unbeschwertesten seines Lebens. Die darin eingebetteten Erlebnisse und Abenteuer hat er an zahlreichen Stellen seines Werkes geschildert; z. B. in der Erzählung *»Ein Knabenstreich«*, in der er erzählt, wie er zusammen mit den anderen Lausbuben der Stadt einen kauzigen Krämer neckt; oder in der Erzählung *»Floßfahrt«*, in der eine gegen den Willen der Eltern unternommene Fahrt auf einem Nagoldfloß beschrieben wird (siehe S. 54 im vorliegenden Band); oder in der Erzählung *»Der Kavalier auf dem Eise«*, in der er von seinen ersten schüchternen Annäherungsversuchen an das andere Geschlecht erzählt. Wohl besonders auf diese Jahre bezieht sich Hermann Hesses Vision von der Jugend als Urheimat des Menschen. *»Wo wir Kinder gewesen sind und die ersten Bilder von Welt und Menschen empfangen haben, da ist unsere Heimat«*, schreibt er einmal. Dieser Begriff von Heimat zieht sich durch sein ganzes Lebenswerk hindurch.

Natürlich sind aber auch diese Jahre nicht völlig ungetrübt. Die Eltern versuchen dem Lausbubenleben, wo immer es geht, Schranken zu setzen, und natürlich gibt es Prügel, Stubenarrest oder Liebesentzug, wenn die Bubenstreiche allzu deftig ausfallen. Und es gibt auch ernsthafte, tiefgehende Konflikte; einen schildert Hermann Hesse z. B. in der Erzählung *»Kinderseele«* (siehe hierzu S. 97f.).

Die relativ unbeschwerte Jugendzeit geht 1889 zu Ende, als die Familie beschließt, Hermann für das württembergische Landexamen vorbereiten zu lassen, dessen Absolvierung eine kostenlose Schulausbildung am Maulbronner Seminar mit anschließendem Theologiestudium am Tübinger Stift eröffnet. Hierzu wird Hermann, der bislang mit der Schule wenig Schwierigkeiten gehabt hat, einer strengeren Disziplin unterworfen. Zusätzlich zum Pensum der Calwer »Lateinschule«, eines Reallyceums, auf das er seit 1886 geht, unterrichtet ihn der Vater in Latein und Griechisch, und ein Lehrer gibt ihm Privatstunden in den anderen Fächern. Der Einbruch in die Kinderwelt, den diese Unterwerfung des Knaben unter die Vorstellungen und Anforderungen der Erwachsenen bedeutete, spiegelt sich drastisch in Hesses Roman *Unterm Rad*, in dem der nun beginnende Schulstreß ebenso wie die Trauer über die verlorene Welt der Kinderspiele eindrücklich geschildert wird.

Von Februar 1890 bis Juli 1891 wird Hermann Hesse zur Absicherung des Erfolgs bei der Landexamensprüfung sogar in eine Schülerpension in dem hundert Kilometer von Calw entfernten Göppingen gegeben, damit er die dortige Lateinschule besuchen kann, deren Rektor als besonders fähiger Einpauker für das Landexamen gilt. Hermann Hesse berichtet im Rückblick über die Umstände, die dazu führten:

»Es geschah dies zum Teil aus erzieherischen Gründen, denn ich war damals ein schwieriger und sehr unartiger Sohn geworden, und die Eltern wurden nicht mehr fertig mit mir. Außerdem aber war es notwendig, daß ich möglichst gut auf das Landexamen vorbereitet werde. Diese staatliche Prüfung, die jedes Jahr im Sommer für das ganze Land Württemberg stattfand, war sehr wichtig, denn wer sie bestand, der bekam eine Freistelle in einem der theologischen »Seminare« und konnte als Stipendiat studieren. Diese Laufbahn war auch für mich vorgesehen. Nun gab es einige Schulen im Lande, an denen die Vorbereitung auf diese Prüfung ganz speziell betrieben wurde, und auf eine von diesen Schulen wurde ich also geschickt. Es war die

Lateinschule in Göppingen, wo seit Jahren der alte Rektor Bauer als Einpauker fürs Landexamen wirkte, im ganzen Lande berühmt und Jahr für Jahr von einem Rudel strebsamer Schüler umgeben, die ihm aus allen Landesteilen zugesandt wurden.«

Hesse, Aus meiner Schülerzeit, GS, Band 4

Diese pädagogische Maßnahme bringt tatsächlich den erwünschten Erfolg. Rektor Bauer, ein *»geschickter und höchst origineller Schulmeister«* (Hesse), erlangt einen positiven Einfluß auf Hermann. Nach einer Vorbereitung von etwas über einem Jahr absolviert er im Juli 1891 in Stuttgart das Landexamen als 28. von 36 Stipendiaten des Jahrgangs. Im September wird er daraufhin in das evangelische Seminar im Kloster Maulbronn aufgenommen (siehe hierzu das Maulbronn-Kapitel, S. 110ff.). Hermann fühlt sich im Seminar zunächst recht wohl und stürzt sich in eine Vielzahl von Aktivitäten. Dabei überschätzt er aber seine Kräfte und kommt in Konflikt mit der strengen Zucht dieser Schule. Ein Lehrer berichtet den Eltern, daß Hermann »überschwengliche, teilweise überspannte Gedichte« verfasse. Im März 1892 reißt er aus, treibt sich eine Nacht ziellos in der Gegend herum und wird von der Gendarmerie zurückgebracht. Die Schulleitung legt den Eltern nahe, Hermann aus dem Seminar zu nehmen. Wenige Tage später wird er vom Arzt wegen beständiger Kopfschmerzen und eines angegriffenen Allgemeinzustands nach Hause geschickt. Die Eltern versuchen ihn zu bekehren. Er hat aber anderes im Kopf. Er liest heimlich in der großväterlichen Bibliothek Bücher, die die Eltern als Lektüre nicht billigen würden, und hantiert auf dem Hohen Felsen über der Stadt mit Sprengpulver, wobei er sich das Gesicht versengt (siehe S. 93ff.). Nach einem Monat darf er trotzdem noch einmal nach Maulbronn zurückkehren. Doch als er gegenüber einem Mitschüler genialische Reden führt, in denen er zum Beispiel gegen die christlichen Vorstellungen von Himmel und Hölle polemisiert, und dieser Mitschüler seinem Vater, der mit der Familie Hesse in Kontakt steht, mitteilt, daß er Hermann für geistesverwirrt halte, nehmen ihn die Eltern endgültig aus dem Seminar. Hesse schreibt darüber rückblickend:

»Im ganzen war ich in den sieben oder acht ersten Schuljahren ein guter Schüler, wenigstens saß ich stets unter den Ersten meiner Klasse. Erst mit dem Beginn jener Kämpfe, welche keinem erspart bleiben, der eine Persönlichkeit werden soll, kam ich mehr und mehr auch mit der Schule in Konflikt. Verstanden habe ich jene Kämpfe erst zwei Jahrzehnte später, damals waren sie einfach da und umgaben mich, wider meinen Willen, als ein furchtbares Unglück.

Die Sache war so: von meinem dreizehnten Jahr an war mir das eine klar, daß ich entweder ein Dichter oder gar nichts werden wolle. Zu dieser Klarheit kam aber allmählich eine andre, peinliche Einsicht. Man konnte Lehrer, Pfarrer, Arzt, Handwerker, Kaufmann, Postbeamter werden, auch Musiker, auch Maler oder Architekt, zu allen Berufen der Welt gab es einen Weg, gab es Vorbedingungen, gab es eine Schule, einen Unterricht für Anfänger. Bloß für den Dichter gab es das nicht! Es war erlaubt und galt sogar für eine Ehre, ein Dichter zu sein: das heißt als Dichter erfolgreich und bekannt zu sein, meistens war man leider dann schon tot. Ein Dichter zu werden aber, das war unmöglich, es werden zu wollen, war eine Lächerlichkeit und Schande, wie ich sehr bald erfuhr. [...] Ferner: Interesse für Dichtung und eigenes dichterisches Talent machte bei den Lehrern verdächtig, man wurde dafür entweder beargwöhnt oder verspottet, oft sogar tödlich beleidigt. [...]

So sah ich zwischen mir und meinem fernen Ziel nichts als Abgründe liegen, alles wurde mir ungewiß, alles entwertet, nur das eine blieb stehen: daß ich Dichter werden wolle, ob es nun leicht oder schwer, lächerlich oder ehrenvoll sein mochte. Die äußern Erfolge dieses Entschlusses – vielmehr dieses Verhängnisses – waren folgende:

Als ich dreizehn Jahre alt war, und jener Konflikt eben begonnen hatte, ließ mein Verhalten sowohl im Elternhaus wie in der Schule so viel zu wünschen übrig, daß man mich in die Lateinschule einer andern Stadt in die Verbannung schickte. Ein Jahr später wurde ich Zögling eines theologischen Seminars, lernte das hebräische Alphabet schreiben, als plötzlich von innen her Stürme über mich hereinbrachen, welche zu meiner Flucht aus der Klosterschule, zu einer Bestrafung mit schwerem Karzer und zu meinem Abschied aus dem Seminar führten.«

Hesse, Kurzgefaßter Lebenslauf, GW 6, S. 393 ff.

Was sich im Rückblick als Pubertätskrise und Sturm-und-Drang-Phase eines mit großer Phantasie und Zukunftsträumen begabten Jugendlichen erweist, wird von seiner damaligen Umgebung als Symptom einer aufkeimenden Geisteskrankheit betrachtet. Es beginnt deshalb nun eine leidvolle Zeit für den Fünfzehnjährigen. Von der Mutter wird Hermann am 7. Mai 1892 nach Bad Boll zu dem pietistischen Theologen Christoph Blumhardt gebracht, der im Ruf steht, einen günstigen Einfluß auf geistig Erkrankte ausüben zu können, und dessen Vater einen legendären Ruf als »Teufelsaustreiber« und Heiler gehabt hat. Doch dieser ist bereits nach 14 Tagen mit seinem Latein am Ende. Hermann hat sich Hals über Kopf in ein sieben Jahre älteres Mädchen verliebt und unternimmt, als seine Empfindungen nicht erwidert werden, einen Selbstmordversuch. Blumhardt schreibt daraufhin den Eltern, ihr Sohn sei reif fürs Irrenhaus, und empfiehlt ihnen, ihn nach Stetten in die dortige Anstalt zu bringen.

Diese Maßnahme verstärkt die Revolte Hermanns nur noch mehr. Während er unter der Diagnose »Melancholie« behandelt wird, verfaßt er folgendes Gedicht:

Leb wohl, du altes Elternhaus,
Ihr werft mit Schande mich hinaus,
Ade, ihr Lieben (?) groß und klein,
Von neuem bin ich jetzt allein!

Leb wohl, du Gott der ganzen Welt
Dem man den Bügel dienend hält,
Vom Dienen bin ich dumpf und matt,
Das Dienen hab ich lange satt.

Zum Teufel geht die Freiheit auch,
Sie war ja immer höchstens Rauch,
Ich werd' ins Irrenhaus geschickt,
Wer weiß – ich bin wohl gar verrückt.

Hesse, Kindheit und Jugend vor 1900, Band 1, S. 248

Er schreibt Briefe an die Eltern, voll von Verzweiflung und Aufbegehren; einmal bittet er um *»7 Mark oder gleich einen Revolver«*, ein andermal erklärt er: *»Meine letzte Kraft will ich aufwenden, zu zeigen, daß ich nicht die Maschine bin, die man nur aufzuziehen braucht ... ich gehorche nicht und werde nicht gehorchen.«* Und unterzeichnet mit *»H. Hesse, Nihilist«*.

Ein Vierteljahr führt er von Stetten aus einen Briefkrieg. Er bittet, klagt, droht, greift die pietistische Weltanschauung der Eltern an. Dann sehen die Eltern ein, daß es so nicht weitergehen kann. Der Vater sucht auf Anraten von Hermanns ehemaligem Erzieher am Basler Knabenhaus eine neue Einschulungsmöglichkeit für ihn. Nachdem ein Reutlinger Gymnasium seine Aufnahme verweigert hat, nimmt ihn das Cannstatter Gymnasium auf. Im November 1892 zieht er nach Cannstatt um. Ein Jahr später legt er dort das Einjährig-Freiwilligen-Examen ab, das in etwa unserer heutigen Mittleren Reife entspricht. Er vermag die Schulausbildung jedoch nicht zum Abitur hin fortzusetzen, da er beständig starke Kopfschmerzen hat. (Erst in viel späteren Jahren wird man die Ursache dieser häufigen Kopfschmerzen in einer Schwäche der Augenmuskulatur diagnostizieren, die auch für die chronische Kurzsichtigkeit verantwortlich ist, unter der Hermann Hesse lebenslang leidet.) Auf sein Bitten hin nehmen ihn die Eltern aus der Schule. Einen Versuch als Lehrling in einer Esslinger Buchhandlung muß er nach wenigen Tagen aufgeben.

Von November 1893 an wohnt er daraufhin wieder in Calw bei seinen Eltern, hilft gelegentlich seinem Vater im Verlagsbüro und vertreibt ansonsten seine Zeit mit Lesen und Streifzügen durch die Umgebung. Die Calwer sind natürlich empört über diesen ganz uncalwerischen Lebenswandel. In ihren Augen ist er ein »Faulenzer« und »Tunichtgut«. In der Verwandtschaft wird er den Kindern als abschreckendes Beispiel dafür dargestellt, wohin Ungehorsam gegen Eltern und Lehrer führe. Die Eltern, die noch unter dem Schock der Ereignisse stehen, lassen ihn weitgehend in Frieden, behandeln ihn behutsam, sind aber gottfroh, als er nach einem halben Jahr des Dahintreibens im Juni 1894 schließlich aus eigenem Antrieb den Wunsch nach einer Mechanikerausbildung äußert. Auf Vermittlung der Familie erhält er wenige Tage später eine Praktikantenstelle in

Hermann Hesse 1893
im Alter von 16 Jahren

der mechanischen Werkstatt des Calwers Heinrich Perrot, dessen Spezialität der Turmuhrenbau ist. Und er hält, obwohl er körperlich stark gefordert wird, die vereinbarten 14 Lehrmonate durch. In einem Brief an seinen Schulfreund Theodor Rümelin schreibt er:

»In der Mechanik hab ich immerhin einiges gelernt, verstehe eine Nähmaschine zu zerlegen, eine Drahtleitung zu ziehen, Eisen zu drehen, Schrauben zu machen, eine Säge zu hauen, kann Stahl, Eisen, Messing, Kupfer, Zinn, Zink, Antimonium etc. unterscheiden, Elementläutwerke einrichten, Most trinken, trocken Brot essen, Lehrlinge kommandieren, von Leitern herabfallen, Hosen zerreißen und was sonst zur Mechanik gehört. Meine Freizeit gehört den Musen …« *Hesse, Kindheit und Jugend vor 1900, Band 1, S. 475*

Seine Neigung zur Dichtung bleibt, wie der letzte Satz andeutet, während dieser Zeit weiter bestehen. Er beschäftigt sich in seiner freien Zeit intensiv mit Literatur, wie zahlreiche Briefe an den Maulbronner Schulkameraden Theodor Rümelin und auch den von ihm geschätzten Cannstatter Lehrer Dr. Ernst Kapff belegen. Die Grundlage hierzu ist ihm die riesige großväterliche Bibliothek, zu der er freien Zugang hat. Seine Lesewut führt sogar zu einem Kleinstadtskandal. Als er Heinrich Heines Werke, die damals als sittenverderbend und undeutsch gelten, in der Bibliothek nicht findet und sie deshalb kurzerhand von seinem Lehrgeld beim ortsansässigen Buchhändler bestellt, spricht sich das in Windeseile herum, und der Vater nimmt das Werk unter Verschluß. Dieser Vorgang macht Hermann Hesse deutlich, daß er aus Calw und dem Elternhaus wegmuß, wenn er sich nach seiner Vorstellung weiterentwickeln möchte.

Eine Zeitlang trägt er sich mit dem Gedanken, nach Brasilien auszuwandern. Da er hierzu aber die Zustimmung der Eltern nicht bekommen würde, willigt er schließlich in den Vorschlag der Eltern ein, eine Lehrstelle als Buchhändler für ihn zu suchen. Zwar will er eigentlich nicht Buchhändler, sondern nach wie vor Schriftsteller werden, aber durch diese Lehre eröffnet sich für ihn die Chance, aus dem Elternhaus und seiner Bevormundung hinauszukommen und zugleich in noch engeren Kontakt zu den geliebten Büchern treten zu können. Auf ein Stellengesuch im »Schwäbischen Merkur« meldet sich die Heckenhauersche Buchhandlung in Tübingen. Er bewirbt sich und bekommt die Lehrstelle. Im Oktober 1895 zieht er daraufhin nach Tübingen um (siehe Kapitel Tübingen, S. 148f.).

Danach ist Hermann Hesse nur noch gelegentlich zu Besuchen nach Calw zurückgekehrt. Der einzige längere Aufenthalt fällt in die Monate zwischen seiner Basler und Gaienhofener Zeit; zwischen Herbst 1903 und Sommer 1904 hält er sich längere Zeit in Calw auf; in einem Brief an Stefan Zweig berichtet er, daß er sich in seinem *»behaglichen alten Stüblein, von dessen Fenstern aus ich den Schauplatz meiner Bubenstreiche überblicke«*, häuslich eingerichtet habe, um an diesem ruhigen Ort *»tüchtig zu arbeiten«*. Sein Arbeitsvorhaben ist der Roman *»Unterm Rad«*, in dem er sich einen Teil der oben geschilderten Erlebnisse in Calw und Maulbronn von der Seele schreibt und dichterisch verarbeitet. Diese therapeutische

Funktion des Schreibens, die Hesses schriftstellerisches Werk lebenslang mitbestimmen wird, wird von ihm selbst in einem 50 Jahre später verfaßten kritischen Rückblick auf den Roman bestätigt:

»In der Geschichte und Gestalt des kleinen Hans Giebenrath, zu dem als Mit- und Gegenspieler sein Freund Heilner gehört, wollte ich die Krise jener Entwicklungsjahre darstellen und mich von der Erinnerung an sie befreien, und um bei diesem Versuche das, was mir an Überlegenheit und Reife fehlte, zu ersetzen, spielte ich ein wenig den Ankläger und Kritiker jenen Mächten gegenüber, denen Giebenrath erliegt und denen einst ich selber beinahe erlegen wäre: der Schule, der Theologie, der Tradition und Autorität.«

Hesse, Begegnungen mit Vergangenem, GW 10, S. 352

Hans Giebenrath, die Hauptperson in *»Unterm Rad«*, zerbricht an den Verhältnissen. Hermann Hesse selbst überwindet sie nach heftigen Kämpfen. Hans Giebenrath muß stellvertretend für Hermann Hesse scheitern, wie Werther seinerzeit für Goethe. Den schriftstellerischen Wert des Romanes sieht Hesse darin, daß dieser *»ein Stück wirklich erlebten und erlittenen Lebens«* zeige.

Die Arbeit an *»Unterm Rad«* in Calw, also gewissermaßen vor Ort, hat für Hesse noch einen wichtigen Nebeneffekt: Seine ganzen Calwer Erinnerungen, die guten, beglückenden und die schlechten, bedrängenden, werden in ihm wieder lebendig, und er beschließt, sie in einer Serie von kleinen und größeren Erzählungen festzuhalten und darzustellen. Auf diese Weise entsteht in den nächsten Jahren, zumeist in Gaienhofen geschrieben (vgl. S. 233), der bereits zu Beginn erwähnte Erzählzyklus der »Gerbersauer Erzählungen«. In diesem Kleinstadt-Kosmos stehen heitere Episoden, in denen die heilen, liebenswürdigen und idyllischen Seiten des Kleinstadtlebens geschildert werden, gleichberechtigt neben dunklen Episoden, in denen die beschränkten und engen Seiten gezeigt werden. In vielen Erzählungen durchdringen sich diese beiden Aspekte untrennbar und geben so ein lebensechtes Bild wieder. Hesse hat Calw auf diese Weise eine kostbare literarische Chronik geschenkt, wie sie nur wenige Städte besitzen.

Die Anregung, doch wieder nach Calw zurückzusiedeln, die später von mancher Seite an ihn herangetragen wurde, war für Hesse nie ein Thema. In einem Brief von 1912 schreibt er dazu: *»Die Heimat will ich mir nicht dadurch verderben, daß ich meinen Werktag dahin verlege; Kindheit und Schwarzwald sind für mich Heiligtümer erster Ordnung, die ich nimmer gefährden will.«* (GB 1, S.210). Calw hatte sich ihm zu dem poetischen Ort »Gerbersau« verklärt, der ihm als solcher unschätzbare Dienste leistete, und das sollte so bleiben. Im Vorwort zu »Gerbersau«, einer (vergriffenen) Ausgabe seiner Calwer Erzählungen, schreibt Hesse 1948:

»Je mehr das Alter mich einspinnt, je unwahrscheinlicher es wird, daß ich die Heimat der Kinder- und Jünglingsjahre noch einmal wiedersehe, desto fester bewahren die Bilder, die ich von Calw und von Schwaben in mir trage, ihre Gültigkeit und Frische. Wenn ich als Dichter vom Wald oder vom Fluß, vom Wiesental, vom Kastanienschatten oder Tannenduft spreche, so ist es der Wald um Calw, ist es die Calwer Nagold, sind es die Tannenwälder und die Kastanien von Calw, die gemeint sind, und auch Marktplatz, Brücke und Kapelle, Bischofstraße und Ledergasse, Brühl und Hirsauer Wiesenweg sind überall in meinen Büchern, auch in denen, die nicht ausdrücklich sich schwäbisch geben, wiederzuerkennen, denn alle diese Bilder, und hundert andere, haben einst dem Knaben als Urbilder Hilfe geleistet, und nicht irgendeinem Begriff von »Vaterland«, sondern eben diesen Bildern bin ich zeitlebens treu und dankbar geblieben, sie haben mich und mein Weltbild formen helfen, und sie leuchten mir heute noch inniger und schöner als je in der Jugendzeit.«

Hesse, Gerbersau, Vorwort, S. 8

Lange Zeit wußte man in Calw nicht so recht, was man von Hermann Hesse halten und wie man sich zu ihm verhalten solle. »Tüchtige Bürger«, wie es in *»Unterm Rad«* heißt, hatte die Stadt seit jeher hervorgebracht, nicht aber so einen wie Hermann Hesse, der sich nicht von Handwerksgeschicklichkeit oder Kaufmannsfleiß nährte, sondern von Schriftstellerei, die sich zudem mit zum Teil recht fremdartig klingenden Inhalten befaßte. Dementsprechend ist die Geschichte des Verhältnisses Hesse – Calw recht wechselvoll.

Eine erste Annäherung der Stadt an Hesse, der mittlerweile als Verfasser von *»Hermann Lauscher«*, *»Peter Camenzind«*, *»Unterm Rad«*, *»Gertrud«*, *»Roßhalde«* und *»Knulp«* bekannt geworden war, geschah 1920, als die Stadt einen Brunnen auf dem Platz nahe der Nikolausbrücke nach Hesse benannte. Zwischendurch ließ man sich aber immer wieder von patriotischen Tönen, die Hesse wegen seiner gegen Krieg und Nationalismus gerichteten Schriften und seines schweizerischen Wohnsitzes als »vaterlandslosen Gesellen« schmähten, zu Distanzierungen ihm gegenüber verführen.

Kontinuierlichere Formen nahm das Verhältnis der Stadt zu ihrem Sohn erst nach dem Zweiten Weltkrieg an, als 1946 durch die fast gleichzeitige Verleihung des Literatur-Nobelpreises und des Frankfurter Goethe-Preises an Hesse unübersehbar wurde, daß aus den Mauern des Städtchens ein bedeutender, in aller Welt bekannter und verehrter Mann hervorgegangen ist. Einen Teil der Preisgelder stellte Hesse der Stadt Calw für Zwecke der Armen- und Schulpflege zur Verfügung. Die Stadt verlieh Hesse daraufhin zu seinem 70. Geburtstag am 2. Juli 1947 die Ehrenbürgerwürde und benannte den bei der Nikolausbrücke gelegenen Platz, auf dem bereits seit 1920 der Hesse-Brunnen stand, nach ihm. Die ebenfalls vorgeschlagene Benennung des ortsansässigen Gymnasiums nach Hesse konnte dagegen wegen verschiedener Bedenken erst zwanzig Jahre später, fünf Jahre nach Hesses Tod, realisiert werden. Es wurde dabei ins Felde geführt, daß es sich um ein naturwissenschaftliches Gymnasium handle, das nur einen Naturwissenschaftler als Paten haben könne. Es wurde aber auch, sogar im Lehrerkollegium des Gymnasiums, das Argument laut, Hesses Werke würden die Jugend verderben und seien für Schüler nicht geeignet, was deutlich die in Calw weiterhin vorhandenen Ressentiments gegen Hesse zeigte. Vielleicht wollte man die Schule auch ungern nach einem Mann benennen, der ein sehr kritisches Verhältnis zur Schule hatte (siehe *»Unterm Rad«*).

Der Grundstein für eine systematische Pflege des Hesseschen Erbes in Calw wurde zu Beginn der sechziger Jahre gelegt. Damals begann der Stadtarchivar Walter Staudenmeyer mit dem Aufbau einer Hermann-Hesse-Gedenkstätte innerhalb des Heimatmuseums der Stadt, die im Jahr 1964 eingeweiht wurde, verbunden mit der erstmaligen Verleihung einer Hermann-Hesse-Medaille. Diese Gedenkstätte ist seither Jahr für Jahr von Tausenden Hesse-Interessierten aus aller Welt aufgesucht worden.

In den siebziger Jahren nahm dann das »Internationale Hermann-Hesse-Kolloquium« in Verbindung mit der Akademie für Lehrerfortbildung in Calw seine Arbeit auf und führt seither in zweijährigem Abstand mehrtägige Veranstaltungen mit internationalen Referenten zu Hesses Leben und Werk mit wechselnden Schwerpunktthemen durch. 1989 wird eine Hermann-Hesse-Stiftung gegründet, die die zweijährliche Verleihung eines Hermann-Hesse-Preises an abwechselnd eine kreative Literaturzeitschrift oder einen verdienten Übersetzer literarischer Werke beschloß; später kam noch ein dreimonatiges Stipendiat zur Förderung von Schriftstellern hinzu.

1990 erhielt die Hesse-Sammlung, die bislang im Heimatmuseum untergebracht und durch Schenkungen und Ankäufe von Erstausgaben, Handschriften, Gemälden und Erinnerungsstücken beträchtlich erweitert worden war, auf Beschluß der Stadtväter ein eigenes, von dem Hesse-Herausgeber Volker Michels in Verbindung mit dem Designer Heiko Rogge hervorragend konzipiertes Hermann-Hesse-Museum im Haus Schüz am oberen Marktplatz, das auch die sehenswerte Galerie der Stadt Calw beherbergt (siehe S. 75 ff.). Mit diesem Schritt hat Calw es geschafft, sich endgültig als Zentrum für die große weltweite Gemeinde der Hesse-Leser zu etablieren, als »Hermann-Hesse-Stadt«, wie sie sich selbst gern bezeichnet; die Besucherzahlen des Museums und die Teilnehmerzahlen des Internationalen Hesse-Kolloquiums bestätigen dies eindrücklich.

Ankunft in Calw auf Hesses Spuren

Wer »hessegemäß« in Calw ankommen möchte, muß eigentlich mit dem Zug anreisen. Das Zugfahren, das in Calw zur Zeit von Hesses Jugend noch eine relativ neue Sache war, hat er immer sehr genossen und in seinem Werk an verschiedenen Stellen beschrieben:

»Vorsichtig langsam fuhr der Zug in großen Windungen den Hügel abwärts, und mit jeder Windung wurden Häuser, Gassen, Fluß und Gärten der unten liegenden Stadt näher und deutlicher. Bald konnte ich die Dächer unterscheiden und die bekannten darunter aussuchen, bald auch schon die Fenster zählen und die Storchennester erkennen, und während aus dem Tale mir Kindheit und Knabenzeit und tausendfache köstliche Heimaterinnerung entgegenwehte, schmolz mein übermütiges Heimkehrgefühl und meine Lust, den Leuten da drunten recht zu imponieren, langsam dahin und wich einem dankbaren Erstaunen. Das Heimweh, das mich im Laufe der Jahre verlassen hatte, kam nun in der letzten Viertelstunde mächtig in mir herauf, jeder Ginsterbusch am Bahnsteig und jeder wohlbekannte Gartenzaun ward mir wunderlich teuer, und ich bat ihn um Verzeihung, daß ich ihn so lange hatte vergessen und entbehren können.

Als der Zug über unserm Garten hinwegfuhr, stand im obersten Fenster des alten Hauses jemand und winkte mit einem großen Handtuch; das mußte mein Vater sein. Und auf der Veranda standen meine Mutter und die Magd mit Tüchern, und aus dem obersten Schornstein floß ein leichter blauer Rauch vom Kaffeefeuer in die warme Luft und über das Städtchen hinweg. Das gehörte nun alles wieder mir, hatte auf mich gewartet und hieß mich willkommen.

Am Bahnhof lief der alte bärtige Portier mit derselben Aufregung wie früher auf und ab und drängte die Leute vom Geleise weg, und unter den Leuten sah ich meine Schwester und meinen jüngeren Bruder stehen und erwartungsvoll nach mir ausblicken. Mein Bruder hatte für mein Gepäck den kleinen Handwagen mitgebracht, der die ganzen Bubenjahre hindurch unser Stolz gewesen war. Auf den luden wir meinen Koffer und Rucksack, Fritz zog an, und ich ging mit der Schwester hinterdrein. […] Wir kamen durch die Allee von Kirsch- und Vogelbeerbäumen, am oberen Steg vorbei, an einem neuen Kaufladen und vielen alten unveränderten Häusern vorbei. Dann kam die Brückenecke, und da stand wie immer meines Vaters Haus mit offenen Fenstern, durch die ich unseren Papagei pfeifen hörte, daß mir vor Erinnerung und Freude das Herz heftig schlug. Durch die kühle, dunkle Toreinfahrt und den großen steinernen Hausgang trat ich ein und eilte die Treppe hinauf, auf der mir der Vater entgegenkam.« *Hesse, Schön ist die Jugend, GW 2, S. 351 ff.*

Leider ist die hier beschriebene Anfahrt auf der 1865-1872 erbauten Bahnlinie von Stuttgart, die mit einer großen Wendeschleife in den Calwer Talkessel hinabführt und von der einem schönste Aussichten auf die Stadt eröffnet werden, zur Zeit (1997) nicht mehr möglich. Die Deutsche Bundesbahn hat die Bahnstrecke ab Weil der Stadt im Jahr 1982 stillgelegt.

Erfreulicherweise ist aber die Anfahrt auf der anderen Bahnstrecke, der Nagoldtalbahn Horb–Calw–Pforzheim noch möglich. Auch sie hat Hermann Hesse oft benutzt, z.B. um ins Seminar nach Maulbronn zu fahren oder zu Fahrten von seinen späteren Wohnorten Tübingen und Gaienhofen nach Calw.

Dem Reisenden auf Hesses Spuren ist deshalb zu empfehlen, entweder von Norden über Pforzheim mit der Bahn durchs Nagoldtal nach Calw zu fahren oder von Süden über Horb – Nagold. Beide Bahnfahrten sind landschaftlich äußerst reizvoll. Eine andere Möglichkeit wäre die Fahrt mit der S-Bahn von Stuttgart bis Weil der Stadt und von dort mit dem Bus weiter nach Calw.

In Calw kommt der Reisende heute freilich nicht mehr auf dem alten stattlichen, etliche hundert Meter talaufwärts vom Stadtkern gelegenen Bahnhof an, den Hesse benutzt und beschrieben hat, sondern auf dem in der Stadtmitte gelegenen, 1989 eröffneten Zentralen Omnibusbahnhof (ZOB), der im obersten Stockwerk den neuen Bahnhof beherbergt. Von seiner hochgelegenen Plattform hat man aber sogleich einen beeindruckenden Panoramablick über die Dächerlandschaft der Calwer Altstadt. Und von hier aus kann ein Rundgang durch die Stadt auf Hesses Spuren zentral und bequem angegangen werden. (Wer glaubt, nur mit dem Auto in das vom Verkehr geplagte Calw anreisen zu können, findet im geräumigen Parkhaus des ZOB auch Parkmöglichkeit.)

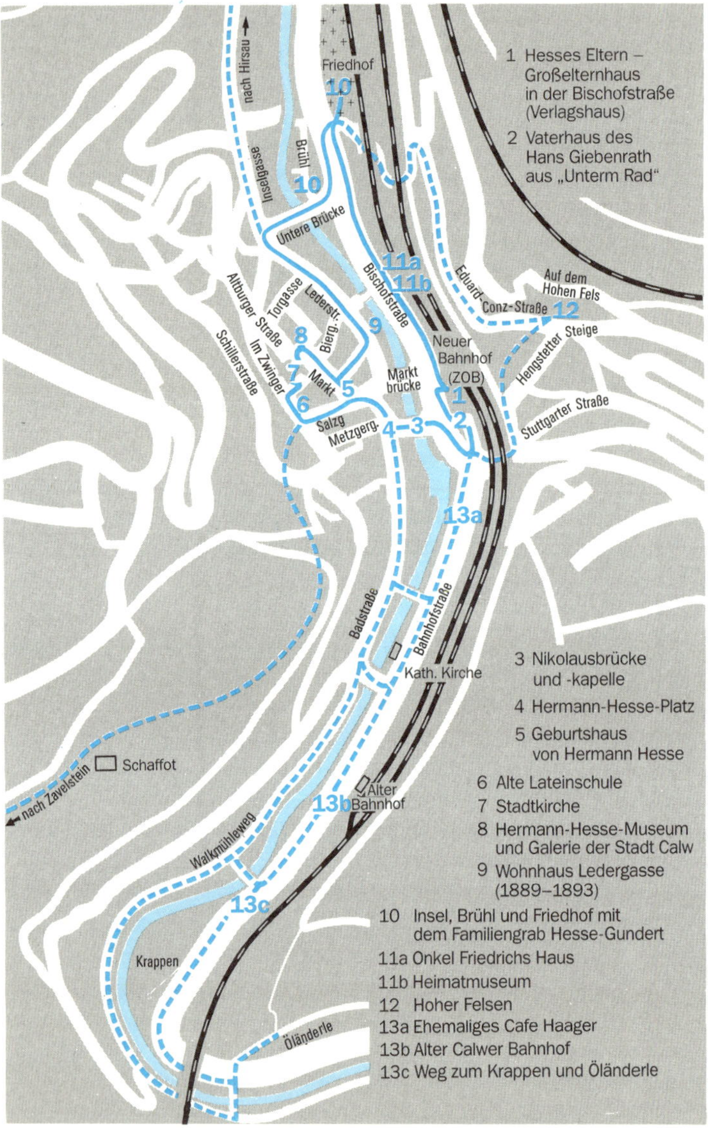
1 Hesses Eltern – Großelternhaus in der Bischofstraße (Verlagshaus)
2 Vaterhaus des Hans Giebenrath aus „Unterm Rad"
3 Nikolausbrücke und -kapelle
4 Hermann-Hesse-Platz
5 Geburtshaus von Hermann Hesse
6 Alte Lateinschule
7 Stadtkirche
8 Hermann-Hesse-Museum und Galerie der Stadt Calw
9 Wohnhaus Ledergasse (1889–1893)
10 Insel, Brühl und Friedhof mit dem Familiengrab Hesse-Gundert
11a Onkel Friedrichs Haus
11b Heimatmuseum
12 Hoher Felsen
13a Ehemaliges Cafe Haager
13b Alter Calwer Bahnhof
13c Weg zum Krappen und Öländerle
Friedhof
nach Hirsau
Inselgasse
Brühl
Untere Brücke
Bischofstraße
Eduard-Conz-Straße
Auf dem Hohen Fels
Hengstetter Steige
Stuttgarter Straße
Neuer Bahnhof (ZOB)
Altburger Straße
Torgasse
Lederstr.
Bierg.
Schillerstraße
Im Zwinger
Markt
Marktbrücke
Salzg.
Metzgerg.
Badstraße
Bahnhofstraße
Kath. Kirche
Schaffot
nach Zavelstein
Alter Bahnhof
Walkmühleweg
Krappen
Öländerle

1 Hesses Elternhaus in der Bischofstraße

Um die ersten Sehenswürdigkeiten auf den Spuren Hermann Hesses zu besichtigen, braucht man die Plattform des Bahnhofs nicht einmal zu verlassen. Der neue Bahnhof liegt direkt neben Hermann Hesses langjährigem Elternhaus, dem ehemaligen Gebäude des Calwer Verlagsvereins. Heute bräuchte Hermann Hesses Gepäck also nicht mehr mit dem Handwagen am Bahnhof abgeholt zu werden (vgl. S. 32), da der Zug gewissermaßen vor der Haustüre halten würde. Das Haus liegt, wenn man mit dem Blick auf die Stadt gerichtet auf dem Bahnsteig steht, auf der linken Seite (an der Fassade ist heute die Leuchtreklame einer Krankenkasse angebracht).

In dieses Haus zog 1860 Marie Gundert, die spätere Mutter Hermann Hesses, mit ihren Eltern und Geschwistern ein, als ihr Vater zum Verlagsleiter des Calwer Verlagsvereins berufen wurde, dem das Haus damals gehörte. Hier lernte sie 1873 auch den jungen Missionar Johannes Hesse kennen, den sie 1874 heiratete und mit dem sie bis 1881 in dem Haus am Marktplatz wohnte, in dem Hermann Hesse 1877 zur Welt kam (siehe S. 62). 1886 zog die Familie Hesse von Basel kommend in den rückwärtigen Teil des Verlagsvereinshauses; im vorderen Teil wohnte nach wie vor der Großvater. Um ein eigenständigeres Leben führen zu können, tauschte die Familie Hesse 1889 die Verlagsvereinswohnung mit einer »behaglichen und sonnigen« Wohnung in der Lederstraße (siehe Station 9 des Rundgangs, S. 78 f.). Nach dem Tod des Großvaters 1893 und der damit verbundenen Übernahme der Verlagsleitung durch den Vater Hesse zog die Familie jedoch wieder in das Gebäude zurück, nun in die frei gewordene Verlagsleiterwohnung im vorderen Teil. Diese Räume blieben der Wohnsitz der Familie bis 1905, dann siedelte der mittlerweile verwitwete Vater Hesse, der von der jüngeren Tochter Maria (genannt Marulla, 1880-1953) versorgt wurde, mit dieser in die pietistische Gemeinde Korntal bei Stuttgart über, wo er 1916 starb.

Vom linken Ende der Bahnsteigsplattform sieht man einen kleinen Holzanbau an das Haus, umgeben von einem terrassierten

Das Gebäude des Calwer Verlagsvereins zu Hesses Jugendzeit. Hier wohnte er mit den Eltern 1886 bis 1889 und 1893 bis 1895

Gärtchen, das vom Bahndamm begrenzt wird. Dies ist der ehemalige Garten und die vielbenutzte, 1895 auf Wunsch der Mutter angebaute Veranda der Familie Hesse. Hier schreibt Hermann Hesse 1899, zu einem kurzen Urlaub aus Tübingen nach Calw gekommen, den folgenden Brief an Helene Voigt-Diederichs, die Frau des Verlegers Eugen Diederichs, mit der er seit 1897 korrespondiert:

»Meine Freundin! Ich sitze auf der Veranda des väterlichen Hauses allein in der frühesten Morgensonne. Neben mir steigt eine breite

Wand von Kapuzinern an Bindfäden in die Höhe, die Blätter hell gelbgrün und gegen die Sonne transparent, die Blüten rot in allen Stufen, karmin, rosa, purpur, ziegelrot; die Schatten dieser Blätter und Blüten bewegen sich auf diesem Papier über den eben geschriebenen Worten, mit wechselnden Sonnenflecken gemustert, von summenden Bienen und lautlos gleitenden Schmetterlingen durchsegelt, über mir ist von Berg zu Berg über das Nagoldtal der Himmel gespannt, schmal, aber rein hellblau, von den schwarzen Rücken der Tannenwälder gesäumt. Ein Glöcklein läutet, ein ferner Eisenbahnzug wird laut, sonst ist wenig Leben in der Nähe meines Gartens. Und so sitze ich ziemlich jeden Morgen eine Weile, bis zwischen 8 und 9 Uhr. Um diese Zeit muß man sich vor der Hitze bergauf in den Wald flüchten. Dort wandere ich oder liege auf dem Rücken, meist von einer jüngeren Schwester begleitet, die mir so im Laufen und Liegen nebenher französischen Unterricht erteilt. Vor Tisch schwimme ich dann noch eine Viertelstunde in der kalten Nagold.

[...] Und nun – wie geht es Ihnen und der lieben kleinen Ruth? Ich denke viel an Sie beide. Falls Sie keine nordischen Reisepläne haben, rate ich Ihnen sehr zum Schwarzwald, der im August von Tag zu Tag schöner wird. Hirsau – Teinach – Liebenzell u.s.w. sind herrliche Kurdörflein, einfach aber sauber – und gesund! [...]

Darf ich mich auf ein Brieflein von Ihnen freuen? Adresse: H.H. in Calw (Schwarzwald). In Treue Ihr H. Hesse.«

Hesse, Kindheit und Jugend vor 1900, Band 2, S. 371 f.

Wenn man den neben dem Haus gelegenen Treppenabgang des ZOB hinabgeht, läßt sich das ganze Haus recht gut betrachten. Es hat freilich durch eine neuzeitliche Fassadengestaltung seinen früheren architektonischen Reiz fast ganz verloren. Gebaut wurde es Ende des 18. Jahrhunderts von dem herzoglich württembergischen Baumeister Reinhard Ferdinand Fischer (1746-1812), der auch die beiden schräg gegenüberliegenden stattlichen Häuser rechts und links der Durchfahrt zur Nikolausbrücke geplant hat, bei denen die klassizistische Fassade noch originaler erhalten ist.

Ab 1854 war dieses Haus der Sitz des »Calwer Verlagsvereins«, der heute noch im »Calwer Verlag« in Stuttgart weiterbesteht. In einer Stadtbeschreibung Calws von 1872 wird der »Verlagsverein«

Die Veranda der Familie Hesse am Verlagsvereinshaus heute

folgendermaßen beschrieben: »Aus kleinstem Anfang ist der Verein zu einem großen Baum gewachsen, der seine Zweige über die ganze Erde ausstreckt. Der Hauptbegründer desselben ist Dr. Barth, welcher noch als Pfarrer von Möttlingen im Jahr 1829 mit Unterstützung der Londoner Traktatgesellschaft einen Traktatverein in Calw gründete. Dieser erweiterte sich 1833 zum Calwer Verlagsverein. Zum Hauptzwecke machte sich dieser Verein, gute Schulbücher in christlichem Geist herauszugeben und möglichst billig zu verbreiten. Der ursprüngliche Zweck wurde aber erweitert und so erschienen nach und nach in der Verlagsbuchhandlung die biblischen Geschichten, die christliche Kirchengeschichte, Geschichte von Württemberg, Weltgeschichte, Reformationsgeschichte, biblische Naturgeschichte, biblische Geographie, biblische Alterthümer, Handbuch der Bibelerklärung, Missions-Geschichte und Geographie. Viele dieser Bücher sind auch in andere Sprachen übersetzt. Das verbreitetste Buch, die biblische Geschichte, welche in deutscher Sprache in mehr als 1 Million Exemplaren gedruckt wurde, ist in 64 verschiedene Sprachen übersetzt, darunter 24 europäische, 22 asiatische, 12 afrikanische, 3 amerikanische und 3 polynesische oder australische. An die Stelle von Dr. Barth trat nach dessen Tod Dr. Gundert, früher Missionar in Indien, welcher außerdem mehrere Missionsblätter und die von Dr. Barth begründeten »Jugendblätter« herausgibt.« (Aus: Eduard Hochstetter, Die Württembergische Schwarzwaldbahn von Stuttgart nach Nagold – Mit besonderer Rücksicht auf Calw. 1872, Neuauflage 1991).

Der Großvater Hermann Gundert ist für Hermann Hesse die Autoritätsperson in der Familie. Zu ihm fühlt er sich mehr hingezogen als zu allen anderen Familienangehörigen. In der Prosaskizze *»Großväterliches«* schreibt er über ihn:

»In diesem Großvater, bei dessen Tod ich sechzehnjährig war, habe ich nicht nur einen weisen und unbeschadet seiner großen Gelehrsamkeit sehr menschenkundigen alten Mann kennengelernt, sondern auch einen Nachklang, eine unter Frömmigkeit und Dienst am Reich Gottes etwas verborgene, aber doch sehr lebendig gebliebene Erbschaft von der wunderlich aus materieller Enge und geistiger Großartigkeit gemischten Schwabenwelt, die in den schwäbischen Lateinschulen, in den evangelischen Klosterseminaren und im berühmten Tübinger ›Stift‹ sich gegen zwei Jahrhunderte lang erhalten und immerzu mit wertvoller Tradition bereichert und ausgedehnt hat. Dies ist nicht bloß die Welt der schwäbischen Pfarrhäuser und Schulen, zu der auch Männer von großem Geist und vorbildlicher Seelenzucht wie Bengel, Oetinger, Blumhardt gehört haben, sondern in der auch Hölderlin, Hegel und Mörike großgeworden sind.«

Hesse, Großväterliches (1952), GW 10, S. 306 f.

Zwar konnte Hermann Gundert zuweilen auch ein unerbittlicher Patriarch sein; einer seiner Söhne ist an seiner Strenge und Härte förmlich zerbrochen, und auch sein Schwiegersohn Johannes Hesse, Hermann Hesses Vater, fühlte sich von diesem Kraftmenschen oft überfordert. Für den Enkel ist er jedoch meist ein verständnisvoller Großvater; er ist der einzige in der Familie, der Hermanns Weglaufen aus dem Maulbronner Seminar gelassen aufnimmt, wie Hesse ebenfalls in seiner Prosaskizze *»Großväterliches«* schildert:

Hermann Gundert,
Hermann Hesses gelehrter Großvater

»Für mich ist die lebendigste und köstlichste Erinnerung an ihn die folgende. Ich war nicht ganz fünfzehn Jahre alt und hatte als Schüler des Klosterseminars Maulbronn, auf einer der untersten Sprossen also jener Leiter, die zum Stift, zur Gelehrsamkeit, ins Pfarramt oder auf den schwäbischen Parnaß führt, die schwerste Krise meines Schullebens erlitten und ein kaum zu sühnendes, unbegreifliches, Schmach auf mich und meine so ehrbare Familie häufendes Verbrechen begangen: ich war davongelaufen, war einen Tag lang in den Wäldern gesucht und der Polizei gemeldet worden, hatte mir beim Übernachten auf freiem Felde bei zehn Grad Kälte beinah den Tod geholt und war nun nach meiner Entlassung aus Krankenstube und Karzer in die Ferien nach Hause gekommen, vom Seminar zwar noch nicht endgültig entlassen und ausgeschieden, aber doch in meinem Studiengang beinah hoffnungslos gefährdet. Als Verbrecher und Feind behandelt zu werden, namentlich von Seiten der Verwandtschaft, wäre mir vielleicht weniger schrecklich gewesen als die

Milde und verlegene Ängstlichkeit, mit der man mich als einen von unheimlicher und möglicherweise ansteckender Krankheit Befallenen umschlich. Einer der ersten Pflichtbesuche nun, die ich nach meiner Ankunft in der Heimat zu machen hatte, und der wichtigste und für mich schwierigste, war der beim verehrten, geliebten, im Augenblick aber auch sehr gefürchteten Großvater. Ich konnte kaum daran zweifeln, daß meine Eltern sich von diesem Besuch viel versprachen und daß sie den verehrten Alten gebeten hatten, mich auf Herz und Nieren zu prüfen und mir die Größe und zu vermutenden Folgen meines Verbrechens klarzumachen. Mein Gang zu ihm, in das liebe alte Haus und die Treppen bis zu seinem hochgelegenen sonnigen Studierzimmer hinauf, war der Gang des Sünders zum Gericht. Im großen Vorraum standen wie immer die Hunderte und Tausende von Büchern, die mich schon damals gewaltig anzogen und deren ich später so viele lesen sollte. [...]

Und so betrat ich denn furchtsam das Heiligtum, roch den Duft von Pfeifenrauch, Papieren und Tinte, sah die Sonnenlichter auf den mit Büchern, Zeitschriften, Manuskripten in vielen Sprachen bedeckten Tischen spielen und sah mir gegenüber, mit dem Rücken zur Fenster- und Sonnenseite, auf seinem alten Kanapee in sonnendurchschienener Rauchwolke den Alten sitzen und langsam von seiner Schreibarbeit aufblicken. Ich grüßte leise und gab ihm die Hand, gefaßt auf Verhör, Urteil und Verdammung. Er lächelte mit dem feinen, so vieler Sprachen kundigen Munde aus dem breiten weißen Bart hervor, und noch mehr mit den hellblauen Augen, und schon ließ die bange Spannung in mir nach, und ich spürte, daß hier nicht Urteil und Strafe auf mich warte, sondern Verständnis, Altersweisheit, Altersgeduld samt etwas Spott und Schelmerei. Und nun tat er den Mund auf und sagte: ›So, du bist's, Hermann? Ich habe gehört, du habest neulich ein Geniereisle gemacht.‹ «

Hesse, Großväterliches, GW 10, S. 308 f.

Als »Geniereisle« bezeichnete man in Württemberg damals die *»aus Übermut, Unbotmäßigkeit oder auch aus Verzweiflung unternommenen Sprünge und Abenteuer unter den Tübinger Studenten«.*

Das geschilderte Verhalten des Großvaters verwundert nicht, wenn man weiß, daß auch er in seiner Tübinger Studentenzeit manches »Geniereisle« unternommen hat. Die Jugendbiographien von Großvater und Enkel weisen überhaupt ganz erstaunliche Ähnlichkeiten auf. Hermann Gundert ist gleichfalls den Weg über das Maulbronner Seminar gegangen. Anschließend hat er in Tübingen Theologie studiert, wobei jedoch auch bei ihm das Ziel, Dichter zu werden, zeitweise sein Wunschdenken beherrschte. Er lernte Hölderlin und Nikolaus Lenau kennen, Ludwig Uhland war ihm ein väterlicher Freund. Eine Zeitlang sah es so aus, als ob er sich dem Willen seines frommen Elternhauses nicht fügen und statt Theologe Dichter werden würde. Nach einer genialischen Sturm-und-Drang-Phase im Studentenmilieu kehrte er dann aber doch durch ein Bekehrungserlebnis in den Schoß seiner frommen Familie zurück und ging 1835 nach seiner Promotion zum Dr. phil. mit einem englischen Missionar nach Indien. 1838 trat er dort zur Basler Mission über, heiratete die Basler Missionsangestellte Julie Dubois und gründete mit dieser in der Provinz Malabar an der Westküste Indiens die Missionsstation Talatscheri (heute Tellicherry im indischen Bundesstaat Kerala), wo er bis 1855 arbeitete; dann wechselte er in die indische Hauptstation der Basler Mission nach Mangalore. Während seines über zwanzig Jahre dauernden Aufenthalts in Indien wurde er zu einem der kundigsten Experten der indischen Sprachen; sein Lexikon des Malajalam gehört noch heute zu den Standardwerken der Indologie. 1857 wurde er von der englischen Kolonialregierung zum Schulinspektor für die zwei indischen Provinzen Malabar und Canara berufen. Zwei Jahre später zwang ihn allerdings eine schwere Ruhrerkrankung zur Rückkehr nach Europa, worauf der Calwer Verlagsverein bei der Basler Mission anfragte, ob Gundert nicht als Mitarbeiter und künftiger Verlagsleiter für sie arbeiten könne. Das Komitee der Basler Mission befürwortete den Antrag, und so zog Hermann Gundert 1860 nach Calw. Die Eingewöhnung in der Kleinstadt fiel ihm nicht leicht. Die Calwer Pietisten, die im Verlagsverein das Sagen hatten, beargwöhnten zunächst den weltoffenen Mann, der kein Frömmler, sondern ein Theologe, Philosoph und Sprachwissenschaftler mit zuweilen durchaus freidenkerischen Zügen war, der zudem Geselligkeiten schätzte und bis ins hohe Alter als einziger Erwachsener im Sommer in der Nagold zwischen den Schulkindern sein Bad nahm. Seine souveräne Art und sein enormes Wissen verschafften ihm jedoch bald Respekt, und er führte den Calwer Verlagsverein zu seiner Blütezeit, in der nicht nur Missionstraktätchen, sondern auch wichtige theologische und kirchengeschichtliche Werke herausgegeben wurden. In der großväterlichen Bibliothek hat Hermann Hesse seine ersten und prägenden Leseerlebnisse; diese hat er später auch in seinem Aufsatz *»Eine Bibliothek der Weltliteratur«* (GW 11, S. 364 ff.) geschildert.

Den Großvater, sein geheimnisvolles Wesen, die nicht minder geheimnisvollen Gegenstände, die er besaß, die besondere Atmosphäre des Verlagsvereinshauses sowie die anderen Familienangehörigen hat Hermann Hesse vor allem in seiner 1923 verfaßten, poetisch verklärten autobiographischen Skizze *»Kindheit des Zauberers«* beschrieben:

»Und in der Nähe des Götzen im Glasschrank [einer kleinen Statue des tanzenden indischen Gottes Shiva], *und in anderen Schränken des Großvaters stand und hing und lag noch vieles anderes Wesen und Geräte, Ketten aus Holzperlen wie Rosenkränze, palmblätterne Rollen mit eingeritzter alter indischer Schrift beschrieben, Schildkröten aus grünem Speckstein geschnitten, kleine Götterbilder aus Holz, aus Glas, aus Quarz, aus Ton, gestickte seidene und leinene Decken, messingene Becher und Schalen, und dieses alles kam aus Indien und aus Ceylon, der Paradiesinsel mit den Farnbäumen und Palmenufern und den sanften, rehäugigen Singhalesen, aus Siam kam es und aus Birma, und alles roch nach Meer, Gewürz und Ferne, nach Zimmet und Sandelholz, alles war durch braune und gelbe Hände gegangen, befeuchtet von Tropenregen und Gangeswasser, gedörrt von der Äquatorsonne, beschattet vom Urwald. Und alle diese Dinge gehörten dem Großvater, und er, der Alte, Ehrwürdige, Gewaltige, im weißen breiten Bart, allwissend, mächtiger als Vater und Mutter, er war im Besitz noch ganz anderer Dinge und Mächte, sein war nicht nur das indische Götter- und Spielzeug, all das Geschnitzte, Gemalte, mit Zaubern Geweihte, Kokosnußbecher und Sandelholztruhe, Saal und Bibliothek, er war auch ein Magier, ein Wissender, ein Weiser. Er verstand alle Sprachen der Menschen, mehr als dreißig, vielleicht auch die der Götter, vielleicht auch der Sterne, er*

konnte Pali und Sanskrit schreiben und sprechen, er konnte kanaresische, bengalische, hindostanische, singhalesische Lieder singen, kannte die Gebetsübungen der Mohammedaner und der Buddhisten, obwohl er Christ war und an den dreieinigen Gott glaubte, er war viele Jahre und Jahrzehnte in östlichen, heißen und gefährlichen Ländern gewesen, war auf Booten und in Ochsenkarren gereist, auf Pferden und Mauleseln, niemand wußte so wie er Bescheid darum, daß unsere Stadt und unser Land nur ein sehr kleiner Teil der Erde war, daß tausend Millionen Menschen anderen Glaubens waren als wir, andere Sitten, Sprachen, Hautfarben, andre Götter, Tugenden und Laster hatten als wir. Ihn liebte, verehrte und fürchtete ich, von ihm erwartete ich alles, ihm traute ich alles zu, von ihm und seinem verkleideten Gotte Pan im Gewand des Götzen lernte ich unaufhörlich. Dieser Mann, der Vater meiner Mutter, stak in einem Wald von Geheimnissen, wie sein Gesicht in einem weißen Bartwald stak, aus seinen Augen floß Welttrauer und floß heitere Weisheit, je nachdem, einsames Wissen und göttliche Schelmerei, Menschen aus vielen Ländern kannten, verehrten und besuchten ihn, sprachen mit ihm englisch, französisch, indisch, italienisch, malaiisch, und reisten nach langen Gesprächen wieder spurlos hinweg, vielleicht seine Freunde, vielleicht seine Gesandten, vielleicht seine Diener und Beauftragten. Von ihm, dem Unergründlichen, wußte ich auch das Geheimnis herstammen, das meine Mutter umgab, das Geheime, Uralte, und auch sie war lange in Indien gewesen, auch sie sprach und sang Malajalam und Kanaresisch, wechselte mit dem greisen Vater Worte und Sprüche in fremden, magischen Zungen. Und wie er, besaß auch sie zuzeiten das Lächeln der Fremde, das verschleierte Lächeln der Weisheit.

Anders war mein Vater. Er stand allein. Weder der Welt des Götzen und des Großvaters gehörte er an, noch dem Alltag der Stadt, abseits stand er, einsam, ein Leidender und Suchender, gelehrt und gütig, ohne Falsch und voll von Eifer im Dienst der Wahrheit, aber weit weg von jenem Lächeln, edel und zart, aber klar, ohne Geheimnis. Nie verließ ihn die Güte, nie die Klugheit, aber niemals verschwand er in diese Zauberwolke des Großväterlichen, nie verlor sich sein Gesicht in diese Kindlichkeit und Göttlichkeit, dessen Spiel oft wie Trauer, oft wie feiner Spott, oft wie stumm in sich versunkene Göttermaske aussah. Mein Vater sprach mit der Mutter nicht in indi-

schen Sprachen, sondern sprach englisch und ein reines, klares, schönes, leise baltisch gefärbtes Deutsch. Diese Sprache war es, mit der er mich anzog und gewann und unterrichtete, ihm strebte ich zuzeiten voll Bewunderung und Eifer nach, allzu eifrig, obwohl ich wußte, daß meine Wurzeln tiefer im Boden der Mutter wuchsen, im Dunkeläugigen und Geheimnisvollen. Meine Mutter war voll Musik, mein Vater nicht, er konnte nicht singen.

Neben mir wuchsen Schwestern auf und zwei ältere Brüder, große Brüder, beneidet und verehrt. Um uns her war die kleine Stadt, alt und buckelig, und um sie her die waldigen Berge, streng und etwas finster, und mittendurch floß ein schöner Fluß, gekrümmt und zögernd, und dies alles liebte ich und nannte es Heimat, und im Walde und Fluß kannte ich Gewächs und Boden, Gestein und Höhlen, Vogel, Eichhorn, Fuchs und Fisch genau. Dies alles gehörte mir, war mein, war Heimat – aber außerdem war der Glasschrank und die Bibliothek da, und der gütige Spott im allwissenden Gesicht des Großvaters, und der dunkelwarme Blick der Mutter, und die Schildkröten und Götzen, die indischen Lieder und Sprüche, und diese Dinge sprachen mir von einer weiteren Welt, einer größeren Heimat, einer älteren Herkunft, einem größeren Zusammenhang. Und oben auf seinem hohen, drahtenen Gehäuse saß unser grauroter Papagei, alt und klug, mit gelehrtem Gesicht und scharfem Schnabel, sang und sprach und kam, auch er, aus dem Fernen und Unbekannten her, flötete Dschungelsprachen und roch nach Äquator. Viele Welten, viele Teile der Erde streckten Arme und Strahlen aus und trafen und kreuzten sich in unserem Haus. Und das Haus war groß und alt, mit vielen, zum Teil leeren Räumen, mit Kellern und großen hallenden Korridoren, die nach Stein und Kühle dufteten, und unendlichen Dachböden voll Holz und Obst und Zugwind und dunkler Leere. Viele Welten kreuzten ihre Strahlen in diesem Hause. Hier wurde gebetet und in der Bibel gelesen, hier wurde studiert und indische Philologie getrieben, hier wurde viel gute Musik gemacht, hier wußte man von Buddha und Lao Tse, Gäste kamen aus vielen Ländern, den Hauch von Fremde und Ausland an den Kleidern, mit absonderlichen Koffern aus Leder und aus Bastgeflecht und dem Klang fremder Sprachen, Arme wurden hier gespeist und Feste gefeiert, Wissenschaft und Märchen wohnten nah beisammen. Es gab auch eine Großmutter, die wir etwas fürchteten und wenig kannten, weil sie kein Deutsch sprach und in einer französischen Bibel las.

Vielfach und nicht überall verständlich war das Leben dieses Hauses, in vielen Farben spielte hier das Licht, reich und vielstimmig klang das Leben. Es war schön und gefiel mir, aber schöner noch war die Welt meiner Wunschgedanken, reicher noch spielten meine Wachträume. Wirklichkeit war niemals genug, Zauber tat not.«

Hesse, Kindheit des Zauberers, GW 6, S. 376 ff.

Weitere Eindrücke vom Haus und dem Leben in dem Haus in der Bischofstraße, in dem Hermann Hesse 1903/04 auch seinen Roman *»Unterm Rad«* niederschrieb (vgl. S. 28), lassen sich durch die Lektüre des Romans *»Demian«* und die Erzählung *»Kinderseele«* gewinnen.

2 Vaterhaus des Hans Giebenrath aus »Unterm Rad« und die Gasse »Zum Falken«

Die zweite Station des Rundgangs durch die Stadt ist nur wenige Meter entfernt. Wir gehen hierzu durch den in neuerer Zeit als Schutz für die Fußgänger in der Calwer Verkehrshauptschlagader Bischofstraße am ehemaligen Hesse-Wohnhaus eingebauten Kolonnadengang. Nach dem anschließenden Haus, das heute mit dem Hesse-Haus durch ein durchgehendes Ladengeschäft im Erdgeschoß verbunden ist, zu Hesses Jugendzeit aber das Postgebäude der Stadt war, kommen wir zu einem sehr schmalen Gäßchen. Dieses Gäßchen, das »Hengstetter Gäßle«, spielt in verschiedenen Erzählungen Hesses als »Zum Falken« oder »Falkengasse« eine Rolle. Das Eckhaus auf der anderen Seite des Gäßchens, das heute das Hotel garni »Alte Post« und ein chinesisches Restaurant beherbergt, ist das Haus, in dem Hesse die Familie seiner Hauptfigur Hans Giebenrath aus *»Unterm Rad«* « wohnen läßt. Wohl mit Rücksicht auf die Familie hat Hesse seinem Hans Giebenrath, der in vielen Punkten autobiographische Züge aufweist, einen Vater gegeben, der nicht Missionar und Verlagsredakteur, sondern »Zwischenhändler und Agent« ist und nicht im Gebäude des Verlagsvereins, sondern

Blick in die Bischofstraße um 1900. Rechts das Giebenrathsche Haus, dahinter das Postamt und das Verlagsvereinshaus (Hesses Elternhaus)

zwei Häuser weiter wohnt. Das Haus wurde zu Hesses Zeit tatsächlich von einem Heinrich Giebenrath bewohnt, der Bäcker und Gastwirt war und dessen Nachkommen noch heute das Haus besitzen. Parallelen zwischen diesem und der Romanfigur Joseph Giebenrath sind indes nicht nachzuweisen. Hesse ging es wohl nur darum, einen alteingesessenen Calwer Namen zu benutzen.

Das Giebenrathsche Haus und die »Falkengasse« werden in *»Unterm Rad«* wie folgt beschrieben:

»Das Giebenrathsche Haus stand nahe bei der alten steinernen Brücke und bildete die Ecke zwischen zwei sehr verschiedenartigen Gassen. Die eine, zu welcher das Haus gerechnet wurde und gehörte, war die längste, breiteste und vornehmste der Stadt und hieß Gerbergasse. Die zweite führte jäh bergan, war kurz, schmal und elend und hieß »Zum Falken«, nach einem uralten, längst eingegangenen Wirtshaus, dessen Schild ein Falke gewesen war.

In der Gerbergasse [gemeint ist die Bischofstraße/Bahnhofstraße, also die heutige Hauptdurchfahrtsstraße Calws von den Bahnbrücken am Beginn der Stuttgarter Straße bis zum Brühl] *wohnten*

Haus an Haus lauter gute, solide Altbürger, Leute mit eigenen Häusern, eigenen Kirchenplätzen und eigenen Gärten, die sich hinterwärts in Terrassen steil bergan zogen und deren Zäune an den Anno siebzig errichteten, mit gelbem Ginster bewachsenen Bahndamm stießen. An Vornehmheit konnte mit der Gerbergasse nur noch der Marktplatz wetteifern, wo Kirche, Oberamt, Gericht, Rathaus und Dekanat standen und in ihrer reinlichen Würde durchaus einen städtisch noblen Eindruck machten. Amtshäuser hatte nun zwar die Gerbergasse keine, aber alte und neue Bürgerwohnungen mit stattlichen Haustüren, hübsche altmodische Fachwerkhäuschen, nette, helle Giebel; und es verlieh ihr eine Fülle von Freundlichkeit, Behagen und Licht, daß sie [im unteren Teil] *nur eine Häuserreihe besaß, denn jenseits der Straße lief am Fuß einer mit Balkenbrüstungen versehenen Mauer der Fluß dahin.*

War die Gerbergasse lang, breit, licht, geräumig und vornehm, so war der »Falken« das Gegenteil davon. Hier standen schiefe finstere Häuser mit fleckigem und bröckelndem Verputz, vorhängenden Giebeln, vielfach geborstenen und geflickten Türen und Fenstern, mit krummen Kaminen und schadhaften Dachrinnen. Die Häuser raubten einander Raum und Licht, und die Gasse war schmal, wunderlich gebogen und in ewige Dämmerung gehüllt, die bei Regenwetter oder nach Sonnenuntergang sich in eine feuchte Finsternis verwandelte. Vor allen Fenstern war an Stangen und Schnüren stets eine Menge Wäsche aufgehängt; denn so klein und elend die Gasse war, so viele Familien hausten darin, von all den Aftermietern und Schlafgängern gar nicht zu reden. Alle Winkel der schiefen, alternden Häuser waren dicht bewohnt, und Armut, Laster und Krankheit waren dort ansässig. Wenn der Typhus ausbrach, so war es auch dort, und wenn in der Stadt ein Diebstahl vorkam, suchte man zuerst im »Falken«. Umherziehende Hausierer hatten dort ihre Absteigquartiere, unter ihnen der drollige Putzpulverhändler Hottehotte und der Scherenschleifer Adam Hittel, dem man alle Verbrechen und Laster nachsagte.« *Hesse, Unterm Rad, GW 2, S. 127 ff.*

Hermann Hesse beschreibt im folgenden ausführlich einige der eigenartigen Bewohner der Gasse, mit denen Hans in Kontakt kommt. Zum großen Teil sind es vom Dichter erfundene Gestalten, die im wirklichen Leben keine genaue Entsprechung hatten oder wenigstens als solche nicht »aktenkundig« nachzuweisen sind. Eine der Personen, die er erwähnt und der er sogar eine ganze Erzählung gewidmet hat, hat aber tatsächlich genau so existiert wie von ihm beschrieben: der kleine verwachsene Putzmittelhausierer Hottehotte Putzpulver, der mit bürgerlichem Namen Hartmann hieß.

Trotz des Verbots der Eltern, sich mit ihnen einzulassen, übten die Bewohner des verrufenen Armenviertels auf Hermann Hesse eine magische Anziehungskraft aus, und er trieb sich dort nicht selten heimlich herum. Dort passierten die spannenderen Dinge, dort wurden die interessanteren und verwegeneren Knabenspiele gespielt. In der Einleitung zu *»Demian. Die Geschichte von Emil Sinclairs Jugend«*, die die Überschrift *»Zwei Welten«* trägt, beschreibt Hesse den Widerspruch zwischen der bürgerlichen, behüteten Welt des Elternhauses und jener anderen Welt, die nur wenige Schritte entfernt existierte:

»Ich beginne meine Geschichte mit einem Erlebnis der Zeit, wo ich zehn Jahre alt war und in die Lateinschule unseres Städtchens ging.

Viel duftet mir da entgegen und rührt mich von innen mit Weh und mit wohligem Schauern an, dunkle Gassen und helle Häuser und Türme, Uhrschläge und Menschengesichter, Stuben voll Wohnlichkeit und warmem Behagen, Stuben voll Geheimnis und tiefer Gespensterfurcht. Es riecht nach warmer Enge, nach Kaninchen und Dienstmägden, nach Hausmitteln und getrocknetem Obst. Zwei Welten liefen dort durcheinander, von zwei Polen her kamen Tag und Nacht.

Die eine Welt war das Vaterhaus, aber sie war sogar noch enger, sie umfaßte eigentlich nur meine Eltern. Diese Welt war mir großenteils wohlbekannt, sie hieß Mutter und Vater, sie hieß Liebe und Strenge, Vorbild und Schule. Zu dieser Welt gehörte milder Glanz, Klarheit und Sauberkeit, hier waren sanfte freundliche Reden, gewaschene Hände, reine Kleider, gute Sitten daheim. Hier wurde der Morgenchoral gesungen, hier wurde Weihnacht gefeiert. In dieser Welt gab es gerade Linien und Wege, die in die Zukunft führten, es gab Pflicht und Schuld, schlechtes Gewissen und Beichte, Verzeihung und gute Vorsätze, Liebe und Verehrung, Bibelwort und Weisheit. Zu dieser

Welt muß man sich halten, damit das Leben klar und reinlich, schön und geordnet sei.

Die andere Welt indessen begann schon mitten in unserem eigenen Hause und war völlig anders, roch anders, sprach anders, versprach und forderte anders. In dieser zweiten Welt gab es Dienstmägde und Handwerksburschen, Geistergeschichten und Skandalgerüchte, es gab da eine bunte Flut von ungeheuren, lockenden, furchtbaren, rätselhaften Dingen, Sachen wie Schlachthaus und Gefängnis, Betrunkene und keifende Weiber, gebärende Kühe, gestürzte Pferde, Erzählungen von Einbrüchen, Totschlägen, Selbstmorden. Alle diese schönen und grauenhaften, wilden und grausamen Sachen gab es ringsum, in der nächsten Gasse, im nächsten Haus, Polizeidiener und Landstreicher liefen herum. Betrunkene schlugen Weiber, Knäuel von jungen Mädchen quollen abends aus den Fabriken, alte Frauen konnten einen bezaubern und krank machen, Räuber wohnten im Wald, Brandstifter wurden von Landjägern gefangen – überall quoll und duftete diese zweite, heftige Welt, überall nur nicht in unsern Zimmern, wo Mutter und Vater waren. Und das war sehr gut. Es war wunderbar, daß es hier bei uns Frieden, Ordnung und Ruhe gab, Pflicht und gutes Gewissen, Verzeihung und Liebe – und wunderbar, daß es auch alles andere gab, alles das Laute und Grelle, Düstere und Gewaltsame, dem man noch mit einem Sprung zur Mutter entfliehen konnte.

Und das Seltsamste war, wie die beiden Welten aneinander grenzten, wie nah sie beisammen waren! Zum Beispiel unsere Dienstmagd Lina, wenn sie am Abend bei der Andacht in der Wohnstube bei der Türe saß und mit ihrer hellen Stimme das Lied mitsang, die gewaschenen Hände auf die glattgestrichene Schürze gelegt, dann gehörte sie ganz zu Vater und Mutter, zu uns, ins Helle und Richtige. Gleich darauf in der Küche oder im Holzstall, wenn sie mir die Geschichte vom Männlein ohne Kopf erzählte, oder wenn sie beim Metzger im kleinen Laden mit den Nachbarweibern Streit hatte, dann war sie eine andere, gehörte zur anderen Welt, war von Geheimnis umgeben. Und so war es mit allem, am meisten mit mir selber.«

Hesse, Demian, GW 5, S. 9 f.

Im Anschluß an diese Ausführungen erzählt er die Geschichte, wie er einmal mit den wilden Gassenbuben aus der *»anderen Welt«* mittun wollte, um ihnen zu imponieren eine Geschichte von gestohlenen Äpfeln erfand und gleich zur Zahlung von Schutzgeldern erpreßt wurde.

Es gibt in Hesses Calwer Erzählungen noch eine ganze Reihe, die ganz oder teilweise im Milieu der armen Leute, der an den Rand der Gesellschaft Gedrängten spielen. Neben den bereits erwähnten Werken *»Unterm Rad«*, *»Demian«* und *»Hottehotte Putzpulver«* finden sich solche Episoden auch z. B. in *»Knulp«*, *»Kinderseele«* und *»In der alten Sonne«*. In größerem Rahmen spielt das Thema der zwei Welten auch in Hesses wohl bedeutendstem Roman *»Der Steppenwolf«* (vgl. S. 209ff.) eine wichtige Rolle.

Die Falkengasse weist heute nicht mehr das in ein Dämmerlicht getauchte überbevölkerte Häusergewirr der Hesse-Zeit auf, aber *»schmal und wunderlich gebogen«* ist sie immer noch, und an einigen Stellen kann man sich noch vorstellen, wie sie um die Jahrhundertwende aussah. Der Gang durch die Gasse, die in einem Bogen zur Hauptstraße zurückführt, lohnt sich auch von daher, daß man gleich nach wenigen Metern einen schönen Blick auf die rückwärtige Dachlandschaft des Elternhauses von Hesse, die oben angebaute, rot gestrichene Veranda und das anschließende Gärtchen werfen kann.

3 Die Nikolausbrücke mit der Nikolauskapelle

Die nächste Etappe des Rundgangs führt uns zu Hermann Hesses Lieblingsplatz in Calw: Genau gegenüber vom Giebenrathhaus und dem Eingang zur »Falkengasse« führt die Nikolausbrücke über die Nagold in den eigentlichen Stadtkern hinein. Die malerische dreibogige Buntsandsteinbrücke mit der aus demselben einheimischen Material erbauten Brückenkapelle wurde um 1400 errichtet und ist das älteste erhaltene Bauwerk der Stadt. Die Kapelle ist dem Heiligen Nikolaus, dem Schutzpatron der Flößer, geweiht. In den links und rechts des Kapellenportals angebrachten Nischen stehen ein Flößer und ein Tuchmacher als Repräsentanten der in alter Zeit wichtigsten Gewerbe der Stadt. Im Innern der Kapelle sind in die

Calws Wahrzeichen: Die um 1400 erbaute Nikolausbrücke mit der dem Flößerpatron Sankt Nikolaus geweihten Brückenkapelle

bunten Glasfenster die Wappen der alteingesessenen Bürgerfamilien der Stadt eingearbeitet, u.a. auch das der Familie Gundert. Eine Tafel mit einem Spruch bittet darum, die Stadt vor verheerenden Überschwemmungen, wie gerade in den Tagen der Niederschrift dieser Zeilen wieder geschehen, und Zerstörungen, wie im Dreißigjährigen Krieg und nochmals 1692 durch das Heer Ludwigs XIV. vorgekommen, zu bewahren.

»Das ist mir der liebste Platz im Städtchen, der Domplatz von Florenz ist mir nichts dagegen«, schreibt Hermann Hesse über diesen pittoresken Ort (vgl. S. 11). Auch heute noch vermag diese Brücke, einst die Hauptverkehrsbrücke Calws, jetzt ganz den Fußgängern vorbehalten und ein Ort der Muse, einzigartig die Beschaulichkeit des alten Städtchens zu vermitteln. Zwar ist flußabwärts das linke Ufer völlig neuzeitlich überbaut, aber dahinter steigt die alte Dächerlandschaft mit dem hohen Kirchturm auf, und auf der rechten Seite der Brücke steht noch das große, verwinkelte Brücken-

haus; darüber sieht man den Hohen Felsen, hoch über dem Elternhaus, wo sich Hermann Hesse gerne aufgehalten hat (siehe S. 91 ff.), und weiter unten leuchtet die Reihe der alten Fachwerkhäuser an der Bischofstraße. Flußaufwärts lag rechterhand die Badwiese der Stadt, auf dem Wehr wurde winters Schlittschuh gelaufen, am Ufer wässerten die Gerber ihre Felle, ab und zu kam ein Floß auf seinem Weg in den Neckar und Rhein herab, und in den Ufergebüschen trieb sich, wann immer die Zeit es zuließ, der angelbegeisterte Hermann mit seiner Angelrute herum.

Die Bedeutung, die die Nagold für Hermann Hesse gehabt hat, ist an vielen Stellen seines Werkes bezeugt. So heißt es z.B in *»Unterm Rad«*:

»Langsam schlenderte Hans Giebenrath über den Marktplatz, am alten Rathaus vorüber, durch die Marktgasse und an der Messerschmiede vorbei zur alten Brücke. Dort bummelte er eine Weile auf und ab und setzte sich schließlich auf die breite Brüstung. Wochen- und monatelang war er Tag für Tag seine vier Mal hier vorbeigegangen und hatte keinen Blick für die kleine gotische Brückenkapelle gehabt, noch für den Fluß, noch für die Stellfalle, Wehr und Mühle, nicht einmal für die Badwiese und für die weidenbestandenen Ufer, an denen ein Gerberplatz neben dem anderen lag, wo der Fluß tief, grün und still wie ein See stand und wo die gebogenen, spitzen Weidenäste bis ins Wasser hinabhingen.

Nun fiel ihm wieder ein, wieviele halbe und ganze Tage er hier verbracht, wie oft er hier geschwommen und getaucht und gerudert und geangelt hatte. Ach, das Angeln! Das hatte er nun auch fast verlernt und vergessen, und im vergangenen Jahr hatte er so bitterlich geheult, als es ihm verboten worden war, der Examensarbeit wegen. Das Angeln! Das war doch das Schönste in all den langen Schuljahren gewesen. Das Stehen im dünnen Weidenschatten, das nahe Rauschen der Mühlenwehre, das tiefe ruhige Wasser! Und das Lichterspiel auf dem Fluß, das sanfte Schwanken der langen Angelrute, die Aufregung beim Anbeißen und Ziehen und die eigentümliche Freude, wenn man einen kühlen, feisten, schwänzelnden Fisch in der Hand hielt.«

Hesse, Unterm Rad, GW 2, S. 13

Neben dem Angeln faszinierte Hermann Hesse auch die Flößerei, die bis zur Jahrhundertwende auf der Nagold betrieben wurde. In der Erzählung »*Die Floßfahrt*« hat er 1928 seine damit verbundenen Jugenderlebnisse rückblickend geschildert:

»Durch meine Vaterstadt im Schwarzwald floß ein Fluß, ein Fluß, an dem damals nur erst ganz wenige Fabriken standen, wo es viele alte Mühlen und Brücken, Schilfufer und Erlengehölze, wo es viele Fische und im Sommer Millionen von dunkelblauen Wasserjungfern gab. Es ist mir unbekannt, wie sich die Fische und die Wasserjungfern zwischen dem zunehmenden Zementgemäuer der Ufer und den zunehmenden Fabriken gehalten haben, vielleicht sind sie noch immer da. Vermutlich längst verschwunden aber ist etwas, was es damals auf dem Fluße gab, etwas Schönes und Geheimnisvolles, etwas Märchenhaftes, etwas vom Allerschönsten, was dieser schöne sagenhafte Fluß besaß: die Flößerei. Damals, zu unseren Zeiten, wurden die Schwarzwälder Tannenstämme den Sommer über in gewaltigen Flößen alle die kleinen Flüsse bis nach Mannheim und zuweilen noch bis nach Holland hinunter auf dem Wasser befördert, die Flößerei war ein eigenes Gewerbe, und für jedes Städtchen war im Frühjahr das Erscheinen des ersten Floßes noch wichtiger und merkwürdiger als das der ersten Schwalben.

Ein solches Floß (das aber auf Schwäbisch nicht »das Floß« hieß, sondern »der Flooz«) bestand aus lauter langen Tannen- und Fichtenstämmen, sie waren entrindet, aber nicht weiter zugehauen, und das Floß bestand aus einer größeren Anzahl von Gliedern. Jedes Glied umfaßte etwa acht bis zwölf Stämme, die an den Enden verbunden waren, und an jedem Glied hing das nächste Glied elastisch, mit Weiden gebunden, so daß das Floß, war es auch noch so lang, mit seinen beweglichen Gliedern sich den Krümmungen des Flusses anschmiegen konnte. Dennoch passierte es nicht selten, daß ein Floß stecken blieb, eine aufregende Sache für die ganze Stadt und ein hohes Fest für die Jugend. Die Flößer, wegen ihres Mißgeschicks von den Brücken herab und aus den Fenstern der Häuser vielfach verhöhnt, waren wütend und hatten fieberhaft zu arbeiten, wateten schimpfend bis zum Bauch im Wasser, schrien und zeigten die ganze berühmte Wildheit und Rauhigkeit ihres Standes; noch ärgerlicher

Alte, heute verschwundene Calwer Häuser an der Nagold unterhalb der Nikolausbrücke

und böser waren die Müller und Fischer, und alles, was am Ufer sein Leben und seine Arbeit hatte, namentlich die vielen Gerber, rief den Flößern Scherzworte oder Schimpfworte zu. War das Floß unter einem offenen Schleusentor steckengeblieben, dann trabten und schimpften die Müller ganz besonders, und es gab dann zuweilen für uns Knaben ein besonderes Glück: das Flußbett rann eine Strecke beinahe leer, und unterhalb der Wehre konnten wir dann die Fische mit der Hand fangen, die breiten, glänzenden Rotaugen, die schnellen, stacheligen Barsche und etwa auch ein Neunauge.

Die Flößer gehörten offensichtlich zu den Unseßhaften, Wilden, Wanderern, Nomaden, und Floß und Flößer waren bei den Hütern der Sitte und Ordnung nicht wohlgelitten. Umgekehrt war für uns Knaben, sooft ein Floß erschien, Gelegenheit zu Abenteuern, Aufregungen und Konflikten mit jenen Ordnungsmächten. So wie zwischen Müllern und Flößern ein ewiger Krieg bestand, in dem ich stets zur Partei der Flößer hielt, so bestand bei unseren Lehrern, Eltern, Tanten eine Abneigung gegen das Flößerwesen, und ein Bestreben, uns mit ihm möglichst wenig in Berührung kommen zu lassen. Wenn einer von uns zu Hause mit einem recht unflätigen Wort, einem meterlangen Fluch aufwartete, dann hieß es bei den Tanten, das habe man natürlich wieder bei den Flößern gelernt. Und an manchem Tage, der durch die Durchreise eines Floßes uns zum Fest geworden war, gab es väterliche Prügel, Tränen der Mutter, Schimpfen des Polizisten. Eine schöne Sage, die wir Knaben über alles liebten, war die von einem kleinen Buben, der einst wider alle Verbote ein Floß bestiegen und damit bis nach Holland und ans Meer gekommen sei und erst nach Monaten sich wieder bei seinen trauernden Eltern eingefunden habe. Es diesem Märchenknaben gleichzutun, war jahrelang mein innigster Wunsch.

Weit öfter, als mein guter Vater ahnte, bin ich als kleiner Bub für kurze Strecken blinder Passagier auf einem Floß gewesen. Es war streng verboten, man hatte nicht nur die Erzieher und die Polizei gegen sich, sondern meistens auch die Flößer. Schöneres und Spannenderes gibt es für einen Knaben nicht auf der Welt, als eine Floßfahrt. Denke ich daran, so kommt mit hundert zauberhaften Düften die ganze Heimat und Vergangenheit herauf. Ein vorüberfahrendes Floß besteigen konnte man entweder vom Laufsteg eines Schleusentors, einer sogenannten »Stellfalle« aus – das galt für schneidig und forderte einigen Mut, oder aber vom Ufer aus, was oft gar nicht schwierig war, aber doch jedesmal mit einem halben oder ganzen Bad bezahlt werden mußte. Am besten noch ging es an ganz warmen Sommertagen, wenn man ohnehin sehr wenig Kleider und weder Schuhe noch Strümpfe anhatte. Dann kam man leicht aufs Floß, und wenn man Glück hatte und sich vor den Flößern verbergen konnte, war es wunderbar, ein paar Meilen weit zwischen den grünen stillen Ufern den Fluß hinunterzufahren, unter den Brücken und Stellfallen hindurch.

Während des Fahrens aber, wenn nicht gerade ein Flößer freundlich war und einen auf einen Bretterstoß setzte, bekam man sehr bald die Unbilden des beneideten Flößerhandwerks zu kosten. Man stand unsicher auf den glitschigen Stämmen, zwischen denen das Wasser ununterbrochen heraufspritzte, man war naß bis auf die Knochen, und wenn es nicht sonderlich sommerlich war, fing man stets bald an zu frieren. Und dann kam der Augenblick näher, wo man das rasch fahrende Floß wieder verlassen mußte, es ging gegen

Letzte Floßfahrt auf der Nagold durch Calw im Jahr 1910

den Abend, man schlotterte vor nasser Kühle, und man war bis in eine Gegend mitgefahren, wo man die Ufer nicht mehr so genau kannte wie zu Hause. Nun galt es eine Stelle zu erspähen und unverweilt mit raschem Entschluß zu benützen, wo ein Absprung ans Land möglich schien – meistens gab es in diesem letzten Augenblick nochmals ein Bad, auch war es oft gefährlich, und hie und da passierte ein Unglück; auch mir ist bei diesem Anlaß einst der Schauder der Todesgefahr bekannt geworden.

Und wenn man dann glücklich wieder an Land war, Erde und Gras unter den Füßen hatte, dann war es weit, zuweilen sehr weit nach Hause zurück, man stand in nassen Schuhen, nassen Kleidern, man hatte die Mütze verloren, und nun spürte man nach dem glitschigen Stehen auf den nassen Baumstämmen eine Schwäche in den Waden und Knien und mußte doch noch eine Stunde oder zwei oder mehr zu Fuß laufen, und alles nur, um dann von schluchzenden Müttern, entsetzten Tanten und einem todernsten Vater empfangen zu werden, welche dem Herrn dafür dankten, daß er wider Verdienst den entarteten Knaben hatte heil entrinnen lassen.

Schon in der Kindheit war es so: man bekam nichts geschenkt, man mußte jedes Glück bezahlen. Und wenn ich heute nachrechne, in was das Glück einer solchen Floßfahrt eigentlich bestand, wenn ich alle Beschwerden, Anstrengungen, Unbilden abziehe, so bleibt wenig übrig. Aber dieses wenige ist wunderbar; ein stilles, rasch und erregend ziehendes Fahren auf dem kühlen, laut rauschenden Fluß, zwischen lauter spritzendem Wasser, ein traumhaftes Hinwegfahren unter den Brücken, durch dicke, lange Gehänge von Spinnweben, träumerische Augenblicke des Versinkens in ein unsäglich seliges Gefühl von Wanderung, von Unterwegssein, von Entronnensein und Indieweltbineinfahren, mit der Perspektive zum Neckar und zum Rhein und nach Holland hinunter – und dies wenige, diese mit Nässe, Frieren, mit Schimpfworten der Flößer, Predigten der Eltern bezahlte Seligkeit wog doch alles auf, war doch alles wert, was man dafür geben mußte. Man war ein Flößer, man war ein Wanderer, ein Nomade, man schwamm an den Städten und Menschen vorbei, still, nirgends hingehörig, und fühlte im Herzen die Weite der Welt und ein sonderbares Heimweh brennen. O nein, es war gewiß nicht zu teuer bezahlt.« *Hesse, Floßfahrt, GE, Band 4, S. 185 ff.*

Im Winter bot die Nagold dann noch eine weitere Herrlichkeit: das Schlittschuhlaufen. In der kleinen Erzählung *»Auf dem Eise«* schildert er dieses:

»Ich kann das merkwürdige, gruselig-entzückte Gefühl nicht vergessen, mit dem ich am ersten bitterkalten Morgen den Fluß betrat, denn er war tief und das Eis war so klar, daß man wie durch eine dünne Glasscheibe unter sich das grüne Wasser, den Sandboden mit Steinen, die phantastisch verschlungenen Wasserpflanzen und zuweilen den dunklen Rücken eines Fisches sah.

Halbe Tage trieb ich mich mit meinen Kameraden auf dem Eise herum, mit heißen Wangen und blauen Händen, das Herz von der starken rhythmischen Bewegung des Schlittschuhlaufs energisch geschwellt, voll von der wunderbaren gedankenlosen Genußkraft der Knabenzeit. Wir übten Wettlauf, Weitsprung, Hochsprung, Fliehen und Haschen [...]

Am liebsten lief ich allein, oft bis zum Einbruch der Nacht. Ich sauste dahin, lernte im raschesten Schnellauf an jedem beliebigen

Punkte halten oder wenden, schwebte mit Fliegergenuß balancierend in schönen Bogen. Viele von meinen Kameraden benutzten die Zeit auf dem Eise, um Mädchen nachzulaufen und zu hofieren. Für mich waren die Mädchen nicht vorhanden.«

Hesse, Auf dem Eise, GE 4, S. 307 f.

Wie sich letzteres dann doch ändert und der dreizehnjährige Hermann Hesse sein erstes amouröses Abenteuer auf dem Eis der Nagold besteht, kann man im weiteren Verlauf der Geschichte nachlesen.

4 Der Hermann-Hesse-Platz

Am jenseitigen Ende der Nikolausbrücke öffnet sich der hübsche kleine Platz, der heute nach Hermann Hesse benannt ist. Der zierliche Buntsandsteinbrunnen trägt eine Reliefplakette mit dem Kopf des Dichters, die nach der Nobelpreisverleihung angebracht wurde.

Vom Hermann-Hesse-Platz gehen drei Straßen ab: links die Badstraße, geradeaus die Metzgergasse und rechts die Marktstraße.

Gleich am Beginn der Badstraße, nach dem ersten Haus auf der rechten Seite, führt ein Treppengang zu einem zurückgesetzten Gebäude mit einem alten Rundportal hoch. Dieser düster-malerische Winkel ist in der Erzählung *»Der Mohrle«* beschrieben:

»Der Schlosser Mohr, Hermann Mohrs Vater, wohnte am Eingang der Badgasse in einem alten, merkwürdigen und etwas finsteren Hause, zu dem ein steiler, gepflasterter Aufstieg und dann noch einige Stufen aus rotem Sandstein hinanführten. Neben dem Tor der Schlosserwerkstatt, die ich nie betreten habe, führte dicht hinter der Haustür eine steile, enge Treppe zur Wohnung hinauf [...].«

Hesse, Der Mohrle, GW 10, 115

Durch die Metzgergasse könnte man einen Abstecher zum Schießberg machen, wo auf dem Platz des alten Hermann-Hesse-Gymnasiums einst das in der Erzählung *»In der alten Sonne«* beschriebene Armenasyl stand.

5 *Durch die Marktstraße zum Marktplatz mit Hesses Geburtshaus*

Vom Hermann-Hesse-Platz setzen wir den Rundgang nach rechts in die Marktstraße fort. Wir befinden uns dabei ganz unmittelbar auf den Spuren Hesses, denn den bislang beschrittenen Weg über die Nikolausbrücke und durch die Marktstraße ist er zwischen 1886 und 1889 täglich von seinem Elternhaus in der Bischofstraße kommend zur Schule hinter dem Rathaus gegangen und 1894/95 zur Perrotschen Mechanikwerkstatt in der oberen Ledergasse.

Die Marktstraße hat seit Hesses Zeit einige Veränderungen erfahren. Das große doppelgiebelige Fachwerkhaus auf der rechten Seite, in dem die Kreissparkasse untergebracht ist, ist ein Produkt postmoderner Fassadenkunst, mit der ein prosaischer Flachdachbau, dem in den 60er Jahren mehrere kleine spitzgiebelige Häuser geopfert worden waren, kaschiert und wieder in die Umgebung eingepaßt wurde. Deutlicher erkennbar ist die Bresche, die der am Ende der Marktstraße querstehende »Calwer Markt« in die alte Bausubstanz geschlagen hat. Zwar kann man sagen, wenn man die modernen Waschbetonbauten in anderen Städten vor Augen hat, daß die Überbauung hier durch die Gliederung des Baukomplexes einigermaßen erträglich ausgefallen ist; wer sich aber noch an das schöne zweigiebelige Haus erinnern kann, das hier einmal stand, wird doch ein gewisses ästhetisches Mißbehagen nicht ganz unterdrücken können. – Wie würde wohl Hermann Hesse auf diesen Neubau reagieren? Mit Trauer und Kritik oder mit dem Verständnis, das sein August Schlotterbeck in der Erzählung *»Die Heimkehr«* für die Neuerungen im Städtchen aufbringt, als er nach langer Abwesenheit in der Fremde heimkommt:

»Die Neuerungen in der Stadt gefielen ihm nicht übel. Er fand, es sei auch hier Arbeit und Bedürfnis gewachsen, wenn auch mit Maß, und sowohl die Gasanstalt wie das neue Volksschulhaus fand seine Billigung. Die Bevölkerung schien ihm, der dafür in der Welt ein Auge bekommen hatte, recht wohlerhalten, ob auch nicht mehr so ungemischt wie vor Zeiten, da die Enkel von Zugewanderten noch durchaus für Fremde gegolten hatten.« Hesse, *Die Heimkehr*, GW 3, S. 316 f.

Hermann Hesses Geburtshaus gegenüber vom Rathaus. Hier wird er 1877 im zweiten Stock im Zimmer hinter den beiden linken Fenstern geboren

Wenn man direkt vor dem »Calwer Markt« steht, sieht man links oben bereits einen Teil des Marktplatzes mit dem stattlichen Rathaus. Von der anderen, zur Nagold gelegenen Seite mündet die neuzeitliche Marktbrücke, die zur Entbindung der Nikolausbrücke vom Autoverkehr gebaut wurde, und auch die Lederstraße in die Marktstraße ein. Am Beginn der Lederstraße liegt die Einfahrt zum Parkhaus des »Calwer Marktes«. Etwa an dieser Stelle stand zu Hesses Jugendzeit eine alte Mühle, in welcher der Mechanikermeister Heinrich Perrot einen Werkstattraum eingerichtet hatte. Hier absolvierte Hermann Hesse 1894/95 seine vierzehnmonatige Mechanikerlehre.

Doch nun sollte man nicht länger verweilen, sondern zum Marktplatz hinaufgehen, wo die Hesse-Zeit noch an vielen Ecken lebendig ist, und zwar zuerst zum Rathaus, das auf Pfeilern über einer großen offenen Halle erbaut ist, die früher als Markthalle diente. Sobald man unter einem der großen Bogen steht und auf die gegenüberliegende Seite des Platzes schaut, blickt man direkt auf das

Geburtshaus Hermann Hesses. Im Erdgeschoß ist, wie schon zu Hesses Jugendzeit, ein Ladengeschäft untergebracht. Neben dem Eingang weist eine Plakette auf die Bedeutung des Hauses hin.

Gleich nach ihrer Verheiratung im Jahr 1874 waren die Eltern Hesse mit den beiden Söhnen aus Marie Hesses erster Ehe in die schöne Wohnung im zweiten Stock dieses Hauses eingezogen. Hier wurde zunächst 1875 die Tochter Adele geboren, und zwei Jahre später, am 2. Juli 1877, erblickt in dem Zimmer hinter den beiden linken Fenstern Hermann Hesse das Licht der Welt. Mutter Hesse notiert im Tagebuch:

»Am Montag, den 2. Juli 1877, nach schwerem Tag, schenkt Gott in seiner Gnade abends halb sieben Uhr das heiß ersehnte Kind, unsern Hermann, ein sehr großes, schweres, schönes Kind, das gleich Hunger hat, die hellen, blauen Augen nach der Helle dreht und den Kopf selbständig dem Licht zuwendet, ein Prachtexemplar von einem gesunden, kräftigen Burschen. Heute, 20. Juli, nach achtzehn Tagen, schreibe ich dies. Bin wieder fast den ganzen Tag auf, nur noch sehr schwach und steif in den Beinen. Der Kleine ist sehr brav, kommt bloß einmal nachts und schläft bei Tag sechs Stunden in einem Strich. Johnny ist so glücklich mit seinem Sohn, und die drei Kinder jubeln übers Brüderlein.« *Marie Hesse. Ein Lebensbild, S. 160*

Noch drei weitere Geschwister kommen in den nächsten drei Jahren in diesem Haus auf die Welt; doch es bleibt der Familie nur die 1880 geborene Maria, die in der Familie Marulla gerufen wird; die beiden 1878 und 1879 geborenen Geschwisterchen Paul und Gertrud sterben beide wenige Monate nach der Geburt an Kinderkrankheiten.

1881 erhält der Vater Hesse einen Ruf ans Basler Missionshaus, wo er unterrichten und das Missionsmagazin herausgeben soll, worauf die Familie im April nach Basel umzieht. Das jüngste Geschwister, der Bruder Hans, wird bereits in Basel geboren. (Zu Basel siehe das Kapitel S. 173 ff.).

Einen kleinen Eindruck vom Leben auf dem Calwer Marktplatz zu Hermann Hesses Kinderzeit vermag eine kurze Szene aus der Erzählung *»Unterbrochene Schulstunde«* zu vermitteln:

Der Calwer Marktplatz zu Beginn unseres Jahrhunderts. Gegenüber vom Rathaus das Geburtshaus Hermann Hesses (4. Haus von links)

»Taubenschwärme erschreckten kleine Hunde und brachten sie zum Bellen, Pferde standen vor Bauernwagen gespannt, hatten eine hölzerne Krippe vor sich stehen und fraßen Heu, die Handwerker waren an der Arbeit oder unterhielten sich durch ihre niedrig gelegenen Werkstättenfenster mit der Nachbarschaft.«

Hesse, Unterbrochene Schulstunde, GW 8, S.471

Unweit des Geburtshauses steht der Untere Marktbrunnen. Mit diesem verbindet sich eine Anekdote oder Phantasie aus Hermann Hesses märchenhafter Autobiographie *»Kindheit des Zauberers«*. In diesem Büchlein erzählt Hermann Hesse, daß ihn in den Kindheitsjahren oft ein kleines unsichtbares Männlein begleitet habe, das ihn bald beschützt und beraten, bald zu Widerspruch und Schabernack aufgestachelt habe:

»Ich weiß nicht, wann ich ihn zum ersten Mal sah, ich glaube, er war schon immer da, er kam mit mir zur Welt. Der kleine Mann war ein

winziges, grau schattenhaftes Wesen, ein Männlein, Geist oder Kobold, Engel oder Dämon, der zuzeiten da war und vor mir herging, im Traum wie auch im Wachen, und dem ich folgen mußte, mehr als dem Vater, mehr als der Mutter, mehr als der Vernunft, ja oft mehr als der Furcht. Wenn der Kleine mir sichtbar wurde, gab es nur ihn, und wohin er ging oder was er tat, das mußte ich ihm nachtun: Bei Gefahren zeigte er sich. Wenn mich ein böser Hund, ein erzürnter größerer Kamerad verfolgte und meine Lage heikel wurde, dann, im schwierigsten Augenblick, war das Männlein da, lief vor mir, zeigte mir den Weg, brachte Rettung. Er zeigte mir die lose Latte im Gartenzaun, durch die ich im letzten bangen Augenblick den Ausweg gewann, er machte mir vor, was gerade zu tun war: sich fallenlassen, umkehren, davonlaufen, schreien, schweigen. Er nahm mir etwas, was ich essen wollte, aus der Hand, er führte mich an den Ort, wo ich verlorengegangene Besitztümer wiederfand. Es gab Zeiten, da sah ich ihn jeden Tag. Es gab Zeiten, da blieb er aus. Diese Zeiten waren nicht gut, dann war alles lau und unklar, nichts geschah, nichts ging vorwärts.

Einmal, auf dem Marktplatz, lief der kleine Mann vor mir her und ich ihm nach, und er lief auf den riesigen Marktbrunnen zu, in dessen mehr als mannstiefes Steinbecken die vier Wasserstrahlen sprangen, turnte an der Steinwand empor bis zur Brüstung, und ich ihm nach, und als er von da mit einem hurtigen Schwung hinein ins tiefe Wasser sprang, sprang ich auch, es gab keine Wahl, und wäre ums Haar ertrunken. Ich ertrank aber nicht, sondern wurde herausgezogen, und zwar von einer hübschen Nachbarsfrau, die ich bis dahin kaum gekannt hatte, und zu der ich nun in ein schönes Freundschafts- und Neckverhältnis kam, das mich lange Zeit beglückte.«

Hesse, Kindheit des Zauberers, GW 6, S. 380f.

Dies ist die schöne Geschichte, mit der Hermann Hesse den Sachverhalt, daß er von klein auf sowohl mit großer Phantasie als auch mit einem ganz eigenen Willen begabt war, poetisch umschrieben hat. Ob er wirklich einmal in den Marktbrunnen sprang, ist nicht verbürgt. In einen anderen Brunnen, der heute nicht mehr existiert und der etwa zweihundert Meter vom Marktbrunnen entfernt, oben am Eingang des Stadtgartens neben dem Georgenäum, stand, ist er aber als Zweijähriger tatsächlich gesprungen. Im Tagebuch der

Mutter findet sich am 11. Juni 1879 die Notiz: »Hermann springt in den Springbrunnen im Georgenäum.«

Bevor wir unter der Halle des Rathauses hindurch unseren Rundgang bergauf in Richtung Georgenäum und Alte Lateinschule fortsetzen, werfen wir noch einen Blick auf das Portal des Rathauses, zu dem seitlich am Gebäude eine Freitreppe hochführt. Dort ist das Wappen der Stadt Calw zu sehen, das Hermann Hesse einmal im Zusammenhang mit einer Erinnerung an seinen Spielkameraden Martin Roos beschreibt, der es auf den Schild seiner Indianerausrüstung gemalt hatte:

»Vor allem war Martin ein ganz vortrefflicher Indianer, und wenn ich seiner denke, so sehe ich ihn meistens in der Rolle und dem Kostüm des Irokesen oder Mohikaners, denn in dieser Rolle habe ich ihn manches Mal bewundert und auch beneidet, so gut stand sie ihm zu Gesicht und so schön verstand er sich herzurichten und zu kostümieren. Vor allem besaß er einen von ihm selbst komponierten und genähten Kopfschmuck, zusammengesetzt aus grell gefärbten Hühner- und natürlichen Hahnenfedern, ein Schmuckstück, um das ich ihn eine Zeitlang sehr beneidete und das mir herzustellen ich nicht fähig war. Ich versuchte es, aber meine Nachahmung war steif und schwunglos neben ihrem Vorbild, auch saß mein Diadem nicht fest genug, so daß ich, sobald unsere Aktionen einen Laufschritt forderten, meinen schlechten Federputz mit einer Hand auf dem Kopf festhalten mußte, während die andere den Bogen oder das Kriegsbeil trug. Und außer dem Kopfschmuck besaß Martin noch eine andere Kostbarkeit: einen gewölbten Schild, durch dessen Mitte schräg ein Goldband lief, auf das er ein Wappen gemalt hatte, das Wappen der Stadt Calw, einen Löwen auf drei Bergen stehend. Auch der Schild war ein Werk seiner geschickten Hände, er verstand sich auf das Zeichnen und Malen, auf das Vergolden und Lackieren, und wenn ich viel darum gegeben hätte, seinen berühmten gewölbten Schild zu besitzen, noch mehr hätte es mir bedeutet, der zu sein, der diesen Löwenschild hatte schnitzen, kleistern, malen und vergolden können. Dabei war ich Martins Arbeit gegenüber nicht ganz kritiklos; es entging mir nicht, daß eigentlich das Calwer Wappen nicht auf den Schild eines Irokesen gehöre ...« *Hesse, Schulkamerad Martin, GW 8, S. 498*

6 Die alte Lateinschule

Wir gehen nun durch die *»heimelige Rathaushalle«* (Hesse) hindurch und stehen auf einem kleinen Platz, der ehemals als Fruchtmarkt diente, vor einem hohen Fachwerkbau, der im Calwer Volksmund der »Salzkasten« genannt wird, da in ihm bis zum Beginn des 19. Jahrhunderts das städtische Salzmonopol untergebracht war. Der untere Teil des Gebäudes dient seit altersher als Feuerwehrmagazin, während die oberen Stockwerke zu Hesses Zeit und bis in die Neuzeit als Schulräume genutzt werden. Hier unterrichtete Hermann Hesses Mutter von 1871 bis 1872 an der Knaben-Realschule Englisch, was zu einiger Aufregung im Städtchen führte, da sie die allererste Frau in Württemberg war, der ein solcher Lehrauftrag genehmigt wurde. Und in diesem Gebäude drückte 16 Jahre später ihr Sohn Hermann die Schulbank:

»Mitten in dem enggebauten alten Städtlein liegt ein phantastisch großes Haus mit vielen kleinen Fenstern und jämmerlich ausgetretenen Vorstaffeln und Treppenstiegen, halb ehrwürdig und halb lächerlich, und ebenso war dem jungen Karl Bauer zumute, welcher als sechzehnjähriger Schüler jeden Morgen und Mittag mit seinem Büchersack hineinging.« — *Hesse, Der Lateinschüler, GW 2, S. 269*

Die Schule, die Hermann Hesse in Calw von 1886 bis 1889 besuchte, war ein Reallyceum, das 1874 durch die Verschmelzung der örtlichen Lateinschule mit der oben erwähnten Knaben-Realschule entstanden war. Im Volksmund wurde die Schule aber weiterhin als »Lateinschule« bezeichnet, da in ihr von der ersten Klasse an auch Latein zum Schulpensum gehörte. Die Schule war insgesamt auf drei Gebäude verteilt. Die beiden unteren Klassen waren im Rathaus untergebracht, die mittleren im Salzkasten und die oberen drei im sogenannten Rektoratsgebäude, das heute als Alte Lateinschule bezeichnet wird und nach einer großzügigen Renovierung u.a. die Calwer Volkshochschule beherbergt. In dieses Gebäude kam Hermann Hesse allerdings nur, wenn er einmal zum Rektor der Schule mußte; die oberen Klassen hat er ja nicht mehr in Calw absolviert, sondern an der Göppinger Lateinschule, im Maulbronner Seminar und am Cannstatter Gymnasium (siehe S. 21 ff.). Zur Alten Lateinschule kann man vom Fruchtmarkt aus auf zwei Wegen gelangen. Entweder geht man rechts vom Salzkasten die Staffeln hoch und steht dann im alten Schulhof, an dessen diagonalem Ende das Gebäude steht. Oder man geht links die Salzgasse bis zum Georgenäum (einem 1871 gestifteten Volksbildungshaus) hoch und biegt dann nach rechts in das Gäßchen ein, das »Zum Zwinger« heißt, da es in alten Zeiten dazu diente, bei Kriegsbedrohung das Vieh der umliegenden Dörfer innerhalb der Stadtmauern aufzunehmen.

Den Unterricht und die Atmosphäre in der Calwer Lateinschule hat Hermann Hesse in seiner Erzählung *»Unterbrochene Schulstunde«* wiedergegeben:

»In unserem wenig geliebten Klassenzimmer der Calwer Lateinschule saßen wir Schüler eines Vormittags über einer schriftlichen Arbeit. Es war in den ersten Tagen nach längeren Ferien, kürzlich erst hatten wir unsere blauen Zeugnishefte abgeliefert, die unsere Väter hatten unterschreiben müssen, wir waren noch nicht so recht wieder an die Gefangenschaft und Langeweile gewöhnt und empfanden sie darum stärker. Auch der Lehrer, ein Mann von noch längst nicht vierzig Jahren, der uns Elf- und Zwölfjährigen aber uralt erschien, war eher gedrückt als schlechter Laune, wir sahen ihn auf seinem erhöhten Throne sitzen, gelben Gesichts, über Hefte gebeugt, mit leidenden Zügen. […]

Was für eine Arbeit es gewesen sei, mit der unser Lehrer uns beschäftigte, während er hinter der bretternen Verschanzung seines Hochsitzes sich mit Amtsgeschäften befaßte, weiß ich nicht mehr. Auf keinen Fall war es Griechisch, denn es war die ganze Klasse beisammen, während in den Griechischstunden nur wir vier oder fünf »Humanisten« dem Meister gegenübersaßen. Es war das erste Jahr, in dem wir Griechisch lernten, und die Abtrennung von uns »Griechen« oder »Humanisten« von der übrigen Schulklasse hatte dem ganzen Schulleben eine neue Note gegeben. Einerseits fanden wir paar Griechen, wir künftigen Pfarrer, Philologen und anderen Akademiker, uns schon jetzt vom großen Haufen der künftigen Gerber, Tuchmacher, Kaufleute oder Bierbrauer abgehoben und gewissermaßen ausgezeichnet, was eine Ehre und einen Anspruch und An-

sporn bedeutete, denn wir waren die Elite, die für Höheres als Handwerk und Geldverdienen Bestimmten, doch hatte diese Ehre wie billig auch ihre bedenkliche und gefährliche Seite. Wir wußten in ferner Zukunft Prüfungen von sagenhafter Schwere und Härte auf uns warten, vor allem das gefürchtete Landexamen, in dem die humanistische Schülerschaft des ganzen Schwabenlandes zum Wettkampf nach Stuttgart einberufen wurde und dort in mehrtägiger Prüfung die engere und wirkliche Elite auszusieben hatte, ein Examen, von dessen Ergebnis für die Mehrzahl der Kandidaten die ganze Zukunft abhing, denn von jenen, welche diese enge Pforte nicht passierten, waren die meisten damit auch zum Verzicht auf das geplante Studium verurteilt. Und seit ich selber zu den Humanisten, zu den vorläufig für die Elite in Aussicht genommenen und vorgemerkten Schülern gehörte, war mir schon mehrmals, angeregt vermutlich durch Gespräche meiner älteren Brüder, der Gedanke gekommen, daß es für einen Humanisten, einen Berufenen, aber längst noch nicht Auserwählten, recht peinlich und bitter sein müsse, seinen Ehrentitel wieder abzulegen und die letzte und oberste Klasse unserer Schule wieder als Banause zwischen den vielen Banausen abzusitzen, herabgesunken und ihresgleichen geworden. [...]

Augenblicklich freilich, in dieser unfrohen und langweiligen Schulmorgenstunde, da ich über meine längst fertige Schreibarbeit hinweg den kleinen geduckten Geräuschen des Raumes und den fernen, heiteren Tönen der Außenwelt und Freiheit lauschte: dem Flügelknattern eines Taubenfluges, dem Krähen eines Hahnes etwa oder dem Peitschenknall eines Fuhrmanns, sah es nicht so aus, als hätten jemals gute Geister in dieser niederen Stube gewaltet.«

Hesse, Unterbrochene Schulstunde, GW 8, S. 462 ff.

Im folgenden erzählt Hermann Hesse die Begebenheit, wie er vom Lehrer mit dem Zeugnisheft eines Mitschülers zu dessen Wohnhaus im »Krappen« (s. S. 100) geschickt wurde, um bei dessen Eltern zu erkunden, ob die Unterschrift unter dem Zeugnis gefälscht sei.

Den oben geschilderten Lehrer Wilhelm Schmidt (1858-1911) hat Hermann Hesse trotz seiner Strenge geschätzt; in der 1926 geschriebenen Erinnerung *»Aus meiner Schülerzeit«* (In: Kleine Freuden, S. 187ff.) hat er ihn respektvoll gewürdigt. Es gab aber auch andere

Lehrer an der Lateinschule und bedenklichere Vorfälle. In dem 1936 geschriebenen Nachruf auf seinen jüngeren Bruder Hans, der sich das Leben genommen hatte, berichtet Hermann Hesse darüber:

»Die Lateinschule, welche auch mir viele Konflikte gebracht hatte, wurde für Hans mit der Zeit zur Tragödie, auf andere Weise und aus anderen Gründen als für mich, und wenn ich später als junger Schriftsteller in der Erzählung »Unterm Rad« nicht ohne Erbitterung mit jener Art von Schulen abrechnete, so war das leidensschwere Schülertum meines Bruders dazu beinah ebensosehr Ursache wie mein eigenes. Hans war durchaus gutwillig, folgsam und zum Anerkennen von Autorität bereit, aber er war kein guter Lerner, mehrere Lehrfächer fielen ihm sehr schwer, und da er weder das naive Phlegma besaß, die Plagereien und Strafen an sich ablaufen zu lassen, noch die Gerissenheit des Sich-Durchschwindelns, wurde er zu einem jener Schüler, von denen die Lehrer, namentlich die schlechten Lehrer, gar nicht loskommen können, welche sie nie in Ruhe lassen können, sondern immer wieder plagen, höhnen und strafen müssen. Es sind mehrere recht schlechte Lehrer dagewesen, und einer von ihnen, ein richtiger kleiner Teufel, hat ihn bis zur Verzweiflung gequält. Dieser Mann hatte unter anderen bösen Gewohnheiten die, daß er sich beim Abfragen dicht und drohend vor dem Schüler aufstellte, ihn mit schrecklichem Richtergesicht anbrüllte und dann, wenn der verängstigte Schüler natürlich versagte und ins Stottern geriet, seine Frage viele Male wiederholte, in einem rhythmischen Singsang, und dazu im Takt mit seinem eisernen Hausschlüssel auf des Schülers Kopf losschlug. Ich weiß aus späteren Erzählungen meines Bruders, daß dieser böse kleine Tyrann mit seinem Hausschlüssel zwei Jahre lang den kleinen Hans nicht nur Tag für Tag, sondern oft auch bis in die Angstträume der Nacht hinein gepeinigt hat. Oft kam er in einem hoffnungslosen Krampf von Kopfweh und Todesangst aus der Schule nach Hause.«

Hesse, Erinnerung an Hans, GW 10, S. 211 f.

In der Erzählung *»Schön ist die Jugend«* heißt es: *»Ich sah mir im Vorübergehen die alten Kästen an, witterte an den Toren den bekannten ängstlichen Schulduft und entrann aufatmend zur Kirche* *und dem Pfarrhaus.«* Diesem Ratschlag wollen wir folgen, allerdings nicht ohne vorher einen kleinen Rundgang durch den Schulbezirk zu machen, der heute eine Idylle darstellt und nur noch mit einiger Phantasie die Vorstellung zuläßt, daß hier einmal die oben geschilderte schwarze Pädagogik gewaltet haben soll.

Statt des direkten Weges zum nächsten Etappenziel, der Stadtkirche, wäre für Leute, die Treppensteigen nicht scheuen und gerne Aussicht und Überblick haben, ein Besuch des »Langen«, des letzten Wachturmes der alten Stadtbefestigung, zu empfehlen, der in der Zwingergasse nur wenige Schritte oberhalb der Alten Lateinschule steht; er ist allerdings nicht zu jeder Zeit zu besteigen. Der Turm existiert bereits seit dem 15. Jahrhundert, wurde aber 1692 zusammen mit der Stadt von den Truppen des französischen Sonnenkönigs Ludwig XIV. zerstört und 1706 in der heutigen Form als Wach- und Kerkerturm wiedererrichtet.

Einen ähnlich guten Panoramablick über die Calwer Altstadt kann man sich aber auch dadurch verschaffen, daß man die Mühe auf sich nimmt, die ca. 50 Schritte weiter auf der linken Seite zwischen den Häusern steil den Hang hinaufführenden »Hundert Stäffele« (genau gezählt sind es 116 Stufen) zur Schillerstraße hochzusteigen und auf dieser ebenen, hoch am Berg wie eine Aussichtsterrasse gelegenen Straße ein Stück zu gehen.

7 Stadtkirche und Dekanat

Die evangelische Stadtkirche, die das Stadtbild Calws dominiert, ist von der Alten Lateinschule nur einen Steinwurf entfernt. Es steht lediglich ein moderner blech- und glasverkleideter Neubau dazwischen, dem eines der stattlichsten Häuser am Marktplatz, das alte Landratsamt, geopfert wurde. Das mächtige Schiff der im neugotischen Stil erbauten Kirche ist in den Berg hineingeschmiegt und reicht bis zur Zwingergasse hinauf. Der Chor und der hohe spitze Turm stehen erhöht über dem oberen Marktplatz. Zu Hesses Kinderzeit führte eine halbrund um die Kirche angelegte, breit ausladende Freitreppe zum Marktplatz hinab, der damals noch tiefer lag, da die Aufschüttung, auf der seit 1902 die Straße den Marktplatz an der Kirche vorbei bergauf verläßt, noch nicht gebaut war. Zu jener Zeit hatte die Kirche auch noch nicht ihren spitzen Turm, sondern eine sogenannte welsche Haube (siehe Abb. S. 12). Ihr heutiges Aussehen erhielt die Kirche nach 1884, als eine tiefgreifende Sanierung mit weitgehendem Neubau durchgeführt werden mußte, da die nach der gewaltsamen Zerstörung 1692 rasch wiederaufgebaute Kirche große Schäden an der Bausubstanz zeigte. Von der alten Kirche blieben nur der spätgotische Chor und der Turmsockel erhalten.

Die Calwer Stadtkirche hat im Familienleben der Hesses eine große Bedeutung gehabt, da sowohl der Großvater Gundert als auch der Vater in ihr immer wieder in Vertretung für den Dekan oder den Stadtpfarrer gepredigt haben. Sonntägliche Gottesdienstbesuche waren natürlich obligatorisch; Hermann Hesse hat seine diesbezüglichen Erfahrungen in der Erzählung *»Kinderseele«* anschaulich wiedergegeben:

»Am Morgen war Sonntag, und noch im Bett empfand ich, wie den Geschmack einer Frucht, das eigentümliche, sonderbar gemischte, im ganzen aber so köstliche Sonntagsgefühl, wie ich es seit meiner Schulzeit kannte. Der Sonntagmorgen war eine gute Sache: Ausschlafen, keine Schule, Aussicht auf ein gutes Mittagessen, kein Geruch nach Lehrer und Tinte, eine Menge freie Zeit. Dies war die Hauptsache. Schwächer nur klangen andere, fremdere, fadere Töne hinein: Kirchgang oder Sonntagsschule, Familienspaziergang, Sorge um die schönen Kleider.

[...] Beim Frühstück waren wir alle vergnügt. Es wurde mir die Wahl zwischen Kirche und Sonntagschule gelassen. Ich zog, wie immer, die Kirche vor. Dort wurde man wenigstens in Ruhe gelassen und konnte seine Gedanken laufen lassen; auch war der hohe, feierliche Raum mit den bunten Fenstern oft schön und ehrwürdig, und wenn man mit eingekniffenen Augen durch das lange dämmernde Schiff gegen die Orgel sah, dann gab es manchmal wundervolle Bilder; die aus dem Finstern ragenden Orgelpfeifen erschienen oft wie eine strahlende Stadt mit hundert Türmen. Auch war es mir oft geglückt, wenn die Kirche nicht voll war, die ganze Stunde ungestört in einem Geschichtenbuch zu lesen.« *Hesse, Kinderseele, GW 5, S. 194ff.*

Blick von der Altburger Straße zur Calwer Stadtkirche um die Jahrhundertwende. Das Haus vor der Kirche mit dem breiten Treppenvorbau ist das Dekanat, das im »Vierten Lebenslauf Josef Knechts« als »Spezialat« vorkommt

In einem der Rundbriefe, die Hermann Hesse in seinen späten Jahren ab und zu an Freunde und Verwandte schrieb, erinnert er sich 1954 auch an einige festliche Musikveranstaltungen um 1890 in der Stadtkirche, bei denen sein Onkel Friedrich, der Bruder der Mutter, den Kirchengesangverein leitete und seine damals ungefähr 24 und 21 Jahre alten Halbbrüder Theodor und Karl Isenberg Gesangssoli übernommen hatten:

»An Ostern hörte ich im Radio auch dies Jahr wieder die Matthäus-Passion. Diese sakrale Feier erlebe ich jedesmal etwas anders, denn bis in meine Knabenjahre zurück, wo ich das von der Mutter mitgegebene Stückchen Schokolade längst vor dem Ende des ersten Teiles schon aufgegessen hatte und die vielen Wiederholungen in den Arien und Chören, zumal im Schlußchor, nur mit Ungeduld ertrug, da ich so langem passivem Stillsitzen noch nicht gewachsen war, hat dies Erlebnis so viele Vorgänger, daß die Erinnerungen in ganzen Schwärmen kommen und einander überschneiden. Doch sind die frühen unter ihnen stets die stärksten: jene technisch unvollkommenen, von Ausführenden und Hörern aber tief erlebten Passionen in der Calwer Kirche unter der Leitung meines Onkels Friedrich, der die schönen dunkeln Augen meiner Mutter hatte und in dessen Kirchenchor meine Schwestern und Basen mitsangen. Am genauesten hat mein Musikgedächtnis eine Aufführung bewahrt, bei der meine beiden älteren Stiefbrüder die Rollen des Evangelisten und des Christus sangen und bei der ich schon die Beklommenheit und Kinderungeduld jener frühesten Aufführung überwunden hatte. Es mochte bei den ungezählten späteren Passionen, die ich hörte, den Christus und den Evangelisten wer immer singen, gewisse Stellen hörte ich doch jedesmal mit den Stimmen und dem Ausdruck meiner Brüder wieder.«

Hesse, Notizblätter um Ostern, GW 10, S. 381 f.

In einem Brief an seine Schwester Adele erinnert sich Hesse auch daran, wie auf dem Kirchturm *»oben auf der Galerie bei den Glokken am Sonntagmorgen die Stadtmusikanten den Choral bliesen«*.

Neben dem Kirchturm steht eine große Linde, die die Kirchberglinde genannt wird. Sie wurde 1817 zur Erinnerung an das dreihundertjährige Jubiläum der Reformation gepflanzt. Sie hatte bereits zu

Hesses Jugendzeit eine ansehnliche Größe und wird von ihm verschiedentlich erwähnt. In *»Unterm Rad«* entdeckt Hans Giebenrath ihre Schönheit, als er am Tag vor der Landexamenprüfung nach einem Abschiedsbesuch beim Rektor erleichtert die benachbarte Lateinschule verläßt:

»Hans trat aufatmend aus dem Schulhaus. Die großen Kirchberglinden glänzten matt im heißen Sonnenlicht des Spätnachmittags, auf dem Marktplatz plätscherten und blinkten beide großen Brunnen, über die unregelmäßige Linie der Dächerflucht schauten die nahen, blauschwarzen Tannenberge herein.«

Hesse, Unterm Rad, GW 2, S. 12

Auch der Vagabund *Knulp* aus der gleichnamigen Erzählung liebt *»die Kirchberglinde mit dem kleinen Rasenstück«* als einen besonders schönen Ort im Städtchen und vergißt deshalb nicht, ihn bei seinem letzten Gang durch Gerbersau aufzusuchen, mit dem er Abschied nimmt von der Stadt.

Oberhalb der Kirche, wo der Marktplatz in die Altburger Straße übergeht, steht als zweites Haus das Dekanat, das an seinem breiten Treppenvorbau erkennbar ist. Hermann Hesse hat es in *»Der vierte Lebenslauf Josef Knechts«* beschrieben:

»Der Spezial wohnte nahe der Kirche in einem schönen steinernen Amtshause, das von der Gasse etwas zurückstand und mit ihr durch eine breite, schwer gemauerte Treppe mit acht oder zehn Stufen verbunden war. Ein Portal mit massiver Nußbaumtür und schwerem Messingbeschlag führte ins Haus, das man Spezialat nannte, aber im Erdgeschoß dieses Hauses waren keine Wohnräume, nur eine große leere Vorhalle mit Steinfliesen und ein saalartiger, flach gewölbter Raum für Sitzungen; hier konferierten zuweilen die Gemeindeältesten und kamen alle paar Wochen die Geistlichen der Umgegend bei ihrem Vorgesetzten und Visitator zu einer kollegialen Geselligkeit mit Vorträgen und Disputationen zusammen. Die Wohnung des Spezials und seiner Familie lag ein Stockwerk höher.«

Hesse, Der vierte Lebenslauf Josef Knechts, in:
Prosa aus dem Nachlaß, S. 443 ff.

Gegenüber vom Dekanat führt eine Steintreppe zum Marktplatz mit dem Oberen Marktbrunnen hinab. Unten beim Brunnen stehend, muß man sich vergegenwärtigen, daß zu Hesses Jugendzeit und noch bis ins Jahr 1901 der gesamte Marktplatz auf der Ebene dieses Brunnens lag. Die stadtauswärts führende Altburger Straße stieg damals erst am Ende des Platzes steil an. Vom tiefgelegenen Marktplatz führte, wie bereits erwähnt, eine mächtige Steintreppe, die mit der berühmten Freitreppe vor der St. Michaelskirche in Schwäbisch Hall verglichen wurde, zur Kirche hinauf. Diese versperrte jedoch nicht den Blick vom Oberen zum Unteren Marktbrunnen und zum Rathaus, wie es heute die 1901/1902 vorgenommene Straßenaufschüttung mit der Stützmauer beim Oberen Marktbrunnen tut. Die Mauer hat deshalb im Volksmund die Bezeichnung »Calwer Klagemauer« erhalten, da viele Calwer nach ihrer Errichtung die Beeinträchtigung der zuvor einheitlichen und übersichtlichen Gestaltung des Marktplatzes und die dadurch verursachte Aufteilung in einen unteren und einen kleineren oberen Marktplatz heftig beklagten.

Der obere Marktplatz wird durch ein stattliches, mit der Breitseite zum Platz stehendes Gebäude abgeschlossen. Wie nahezu alle repräsentativen bürgerlichen Gebäude der Stadt wurde es nach Plänen des württembergischen Hofbaumeisters Reinhard Ferdinand Fischer erbaut (um 1812). In diesem ist heute das Hermann-Hesse-Museum und die Galerie der Stadt Calw untergebracht. In Hesses Jugend wurde das Gebäude allgemein als das Doktorhaus bezeichnet, da in ihm bis zum Jahr 1877 der Stadtdoktor Emil Schüz wohnte. Dr. Schüz, ein weitgereister Mann, war im Kreis der Calwer Stadthonoratioren eine auffällige Persönlichkeit. Durch seine Eigenheiten erregte er immer wieder die Phantasie und Neugier der Kleinstädter. Nicht nur, daß er einen Pflanzengarten mit fremdländischen Gewächsen pflegte und eine Reihe exotischer Tiere hielt, die er von seinen Reisen mitgebracht hatte – eines Tages brachte ihm ein befreundeter Afrikamissionar einen verwaisten »Mohrenknaben« zur Erziehung und Ausbildung mit. Die Aufregung, die dieser neue Mitbewohner in Calw verursachte, kann man sich leicht vorstellen. Indes, Daud, wie der etwa neunjährige Mohrenknabe hieß, ging bald in Calw in die Schule und lernte das schönste Schwäbisch sprechen; er starb allerdings bereits mit 17 Jahren 1877, zwei Monate nach Hermann Hesses Geburt.

Das Hermann-Hesse-Museum im Schüzschen Haus am Marktplatz Nr. 30 ist ganzjährig geöffnet. Es bietet in neun mit Hesse-Schätzen reich bestückten Räumen eine von dem Herausgeber der Hesse-Werke im Suhrkamp Verlag, Volker Michels, und dem Designer Heiko Rogge hervorragend konzipierte, übersichtliche und anschauliche Ausstellung zum Leben und Werk Hermann Hesses. Der erste Raum steht unter dem Thema »Pietistische Herkunft und missionarisches Sendungsbewußtsein« und zeigt Photos und Dokumente aus der Missionstätigkeit der Eltern und Großeltern nebst zahlreichen Büchern und Zeugnissen des Calwer Verlagsvereins. »Das Erbe der Väter in Werk und Wirken Hermann Hesses« ist im zweiten Raum dokumentiert. Der dritte Raum ist der Verbindung von Hermann Hesse zu seiner Geburtsstadt Calw vorbehalten und trägt den Titel »Calw – Urbild aller Menschenheimaten und Menschengeschicke«. Den mit der Calwer Zeit verflochtenen Lebensstationen Göppingen (Lateinschulzeit 1890/91), Maulbronn (Seminarzeit 1891/92), Bad Boll und Stetten (psychiatrische Behandlung 1892) und Cannstatt (Gymnasialzeit 1892/93) ist der vierte Raum gewidmet. Die Dokumentation seiner Buchhändlerzeit in Tübingen und Basel (1895-1904), in die auch seine ersten Italienreisen fallen, geschieht in Raum 5 unter der Überschrift »Zielstrebige Umwege: Tübingen, Basel, Italien«. Die Gaienhofener Zeit (1904-1912) wird in Raum 6 unter dem Stichwort »Episode der Seßhaftigkeit« vor Augen geführt; in diesem Raum steht ein Glanzstück der Ausstellung: Hesses berühmte Schreibmaschine »Smith Premier No. 4«, auf der er ab 1908 alle Manuskripte und zigtausende Briefe geschrieben hat; hier ist Realität geworden, was Hesse in einem ironischen Gedicht von 1926 vorausgesehen hat:

»Unter anderen herrlichen Trophäen
In des Volksmuseums Heiligtum
Sieht man seine Schreibmaschine stehen,
Sonntags viel bestaunt vom Publikum.«

Die Indienreise 1911, die auch in die Gaienhofener Zeit gefallen ist, wird im selben Raum dokumentiert. Im folgenden 7. Raum wird die Übersiedlung in die Schweiz nach Bern (1912-1919) gezeigt und das düstere Kapitel des Ersten Weltkrieges drastisch vor Augen geführt. Heitere Farben zeigt dagegen der nächste Raum, der Hesses »Neubeginn im Süden – Als Maler in Montagnola« veranschaulicht und eine schöne kleine Sammlung von Originalaquarellen Hesses zeigt. Einen opulenten Schlußpunkt setzt der große letzte Raum, der unter dem Motto »Vom Steppenwolf zum Magister Ludi« steht und von einer Plakatsäule in der Mitte beherrscht wird, die für das »Magische Theater« aus dem *»Steppenwolf«* wirbt und in ihrem Innern, das man durch eine Klappe einsehen kann, eine kleine magische Überraschung birgt. – Alles in allem ist das Hermann-Hesse-Museum ein erfreuliches Beispiel gelungener Museumspädagogik, das umso erfreulicher ist, als es zeigt, daß nicht nur in den Metropolen erstklassige Museumsarbeit realisierbar ist. Calw hat durch dieses Museum kulturell sehr viel gewonnen. Man sollte sich für die Besichtigung mindesten zwei Stunden Zeit nehmen.

Die im selben Haus untergebrachte sehr beachtenswerte »Galerie der Stadt Calw« zeigt im ständigen Teil ihrer Ausstellung Werke von vier bedeutenden Malern und Zeichnern, die aus Calw stammen oder deren Lebensweg sich auf die eine oder andere Weise eng mit dieser Stadt verknüpft hat: Rudolf Schlichter (1890 in Calw geboren), Kurt Weinhold (1896-1965), Richard Ziegler (1891-1992) und Gunter Böhmer (1911-1986).

Im Zusammenhang mit dem Dichter ist dabei der Maler, Zeichner und Buchillustrator *Gunter Böhmer* von besonderem Interesse, da dieser von 1933 bis zu Hesses Tod 1962 in engem freundschaftlichem Kontakt mit dem Dichter in Montagnola gelebt hat (vgl. S. 282 und 302f.). Er kam 1933 als junger Emigrant auf Einladung Hesses nach Montagnola und bezog auf dessen Vermittlung eine Atelierwohnung in der Casa Camuzzi, in der Hesse selbst lange Zeit gewohnt hatte. In den folgenden 30 Jahren entwickelte sich Gunter Böhmer zu einem der renommiertesten Buchillustratoren, wobei er natürlich auch Werke Hesses illustrierte. Zu seinen frühesten Hesse-Illustrationen gehören die 1933 entstandenen Graphiken zum *»Hermann Lauscher«*, die heute noch die Taschenbuchausgabe des Insel Verlags schmücken, sowie die schlichten Federzeichnungen mit Calwer Motiven zu dem von Hesses Schwester Adele herausgegebenen Bändchen *»Marie Hesse. Ein Lebensbild in Briefen und Tagebüchern«*. Zum Spätwerk Böhmers zählen umfangreiche kongeniale Illustrationszyklen zu Hesses Romanen *»Steppenwolf«* und *»Unterm Rad«*, die in Sonderausgaben des Suhrkamp Verlags veröffentlicht wurden. Von diesem illustratorischen Œuvre zu Werken Hesses hat sich das Calwer Hesse-Museum und die Galerie der Stadt Calw, teils durch Schenkungen Böhmers, teils durch Ankäufe, eine beachtliche Anzahl Originale sichern können. Ihre Ausstellung in der Galerie ergänzt die Ausstellung des Hesse-Museums in idealer Weise.

9 Wohnhaus der Familie Hesse in der Ledergasse (1889-1893)

Um zur nächsten Station unseres Rundgangs zu gelangen, gehen wir vom Hermann-Hesse-Museum wieder den Marktplatz hinab in Richtung Rathaus. Die Häuser am Marktplatz, an denen man bei diesem Gang vorbeikommt, beherbergten vor einem Jahrhundert folgende Geschäfte: die Alte Apotheke, eine Konditorei, eine Gemischtwarenhandlung, ein Photographenatelier, die Neue Apotheke, das Oberamtsgericht (abgerissen und durch Neubau ersetzt), ein Aussteuergeschäft, einen Hutladen und eine Buchhandlung. In letzterem Haus befindet sich heute die Volksbank; daneben zweigt die schmale Kronengasse ab, die durch den Neubau des »Calwer Markts« noch schmäler geworden und nur noch für Fußgänger passierbar ist.

Die Kronengasse führt fast direkt auf das ehemalige Wohnhaus der Familie Hesse in der Lederstraße zu; es ist dort das ein Haus weiter abwärts stehende, etwas zurückversetzte Gebäude, das heute im Erdgeschoß ein Raumausstattungsgeschäft beherbergt. Hier wohnte die Familie von September 1889 bis Juni 1893, also während Hermann Hesses Göppinger, Maulbronner und Cannstatter Schulzeit, in einer Fünfzimmerwohnung. Über die Gründe des Umzugs erfahren wir aus dem Tagebuch der Mutter:

»1889. In diesem Jahr steigerte sich das Schwierige der Verhältnisse bis zur Unerträglichkeit. Johannes wurde immer nervöser und elender, schlaflos, durch Kopfschmerzen fast arbeitsunfähig. Ich war halb gemütsleidend ... Wiederholt hatte mir Johannes erklärt, er könne nicht gesund werden in dem Calwer Verlagsvereinshaus und all den verzwickten Verhältnissen und Aufgaben dort. Papa hat es offenbar geschmerzt; aber er ahnte nicht, wieviel es uns gekostet, wie schwere Opfer wir ihm in diesen dreieinviertel Jahren gebracht haben. Trennung ist unumgänglich notwendig ...

Am 16. September 1889 zogen wir in die neue Wohnung (in der Ledergasse), die sonnig und behaglich ist. Gott sei Dank, nun haben wir wieder ein Heim!« *Marie Hesse, Ein Lebensbild, S. 199*

Die »verzwickten Verhältnisse« bestanden vor allem zu Marie Hesses zwanzig Jahre älterer Kusine Jettle Ensslin (1824 – 1914), die im Verlagsverein Hermann Gunderts rechte Hand war und im Haus ein strenges Regiment führte, was bei Johannes und Marie Hesse ein Gefühl der Beengtheit und des Gouverniertwerdens auslöste. Zudem hatte der Vater Hesse aber auch gewisse Probleme, sich in so unmittelbarer Nähe des sehr dominanten Großvaters Gundert zu behaupten.

Im Magazin des Calwer Heimatmuseums wird das alte Tor des Hauses in der Ledergasse aufbewahrt. Dieses ist oben mit einer eiförmigen Schnitzerei verziert, die einen abstrahierten Menschen- oder Vogelkopf zeigt. Es wird deshalb vermutet, daß diese Schnitzerei Hesses Vorbild für das Torwappen war, das im Roman *»Demian«* eine Rolle spielt.

Nur wenige Häuser weiter unten in der Ledergasse, auf der anderen Straßenseite, wo die Biergasse in die Ledergasse einmündet, gab es im Eckhaus zu Hesses Jugendzeit einen Krämerladen, in dem Hermann Hesse häufig Einkäufe für die Familie machen mußte. Doch er trieb sich dort mit Kameraden auch noch zu anderen Zwekken herum: Der Inhaber des Geschäftes war für die Gassenbuben ein beliebtes Opfer für ihre Lausbubenstreiche. Warum das so war, erklärt Hermann Hesse am Beginn seiner kleinen Erzählung *»Ein Knabenstreich«*:

»Der Sammetwedel war Besitzer eines stattlichen Kramladens in der Ledergasse. Die Entstehung seines Kosenamens ist von etymologischem Interesse. Er hieß ursprünglich Samuel, und aus diesem Vornamen, den unser Dialekt langsam und nasal ausspricht, und aus der salbungsvoll weichlichen Sanftmut seines Trägers erwuchs diesem der endgültige Spitzname Sammetwedel. Er handelte mit Wein und Rosinenmost, mit Zigarren, Kolonialwaren, Kleiderstoffen und sonst noch mit den verschiedensten nützlichen und gewinnbringenden Artikeln.

Samuel war sehr fromm. Er besuchte nicht nur regelmäßig die Kirche – das taten alle anständigen und klugen Geschäftsleute –, sondern er lief auch zu den Versammlungen und Betstunden der Pietisten in Gerbersau und auf dem Lande. Beim Sprechen rieb er sich demütig und weichlich die blassen Hände aneinander, blickte öfters mit rührendem Augenaufschlage nach oben und pries mit lächelnd-selbstloser Gebärde seine Weine an. Auch seine Kleidung hatte etwas Demütig-Frommes, war altmodisch im Schnitt, dunkelgrau oder schwarz und hielt sich auf der Grenze zwischen sparsam und schäbig. Der unglückliche Mann war die Zielscheibe unaufhörlicher Nekkereien. Wir Zwölfjährigen läuteten an seiner Haustür, schrieben ihm ulkige Briefchen, grüßten ihn mit ironisch übertriebener Hochachtung und belagerten oft ganze Abende lang seine Ladentreppe.«

Hesse, Ein Knabenstreich, GE 1, S. 252

In der Erzählung selbst wird sodann ein Streich geschildert, den Hermann Hesse gegen den Sammetwedel ausheckte und der damit endete, daß er vom Vater eine Tracht Prügel bekam und sich entschuldigen mußte.

Dem »Sammetwedel-Haus« gegenüber steht das nach dem Theologen und Schriftsteller Johann Valentin Andreä, der von 1620 bis 1639 Dekan in Calw war, benannte Gemeindehaus der Evangelischen Kirchengemeinde. In diesem stattlichen Gebäude befanden sich bis zum Jahr 1797 die Manufakturräume der bedeutenden Calwer Zeughandels-Compagnie.

Die folgende Etappe des Rundgangs ist mit einem Fußmarsch von einem halben Kilometer verbunden und führt durch die Ledergasse zur Unteren Brücke und an der »Insel« und am »Brühl« vorbei zum Familiengrab Gundert-Hesse auf dem Calwer Friedhof. Wer diesen Marsch nicht auf sich nehmen möchte, kann eine Abkürzung nehmen und über den neben dem Andreähaus über die Nagold führenden Weinsteg gleich in die Bischofstraße hinüber zu den Zielen der 11. und letzten Etappe des Rundgangs (Onkel Friedrichs Haus und Calwer Heimatmuseum) gehen. Der Weinsteg zeigt auch noch einmal einen schönen Blick auf die unteren Calwer Nagoldpartien. Das ehemalige Haus von Hermann Hesses Onkel Friedrich Gundert, das sogenannte Steinhaus, ist vom Steg aus leicht zu erkennen: Es ist das unmittelbar links vom Steg liegende mächtige Haus mit dem Doppelgiebel, dem Rundtor und der eigenwilligen Fensterreihe auf halber Höhe; das herrschaftliche Haus rechts daneben ist das Heimatmuseum (Näheres siehe Etappe 11).

10 Insel, Brühl und Friedhof mit dem Familiengrab Gundert-Hesse

Vom Andreä-Haus gehen wir die Ledergasse weiter hinunter. An ihrem unteren Ende kommen wir in jene Gegend der Stadt, die in den Erzählungen *»Der Zyklon«* und *»Herr Claasen«* eine Rolle spielt: die Inselgasse, die »Insel« und die Untere Brücke, die zum »Brühl« hinüberführt. Allerdings hat sich in dieser Gegend das Stadtbild grundlegender verändert als an anderen Stellen, so daß einige Phantasie notwendig ist, damit die Schauplätze der Hesseschen Erzählungen vor dem Auge lebendig werden:

Die Inselgasse und die »Insel«, die Hesse in der Erzählung *»Herr Claasen«* als *»altes enges Häusergewinkel«* bzw. *»ärmliches und etwas finsteres Fabrikviertel«* beschreibt, ist nur noch rudimentär vorhanden. Aus der vorher engen Inselgasse ist durch Abbruch der kompletten rechten Häuserreihe die Schneise geworden, durch die seit den 70er Jahren die breite Umgehungsstraße in Richtung Calw-Wimberg führt. Und die »Insel« ist längst keine Insel mehr, da der Nagoldarm, der einst hinter der rechten Häuserreihe der Inselgasse floß, vor Jahrzehnten bereits im Vollzug der Nagoldregulierung trockengelegt und zugeschüttet worden ist.

Die Inselgasse spielt in Hesses Erzählung *»Hans Dierlamms Lehr-*

zeit« eine Rolle. Dort wohnt die aus Italien stammende Familie der schönen Maria Testolini, die die aufkeimenden Sehnsüchte des Schlosserlehrlings Hans Dierlamm zu beherrschen beginnt. Die italienischen Familien in der Inselgasse waren in den 60er Jahren des 19. Jahrhunderts im Gefolge des Eisenbahnbaus, bei dem viele Italiener als billige Arbeitskräfte beschäftigt worden waren, nach Calw gekommen. Die Gegend der Inselgasse, die auch heute noch von Gastarbeiterfamilien bewohnt wird, wie mehrere Lokale mit ausländischen Namen zeigen, kann also auf eine weit über hundertjährige Geschichte als Wohnviertel ausländischer Mitbürger zurückblicken.

Zu Hesses Jugendzeit teilte sich die Nagold oberhalb der Unteren Brücke an einem Stauwehr in zwei Arme, die vor der Brücke eine kleine Wiesenaue und unterhalb der Brücke das heute im Besitz der »Calwer Decken- und Tuchfabriken« befindliche Gelände umflossen. Die Wasserkraft der beiden Flußarme wurde dabei von den Fabriken genutzt, die auf der »Insel« standen und zum Teil noch stehen. Das mehrstöckige Gebäude mit dem flachen, hellgrauen Dach ist z.B. jene Spinnerei, die in der Erzählung *»Der Zyklon«* beschrieben ist. In ihr arbeitet Berta Vögtlein, die in den Erzähler verliebt ist. Das Erlebnis des Erzählers mit ihr während des verheerenden Wirbelsturms, der am 1. Juli 1895 über Calw hinwegfegte, schildert Hermann Hesse so:

»Die sonderbar schwüle, gepreßte Stille jenes Nachmittags ist mir unvergeßlich geblieben. Ich trug meinen Fischeimer flußabwärts bis zum unteren Steg [ehemaliger Steg unterhalb der Unteren Brücke], *der schon zur Hälfte im Schatten der hohen Häuser lag. Von der nahen Spinnerei hörte man das gleichmäßige, einschläfernde Surren der Maschinen, einem Bienenfluge ähnlich, und von der Obermühle her schnarrte jede Minute das böse, schartige Kreischen der Kreissäge. Sonst war es ganz still, die Handwerker hatten sich in den Schatten der Werkstätten zurückgezogen, und kein Mensch zeigte sich auf der Gasse. Auf der Mühlinsel watete ein kleiner Bub nackt zwischen den nassen Steinen umher. Vor der Werkstatt des Wagnermeisters lehnten rohe Holzdielen an der Wand und dufteten in der Sonne überstark, der trockene Geruch kam bis zu mir herüber und war durch den satten, etwas fischigen Wasserduft hindurch deutlich zu spüren.*

Die Nagold bei der Unteren Brücke in früherer Zeit. Rechts die von zwei Nagoldarmen gebildete »Insel«, Schauplatz der Erzählung »Der Zyklon«

Die Fische hatten das ungewöhnliche Wetter auch bemerkt und verhielten sich launisch. [...] Mir schien, es müsse irgendein schlechtes Abwasser die Fische vertrieben haben, und da ich noch nicht nachzugeben gesonnen war, besann ich mich auf einen neuen Standort und suchte den Kanal der Spinnerei auf. Kaum hatte ich dort einen Platz bei dem Schuppen gefunden und meine Sachen ausgepackt, so tauchte an einem Treppenfenster der Fabrik die Berta auf, schaute herüber und winkte mir. Ich tat aber, als sähe ich es nicht, und bückte mich über meine Angel.

Das Wasser strömte dunkel in den gemauerten Kanal, ich sah meine Gestalt darin mit wellig zitternden Umrissen gespiegelt, sitzend, der Kopf zwischen den Fußsohlen. Das Mädchen, das noch drüben am Fenster stand, rief meinen Namen herüber, ich starrte aber regungslos ins Wasser und wendete den Kopf nicht um.

Mit dem Angeln war es nichts, auch hier trieben sich die Fische hastig wie in eiligen Geschäften umher. [...] Ich zog die Angelschnur heraus, um meine Hände an den Wassertropfen zu erfrischen, und begann mein Zeug zusammenzupacken.

Als ich aufstand, sah ich auf dem Platz vor der Spinnerei den Staub in kleinen spielenden Wölkchen wirbeln, plötzlich stieg er hoch und in eine einzige Wolke zusammen, hoch oben in den Lüften flohen Vögel wie gepeitscht davon, und gleich darauf sah ich talherabwärts die Luft weiß werden wie in einem dicken Schneesturm. Der Wind, sonderbar kühl geworden, sprang wie ein Feind auf mich herab, riß die Fischleine aus dem Wasser, nahm meine Mütze mit und schlug mich wie mit Fäusten ins Gesicht.

Die weiße Luft, die eben noch wie eine Schneewand über fernen Dächern gestanden hatte, war plötzlich um mich her, kalt und schmerzhaft, das Kanalwasser spritzte hoch auf wie unter schnellen Mühlenradschlägen, die Angelschnur war fort, und um mich her tobte schnaubend und vernichtend eine weiße brüllende Wildnis, Schläge trafen mir Kopf und Hände, Erde spritzte an mir empor, Sand und Holzstücke wirbelten in der Luft.

Alles war mir unverständlich; ich fühlte nur, daß etwas Furchtbares geschehe und daß Gefahr sei. Mit einem Satz war ich beim Schuppen und drinnen, blind vor Überraschung und Schrecken. Ich hielt mich an einem eisernen Träger fest und stand betäubte Sekunden atemlos in Schwindel und animalischer Angst, bis ich zu begreifen begann. Ein Sturm, wie ich ihn nie gesehen oder für möglich gehalten hatte, riß teuflisch vorüber, in der Höhe klang ein banges oder wildes Sausen, auf das flache Dach über mir und auf den Erdboden vor dem Eingang stürzte weiß in dicken Haufen ein grober Hagel, dicke Eiskörner rollten zu mir herein. Der Lärm von Hagel und Wind war furchtbar, der Kanal schäumte gepeitscht und stieg in unruhigen Wogen an der Mauer auf und nieder.

Ich sah, alles in einer Minute, Bretter, Dachschindeln und Baumzweige durch die Luft dahingerissen, fallende Steine und Mörtelstücke, alsbald von der Masse der darüber geschleuderten Hagelschlossen bedeckt; ich hörte wie unter raschen Hammerschlägen Ziegel brechen und stürzen, Glas zersplittern, Dachrinnen stürzen.

Jetzt kam ein Mensch dahergelaufen, von der Fabrik her quer über den eisbedeckten Hof, mit flatternden Kleidern schräg wider den Sturm gelegt. Kämpfend taumelte die Gestalt näher, mir entgegen, mitten aus der scheußlich aufgewühlten Sintflut. Sie trat in den Schuppen, lief auf mich zu, ein stilles fremd-bekanntes Gesicht mit *großen liebevollen Augen schwebte mit schmerzlichem Lächeln dicht vor meinem Blick, ein stiller warmer Mund suchte meinen Mund und küßte mich lange in atemloser Unersättlichkeit, Hände umschlangen meinen Hals, und blondes feuchtes Haar preßte sich an meine Wangen, und während ringsum der Hagelsturm die Welt erschütterte, überfiel ein stummer, banger Liebessturm mich tiefer und schrecklicher.«* *Hesse, Der Zyklon, GW 2, S. 405 ff.*

Als der Zyklon vorüber ist (und zugleich auch die Romanze mit Berta), macht sich der Erzähler auf den Weg, um die Schäden zu besichtigen, die der Sturm angerichtet hat:

»Nun vergaß ich alles, was eben noch gewesen war, und fühlte nichts als eine wilde, ängstliche Neugierde, zu sehen, was eigentlich passiert wäre und wieviel Schlimmes das Wetter angerichtet habe. Alle die zerschlagenen Fenster und Dachziegel der Fabrik sahen im ersten Augenblick recht wüst und trostlos aus, aber schließlich war doch das alles nicht gar so gräßlich und stand nicht recht im Verhältnis zum furchtbaren Eindruck, den der Zyklon mir gemacht hatte. Ich atmete auf, befreit und halb auch wunderlich enttäuscht und ernüchtert: die Häuser standen wie zuvor, und zu beiden Seiten des Tales waren auch noch die Berge da. Nein, die Welt war nicht untergegangen.

Indessen, als ich den Fabrikhof verließ und über die Brücke in die erste Gasse kam, gewann das Unheil doch wieder ein schlimmeres Ansehen. Das Sträßlein lag voll von Scherben und zerbrochenen Fensterläden, Schornsteine waren herabgestürzt und hatten Stücke der Dächer mitgerissen, Menschen standen vor allen Türen, bestürzt und klagend, alles, wie ich es auf Bildern belagerter und eroberter Städte gesehen hatte. Steingeröll und Baumäste versperrten den Weg, Fensterlöcher starrten überall hinter Splittern und Scherben, Gartenzäune lagen am Boden oder hingen klappernd über Mauern herab. Kinder wurden vermißt und gesucht, Menschen sollten auf den Feldern vom Hagel erschlagen worden sein. Man zeigte Hagelstücke herum, groß wie Talerstücke und noch größere.

Noch war ich zu erregt, um nach Hause zu gehen und den Schaden im eigenen Hause und Garten zu betrachten; auch fiel mir nicht ein, daß man mich vermissen könnte, es war mir ja nichts geschehen. Ich beschloß, noch einen Gang ins Freie zu tun, statt weiter durch die Scherben zu stolpern, und mein Lieblingsort kam mir verlockend in den Sinn, der alte Festplatz neben dem Friedhof, in dessen Schatten ich alle großen Feste meiner Knabenjahre gefeiert hatte. Verwundert stellte ich fest, daß ich erst vor vier, fünf Stunden auf dem Heimweg von den Felsen dort vorübergegangen sei; es schienen mir lange Zeiten seither vergangen.

Und so ging ich in die Gasse zurück und über die untere Brücke, sah unterwegs durch eine Gartenlücke unsern roten sandsteinernen Kirchturm wohlerhalten stehen und fand auch die Turnhalle nur wenig beschädigt. Weiter drüben stand einsam ein altes Wirtshaus, dessen Dach ich von weitem erkannte. Es stand wie sonst, sah aber doch sonderbar verändert aus, ich wußte nicht gleich warum. Erst als ich mir die Mühe gab, mich genau zu besinnen, fiel mir ein, daß vor dem Wirtshaus immer zwei hohe Pappeln gestanden waren. Diese Pappeln waren nicht mehr da. Ein uralt vertrauter Anblick war zerstört, eine liebe Stelle geschändet.

Da stieg mir eine böse Ahnung auf, es möchte noch mehr und noch Edleres verdorben sein. Mit einemmal fühlte ich mit beklemmender Neuheit, wie sehr ich meine Heimat liebte, wie tief mein Herz und Wohlsein abhängig war von diesen Dächern und Türmen, Brücken und Gassen, von den Bäumen, Gärten und Wäldern. In neuer Erregung und Sorge lief ich rascher, bis ich drüben bei dem Festplatze war.

Da stand ich still und sah den Ort meiner liebsten Erinnerungen namenlos verwüstet in völliger Zerstörung liegen. Die alten Kastanien, in deren Schatten wir unsere Festtage gehabt hatten und deren Stämme wir als Schulknaben zu dreien und vieren kaum hatten umarmen können, die lagen abgebrochen, geborsten, mit den Wurzeln ausgerissen und umgestülpt, daß hausgroße Löcher im Boden klafften. Nicht einer stand mehr an seinem Platze, es war ein schauerhaftes Schlachtfeld, und auch die Linden und die Ahorne waren gefallen, Baum an Baum. Der weite Platz war ein ungeheurer Trümmerhaufen von Ästen, gespaltenen Stämmen, Wurzeln und Erdblöcken, mächtige Stämme standen noch im Boden, aber ohne Baum, abgeknickt und abgedreht mit tausend weißen, nackten Splittern.

Es war nicht möglich weiterzugehen, Platz und Straße waren haushoch von durcheinandergeworfenen Stämmen und Baumtrümmern gesperrt, und wo ich seit den ersten Kinderzeiten nur tiefen heiligen Schatten und hohe Baumtempel gekannt hatte, starrte der leere Himmel über der Vernichtung.

Mir war, als sei ich selber mit allen geheimen Wurzeln ausgerissen und in den unerbittlich grellen Tag gespien worden. Tagelang ging ich umher und fand keinen Waldweg, keinen vertrauten Nußbaumschatten, keine von den Eichen der Bubenkletterzeit mehr wieder, überall weit um die Stadt nur Trümmer, Löcher, gebrochene Waldhänge wie Gras hingemäht, Baumleichen klagend mit entblößtem Wurzelwerk zur Sonne gekehrt. Zwischen mir und meiner Kindheit war eine Kluft aufgebrochen, und meine Heimat war nicht die alte mehr.« *Hesse, Der Zyklon, GW 2, S. 410ff.*

Wie erregt müßte Hermann Hesse erst heute sein, wenn er seinen Festplatz am Brühl wiedersehen würde. Die Zwänge der modernen automobilen Gesellschaft haben ihn gründlicher umgekrempelt, als es ein Zyklon je hätte tun können: der Platz ist nurmehr ein riesiger Parkplatz, und die wunderbaren Kastanienbäume, die nach der Katastrophe von 1895 nachgepflanzt worden waren und bis in die 60er Jahre unseres Jahrhunderts wieder eine stattliche Größe erreicht hatten und wieder die Herbstwonne der Calwer Schuljugend gewesen waren, fielen in den 70er Jahren dem Streusalz und dem Ausbau der Calwer Durchfahrtsstraße zum Opfer. Einigermaßen unverändert ist lediglich noch die alte, 1870 eingeweihte Fachwerkturnhalle am Brühl, in der bereits Hermann Hesse seine schulischen Turnübungen absolvierte. Das in der Erzählung erwähnte alte Gasthaus, der ehemalige »Badische Hof«, war Teil des großen Gebäudekomplexes über der Straße, der lange Zeit die Calwer Kinos beherbergte. Dieser gesamte Bereich wird wohl in den nächsten Jahren eine noch größere Veränderung erfahren, da hier eine Überbauung mit einem neuen repräsentativen »Stadteingang Nord« geplant ist. Eine Bürgerinitiative tritt für die Umgestaltung des »Badischen Hofs« in ein Kulturzentrum ein.

Über eine der Veranstaltungen, eine Zirkusvorführung, die zu Hesses Jugendzeit und bis in unser Jahrhundert hinein häufig auf dem Brühl unter den mächtigen Kastanien stattfanden, berichtet Hermann Hesse in der autobiographischen Erzählung *»Schön ist die Jugend«*:

»Wir sahen auf der Straße, gerade vor unserem Hause, einen Schwarm von Kindern und mitten darin auf einem großen weißen Roß einen feuerrot gekleideten Trompeter, dessen Horn und Habit in der Sonne gleißend prahlte. [...] Da setzte er das Instrument ab, strich den Schnurrbart, stemmte die linke Hand in die Hüfte, zügelte mit der rechten das unruhige Pferd und hielt eine Rede. Auf der Durchreise und nur für diesen einen Tag halte eine weltberühmte Truppe sich im Städtlein auf, und dringenden Wünschen nachgebend, werde er heute abend auf dem Brühel eine ›Galavorstellung in dressierte Pferde, höhere Equilibristik sowie eine große Pantomime‹ geben. Erwachsene bezahlen zwanzig Pfennig, Kinder die Hälfte. Kaum hatten wir gehört und alles gemerkt, so stieß der Reiter von neuem in sein blinkendes Horn und ritt davon, vom Kinderschwarm und von einer dicken weißen Staubwolke begleitet.

[...]

Am Abend zogen wir samt Fritz zur Vorstellung aus, schon unterwegs erregt und lustbarlich entzündet. Auf dem Brühel wogte eine Menschenmenge dunkel treibend umher, Kinder standen mit großen erwartenden Augen still und selig, Lausbuben neckten jedermann und stießen einander den Leuten vor die Füße, Zaungäste richteten sich in den Kastanienbäumen ein, und der Polizeidiener hatte den Helm auf. Um die Arena war eine Sitzreihe gezimmert, innen im Kreise standen ein vierarmiger Galgen, an dessen Armen Ölkannen hingen. Diese wurden jetzt angezündet, die Menge drängte näher, die Sitzreihe füllte sich langsam, und über den Platz und die vielen Köpfe taumelte das rot und rußig flammende Licht der Erdölfakkeln.

Wir hatten auf einem der Sitzbretter Platz gefunden. Eine Drehorgel ertönte, und in der Arena erschien der Direktor mit einem kleinen schwarzen Pferde. Der Hanswurst kam mit und begann eine durch viele Ohrfeigen unterbrochene Unterhaltung mit jenem, die viel Beifall fand.« *Hesse, Schön ist die Jugend, GW 2, S. 381 ff.*

Am unteren Ende des Brühl-Geländes, auf der gegenüberliegenden Straßenseite hinter der Tankstelle beginnt der schöne, mit efeuüberwachsenen Buntsandsteinmauern umgebene Friedhof der Stadt.

Die Grabstätte der Familie Gundert-Hesse findet man, indem man sich gleich nach dem Eingangstor halblinks hält und ca. 80 Schritte entlang der Mauer mit den eingelassenen Grabplatten geht. Das Familiengrab weist fünf Gedenktafeln auf. Zuoberst die für die 1902 verstorbene Mutter Hermann Hesses, Marie Hesse, verwitwete Isenberg, geborene Gundert. Darunter die des 1893 verstorbenen Großvaters Hermann Gundert und seiner acht Jahre zuvor verstorbenen Frau Julie, geborene Dubois. Wieder darunter die Tafel für deren ältere Schwester Uranie Dubois, die in den Jahren 1872 bis 1885 in Calw wohnte. Und zuletzt die Tafel für Hermann Hesses Onkel Friedrich Gundert (1847-1925) und seine Frau Emma, geborene Heermann (1848-1918), Hermann Hesses Patentante. Hermann Hesses Vater ist nicht auf dem Calwer Friedhof beigesetzt, da er seine letzten Lebensjahre in Korntal bei Stuttgart verbrachte.

11 Onkel Friedrichs Haus in der unteren Bischofstraße und das Calwer Heimatmuseum

Vom Friedhofsausgang gehen wir am Brühl entlang zur alten Turnhalle zurück und von dort geradeaus die Bischofstraße hoch. Der Gebäudekomplex unmittelbar neben der Turnhalle, den eine Elektrofirma modern umgebaut hat, war ab 1898 das Fabrikgebäude der expandierenden Turmuhrenfabrik Perrot, bei der an anderem Ort (siehe S. 26, 61 und 96) Hermann Hesse 1894/95 seine Mechanikerlehre absolviert hat.

Auf der Höhe des von der Ledergasse über die Nagold herüberführenden Weinstegs steht das große, durch seinen fremdländischen Baustil mit den Gewölben und vielen Sprossenfenstern auffallende »Steinhaus«, in dem Hermann Hesses Onkel Friedrich Gundert wohnte, der jüngere Bruder der Mutter, Dirigent des Calwer Kirchengesangvereins (vgl. S. 73) und Geschäftsführer des Calwer Verlagsvereins.

Die untere Bischofstraße um 1900. Das weiße Haus mit dem Doppelgiebel ist Onkel Friedrichs Haus. Darüber der Hohe Felsen

In der Erzählung *»Herr Claasen«* beschreibt Hermann Hesse das Haus, das weitgehend unverändert geblieben ist, als *»eins der ältesten und schönsten Häuser der Stadt [...], ein in den Berg gebautes großes Haus aus Klosterzeiten, zu dessen Eingangstür man im Freien eine gewaltige Treppe bis zur Höhe des ersten Stockwerks emporstieg und dessen Zimmer meterdicke Wände und massive Dekkengewölbe hatten«*.

Das »Steinhaus« wurde 1698 für einen Teilhaber der »Calwer Zeughandels-Compagnie« gebaut. Seinen eigentümlichen, sich von der sonstigen Architektur der Stadt abhebenden Baustil erhielt es durch Südtiroler Bauarbeiter, die es nach heimischen Vorbildern errichteten.

Das Rokoko-Palais, das rechts an den Gartenaufgang des »Steinhauses« angrenzt, ist das heutige Heimatmuseum der Stadt Calw, in dem bis 1990 auch die Hermann-Hesse-Gedenkstätte untergebracht war. Gebaut wurde dies wohl herrschaftlichste Haus der

Stadt, wie auch das Verlagsvereinshaus, die beiden klassizistischen Gebäude links und rechts des Zugangs zur Nikolausbrücke und das Schüzsche Haus am Marktplatz, von dem herzoglich-württembergischen Baumeister Reinhard Ferdinand Fischer (1746-1812). Bauherr war zwischen 1787 und 1791 der Leiter der reichen Calwer Holzhandelsgesellschaft, Johann Martin Vischer.

Die Besichtigung des Heimatmuseums ist durchaus auch im Zusammenhang mit Hermann Hesse von Interesse. Hier wird sehr anschaulich die Tradition der Stadt und der sie umgebenden Kulturlandschaft vor Augen geführt, die auch auf Hesse prägende Einflüsse gehabt hat. Im einzelnen zeigt das Museum Dokumente und Anschauungsmaterialien zur Stadtgeschichte, zu den heimischen Gewerben der Gerber, Tuchmacher und Flößer, zur Volkskunst und zur bäuerlichen Lebensweise im Calwer Hinterland, dem sogenannten Calwer Wald.

Weitere Gänge in Calw auf Hesses Spuren

12 Spaziergang zum Hohen Felsen

Vom Stadtrundgang zurückgekehrt zum neuen Bahnhof (ZOB) neben dem Hesseschen Vaterhaus, bietet sich als nächste Exkursion ein Spaziergang zum Hohen Felsen an, einem Lieblingsort Hermann Hesses, der steil oberhalb des Vaterhauses liegt. Von dem schönen von Bäumen umstandenen Fleck, hoch über der Bischofstraße gelegen, auf dem heute das Denkmal der Stadt für die Toten der beiden Weltkriege steht, hat man einen guten Überblick über die sich im Tal drängende Altstadt.

Um zum Hohen Felsen zu gelangen, muß man vom neuen Bahnhof die Straße am Verlagsvereinshaus und Hans Giebenrath-Haus vorbei bis zur Eisenbahndoppelbrücke am Beginn der Stuttgarter Straße gehen. Unmittelbar hinter dieser zweigt links die Hengstetter Steige ab und von dieser nach ca. 50 Metern wiederum links der Fußgängern vorbehaltene Hohefelsenweg, der entlang der Bahnlinie ansteigt. Auf ihm gelangt man zur höher gelegenen Eduard-Conz-Straße und diese bergaufwärts überquerend zum Hohen Felsen.

Hermann Hesse hat von seinem Vaterhaus in der Bischofstraße

meist einen kürzeren, aber gefährlichen und verbotenen Weg zum Hohen Felsen genommen. Er ist über die Bahngleise und dann praktisch in der Direttissima den Hang hoch; in seiner Erzählung *»Der Zyklon«* beschreibt er diesen Aufstieg:

»Eines Morgens verließ ich unser Haus und ging meinem Vergnügen nach, ein Buch und ein Stück Brot in der Tasche. Wie ich es in der Bubenzeit gewohnt gewesen war, lief ich zuerst hinters Haus in den Garten, der noch im Schatten lag. [...]

Nachdenklich kletterte ich über den Zaun, eine blaue Windenblüte streifte mir das Gesicht, ich riß sie ab und steckte sie in den Mund. Ich war nun entschlossen, einen Spaziergang zu machen und vom Berg herunter auf unsere Stadt zu sehen. [...]

Beim Bahndamm, wo der hohe Ginster stand, lief mir eine grüne Eidechse vor den Füßen weg [...].

Ich hielt Umschau, ob nicht der Bahnwärter in der Nähe sei, und da nichts zu sehen und zu hören war, sprang ich schnell über die Geleise und kletterte jenseits an den hohen roten Sandsteinfelsen empor, in welchen da und dort noch die geschwärzten Sprenglöcher vom Bahnbau her zu sehen waren. Der Durchschlupf nach oben war mir bekannt, ich hielt mich an den zähen, schon verblühten Ginsterbesen fest. In dem roten Gestein atmete eine trockene Sonnenwärme, der heiße Sand rieselte mir beim Klettern in die Ärmel, und wenn ich über mich sah, stand über der senkrechten Steinwand erstaunlich nah und fest der warme leuchtende Himmel. Und plötzlich war ich oben, ich konnte mich an dem Steinrande aufstemmen, die Knie nachziehen, mich an einem dünnen, dornigen Akazienstämmchen festhalten und war nun auf einem verlorenen, steil ansteigenden Graslande.

Diese stille kleine Wildnis, unter welcher in steiler Verkürzung die Eisenbahnzüge wegfahren, war mir früher ein lieber Aufenthalt gewesen. Außer dem zähen, verwilderten Grase, das nicht gemäht werden konnte, wuchsen hier kleine, feindornige Rosensträucher und ein paar vom Wind ausgesäte, kümmerliche Akazienbäumchen, durch deren transparente Blätter die Sonne schien. Auf dieser Grasinsel, die auch von oben her durch ein rotes Felsenband abgeschnitten war, hatte ich einst als Robinson gehaust, der einsame Landstrich gehörte niemandem, als wer den Mut und die Abenteuerlaune hatte, ihn durch senkrechtes Klettern zu erobern. Hier hatte ich als Zwölfjähriger mit dem Meißel meinen Namen in den Stein gehauen, hier hatte ich einst die Rosa von Tannenburg gelesen und ein kindliches Drama gedichtet, das vom tapferen Häuptling eines untergehenden Indianerstammes handelte. […]

Um nur etwas zu tun und mich leben zu fühlen, beschloß ich, vollends auf den Berg zu steigen, so mühsam es von hier aus war. Da droben war man hoch über dem Städtchen und konnte in die Ferne sehen. Im Sturm lief ich die Halde hinan bis zum oberen Felsen, klemmte mich zwischen den Steinen empor und zwängte mich auf das hohe Gelände, wo der unwirtliche Berg in Gesträuch und lockeren Felsentrümmern verlief. In Schweiß und Atemklemme kam ich hinan und atmete befreiter im schwachen Luftzug der sonnigen Höhe. […]

Auf dem obersten Felsen, wo wir als Schulknaben stets unsere Herbstfeuer angezündet hatten, hielt ich an und wendete mich um. Da sah ich tief im halbschattigen Tale den Fluß aufglänzen und die weißschaumigen Mühlenwehre blitzen und eng in die Tiefe gebettet unsere alte Stadt mit braunen Dächern, über denen still und steil der blaue mittägliche Herdrauch in die Lüfte stieg. Da stand meines Vaters Haus und die alte Brücke.«

Hesse, Der Zyklon, GW 2, S. 396 ff. und 401 f.

Auf dem Hohen Felsen hat sich der junge Hermann Hesse häufig und gern aufgehalten. Er hat den Platz aber nicht nur der schönen Aussicht wegen geliebt, sondern auch, weil er abseits der Stadt lag und dadurch ein geeigneter Ort für allerhand Spiele und Experimente war. In der Erzählung *»Herr Claasen«* berichtet er über ein solches Experiment:

»Als Maulbronner Seminarist, die hebräische Grammatik und ein eher schlechtes Zeugnis im Köfferchen neben den flickbedürftigen Kleidern kam ich einst wieder in die Ferien nach Hause. In der Vorstellung, die ich damals von mir selbst hatte, war ich eigentlich ein so gut wie erwachsener und schon ziemlich gelehrter junger Mann, doch hinderte dies mich nicht, voll Vergnügen und Leidenschaft in allerlei ziemlich kindliche Spiele und Beschäftigungen zurückzusin-

ken, wobei ich vor mir selbst die Ausrede hatte, es geschehe meinem jüngeren Bruder Hans zuliebe, welcher kaum erst mit dem Lateinlernen begonnen hatte. Zu meinen damaligen Spielereien gehörte das Anfertigen von Feuerwerk nach Hörensagen und nach eigener Erfindung, wobei Salpeter das Hauptmaterial war. Ich hatte eine Anzahl von teils knallenden, teils von leuchtenden und farbigen Präparaten vorbereitet und wollte diese nun, zusammen mit Hans, an einem günstigen Abend auf einem Felsen über der Stadt loslassen. [...] Oben auf unserem Felsen machten wir uns mit dem Aufbauen und Auslegen unserer Sachen viel zu schaffen, es war stockdunkel, kaum konnten wir einander sehen, und jedesmal, wenn eine unsrer Lichtbeschwörungen verpufft war, standen wir blind und mußten eine Weile warten und um uns tasten, um uns wieder zurechtzufinden. [...] und am Ende war so ziemlich alles abgebrannt und schien uns Brüdern wohlgeglückt. Nur ein flaches längliches Kartongehäuse, ein Produkt meiner Spekulation, war nicht losgegangen, der Zunder mußte erloschen oder abgefallen sein. Ich suchte danach und brauchte lang, bis ich das Ding fand. Als ich es am Boden mit der Hand ertastet hatte, zog ich es an mich und beugte mich im Finstern darüber, um nachzusehen, aus welchem Grunde es versagt habe. Und eben als ich die kleine Teufelsknarre mir dicht vor die Augen hielt, ging der Kobold unbegreiflicherweise doch noch los; für einen schrecklich schönen Augenblick war die Welt, von meiner Hand und dem kleinen Karton in ihr beginnend bis zum Scheitel des Himmels hinauf, ein einziges riesig flammendes Licht, eine ungeheure Woge von Gluthauch wehte mich an und schloß sich saugend um mich zusammen. Es folgte darauf eine tiefe Finsternis, die sich nicht wieder lichten wollte, und ein Augenblick der Leere und Betäubung, dann erwachte ich in glühenden Schmerzen, und mein erster entsetzter Gedanke war, nun sei ich blind. Ich versuchte die Augen zu öffnen, und da es nicht ging, tastete ich mit den Händen nach ihnen, und fand das ganze Gesicht als eine brennende Wunde, die Lider von einem heißen Schleim aus Pulverdampf, verbrannter Haut, verbrannten Haaren und etwas Blut bedeckt und unlöslich zusammengeklebt. Erst eine lange Weile später, als ich unten in der Stadt an einen Brunnen geführt wurde und mir das Gesicht abzuwaschen versuchte, gingen die Augen ein wenig auf, ich hielt die Hand davor und konnte die Hand sehen, und die Freude darüber, daß ich noch sehe, war für einen Augenblick überwältigend, dann aber schlugen die Schmerzen wie Höllenqualen über mir zusammen.

Ich lag nun viele Tage in meinem Zimmerchen im Bett, den ganzen Kopf in einen dicken Brandverband eingebunden, an welchem – was meinen Geschwistern besonders bemitleidenswert schien – über dem Mund ein kleiner Spalt offengelassen war, durch den ich atmen und etwas flüssige Nahrung einnehmen konnte.

Hesse, Herr Claasen, GW 10, S. 183 ff.

Wer vom Hohen Felsen nicht wieder auf demselben Weg in die Stadt zurückgehen möchte, kann zum Hohenfelsenweg zurückkehren und diesen in die andere Richtung bergabwärts gehen. Diesen Weg hat auch Hermann Hesse in der Erzählung *»Der Zyklon«* eingeschlagen:

»Es war nicht mehr lange bis Mittag. Die Lust am Klettern war mir verflogen, nachdenklich stieg ich den Fußweg nach der Stadt hinab, unter der kleinen Eisenbahnbrücke durch, wo ich in früheren Jahren jeden Sommer in den dichten Brennesseln die dunkeln pelzigen Raupen der Pfauenaugen erbeutet hatte, und an der Friedhofsmauer vorbei, vor deren Pforte ein moosiger Nußbaum dichten Schatten streute. Das Tor stand offen und ich hörte von drinnen den Brunnen plätschern. Gleich nebenan lag der Spiel- und Festplatz der Stadt, wo beim Maienfest und am Sedanstag gegessen und getrunken, geredet und getanzt wurde. Jetzt lag er still und vergessen im Schatten der uralten, mächtigen Kastanien, mit grellen Sonnenflecken auf dem rötlichen Sande.« *Hesse, Der Zyklon, GW 2, S. 403*

Auf diese Weise kommt man über den Brühl und die Bischofstraße wieder zum neuen Bahnhof zurück (vgl. Etappe 11, S. 89).

Eine andere sehr reizvolle Möglichkeit, die allerdings mit weiterem Steigen verbunden ist, besteht darin, vom Hohen Felsen den Fußweg, der oberhalb des Kreiskrankenhauses bergaufwärts führt, hinaufzugehen bis zum oberen Bahndamm der stillgelegten Linie Calw–Weil der Stadt, von dem man eine beeindruckende Panoramasicht auf die Stadt hat.

13 Spaziergang zum alten Calwer Bahnhof, zum Krappen und zum Öländerle

»Wenn ich jetzt etwa wieder einmal nach Calw komme, dann gehe ich langsam vom Bahnhof hinab, an der katholischen Kirche, am Adler und am Waldhorn vorbei und durch die Bischofstraße ... « – Dieser von Hermann Hesse beschriebene Weg (siehe S. 11) soll im folgenden in umgekehrter Richtung gegangen werden, vom Elternhaus in der Bischofstraße zum alten Bahnhof vor der Stadt draußen.

Das von Hermann Hesse erwähnte Hotel »Waldhorn« war im linken der beiden großen Häuser untergebracht, die in der Bischofstraße den Zugang zur Nikolausbrücke flankieren; heute findet man in diesem Haus ein »Bier-Pub«, das nach Hesses Figur »Demian« benannt ist. Auch der zweite Gasthof, den Hesse erwähnt, der »Adler«, existiert nicht mehr. Das schöne Fachwerkgebäude stand unterhalb von den Eisenbahnbrücken an der Ecke Stuttgarter Straße/Bahnhofstraße und mußte Anfang der 70er Jahre dem Automobilverkehr geopfert werden. In diesen Gasthof ließ Hermann Hesse in *»Unterm Rad«* jeden Freitag den Vater von Hans Giebenrath zum Kegelschieben gehen.

Wenn man von der Verkehrskreuzung, dem »Adlereck«, in die Bahnhofstraße hineingeht, findet man am vierten Haus auf der rechten Straßenseite ein Schild, das verkündet, daß hier die Stammwerkstatt der Firma Perrot untergebracht gewesen sei und Hermann Hesse in diesem Haus seine Mechanikerlehre absolviert habe. Von dieser Information ist nur der erste Teil korrekt. In diesem Haus hat zu Hesses Jugend der Mechanikermeister und Turmuhrenkonstrukteur Johann Immanuel Perrot (1835-1898) seine Werkstatt gehabt. Hermann Hesse hat aber nicht bei diesem, sondern bei dessen Sohn Heinrich (1864-1948) gelernt, der eine Filialwerkstatt in einem Anbau des (bereits zu Beginn unseres Jahrhunderts abgerissenen) Mühlengebäudes am Beginn der Ledergasse leitete; heute steht dort das Parkhaus des »Calwer Marktes« (siehe Stadtrundgang, Etappe 5, S. 61). Der Name Perrot ist französischen Ursprungs; er kam um 1700 mit den aus Glaubensgründen aus Südfrankreich vertriebenen Waldensern in den Raum Calw, wo die Waldenser das Dorf Neuhengstett gründeten. Hermann Hesse läßt

Auf dem Weg von der Bischofstraße zur Bahnhofstraße. Diesen Weg muß der Missetäter Hermann in »Kinderseele« mit dem Vater gehen

in seinem Roman *»Das Glasperlenspiel«* einen Erfinder namens Bastian Perrot auftreten.

Zwei Häuser weiter befand sich bis vor kurzem eine Konditorei (jetzt ein Café-Pub), die es an dieser Stelle schon zu Hesses Jugendzeit gab. Die damalige »Konditorei Haager« spielt in Hesses Erzählung *»Kinderseele«* eine Rolle. Hermann, der aus dem väterlichen Zimmer getrocknete Feigen gestohlen hat, lügt dem Vater, der die Feigen im Kinderzimmer entdeckt, vor, er habe diese von Erspartem beim Konditor Haager gekauft. Der Vater fordert ihn daraufhin auf, ihn zu der Konditorei in der Bahnhofstraße zu begleiten, um den Konditor zu befragen:

»Wir gingen. Ich schob meine Mütze gerade, steckte eine Hand in die Tasche und versuchte neben ihm daher zu gehen, als sei nichts Besonderes los. Obwohl ich wußte, daß alle Leute mir ansahen, ich sei ein abgeführter Verbrecher, versuchte ich doch mit tausend Künsten, es zu verheimlichen. Ich bemühte mich einfach und harmlos zu atmen; es brauchte niemand zu sehen, wie es mir die Brust zusammenzog.

Ich war bestrebt, ein argloses Gesicht zu machen, Selbstverständlichkeit und Sicherheit zu heucheln. Ich zog einen Strumpf hoch, ohne daß er es nötig hatte, und lächelte, während ich wußte, daß dies Lächeln furchtbar dumm und künstlich aussehe. In mir innen, in Kehle und Eingeweiden, saß der Teufel und würgte mich.

Wir kamen am Gasthaus vorüber, beim Hufschmied, beim Lohnkutscher, bei der Eisenbahnbrücke. Dort drüben hatte ich gestern abend mit Weber gekämpft. Tat nicht der Riß beim Auge noch weh? Mein Gott! Mein Gott! Willenlos ging ich weiter, unter Krämpfen um meine Haltung bemüht. An der Adlerscheuer vorbei, die Bahnhofstraße hinaus. Wie war diese Straße gestern noch gut und harmlos gewesen! Nicht denken! Weiter! Weiter!

Wir waren ganz nahe bei Haagers Haus. Ich hatte in diesen paar Minuten einige hundertmal die Szene voraus erlebt, die mich dort erwartete. Nun waren wir da. Nun kam es.

Aber es war mir unmöglich, das auszuhalten. Ich blieb stehen.

»Nun? Was ist?« fragte mein Vater.

»Ich gehe nicht hinein«, sagte ich leise.

Er sah zu mir herab. Er hatte es ja gewußt, von Anfang an. Warum hatte ich ihm das alles vorgespielt und mir so viel Mühe gegeben? Es hatte ja keinen Sinn.

»Hast du die Feigen nicht bei Haager gekauft?« fragte er.

Ich schüttelte den Kopf.

»Ach so«, sagte er mit scheinbarer Ruhe. »Dann können wir ja wieder nach Hause gehen.« *Hesse, Kinderseele, GW 5, S. 199f.*

Der Vater läßt die Strafe gnädig ausfallen, ein Nachmittag Arrest in einer dunklen Dachkammer. Der findige Sohn verkürzt sich die Zeit, indem er einen Dachziegel anhebt und so genügend Licht zum Lesen hat.

Von der verglasten Terrasse des Cafés bzw. Pubs hat man einen schönen Blick auf die Nagoldpartie in Richtung Nikolausbrücke. Ebenfalls einen idyllischen Blick auf die Nagold hat man von dem Steg, der ca. 150 Meter weiter oben zur Badgasse hinübergeht. Wir gehen aber die Bahnhofstraße weiter geradeaus hinauf und kommen zur von Hesse erwähnten katholischen Kirche. Zu Hesses Jugendzeit kamen im Oberamt Calw auf rund 30000 protestantische Einwohner gerade 1300 Katholiken, die hier in Calw ihre einzige Gemeinde und Kirche hatten.

Zum Bahnhof ist es nun nur noch ein kurzes Wegstück, das durch eine kleine Anlage führt. Der große Sandsteinbau mit seinen beiden Flügelhäusern und dem dazwischen ausgespannten Wartesaaltrakt war im letzten Jahrhundert Calws großer Stolz. Um 1870 erbaut, gilt das Gebäude als Muster eisenbahnerischer Architektur der Frühzeit und ist deshalb heute unter Denkmalschutz gestellt, gehört aber seit der Eröffnung des neuen Bahnhofs in der Stadtmitte nicht mehr der Bahn. Zur Atmosphäre des Bahnhofs im letzten Jahrhundert sei auf die Schilderung Hesses verwiesen, die im vorliegenden Band auf S. 32 zitiert ist. Eine weitere Ankunftsszene auf dem Calwer Bahnhof schildert Hesse in der Erzählung *»Die Heimkehr«*, in welcher der Gerbersohn August Schlotterbeck nach langen Jahren in Amerika und Rußland als »gemachter Mann« in seine Heimatstadt Gerbersau (Calw) zurückkehrt:

»Am Bahnhofe stieg Herr Schlotterbeck aus [...]. Er fand an der Station die Knechte von drei Gasthöfen, was ihm Eindruck machte, und da der eine auf seiner Mütze den Namen des alten Gasthauses zum Schwanen trug, dessen sich Schlotterbeck aus der Vergangenheit her erinnerte, gab er diesem sein Gepäck und ging allein zu Fuß stadteinwärts.

[...] Zunächst wandelte er durch die etwas veränderte Bahnhofstraße dem Flusse zu, auf dessen grünem Spiegel wie sonst die Gänse schwammen und dem wie ehemals die Häuser ihre ungepflegten Rückseiten und winzigen Hintergärtchen zukehrten. Dann schritt er über den oberen Steg und durch unveränderte, arme enge Gassen der Gegend zu, wo einst die Schlotterbecksche Weißgerberei gewesen war. Da suchte er jedoch das hohe Giebelhaus und den großen Grasgarten mit den Lohgruben vergebens. Das Haus war verschwunden und der Garten und Gerberplatz überbaut.«

Hesse, Die Heimkehr, GW 3, S. 313 ff.

Wer vom Bahnhof gleich wieder in die Stadt zurückkehren möchte, kann dabei diesen Weg des August Schlotterbeck nehmen, der unterhalb der katholischen Kirche über den bereits erwähnten Badsteg zur Badgasse hinüberführt. Das sehenswerte Gebäude der letzten Calwer Gerberei, die freilich auch nicht mehr in Betrieb ist, findet man hierbei in der Badgasse hinter dem dortigen Reformhaus. (Zur Zeit der Abfassung dieser Zeilen ist man dabei, aus der Werkstatt dieser letzten Gerberei ein Museum zu machen; dies ist im Sinne der Veranschaulichung des Hesseschen »Gerbersau« eine gute Entscheidung.)

Es besteht aber auch die Möglichkeit, den Spaziergang vom Bahnhof aus noch ein Stück stadtauswärts zum 300 m entfernten »Krappen« und zum »Öländerle« auszudehnen. Der »Krappen«, eine Ansammlung von stattlichen, von der Bahn im letzten Jahrhundert für ihre Bediensteten gebauten Mietshäusern, wird in einigen Erzählungen Hesses erwähnt. Hier wohnte Hermann Hesses Schulkamerad Otto Weber, der Sohn eines Eisenbahnkondukteurs. Dieser taucht unter dem Namen Oskar Weber in der Erzählung *»Kinderseele«* und unter dem Namen Otto Weller in der Erzählung *»Unterbrochene Schulstunde«* auf. In beiden Erzählungen erwähnt Hermann Hesse, daß dieser ihn durch die Mitteilung beeindruckt habe, daß sein Vater bei der Bahn am Tag sieben Mark verdiene. Otto Weber fälschte im Herbst 1888 die Unterschrift seines Vaters unter ein schlecht ausgefallenes Zeugnis. Hermann Hesse wurde daraufhin vom Lehrer zur Aufdeckung dieses Sachverhalts zu dessen Eltern in den »Krappen« geschickt (vgl. S. 68). Der Name des Quartiers soll von einem ehemaligen Gasthaus »Zum Krappen« (schwäbisch für: »Zum Raben«) kommen. In der Erzählung *»Hans Dierlamms Lehrzeit«* spielt dieses als Gasthaus »Zu den drei Raben« eine Rolle.

Das »Öländerle« liegt noch ca. 200 weiter, hinter der scharfen Kurve der Bundesstraße. Der Name der kleinen Siedlung kommt von einer Ölmühle, die hier einstmals stand. Im Biergarten der Gaststätte »Öländerle« trifft in der Erzählung *»Der Lateinschüler«* die Tine den Zimmermannsgesellen, mit dem sie sich dann verlobt. Die Gaststätte gibt es noch, den Biergarten dagegen nicht mehr. Er war im letzten Jahrhundert vermutlich zwischen den Häusern und der Nagold, wo heute die Bundestraße entlangführt, die früher vor dem Öländerle bei dem jetzigen Fußgängersteg mit einer Brücke auf die andere Nagoldseite wechselte.

Vom Öländerle aus sind zwei Wege in die Stadt zurück zu empfehlen: Der eine geht vor dem ersten Haus im Zickzack den Berg hoch und mündet dann in einen ebenen Waldweg, der oberhalb des Bahngeländes stadteinwärts führt. Auf diesem Weg hat man, besonders auf der hoch über der Bahnhofstraße gelegenen Uhlandhöhe, sehr schöne Blicke auf die Stadt. Der andere Weg führt über den Steg auf die andere Seite der Nagold und dort auf dem Walkmühleweg entlang des Flusses auf schönem, beschaulichem Weg zurück in Richtung Stadt zur Badgasse. Dabei kommt man an einem Stauwehr bei einem Fabrikgebäude vorbei; oberhalb davon ist wahrscheinlich die Stelle, an der Hesse in *»Unterm Rad«* Hans Giebenrath sein befreiendes Bad nehmen läßt, nachdem dieser vom Landexamen aus Stuttgart zurückgekommen ist:

»Er ging weit vor die Stadt hinaus zur ›Waage‹, wo das Wasser tief und langsam zwischen hohem Gebüsch dahinfließt. Dort entkleidete er sich, steckte die Hand und darauf den Fuß tastend ins kühle Wasser, schauderte ein wenig und warf sich dann mit schnellem Sturz in den Fluß. Langsam gegen die schwache Strömung schwimmend, fühlte er Schweiß und Angst dieser letzten Tage von sich gleiten, und während seinen schmächtigen Leib der Fluß kühlend umarmte, nahm seine Seele mit neuer Lust von der schönen Heimat Besitz. Er schwamm rascher, ruhte, schwamm wieder und fühlte sich von einer wohligen Kühle und Müdigkeit umfangen. Auf dem Rücken liegend, ließ er sich wieder flußab treiben, horchte auf das feine Summen der in goldigen Kreisen schwärmenden Abendfliegen, sah den Späthimmel von kleinen, raschen Schwalben durchschnitten und von der schon verschwundenen Sonne hinter den Bergen rosig beglänzt. Als er wieder in den Kleidern war und träumerisch nach Hause schlenderte, war das Tal schon voll Schatten. Er kam am Garten des Händlers Sackmann vorbei (...) und am Kirchnerschen Zimmerplatz, wo die weißen Tannenbalken herumlagen, unter denen er früher immer Regenwürmer zum Angeln gefunden hatte. Er kam auch am Häuschen des Inspektors Geßler vorüber, dessen Tochter Emma er vor zwei Jahren auf dem Eis so gern den Hof gemacht hätte.«

Hesse, Unterm Rad, GW 2, S. 28

Wanderungen nach Hirsau, Zavelstein und Teinach

In einem Brief nach Calw aus dem Jahr 1952 erinnert sich Hermann Hesse *»an viel Liebes und Schönes, das wir dort [in Calw] einst gekannt und gehabt haben: [...] die Gänge nach Hirsau und nach Zavelstein, zur Annabuche und zum Öländerle.«* Der Weg zum Öländerle ist bereits oben beschrieben worden. Im folgenden sollen nun noch in aller Kürze die schönen Wege nach Hirsau und an der Annabuche vorbei nach Zavelstein und Teinach beschrieben werden.

14 Wanderung durch den Hirsauer Wiesenweg nach Hirsau

Spaziergänge in das nur 1-2 km unterhalb von Calw gelegene schöne Örtchen Hirsau mit seiner beeindruckenden Klosterruine hat die Familie Hesse häufig unternommen. Immer wieder hat man Verwandten und anderen Besuchern das Kloster als bedeutendste Sehenswürdigkeit der Gegend gezeigt. Zudem hatte man verwandtschaftliche Beziehungen nach Hirsau.

Den Weg von Calw nach Hirsau hat Hermann Hesse in einem seiner Werke beschrieben, und zwar in der zur Zeit des Dreißigjährigen Krieges, als das Kloster Hirsau noch bestand, spielenden Erzählung *»Berthold«*. Berthold, der Calwer Kaufmannssohn, der im Kloster seine Schulausbildung erhält, geht diesen Weg jeden Tag:

»Mitten durch das Städtlein rann der schmale, schnelle Fluß. Sein oberes Tal war eng, zwischen zwei Züge waldiger Berge gedrängt, und bot nur für einige flache Äcker, eine alte stille Landstraße und berganwärts für wenige, abschüssige und magere Wiesen Platz. [...]

Flußabwärts hingegen führte ein wohlgehaltener Weg bald dicht am Ufer, bald durch Kornland und Wiesen das Tal hinab, das nach kurzer Weile breiter und fruchtbarer wurde. Die Berge flohen auf beiden Seiten zurück, einem breiteren und fetteren Boden Raum gebend, und bald tat sich eine gar schöne, sonnige Talebene auf, durch eine Krümme vor dem Nordwind geschützt. Während oberhalb sowie auch schon eine kleine Stunde weiter abwärts das Tal arm und rauh war und der ganze Reichtum des Landes in den Bergwäldern bestand, prangte hier still und abgeschlossen ein kleines Land mit Frucht und Obst wie ein Paradiesgärtlein zwischen den grünen Bergen. Inmitten lag breit und satt in wohligem Frieden ein Kloster samt Meierei und Mühle, und wer müde auf der Talstraße vorüberwanderte und hinüberschaute und in dem erhöht gelegenen Garten unter laubigen Bäumen die Brüder in weißen Kutten langsam wandeln sah, dem mochte der friedsame Ort eine köstliche und gesegnete Zuflucht scheinen.

Den fröhlichen Wiesenweg von der Stadt zum Kloster hinab wanderte in seinen Knabenjahren Berthold fast jeden Tag. Er ging im Kloster zur Schule, und es war von seinem Vater bestimmt, daß der Knabe in den geistlichen Stand treten sollte.«

Hesse, Berthold, GE 2, S. 140

Den *»fröhlichen Wiesenweg«* gibt es heute noch. Er heißt auch jetzt noch Hirsauer Wiesenweg, obwohl er natürlich längst geteert ist. Man findet ihn, wenn man ans untere Ende der Ledergasse, dann durch die Inselgasse (heute Verkehrsstraße Richtung Calw-Wimberg) bis zum neuen Feuerwehrmagazin der Stadt geht und dort geradeaus das kleine, talabwärtsführende Sträßchen einschlägt.

In Hirsau führt das Sträßchen direkt auf das jenseits einer großen Kreuzung liegende Hotel »Kloster Hirsau« zu. In diesem Gebäude, dem ehemaligen »Gasthaus zum Hirsch und Lamm«, wohnten zu Hesses Jugendzeit Verwandte der Familie Hesse, die Familie Feldweg. 1887 hatte Mutter Hesses jüngerer Bruder David eine Tochter aus diesem Haus geehelicht. Als der aus dieser Ehe hervorgegangene Japanologe Wilhelm Gundert Hesse 1954 besucht, schreibt Hesse folgende Erinnerung an dieses Haus nieder:

»[...] ein großes Haus mit vielen Räumen, deren Mehrzahl man niemals betreten und über deren Bestimmung man als Knabe sich Gedanken gemacht hatte, im Garten der Dirlitzenbaum und der mit den grünen Jacobi-Äpfeln und der immerzu kühl plätschernde steinerne Brunnen, in dessen schattig dunkler Tiefe ein Fisch hauste, eine starke Forelle, die zu besuchen und zu belauern ich bei keinem Wiedersehen versäumte. Es überlief mich ein Schauer von Freude und Unheimlichkeit, als Wilhelm mir sagte, daß diese Forelle, über deren

Hirsau in früherer Zeit. Vorne die alte Brücke mit der Ölmühle, dahinter das »Haus zum Hirsch und Lamm«, wo Verwandte der Hesses wohnten

hohes Alter wir bald vor siebzig Jahren Vermutungen anstellten, noch heute lebe und im bemoosten alten Steintroge hause. Ich merkte erst später, als mein Gast wieder fort war, daß ich versäumt hatte, ihn zu fragen, ob er diese Kunde nur vom Hörensagen habe oder selbst wieder dort gewesen, das uralte Tier gesehen und wiedererkannt habe. Ich glaube, ich unterließ die Frage weniger aus Zerstreutheit als aus Scheu davor, die Legende vielleicht zerstört zu sehen. Denn die Forelle im riesigen Steintrog im Garten des Hauses zum Hirsch und Lamm gehört von Knabenzeiten her für mich zu Hirsau als ebenso wichtige und ehrwürdige Erscheinung wie der Eulenturm, die große Ulme und die herrliche Nagoldbrücke mit der Ölmühle.« *Hesse, Rundbrief aus Sils Maria, GW 10, S. 386*

Der aus der Renaissancezeit stammende Brunnen mit dem großen Steintrog, der einst aus dem an das Kloster angebauten herzoglichen Jagdschlößchen hierher verpflanzt wurde, steht noch vor dem Haus. Von dem einstigen Garten vor dem Haus sind nur noch Teile vorhanden, der Rest ist zum Parkplatz für die Hotelgäste geworden; Apfelbäume sind keine mehr zu sehen. Dafür gibt es aber noch die alte herrliche Nagoldbrücke, die eine würdige Entsprechung zur Calwer Nikolausbrücke ist. Sie dient immer noch als Hauptverkehrsbrücke von Hirsau, und an ihrem dem Klosterhotel zugewandten Ende steht noch, gleichsam wie ein Brückenhaus, das malerische Gebäude der alten Ölmühle mit seinem unverwechselbaren pagodenähnlichen Dach. Auf der Verlustseite muß man dagegen die von Hesse erwähnte große Ulme verbuchen, womit er wohl die berühmte, von Ludwig Uhland in einem Gedicht besungene Ulme meinte, die zum Dach der Ruine des an das Kloster angebauten Renaissanceschlößchens hinausragte. Sie ist dem Ulmensplintkäfer zum Opfer gefallen und mußte 1989 gefällt werden. Der mächtige, innen hohle Stumpf ist in der Ruine noch zu sehen.

Der Eingang zum Kloster St. Peter und Paul befindet sich nur wenige Schritte oberhalb des Klosterhotels. Die mächtige Klosteranlage ist zum Teil nur noch in Bruchstücken und Grundrissen vorhanden, die aber sehr pittoresk und beeindruckend sind. Ganz erhalten ist noch der von Hesse erwähnte Eulenturm mit seinen Figurenfriesen. Einen Überblick über die ins 9. Jahrhundert zurückgehende Geschichte des Klosters Hirsau erhält man im Klostermuseum, das in einem Gebäude des älteren, kleineren Aureliusklosters auf der anderen Seite der Nagold untergebracht ist. Man erreicht dieses über die alte Nagoldbrücke nach ca. 50 m.

Vom Kloster Hirsau ist die Familie Hesse häufig in das hier ins Nagoldtal einmündende idyllische Schweinbachtälchen weitergewandert zum ca. 2 km oberhalb gelegenen (jetzt geschlossenen) Waldgasthaus »Bleiche«. Tälchen und Gasthaus sind auch in Hesses Erzählung *»Schön ist die Jugend«* (GE 2, S. 102 ff.) Ausflugsziel und Schauplatz einer Romanze.

15 Wanderung nach Zavelstein und Bad Teinach

Auch Zavelstein, das ca. 6 km von Calw entfernte Bergstädtchen mit seiner romantischen Burgruine, und das Heilbad Teinach waren beliebte Ausflugsziele der Familie Hesse. So schreibt z. B. die Mutter Hesse am 31. Juli 1895 an ihren zur Kur in Freudenstadt weilenden Mann, daß Hermann mit seiner Schwester Adele und zwei Verwandten auf einer Wanderung nach Zavelstein und Teinach unterwegs sei. Sicherlich ist die Familie auch manches Jahr im März nach Zavelstein gewandert, um die weithin berühmte Krokusblüte zu sehen.

Literarisch hat Hermann Hesse eine solche Wanderung nach Zavelstein in seiner Erzählung *»Die Verlobung«* (GE 2, S. 307ff.) wiedergegeben. Darin läßt er den Gerbersauer Kirchengesangverein seinen Osterausflug in ein eine Stunde oberhalb der Stadt gelegenes Dorf mit einer Burgruine machen, als dessen Vorbild Zavelstein vermutet werden darf. Mitwanderer ist dabei der kleine, unglücklich verliebte Kaufmann Andreas Ohngelt, der unterwegs vergeblich versucht, das schönste Mädchen des Chores zu erobern, in Zavelstein dann aber doch noch eine Frau findet.

Zavelstein galt lange Zeit als das kleinste Städtchen Deutschlands. Die Stadtrechte bekam es bereits im Jahr 1367 verliehen, als es Graf Eberhard II. von Württemberg in seinen Mauern Schutz gewährte, der im Wildbad von seinen politischen Gegnern, dem Ritterbund der »Schlegler«, überfallen wurde. Zu jener Zeit bestand Zavelstein aus 12 Häusern und der Burg. Bad Teinach, das unterhalb von Zavelstein im tief eingeschnittenen Teinachtal liegt, hat eine bis ins 14. Jahrhundert zurückreichende Tradition als Mineralbad.

Der Weg von Calw nach Zavelstein und Teinach ist leicht zu finden, da er ab dem Calwer Rathaus vom Schwarzwaldverein sehr gut ausgeschildert ist. Er ist Teil des Schwarzwald-Ostweges von Pforzheim nach Schaffhausen am Rhein, der durchgängig mit einer schwarz-roten Raute gekennzeichnet ist. Die Wandertafel befindet sich an einem der unteren Pfeiler der Rathaushalle.

Die Wanderung ist in jedem Abschnitt von besonderem Reiz. Zuerst geht es hinter dem Rathaus durch den Stadtgarten, einen schön angelegten Waldpark, den Berg hinauf bis zur Talkante. Dort liegt der Gimpelstein, ein Felsplateau aus großen Buntsandsteinfelsen, von dem aus man einen schönen Blick auf einen Teil der Stadt und das auf der anderen Talseite beginnende Heckengäu hat. Unterhalb am Weg liegt die von Hesse erwähnte »Annabuche« (s. S. 102). Oberhalb kommt man auf die Georgenhöhe, von der es nur noch eine kurze Strecke ebenen Weges bis zum Schafott ist, der ehemaligen Richtstätte der Stadt. Die letzte Hinrichtung fand hier vor der versammelten Bevölkerung und Schuljugend im Jahr 1818 statt, als die Raubmörderin Gertrude Pfeiflin aus Teinach enthauptet wurde. Diese war während ihrer Kerkerhaft im Langen Turm (siehe Rundgang, Etappe 6) so dick geworden, daß sie zum Richtplatz gefahren und auf das Schafott hinaufgetragen werden mußte.

Hinter dem Schafott führt der Weg durch lichte Hochwälder an einem Waldspielplatz vorbei zu einem Wildschweingehege, an dessen Ende, ein paar Schritte abseits vom Weg, das Wölflesbrünnele liegt, das Hermann Hesse oft aufgesucht hat. In einem Brief nach Calw aus dem Jahr 1914 schreibt er, daß er gerne wieder einmal zum Wölflesbrünnele und zum (hinter dem Öländerle gelegenen) Schleiftäle gehen würde.

Vom Wölflesbrünnele ist es nicht mehr weit bis zum idyllischen Rötelbachtälchen, über das seit altersher das »Zavelsteiner Brückle« führt, unter dem der Sage zufolge ein Geist hausen soll. Nach weiteren ein bis zwei Kilometern bergan gelangt man dann auf die Wiesen und Felder oberhalb von Zavelstein, wobei sich einem sogleich ein weiter Blick über das Städtchen mit der Burgruine und die umliegenden Walddörfer eröffnet. Hierbei mag einem das 1901 geschriebene Schwarzwaldgedicht Hermann Hesses in den Sinn kommen:
»Seltsam schöne Hügelfluchten, / Dunkle Berge, helle Matten,
Rote Felsen, braune Schluchten, / Überflort von Tannenschatten.«

In Zavelstein laden ein Wanderheim des Schwarzwaldvereins (oberhalb des Städtchens auf den Krokuswiesen) sowie im Ortskern zwei Gasthöfe und ein Café zur Rast ein. Die Burgruine findet sich am Ende des mit malerischen Häusern und der Kirche eingerahmten Pflastersträßchens, das auf den Bergsporn hinausführt. »Kleine Burg für wenig Mannen, Städtlein, rußig eng und schmal, rings des Schwarzwalds Edeltannen, unten tief das Teinachtal«, dichtete Victor von Scheffel (1826-1886), der einst als Kurgast in Bad Teinach und Zavelstein weilte. Die Burg wurde 1692 durch die Truppen des französischen Feldherrn Melac zerstört, die zuvor schon Calw in Schutt und Asche gelegt hatten. Der noch erhaltene Burgfried kann zu bestimmten Zeiten bestiegen werden und bietet eine schöne Aussicht über das Teinachtal.

Von der Burgruine führt der ausgeschilderte Weg weiter in das tief eingeschnittene Tal nach Bad Teinach hinab. In Bad Teinach sind neben der Trinkhalle, dem Kurgarten und dem modernen Mi-

Burgruine und Städtchen Zavelstein zu Beginn des 20. Jahrhunderts

neralbad auch die schlichte Kirche sehenswert, die ein Kleinod enthält, die »Turris Antonia«, ein um 1665 von der Prinzessin Antonia, der Schwester des Herzogs Eberhard III. von Württemberg , gestiftetes Altarbild mit Flügeltüren, das in der Art einer jüdisch-kabbalistischen Lehrtafel biblische Darstellungen mit Zahlen und hebräischen Buchstaben versehen zeigt.

Die Mineral- und Heilquellen von Bad Teinach sind der Sage nach entdeckt worden, als Jäger einen waidwunden Hirsch verfolgten und dabei beobachteten, wie dieser seine Wunden in einer Quelle badete. Hermann Hesse schildert dieses Sagenmotiv in seiner *»Schwäbischen Parodie«*:

»Eine eigene, ausführliche Darstellung verdiente die Geschichte Knörzelfingens als Heilbad. In alten Zeiten soll ein Graf von Württemberg sich auf der Jagd in das Knörzeltal verirrt haben, und, obwohl er und seine Mannen ringsum Hasen, Hirsche, Fasanen und anderes Wild in Menge erlegten, wurden sie doch dieser erlegten Beute nur selten habhaft und entdeckten, als sie der Sache nachgingen, daß die verwundeten Tiere sich zur murmelnden Knörzel schleppten, aus ihr tranken oder sich in ihr wuschen und alsbald gesund wieder in die

prächtigen Wälder liefen, die noch heute der Schmuck der Gegend sind. So entstand der Ruf des Knörzelwassers und seiner Heilkraft, und das Tal wurde jahrhundertelang, ähnlich wie so manches andere begnadete Tal unserer Heimat, von Kranken aller Art besucht, namentlich aber von Leuten, welche an Gicht und Rheumatismen litten.«

Hesse, Schwäbische Parodie, GW 6, S. 442 f.

Im Zusamenhang mit Teinach sei noch auf eine Anglergeschichte in dem Kapitel *»Sor Acqua«* der 1905 verfaßten *»Erinnerungen eines Neunzigjährigen«* hingewiesen, die Hesse dort spielen läßt; eine biographische Entsprechung ist nicht verbürgt:

»Nun, früher brachte ich häufig prächtige Wochen dort zu und habe besonders in dem kleinen Badedorf Teinach viel geangelt. Das Forellenangeln, ohnehin eine interessante Jagd, hatte für mich noch einen besonderen Reiz dadurch, daß ich diesen Fisch nicht nur an der Angel, sondern auch auf der Tafel liebte, während mir sonst der Verbleib meiner Fischbeute meistens gleichgültig war.«

Hesse, Erinnerungen eines Neunzigjährigen, GE 4, S. 365 f.

Wem es zu weit ist, von Bad Teinach wieder zu Fuß nach Calw zurückzugehen, der kann entweder mit dem Bus fahren oder ca. 2 km das Teinachtälchen hinab zu dem im Nagoldtal gelegenen Bahnhof Station Teinach gehen und von dort mit dem Zug nach Calw fahren. Bei der Fahrt oder Wanderung von Bad Teinach nach Station Teinach kommt man an einem Marmorsägewerk vorbei, das eventuell das Vorbild für den Schauplatz in Hesses Erzählung *»Die Marmorsäge«* gewesen sein könnte:

»In der kühlen Waldschlucht des Sattelbachs, der alle paar hundert Schritt eine Mühle treiben muß, lag stattlich und sauber ein Marmorsägewerk [...]. Als ich das erstemal diesen Hof nach einem Neugierbesuch verließ, nahm ich ein kleines, einseitig poliertes Stückchen weißen Marmors in der Tasche mit; das besaß ich jahrelang und hatte es als Briefbeschwerer auf meinem Schreibtisch liegen.«

Hesse, Die Marmorsäge, GW 2, S. 185 f.

Maulbronn: Zwischen Kindheit und Erwachsenwerden

Hermann Hesses Maulbronner Zeit 1891/92

»Im Nordwesten des Landes liegt zwischen waldigen Hügeln und stillen kleinen Seen das große Zisterzienserkloster Maulbronn. Weitläufig, fest und wohl erhalten stehen die schönen alten Bauten und wären ein verlockender Wohnsitz, denn sie sind prächtig, von innen und außen, und sind in den Jahrhunderten mit ihrer ruhig schönen, grünen Umgebung edel und innig zusammengewachsen. Wer das Kloster besuchen will, tritt durch ein malerisches, die hohe Mauer öffnendes Tor auf einen weiten und sehr stillen Platz. Ein Brunnen läuft dort, und es stehen alte ernste Bäume da und zu beiden Seiten alte steinerne und feste Häuser und im Hintergrunde die Stirnseite der Hauptkirche mit einer spätromanischen Vorhalle, Paradies genannt, von einer graziösen, entzückenden Schönheit ohnegleichen. Auf dem mächtigen Dach der Kirche reitet ein nadelspitzes, humoristisches Türmchen, von dem man nicht begreift, wie es eine Glocke tragen soll. Der unversehrte Kreuzgang, selber ein schönes Werk, enthält als Kleinod eine köstliche Brunnenkapelle; das Herrenrefektorium mit kräftig edlem Kreuzgewölbe, weiter Oratorium, Parlatorium, Laienrefektorium, Abteiwohnung und zwei Kirchen schließen sich massig aneinander. Malerische Mauern, Erker, Tore, Gärtchen, eine Mühle, Wohnhäuser umkränzen behaglich und heiter die wuchtigen alten Bauwerke. Der weite Vorplatz liegt still und leer und spielt im Schlaf mit dem Schatten seiner Bäume; nur in der Stunde nach Mittag kommt ein flüchtiges Scheinleben über ihn. Dann tritt eine Schar junger Leute aus dem Kloster, verliert sich über die weite Fläche, bringt ein wenig Bewegung, Rufen, Gespräch und Gelächter mit, spielt etwa auch ein Ballspiel und verschwindet nach Ablauf der Stunde rasch und spurlos hinter den Mauern. Auf diesem Platz hat schon mancher sich gedacht, hier wäre der Ort für ein tüchtiges Stück Leben und Freude, hier müßte etwas Lebendiges, Beglückendes wachsen kön-

»Ansicht der ehemaligen Cisterzienserabtei Maulbronn«. Von oben links: 1. Gesamtansicht des Klosters, 2. Laienrefektorium, 3. Chorgestühl in der Klosterkirche, 4. Kirchenraum der Laienbrüder mit Chorschranke zum Kirchenraum der Herrenmönche, 5. Herrenrefektorium, 6. Pfründhaus, 7. Treppenaufgang im Kreuzgang, 8. Frontseite der Klosterkirche mit Paradies, 9. Teilansicht des Chors der Klosterkirche.
Holzstich nach einer Zeichnung von Robert Stieler, 1885

nen, hier müßten reife und gute Menschen ihre freudigen Gedanken denken und schöne, heitere Werke schaffen.

Seit langer Zeit hat man dieses herrliche, weltfern gelegene, hinter Hügeln und Wäldern verborgene Kloster den Schülern des protestantisch-theologischen Seminars eingeräumt, damit Schönheit und Ruhe die empfänglichen jungen Gemüter umgebe. Zugleich sind dort die jungen Leute den zerstreuenden Einflüssen der Städte und des Familienlebens entzogen und bleiben vor dem schädigenden Anblick des tätigen Lebens bewahrt. Es wird dadurch ermöglicht, den Jünglingen jahrelang das Studium der hebräischen und griechischen Sprache samt Nebenfächern allen Ernstes als Lebensziel erscheinen zu lassen, den ganzen Durst der jungen Seele reinen und idealen Studien und Genüssen zuzuwenden. Dazu kommt als wichtiger Faktor das Internatsleben, die Nötigung zur Selbsterziehung, das Gefühl der Zusammengehörigkeit. Die Stiftung, auf deren Kosten die Seminaristen leben und studieren dürfen, hat hierdurch dafür gesorgt, daß ihre Zöglinge eines besonderen Geistes Kinder werden, an welchen sie später jederzeit erkannt werden können – eine feine und sichere Art der Brandmarkung. Mit Ausnahme der Wildlinge, die sich je und je einmal losreißen, kann man denn auch jeden Seminaristen sein Leben lang als solchen erkennen.«

Hesse, Unterm Rad, GW 2, S. 57f.

Auch Hermann Hesse ist von seinem Aufenthalt in Maulbronn tief geprägt worden, und es ist nicht zuviel gesagt, daß das Klosterseminar und der mit ihm verbundene Geist zu einem der wichtigen Bezugspunkte in seinem Leben geworden ist. Dies belegt nicht nur der oben zitierte Roman *»Unterm Rad«*, der auf den Maulbronner Erlebnissen und Erfahrungen basiert, sondern auch die Erzählung *»Erwin«*, die 1914 entstandene Erinnerung *»Der Brunnen im Maulbronner Kreuzgang«* und die 1954 verfaßte Skizze *»Ein Maulbronner Seminarist«*. Darüber hinaus dient das Kloster Maulbronn Hesse in seiner großen Erzählung *»Narziß und Goldmund«* als Schauplatz, und auch in seinem Alterswerk *»Das Glasperlenspiel«* spielt die Klosterwelt auf vielfältige Art und Weise eine Rolle.

Hermann Hesses Schulaufenthalt im Seminar des Klosters Maulbronn dauert kaum mehr als ein halbes Jahr. Dann kommt es zu jenem rätselhaften Zwischenfall, der seine Seminarzeit beendet: Am 7. März 1892 verläßt er das Kloster, wandert eine ganze Nacht ziellos in der Gegend umher, übernachtet in einem Strohhaufen vermutlich bei der Ortschaft Kürnbach, wird tags darauf von einem Gendarmen in der Nähe von Knittlingen angetroffen und von diesem nach Maulbronn zurückbegleitet. Im Tagebuch der Mutter findet sich unter dem Datum 8. März 1892 die folgende Schilderung des Vorfalls:

»Nun Gottlob! Das Kind ist selber wieder gekommen; unterwegs von einem Landjäger gefragt, wo er hinwolle? hatte er gesagt: nach Maulbronn. ›Dann gehn wir zusammen‹. Der gens d'armes telegraphierte im nächsten Ort gleich nach Maulbronn, daß der Gesuchte gefunden sei und mit ihm komme. Die Repetenten gingen ihm entgegen. Als Hermann in des Professors Zimmer sein Taschentuch herauszog, fielen Strohhalme heraus; er hatte die bitterkalte Nacht auf freiem Felde zugebracht und sich frierend in einen Strohhaufen zu stecken gesucht. Er kam in jenen 23 Stunden in Württemberg, Baden und Hessen herum. Er hatte weder Mantel noch Handschuhe, kein Geld im Sack, dagegen die Bücher noch bei sich, die er zur Präparation für die nächste Lektion auf den Spaziergang in der Freistunde mitgenommen. Zur Lektion war er nicht gekommen. Halb mit, halb ohne Willen hatte er sich weit fortverlaufen, im Dippel und Rappel, Friedrich [Hermann Hesses Onkel, der im Auftrag der Eltern von Calw nach Maulbronn reiste] *fand ihn verwirrt, zitternd vor Kälte, angegriffen, vertattert. Die Professoren nehmen's sehr ernst, sie fürchten partielle Geistesverwirrung, etwas Krankhaftes. Das ist's ja auch und wir sind sehr in Sorge. Da er bisher so gerne in Maulbronn war, ist's uns unerklärlich, daß er fortlief. […].«*

Kindheit und Jugend vor 1900, Band 1, S. 182 f.

Die Schilderung macht deutlich, daß es sich bei dem Fortlaufen um keine vorbereitete, geplante Tat handelte. Was war dann aber der Beweggrund? Marie Hesse äußert, daß die Lehrer eine krankhafte Geistesverwirrung bei dem Knaben befürchteten. Andere glaubten an eine entwicklungsbedingte Überspanntheit, eventuell ausgelöst durch eine übermäßige Buchlektüre und eine zu lebhafte Phantasie.

Pietistische Verwandte und Bekannte wähnten die Hand des Bösen im Spiel. Es kam auch ein ganzer Strauß von Gerüchten in Umlauf, der bunte Blüten der Spekulation trieb; so wurde zum Beispiel im Kloster getuschelt, Hermann Hesse sei als Mitwisser in die Brandstiftung verstrickt gewesen, der mutmaßlich das Pfründhaus des Klosters sechs Wochen zuvor zum Opfer gefallen war, und nun treibe ihn sein schlechtes Gewissen um.

Letztlich bleiben die Beweggründe im Dunkeln. Die Schulleitung verzichtet auf den sonst bei solchen Vorgängen üblichen Verweis von der Schule, da sie sieht, daß eher Verwirrung als Aufsässigkeit hinter dem Vorfall steht. Da jedoch die nervliche und körperliche Verfassung Hermann Hesses so ist, daß er dem normalen Fortgang der Seminarausbildung nicht mehr folgen kann, wird er zunächst für einen Monat beurlaubt. Er kehrt danach noch einmal für sechs Wochen ins Seminar zurück, wird dann aber auf Empfehlung der Seminarleitung, die unter dem Druck besorgter Eltern von Mitschülern steht, welche einen schlechten Einfluß Hesses auf ihre Söhne befürchten, von den Eltern endgültig aus dem Seminar genommen. Die anschließende schwere Zeit, in der Hermann Hesse unter anderem in der Nervenheilanstalt Stetten behandelt wird, ist im Kapitel »Hesses Calwer Zeit« dargestellt (siehe S. 24f.).

Hermann Hesses Zeit im Kloster Maulbronn dauert, unterbrochen von einigen Aufenthalten im Calwer Elternhaus, genau vom 15. September 1891 bis zum 7. Mai 1892. Vorausgegangen ist eine sechzehnmonatige Vorbereitungzeit an der Göppinger Lateinschule (vgl. S. 21f.) und die erfolgreiche Absolvierung des württembergischen Landexamens, wodurch er die Berechtigung zum Besuch des evangelischen Seminars in Maulbronn erwirbt. – Die evangelischen Seminare haben ihren Ursprung in den Klosterschulen, die der württembergische Herzog nach seinem Übertritt zum Protestantismus gegen Ende des 16. Jahrhunderts in den vierzehn in Württemberg gelegenen Männerklöstern einrichten ließ. Ihre Aufgabe war es, für die Kirche und den Staat des Landes, die in der Zeit des Herzog- und Königtums noch nicht getrennt waren, den Nachwuchs heranzubilden. Zu diesem Zweck wurden Jahr für Jahr in einer Ausleseprüfung in Stuttgart, dem sogenannten Landexamen, die gescheitesten Söhne des Landes ausgewählt, die sodann einen kostenfreien Internatsplatz an einem der Seminare erhielten und zugleich auch das Recht erwarben, nach erfolgreich absolvierter Seminarzeit kostenlos am Tübinger Stift evangelische Theologie studieren zu können. Hermann Hesse hat diese Einrichtung in *»Unterm Rad«* beschrieben:

»[...] in schwäbischen Landen gibt es für begabte Knaben, ihre Eltern müßten denn reich sein, nur einen einzigen schmalen Pfad: durchs Landexamen ins Seminar, von da ins Tübinger Stift und von dort entweder auf die Kanzel oder aufs Katheder. Jahr für Jahr betreten drei bis vier Dutzend Landessöhne diesen stillen, sicheren Weg, magere, überarbeitete Neukonfirmierte durchlaufen auf Staatskosten die verschiedenen Gebiete des humanistischen Wissens und treten acht oder neun Jahre später den zweiten, meist längeren Teil ihres Lebensweges an, auf welchem sie dem Staate die empfangenen Wohltaten heimbezahlen sollen.«

Hesse, Unterm Rad, GW 2, S. 9

Zu Hesses Schulzeit bestanden noch vier Seminarschulen; dabei waren im Jahreswechsel die Seminare Maulbronn und Schöntal für die Einschulung der neuen Schüler zuständig, während die letzten beiden Schuljahre vor der Reifeprüfung in Urach oder Blaubeuren absolviert wurden. Heute ist nurmehr Maulbronn für den ersten und Blaubeuren für den zweiten Teil der Schulausbildung verantwortlich; die Schule steht dabei unter staatlicher Schulaufsicht, das Internat dagegen unter der Trägerschaft der Stuttgarter Evangelischen Oberkirchenbehörde. Unverändert geblieben ist der humanistisch-musische Schwerpunkt der Schule und das Prinzip des unentgeltlichen Schul- und Internatsbesuchs für die erfolgreichen Absolventen der Landexamensprüfung.

Den Weg durch das Landexamen und das Maulbronner Seminar sind vor Hermann Hesse eine ganze Reihe bedeutender Denker gegangen, unter anderem der Astronom Johannes Kepler (1571-1630) aus Weil der Stadt, der Diplomat Karl Friedrich Reinhard (1761-1837) aus Schorndorf, der Dichter Friedrich Hölderlin (1770-1843) aus Lauffen am Neckar, der Professor für Ästhetik und Literatur Friedrich Theodor Vischer (1807-1887) aus Ludwigsburg, der revolutionäre Theologe David Friedrich Strauß (1808-1874) aus Ludwigsburg, der Schriftsteller Hermann Kurz (1813-1873) aus Reutlingen, der Schriftsteller und demokratische Politiker Georg Herwegh (1817-1875) aus Stuttgart und nicht zuletzt Hermann Hesses gelehrter Großvater Hermann Gundert (s. S. 39ff.).

Der biographische Rahmen, in den sich Hesses Maulbronner Schulzeit einordnet, ist bereits im Kapitel »Hesses Calwer Zeit« skizziert worden (s. Seite 21ff.). Im folgenden soll noch einmal auf die Maulbronner Zeit selbst eingegangen werden, um vor allem der unbeantworteten Frage nach Hesses Scheitern im Seminar noch etwas gründlicher nachzugehen. Hinzuweisen ist in diesem Zusammenhang auf den Sachverhalt, daß Hesse in seinem Roman *»Unterm Rad«* zahlreiche Episoden seiner Maulbronner Zeit verarbeitet hat, allerdings dichterisch frei, so daß er nicht als dokumentierende autobiographische Schrift gelesen werden kann, wie dies häufig geschieht. Hesse hat hier, wie auch im Calwer Teil des Romans, Details und Episoden aus dichterischen Gründen oder privaten Rücksichten verändert oder weggelassen, andere hinzuerfunden und allenthalben Geschehnisse verdichtet und dramatisiert, um die beabsichtigte dichterische Aussage deutlicher zu konturieren. Aus diesem Grund muß *»Unterm Rad«* mehr als dichtes atmosphärisches Gemälde denn als exakte biographische Reproduktion gesehen werden. Eine unmittelbar biographische Quelle ist dagegen die Sammlung von Briefen und Lebenszeugnissen aus dieser Zeit in dem Band *»Hermann Hesse, Kindheit und Jugend vor Neunzehnhundert, Band 1: 1877-1895«*.

Wenn man darin Hermann Hesses Maulbronner Briefe an die Eltern liest, bekommt man den Eindruck, daß er eigentlich gern in Maulbronn gewesen ist, und es für ihn eine spannende, eine erfüllte und positiv anregende Zeit war. Natürlich war es kein Kinderspiel, die Anforderungen des Seminars zu erfüllen, das ja schließlich eine Eliteschule war. Aber er beschwert sich in den Briefen nicht darüber; eher belustigt oder auch ein wenig stolz berichtet er den Eltern über das strenge zeitliche und verhaltensmäßige Reglement an der Schule: *»§10: Nirgends darf Speise und Getränk gegen Barzahlung angenommen werden. Zum Besuch eines jeden Gewerbshauses ist die Erlaubnis des Ephorats nötig.«* (Brief vom September 1891)

Sorgen machen ihm nur hie und da das zu knappe Taschengeld und die Verpflegung. Mit den Lehrern ist Hermann Hesse mit Ausnahme des Turn- und Musiklehrers durchweg zufrieden; er attestiert ihnen, daß sie *»freundlich und für Fragen und Bitten fast immer zugänglich«* sind. Auch über die Schulkameraden hat er keine Klagen; lediglich einmal erwähnt er eine Auseinandersetzung, die in einem Faustkampf mit anschließender Versöhnung endet. Ansonsten berichtet er von gemeinsamen Aktivitäten über den eigentlichen schulischen Rahmen hinaus, die ihm offensichtlich Spaß bereiten; einmal läßt er sich von einem Mitschüler hypnotisieren; zusammen mit anderen Schülern gründet er Anfang 1892 eine kleine literarische Gesellschaft:

Wir lesen klassische Schillerstücke mit verteilten Rollen, deklamieren eigene und andere Gedichte, versuchen uns in kritischen Vorträgen etc.« (Brief vom 17. Januar 1892). *»Gestern wohnte ich wieder einer sehr netten Versammlung unseres Vereins an, wir lasen Aufsätze vor, deklamierten und lasen Klassiker (Schiller, Parasit und Voß, Aeneis). Es sind immer die schönsten und ruhigsten Abende, wenn wir so auf Akropolis* [Stube im Seminar] *zusammenkommen. Schade, daß wir nur einmal in der Woche es möglich machen konnten! Ich lese Klopstocks Oden gegenwärtig mit großem Genuß.«* (Brief vom 31.Januar 1892)

Und nach fünf Monaten in Maulbronn stellt Hermann Hesse in einem Brief an die Eltern dem Seminar, den Lehrkräften und den Mitschülern rundum das beste Zeugnis aus:

»Ich bin froh, vergnügt, zufrieden! Es herrscht im Seminar ein Ton, der mich sehr anspricht. Vor allem ist es das enge offene Verhältnis zwischen Zögling und Lehrer, dann aber auch das nette Verhältnis der Zöglinge untereinander. Zwischen keinem fast besteht ein dauernder Streit. Neulich z. B. verstand ich Etliches im Klopstock nicht, da ging ich gleich zum Repetenten und fragte ihn. Es sind oft Kleinigkeiten, aber Alles zusammen bildet ein festes, schönes Band zwischen Allen und nirgends findet man einen Zwang. In Göppingen war ich oft tagelang verstimmt, verschlossen, da war kein gemeinsames festes Band, als die leidige Schanzerei; da war Anstand, auch Willenskraft, Ideal etc. oft Gegenstand des Spottes; das gibts hier

nicht. Keiner wagt es, über Kunst, Wissenschaft zu spotten. Dann das großartige Kloster! In einem der feierlichen Kreuzgänge mit einem Anderen über Sprachliches, Religiöses, über Kunst etc. zu disputieren, hat einen besonderen Reiz. Und es ist nicht mehr das Schwatzen zweier Knaben, sondern wir beschäftigen uns mit den einzelnen Fakten eingehend, fragen die Lehrer meistens darüber, und lesen dazu passende Bücher.«

Brief vom 14. Februar 1892, KuJ, Band 1, S. 170f.

All dies steht in einem merkwürdigen Gegensatz zu manchem, was uns Hermann Hesse in seinen schriftstellerischen Werken *»Unterm Rad«* und *»Erwin«* über das Leben im Seminar übermittelt. – Hat Hermann Hesse hier Teile frei erfunden, Teile die ein problematischeres Bild vom Seminarleben zeichnen, als er es selbst erlebt hat? Wie ist dann aber sein Weglaufen aus dem Seminar, nur drei Wochen nach dem obigen Brief zu erklären? Gab es da vielleicht doch eine verborgene, abgründige Dimension im Leben und Erleben des Seminaristen Hermann Hesse, die er in den Briefen den Eltern sorgsam verborgen hielt? – Es ist eigentlich zwingend zu vermuten, denn sonst müßte man Hesse unterstellen, daß er in *»Unterm Rad«* willkürlich phantasiert habe und daß die noch 1951 im Rückblick getätigte Aussage, in *»Unterm Rad«* habe er *»ein Stück wirklich erlebten und erlittenen Lebens«* und *»die Krise jener Entwicklungsjahre dargestellt«*, *»um mich von der Erinnerung an sie zu befreien«*, nicht den Tatsachen entspreche. Außerdem würde das bedeuten, daß Hermann Hesse durch sein Weglaufen aus dem Seminar völlig grundlos und sinnlos eine für ihn glückliche Zeit beendet habe. Dies wird aber nun wohl niemand ernsthaft behaupten wollen. Eher ist da schon die andere Vermutung plausibel, daß Hermann Hesse seine Briefe an seine empfindlichen Eltern adressatengerecht geschrieben hat, um diese zu schonen, und daß er dabei auch manche Wunschvorstellung seines Kopfes als Wirklichkeit ausgegeben hat. Bei einer Recherche in diese Richtung wird man tatsächlich recht bald fündig, und zwar in Form der Briefe, die der Maulbronner Professor Wilhelm Paulus in Vertretung der Schulleitung nach Hermanns Fluchtaffäre an die Eltern Hesse geschrieben hat; dort heißt es zum Beispiel:

»Nach den Angaben mehrerer seiner Mitschüler befand sich Hermann schon seit längerer Zeit, teilweise schon vor Weihnachten, öfters in einem Zustand größter Erregtheit, in welchem er überschwengliche, zum Teil überspannte Gedichte zu verfassen pflegte; doch wechselten diese Zustände mit andern, in welchen er dann wieder ganz heiter und lustig war.« (*Brief vom 7. März 1892, in: Kindheit und Jugend vor 1900, S.180*).

Dies deutet bereits an, daß das Bild des strebsamen und in das Seminarleben wohlintegrierten Schülers, das Hermann Hesse seinen Eltern brieflich vermittelte, so wohl nicht stimmte, er sich vielmehr schon bald in die Rolle eines Außenseiters hineinmanövriert hatte. Hermann Hesse war – um es mit den Kategorien seines Romans *»Unterm Rad«* auszudrücken – offensichtlich nicht nur der brave Hans Giebenrath, sondern gleichzeitig auch der aufmüpfige Hermann Heilner. Bestätigt wird dies durch die Einschätzung des Lehrerkonvents, die Paulus vier Tage später den Eltern übermittelt:

»Außerdem war es die übereinstimmende Ansicht des Konvents, daß das Verbleiben Hermanns im Seminar in doppelter Hinsicht nicht wünschenswert sei. Nämlich erstlich in seinem eigenen Interesse. Es ist bei der Untersuchung seines Vergehens an den Tag getreten, daß es ihm in hohem Grad an der Fähigkeit fehlt, sich selbst in Zucht zu halten und seinen Geist und sein Gemüt in die Schranken einzufügen, welche für sein Alter und für eine erfolgreiche Erziehung in einem Seminar notwendig sind. Wir sind daher der Überzeugung, daß für ihn der Besuch eines Gymnasiums, wenn er dabei in einer Familie untergebracht würde, wo er zu gleicher Zeit in fortwährender Zucht und Überwachung stünde und dabei durch das Familienleben gemütliche Anregung fände, um vieles vorteilhafter sein müßte. Fürs zweite aber glauben wir, daß sein Aufenthalt im Seminar für seine Mitschüler eine Gefahr werden könnte. Er ist zu erfüllt von überspannten Gedanken und übertriebenen Gefühlen, denen sich hinzugeben er nur zu geneigt ist. Wenn er nun diese seinen Kameraden mitteilt, so wird er entweder, wie dies bisher der Fall war, kein Verständnis finden und sich infolge davon, nach seiner eigenen Aussage, vereinsamt und verkannt fühlen, oder aber, und das wäre eben mit der Zeit doch zu fürchten, wird er auch andere in seine unnatürliche und ungesunde Gedanken- und Gefühlswelt hineinziehen.« (*Brief vom 11. März, in: Kindheit und Jugend vor 1900, S. 189f.*).

Aus all dem läßt sich die These aufstellen und erhärten, daß Hermann Hesse sich früh, wahrscheinlich angeregt durch umfangreiche Lektüre idealistisch-schwärmerischer Literatur (Klopstock z.B.), in Dichterträume und Träume von idealer Freundschaft und geistigem Zusammenleben hineinphantasiert hat, denen der Alltag des Seminars und die Schulkameraden nicht standhalten konnten und wollten. Hierdurch kam er wahrscheinlich unwillkürlich in eine Außenseiterrolle, fühlte sich zunehmend unverstanden, reagierte darauf mit verstärktem Rückzug in seine idealische Welt und brachte dadurch einen Circulus vitiosus in Gang, aus dem er sich schließlich nicht mehr befreien konnte. Hinzu kam vermutlich, daß er das, was er mit der Seminargemeinschaft nicht leben konnte, auf einen einzelnen Freund zu projizieren versuchte, der ihm in symbiotischer Gemeinschaft all das geben sollte, was er sich erträumte. Dieses Motiv, bis zu erotischer Leidenschaft gesteigert, spielt sowohl in *»Unterm Rad«* in der Beziehung zwischen Hans Giebenrath und Hermann Heilner, als auch in *»Erwin«* in der Freundschaft zwischen dem Erzähler und Erwin eine zentrale Rolle. Und von daher ist die Vermutung nicht abwegig, daß auch im Leben des Seminaristen Hermann Hesse eine solche ins Idealische übersteigerte Knabenfreundschaft und deren Probleme mit zu Hesses rätselhaftem Verhalten Anfang März 1892 beigetragen hat. Man kann also den Grund für Hesses Davonlaufen mit einiger Wahrscheinlichkeit in Gefühlen des Unverstandenseins und Liebeskummer vermuten.

Der für eine solche »Liebesaffäre« in Frage kommende Mitschüler ist wohl Wilhelm Lang, der auf derselben Stube wohnte und mit dem Hermann Hesse sich früh anfreundete; dafür spricht auch, daß Hermann Hesse bei seinem vorläufigen Ausscheiden aus dem Seminar Ende März 1892 in einem Brief an die Eltern seinen Abschied von Wilhelm Lang mit geradezu dramatischen Worten schildert:

»Das Schwerste mußte ich gestern erleben, den Abschied von meinem Wilhelm, der mich so ganz verstand und kannte, der nach mei-

nem Fall noch den sonst Verachteten liebte und Freud und Leid mit mir teilte. Trauernd gab er mir gestern einen Brief seines frommen und biederen Vaters zu lesen, der mir deutlich zeigte, daß ich auch von Wilhelms Eltern verachtet werde, und dessen Inhalt so ziemlich der Befehl zur Trennung war. Es war ein schöner Abend, der Mond schien in die alte Halle, wo wir im Gespräch dahinschritten. Ich habe den verloren, den ich mehr liebte als alle, dem meine Freizeit, mein Singen und Denken gehörte. Als ich allein, nach einer schweren Stunde des Scheidens, aus dem Oratorium trat, klang eben vom Musikzimmer herüber Rümelins prachtvoll weiche Glockenstimme: ›Behüt dich Gott, es wär zu schön gewesen‹.

Ihr lächelt vielleicht, wenn Ihr dies leset, aber glaubt, es ist schwer, am Sarg eines Freundes zu stehen, zehnmal schwerer, einen Freund lebend zu verlieren.« *Brief vom 20. März 1892, KuJ, Band 1, S. 194f.*

Und Wilhelm Lang seinerseits gibt seine Gefühle für Hermann Hesse durch ein Gedicht zu erkennen, das er dem Freund widmet und das zugleich die ganze schwärmerische Dimension dieser Freundschaft verdeutlicht:

Aus trüben Stunden

Lieblicher Hain! Hier wohnt sie, die ewig herrliche Muse -
Nie noch sah ihr göttliches Auge die Tränen, die schweren,
Die mir, ohn' Wissen bereitet mein trautester Freund,
Unrechtes tuend den Eltern, den lieben, den teuren.

S.[einem] Freund H.H. *W.L.[Wilhelm Lang]*

Kindheit und Jugend vor 1900, Band 1, S. 195

Alles in allem läßt sich also vermuten, daß eine reifungsbedingte Sturm-und-Drang-Phase, die den fünfzehnjährigen Hermann Hesse das Gefühl für die Grenzen zwischen Traum und Wirklichkeit, literarischer Idealwelt und realer Welt verlieren ließ, zu seinem Scheitern in Maulbronn geführt hat. Zusammen mit den harten Anforderungen des Seminars, der strengen Schuldisziplin und dem großen Lernpensum, den Schuldgefühlen gegenüber den Eltern, dem noch nicht verdauten Verlust der Kinderheimat, den Problemen eines Knabeninternats, den aufkeimenden jugendlich-naiven Dichterträumen und den damit verbundenen Sehnsüchten nach Freiheit und Selbstbestimmung, ballte sich das zu einem Bündel seelischer Belastungen, das der psychisch und physisch ohnehin nicht besonders robuste Hermann Hesse bald nicht mehr zu tragen vermochte.

Hermann Hesse hat sich zu seiner Maulbronner Affäre zeitlebens nur in Andeutungen geäußert; so heißt es in seinen »*Biographischen Notizen*« von 1922/23 lediglich:

»Im Seminar fingen meine Nöte an. Die Not der Pubertätszeit traf zusammen mit der Berufswahl, denn es war mir schon damals durchaus klar, daß ich nichts andres als ein Dichter werden wollte, ich wußte aber, daß dies kein anerkannter Beruf war und kein Brot einbrachte.«

Hesse, Biographische Notizen 1922/23, in: Hesse, Eigensinn, S. 18

Hesses Deutung der Dinge steckt literarisch verschlüsselt in seinen Erzählungen darüber; er hatte offensichtlich ein Interesse daran, die Sache in einem geheimnisvollen Zwielicht zu lassen; es scheint aber so, als ob im ersten Kapitel der Erzählung »*Erwin*«, die erst im Nachlaß aufgefunden wurde, doch ein Aufriß der seelischen Situation des Seminaristen Hesse gezeichnet wird, der der Wirklichkeit der damaligen Geschehnisse sehr nahe kommen könnte. Dort lesen wir:

»Wie ein dunkler Grenzturm liegt zwischen den Spielplätzen meiner Kindheit und den Gärten und Wildnissen meiner Jünglingszeit das alte Kloster. Ich sehe seine Mauern und Säulen trotzig stehen und lange Schatten in mein Jugendleben werfen, und muß doch lächeln und kann mich des schnelleren Herzschlags nicht erwehren, wenn mein inneres Auge die festen Mauern des ›Paradieses‹ und die Wölbungen der gotischen Kreuzgänge erblickt. Oft hatte ich Sehnsucht, den Ort meiner ersten Nöte und Träume wieder zu sehen, die Geburtsstätte meines Heimwehs und meiner ersten Lieder.

Das Kloster liegt zwischen mehreren Hügeln im Tal, schwer, von romantischen Schatten umgeben. Ich stand oft am Gitter des Parlatoriums, welches den Mönchen karge, beaufsichtigte Gespräche mit besuchenden Anverwandten gestattete, und hatte das Herz voll von Freundschaft und Heimweh, und hatte keinen, dem ich davon reden durfte. Ich schritt oft mit beklommenem Sinn durch die steinernen Dormente, und war allein, und hörte nur den Klang und Widerhall meiner Schritte und aus der Brunnenkapelle den singenden Laut des fallenden Wassers.

In einem der großen Schlafsäle verbrachte ich manch halbe Nacht heiß und wachend, in Zukunftsgedanken, in Dichterphantasien, und allen Nöten meiner ratlosen Jugend. Alle Romantik, die ein Knabenherz erfüllen und beschweren kann, war in mir lebendig, ich war erfüllt von allen einander widerstrebenden Idealen der ersten Jugend. Die Helden Homers und die Helden Klopstocks, die Wunder Athens und Altdeutschlands stritten um meine Verehrung. Meine Stimmungen waren im Bann der mondbeschienenen Einsamkeit, der ich viele Abende in den hohen, gewölbten Räumen des Oratoriums und der Dormente mich hingab. Tage lang schlug mein leidenschaftliches Herz den verheißenen Tempeln der Wissenschaft warm entgegen, zu jedem Fleiß und zu jeder Entsagung bereit, und wurde wieder des Nachts von Verachtung und Sehnsucht gequält. Dann träumte ich von Höhen und glänzenden Möglichkeiten, und schmachtete gefangen, und lernte früh die Sehnsucht der Freiheit.

Wenn ich in der freien Mittagstunde den nächsten Hügel erstieg, sah ich die weiten Gebäude des Klosters unter Schieferdächern stattlich beieinander gelagert. Zwei Kirchen mit langen, kreuzförmigen Dächern und festen steinernen Vorhallen, zwei Refektorien, Oratorium, Hörsaal und Dormente, im Innern die gotischen Kreuzgänge. Dort wartete Livius, Xenophon und der göttliche Homer auf mich, dort war mein Pult und Bett, beide Zeugen ernster und schwärmerischer Gedanken und Phantasien, dort war der Ort unsrer Spiele, Kämpfe und Enttäuschungen. Umschauend sah ich auf der anderen Hügelseite den tiefen See gebreitet, dahinter Feld und Gebirg und Weite. Dort war das Unbekannte, das Größere, die Ferne, die Welt, die Freiheit. Dort lag die helle Bahn, mit Anderen in die Weite zu laufen, dort lagen verborgene Ziele, Größe und Untergang, für alle Freien. Dort waren die Freunde, deren ich bedurfte, dort waren Be-

rater und Mitwisser meiner Heimlichkeiten, Genesung und freie Luft für meine stummen Sorgen und Bedrängnisse.

Vielemal bin ich den kurzen Weg mit schwerem Herzen und wunder Seele hinabgestiegen. Wenn ich den Klosterplatz betrat, traf ich die Kameraden bei Turnen und Ballspiel oder lachend und ruhend auf den Bänken im Schatten des Ahorn. Ich suchte oft, und ich fand nirgends den Blick, der mich verstand. Dann griff ich selber zum Ball und sprang allen voran über den Platz, mit Hallo und heißen Wangen, der Rascheste und Wildeste von allen. [...]

In diese Zeit zurückschauend sehe ich meine wilde, im Vaterhaus verwöhnte Seele voll Ungeduld und Ungenügen nach Fernen und unbekannten Freuden suchen, ich sehe sie eingesperrt im Glashaus des Unterrichts und des streng förmlichen Lebens ihre Schmetterlingsflügel regen und sich verzweifelnd an den Wänden müde flattern. Du reiche, unverstandene Jugend! Ein älterer Freund, ein Stückchen Freiheit, ein Winkel Heimat hätte dir genügt, und du sehntest dich krank zwischen roheren Genossen und nüchternen Lehrmeistern! In diesen Schranken verlor ich bald meine lustige Kindlichkeit und lernte den Durst nach Wissen und Genuß, ich lernte zugleich den Weltschmerz, das Sichandersfühlen und die gefährlichste Seelenkrankheit, das Mitleid mit mir selber.«

Hesse, Erwin, Erzählung, S. 7-15

Der in Maulbronn spielende erste Teil der Erzählung endet damit, daß der Erzähler in dem Mitschüler Erwin einen wirklichen Freund findet, zu dem er eine leidenschaftliche Beziehung aufbaut. Um den geliebten Freund jedoch nicht zu überfordern und zu gefährden, verläßt er schließlich fluchtartig das Kloster.

Zum Schluß sei noch ein Brief von Hermann Hesse an Helene Voigt-Diederichs aus dem Jahr 1899 zitiert, in dem Hesse seine Sicht der Maulbronner Zeit kurz und knapp auf einen Nenner zu bringen versucht; es spricht einiges dafür, daß er in dieser selbstkritischen Analyse den Kern des Geschehens trifft:

»Dieser Tage las ich ›In die Nacht‹ [eine 1898 erschienene Hölderlin-Biographie]. *Sie können sich denken, mit welcher Teilnahme, denn nicht nur kenne ich Tübingen und verehre Hölderlin gewissermaßen*

aus der Nähe, sondern ich war auch selber Klosterschüler in Maulbronn. Es war die Zeit meiner wildesten Stürme, zwischen Knaben- und Jünglingsalter, und auf diese mächtigen Klostermauern und Kreuzgänge häuft meine Erinnerung allen unwiederbringlichen Glanz, der jener Zeit der ersten Ideale und Sehnsucht eigen ist. Wie voll genoß ich da die sich erschließenden Wunder Homers, wie lebte ich mich in die gotische Kühle der herrlichen steinernen Räume ein und litt doch zugleich unter der Klausur! Damals wußte ich noch nicht, daß das Ziel meiner brennenden Sehnsucht nirgends mit Händen zu greifen sei, ich sah die ›Welt‹ in lockenden Farben liegen und schob alles Elend auf die strenge Verbannung in den Klostermauern. Es war der erste wichtige Schritt meines Lebens, als ich damals, voll glühenden Durstes nach Licht, Schönheit, Freiheit, aus dem Kloster entfloh, und ich leide noch heute unter dieser knabenhaften Geniereise. Was ich fand, das lohnte wahrlich diese verzweifelte Sehnsucht nicht. Dort liegt nun, im Schatten der Linden, mit den Bogenfenstern, Kreuzgängen und Kapellen, weltabgeschieden ein Stück meiner Jugend unerlöst und blickt mit Vorwurf mich an.«

Kindheit und Jugend vor 1900, Teil 2, S. 347

Ankunft in Maulbronn und Rundgang durch das Kloster

»Nach zweiundzwanzig Jahren fuhr ich zum erstenmal wieder mit der kleinen Bahn durch die sommerlichen Waldhügel der Maulbronner Gegend, stieg an der verschlafenen Haltestelle aus und wanderte durch den feuchten Wald nach Maulbronn hinüber.«

Hesse, Der Brunnen im Maulbronner Kreuzgang,
in: Kunst des Müßiggangs, S. 165

Im Jahr 1914 reist Hermann Hesse zu einem Besuch nach Maulbronn. Der zweiundzwanzig Jahre zuvor als wenig hoffnungsvoller, vielleicht sogar psychopathologischer Fall heimgeschickte Seminarist kehrt als erfolgreicher Schriftsteller an den Ort zurück, mit dem ihn eine halbjährige Erinnerung voller Höhen und Tiefen verbindet. Gespannt und neugierig nähert er sich dem Ort der Geschehnisse, alles genau beobachtend und kommentierend. Hier-

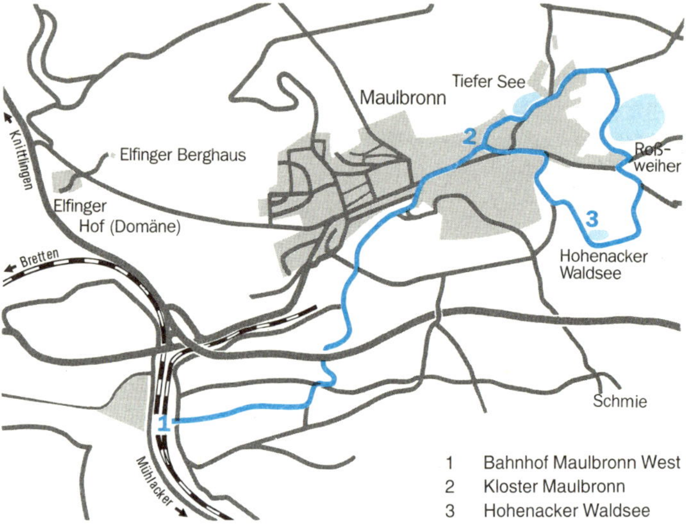

durch wird er zum idealen Führer für unseren Gang nach Maulbronn und durch das Kloster.

Hermann Hesse kam mit dem Zug an. Diese Anreisemöglichkeit hat man heute leider nicht mehr, da im Zusammenhang mit der Einrichtung der Schnellbahntrasse Stuttgart–Mannheim der Bahnhof Maulbronn-West geschlossen wurde. Man kann aber mit dem Bus von Mühlacker zum Bahnhof kommen oder gleich nach Maulbronn; ebenso von Bretten aus.

Der ehemalige Bahnhof Maulbronn-West liegt ca. 2,5 km westlich von Maulbronn einsam in Wiesen und Wäldern. Der Fußweg nach Maulbronn führt auf bequemen Waldwegen durch schönen alten Laubwald, in dem mächtige alte Buchen und Eichen stehen, unter denen schon der Seminarist Hermann Hesse den Weg vom Bahnhof zurückgelegt hat. Die langsame Annäherung per pedes an das alte Klosterstädtchen hat ihren ganz besonderen Reiz. Hermann Hesse hat dieses Erlebnis folgendermaßen beschrieben:

»Ich roch den bitteren Laubgeruch, ich sah zwischen Buchenzweigen den Elfinger Berg und den runden Eichenhügel über Weinbergen

und die Spielplätze meiner Schülerzeit liegen, ich sah im warmen Dampf des Tales hinter Lindenwipfeln die spitze Turmnadel erscheinen und ein Stück vom langen Kirchendach, und es strömte mir aus hundert plötzlich brechenden Dämmen unsagbares Gefühl des Wiedersehens entgegen, Erinnerung, Mahnung, Reue. Bangigkeit des Altgewordenen, tiefe Liebe, aufgeschreckte Sehnsucht auf flatternden Flügeln taumelnd. O Tal, o Wald, o Spielplatz bei der Eiche!«

Hesse, Der Brunnen im Maulbronner Kreuzgang, a.a.O., S. 165

Der Elfinger Berg, an dessen nach Süden geneigten Abhängen bereits die Mönche des Klosters Maulbronn ihren Wein zogen, und dessen Bergkuppe oberhalb der Weinberge auch heute noch wie von Hesse beschrieben mit Eichenwald bestanden ist, ist schon bald in nördlicher Richtung zu sehen. Um die spitze Turmnadel der Klosterkirche zu sehen, muß man dagegen zuerst ca. zwei Kilometer durch den Wald gehen. Der Waldweg nach Maulbronn ist gut ausgeschildert. Vor dem Bahnhofsgebäude stehend, hat man den Weg geradeaus vor Augen. Am Waldrand sind am Weg zwei Schilder angebracht: »Waldweg nach Maulbronn, 2,5 km« und »Sulzwaldstraße«; der Weg ist außerdem durch durch den roten Markierungsstrich des Hauptwanderwegs Nr.8 des Schwäbischen Albvereins ausgewiesen, so daß man sich kaum verlaufen kann. Alternativ könnte man Maulbronn auch auf dem nach links entlang der stillgelegten Bahnlinie führenden »Bahnweg« (Schild) erreichen. Beide Wege führen durch den schönen alten Laubwald. Seine Ankunft in Maulbronn beschreibt Hesse so:

»Und in der schwülen Hitze niedersteigend, nahm ich mein Herz zusammen und schritt in festem Takt an der alten Post vorüber durchs Tor hinein, auf den Klosterplatz und über ihn weg den Linden, dem Brunnen und dem ›Paradies‹ entgegen, sah Platz und Gebäude in seliger Halbwirklichkeit stehen, genau nach dem Bilde meiner Erinnerung gestaltet, hörte warm und dumpf in den blühenden Linden Bienenvölker sumsen, trat unterm hohen runden Bogen durch ins ›Paradies‹, stand überrascht von regungsloser Steinkühle umwittert, trank tief den ernsten Wohllaut der Fensterbogen und schlanken lebendigen Pfeiler, sog kalte Klosterluft in tiefem Zug und

Kloster Maulbronn, ehemalige Zisterzienser-Abtei, gegründet 1147

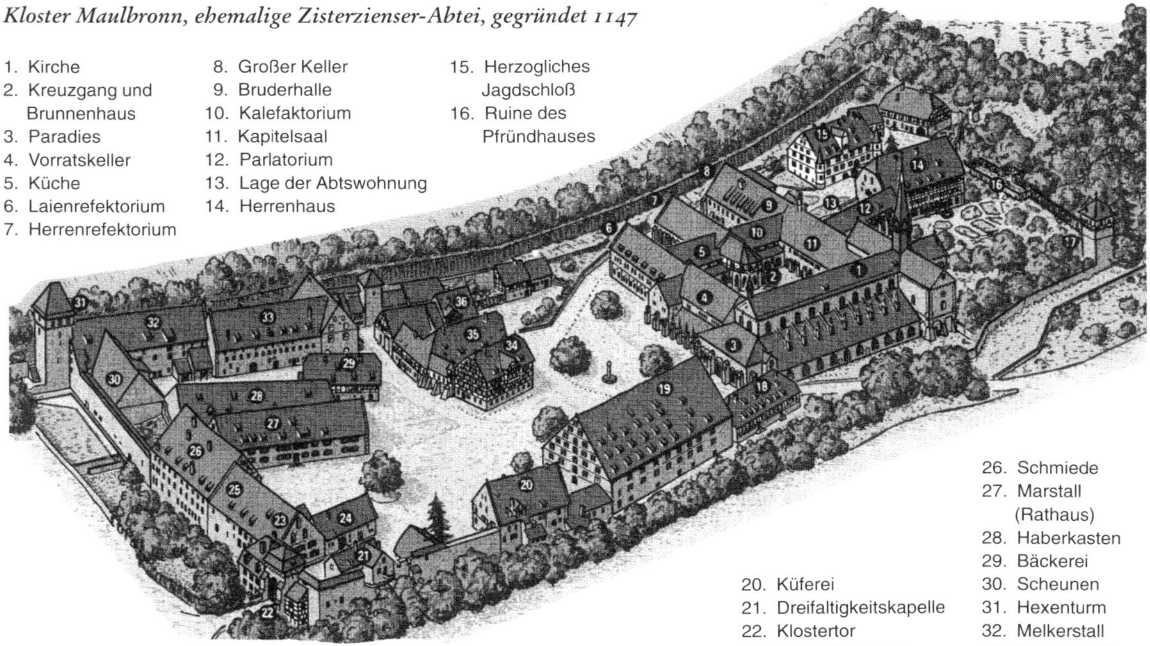

1. Kirche
2. Kreuzgang und Brunnenhaus
3. Paradies
4. Vorratskeller
5. Küche
6. Laienrefektorium
7. Herrenrefektorium
8. Großer Keller
9. Bruderhalle
10. Kalefaktorium
11. Kapitelsaal
12. Parlatorium
13. Lage der Abtswohnung
14. Herrenhaus
15. Herzogliches Jagdschloß
16. Ruine des Pfründhauses
17. Faustturm
18. Weingartsmeisterei
19. Fruchtkasten u. Kelter
20. Küferei
21. Dreifaltigkeitskapelle
22. Klostertor
23. Klosterherberge
24. Frühmesserhaus (Klostermuseum)
25. Wagnerei
26. Schmiede
27. Marstall (Rathaus)
28. Haberkasten
29. Bäckerei
30. Scheunen
31. Hexenturm
32. Melkerstall
33. Klostermühle
34. Kameralamt
35. Gesindehaus
36. Speisemeisterei

wußte plötzlich alles, alles wieder, jede Treppe und Tür, jedes Fenster, jede Stube, jedes Bett im Schlafsaal, den Geruch des Gartens und den der Klosterküche und den Ton der Morgenglocke!«

Hesse, Der Brunnen im Maulbronner Kreuzgang, a. a. O., S. 165 f.

So kann man auch heute noch das Klosterareal antreffen, das weitgehend unverändert geblieben ist und die besterhaltene mittelalterliche Klosteranlage in Deutschland darstellt. Sobald man aus dem Wald nach Maulbronn hineingelangt ist, folgt man der Hauptstraße bis zum alten Gasthof Sonne-Post, wo das Sträßchen zum Eingangstor des Klosterbezirks abzweigt. Hinter dem Torturm liegen zunächst die ehemaligen Ökonomiegebäude der Klosteranlage. Das Zisterzienser-Kloster bestand ja nicht nur aus Kirche, Kreuzgang und Mönchsunterkünften, sondern stellte eine komplette, voll funktionsfähige kleine Stadt dar, die sich selbst versorgte. Deshalb gab es hier selbstverständlich eine Schmiede, eine Wagnerei, eine große Mühle (die heute als Jugendherberge umgebaut ist), eine Küferei, große Stallungen und vieles mehr. Diese Gebäude sind noch komplett vorhanden (siehe Planskizze der Klosteranlage). Unter dem Torturm stehend, sieht man aber auch bereits die auf der gegenüberliegenden Seite des großen Klosterplatzes stehenden eigentlichen Klostergebäude.

Gleich hinter dem Torturm, auf der linken Seite, ist im ehemaligen Frühmeßerhaus ein kleines Klostermuseum eingerichtet, in dem man sich anhand eines schönen Modells und sonstiger Dokumente die Anlage und Geschichte des in seinen Anfängen auf die Mitte des 12. Jahrhunderts zurückgehenden Zisterzienserklosters veranschaulichen kann. Gute Informationen bietet auch der offizielle Klosterführer von Peter R. Anstett.

Doch setzen wir nun unseren Klosterrundgang auf den Spuren Hesses fort. Solche Spuren findet man z. B. sehr deutlich auch in der kleinen bibliophilen Buchhandlung gegenüber vom Klostermuseum, in der man ein bemerkenswert komplettes Sortiment der Werke Hermann Hesses vorfindet; hier kann man auch eine schöne bibliophile Ausgabe der in der Werkausgabe nicht enthaltenen Maulbronner Erzählung *»Erwin«* erwerben. Geradeaus über den Klosterhof kommt man, am mächtigen Fruchtkasten vorbei, der heute als Stadthalle dient, direkt auf das Paradies vor der Klosterkirche zu. Vor dem Paradies mit seinen von Doppelsäulen getragenen Rundbögen stehen unübersehbar die von Hesse erwähnten mächtigen Linden und seitlich davor ein großer Brunnen. Zu Hermann Hesses Seminarzeit sah dieser Platz vor dem Klostergebäude etwas anders aus; etwa 20 Schritte links vom Paradies ragte ein Fachwerkbau, der an das Laienrefektorium angebaut war, in den Platz hinein, in welchem die Klosterküche untergebracht war. Und auf dem Platz zwischen Küchenanbau, Brunnen und Paradies war der Turnplatz für die Seminaristen eingerichtet. *»Wenn ich den Klosterplatz betrat, traf ich die Kameraden beim Turnen und Ballspiel oder lachend und ruhend auf den Bänken im Schatten«*, heißt es in Hesses Erzählung *»Erwin«*.

In der Einleitung zu seiner großen Erzählung *»Narziß und Goldmund«* hat Hermann Hesse eine Szenerie imaginiert, die das Leben auf dem Platz und in den Klostergebäuden zu Klosterzeiten zeigen soll:

»Vor dem von Doppelsäulchen getragenen Rundbogen des Klostereingangs von Mariabronn, dicht am Wege, stand ein Kastanienbaum, ein vereinzelter Sohn des Südens, von einem Rompilger vor Zeiten mitgebracht, eine Edelkastanie mit starkem Stamm; zärtlich hing ihre runde Krone über den Weg, atmete breitbrüstig im Winde, ließ im Frühling, wenn alles ringsum schon grün war und selbst die Klosternußbäume schon ihr rötliches Junglaub trugen, noch lange auf ihre Blätter warten, trieb dann um die Zeit der kürzesten Nächte aus den Blattbüscheln die matten, weißgrünen Strahlen ihrer fremdartigen Blüten empor, die so mahnend und beklemmend herbkräftig rochen, und ließ im Oktober, wenn Obst und Wein schon geerntet war, aus der gilbenden Krone im Herbstwind die stacheligen Früchte fallen, die nicht in jedem Jahr reif wurden, um welche die Klosterbuben sich balgten und die der aus dem Welschland stammende Subprior Gregor in seiner Stube im Kaminfeuer briet. Fremd und zärtlich ließ der schöne Baum seine Krone überm Eingang zum Kloster wehen, ein zartgesinnter und leicht fröstelnder Gast aus einer anderen Zone, verwandt in geheimer Verwandtschaft mit den schlanken sandsteinernen Doppelsäulchen des Portals und dem steinernen

Alter Baum vor dem Paradies der Klosterkirche

Schmuckwerk der Fensterbogen, Gesimse und Pfeiler, geliebt von den Welschen und Lateinern, von den Einheimischen als Fremdling begafft.

Unter dem ausländischen Baume waren schon manche Generationen von Klosterschülern vorübergegangen; ihre Schreibtafeln unterm Arm, schwatzend, lachend, spielend, streitend, je nach der Jahreszeit barfuß oder beschuht, eine Blume im Mund, eine Nuß zwischen den Zähnen oder einen Schneeball in der Hand. Immer neue kamen, alle paar Jahre waren es andere Gesichter, die meisten einander ähnlich: blond und kraushaarig. Manche blieben da, wurden Novizen, wurden Mönche, bekamen das Haar geschoren, trugen Kutte und Strick, lasen in Büchern, unterwiesen die Knaben, wurden alt, starben. Andre, wenn ihre Schülerjahre vorbei waren, wurden von ihren Eltern heimgeholt, in Ritterburgen, in Kaufmanns- und Handwerkerhäuser, liefen in die Welt und trieben ihre Spiele und Gewerbe, kamen etwa einmal zu einem Besuch ins Kloster zurück, Männer geworden, brachten kleine Söhne als Schüler zu den Patres, schauten lächelnd und gedankenvoll eine Weile zum Kastanienbaum empor, verloren sich wieder. In den Zellen und Sälen des Klosters, zwischen den runden schweren Fensterbogen und den strammen Doppelsäulen aus rotem Stein wurde gelebt, gelehrt, studiert, verwaltet, regiert; vielerlei Kunst und Wissenschaft wurde hier getrieben und von einer Generation der anderen vererbt, fromme und weltliche, helle und dunkle. Bücher wurden geschrieben und kommentiert, Systeme ersonnen, Schriften der Alten gesammelt, Bilderhandschriften gemalt, des Volkes Glaube gepflegt, des Volkes Glaube belächelt. Gelehrsamkeit und Frömmigkeit, Einfalt und Verschlagenheit, Weisheit der Evangelien und Weisheit der Griechen, weiße und schwarze Magie, von allem gedieh hier etwas, für alles war Raum; es war Raum für Einsiedelei und Bußübung ebenso wie für Geselligkeit und Wohlleben; an der Person des jeweiligen Abtes und an der jeweils herrschenden Strömung der Zeit lag es, ob das eine oder das andere überwog und vorherrschte. Zuzeiten war das Kloster berühmt und besucht wegen seiner Teufelsbanner und Dämonenkenner, zuzeiten wegen seiner ausgezeichneten Musik, zuzeiten wegen seines heiligen Vaters, der Heilungen und Wunder tat, zuzeiten wegen seiner Hechtsuppen und Hirschleberpasteten, ein jedes zu seiner Zeit. Und immer war unter der Schar der Mönche und Schüler, der frommen und der lauen, der fastenden und der feisten, immer war zwischen den vielen, welche da kamen, lebten und starben, dieser oder jener Einzelne und Besondere gewesen, einer, den alle liebten oder alle fürchteten, einer, der auserwählt schien, einer, von dem noch lange gesprochen wurde, wenn seine Zeitgenossen vergessen waren.« *Hesse, Narziß und Goldmund, GW 8, S. 7ff.*

Nach Auskunft alter Maulbronner soll die von Hesse beschriebene Kastanie, an die er auch Goldmund und seinen Vater die Pferde anbinden läßt, als der Vater Goldmund in die Klosterschule bringt, nicht direkt vor dem Paradies gestanden haben, sondern auf der linken Seite des Klosterplatzes, wo heute aus diesem Grund wieder fünf Kastanien angepflanzt worden sind, die dem Gedenken der fünf berühmten Klosterschüler Johannes Kepler, Friedrich Hölderlin, Georg Herwegh, Hermann Kurz und Hermann Hesse gewidmet sind.

Folgen wir nun aber Hermann Hesse bei seinem Besuch 1914 in das Innere des Klosters:

»Da drehte ich, zur Zeit wo niemand sonst die verschlossenen Teile des Klosters betreten darf, leise den dicken Schlüssel in der schweren Tür und öffnete behutsam die Pforte zum Kreuzgang. Auch hier nichts, was nicht im Gedächtnis treulich vorgezeichnet lag: gotisches Gewölb und reiches Fensterwerk, rötliche und graue Steinfliesen mit gemeißelten Grabsteinen dazwischen, Wappen und Abtstäbe, geheimnisvoll verwitterte Farbenflecken im alten Verputz, zwischen steinernen Fensterkreuzen in beruhigtem Licht das satte Grün der Gebüsche, zwei, drei Rosen dazwischen, zärtlich und traurig leuchtend.

Nun aber, da ich gegen die Ecke schritt, klang mir eine selig seltsame Musik entgegen, leichte traumhafte Geistertöne mehrstimmig in versunkener Monotonie, nicht fern noch nah, wundersam und selbstverständlich, als klänge die Harmonie des Bauwerks ernst und innig in sich selbst wider.

Ich tat noch einen Schritt, und zwei, eh' der Klang mein Bewußtsein erreichte. Da stand ich still und mein Herz begann zu zittern, und wieder tat die Erinnerung feierliche Tore auf, höhere, heiligere als zuvor, und ich wußte wieder! Du Lied meiner Jugendzeit! Kein Ton der Welt, kein heimatliches Kirchengeläut und keine Menschenstimme von denen, die noch leben, spricht so zu mir wie du, Lied meiner Jugend, und dich hatte ich vergessen können! Verwirrt und beschämt trat ich dem Wunder näher, stand am Eingang der Brunnenkapelle und sah im klaren Schatten des gewölbten Raumes die drei Brunnenschalen übereinander schweben und das singende Wasser fiel in acht feinen Strahlen von der ersten in die zweite Schale, und in acht feinen klingenden Strahlen von der zweiten in die riesige dritte, und das Gewölbe spielte in ewig holdem Spiel mit den lebendigen Tönen, heut wie gestern, heut wie damals, und stand herrlich in sich begnügt und vollkommen als ein Bild von der Zeitlosigkeit des Schönen.

Viele edle Gewölbe haben mich beschattet, viele schöne Gesänge mich erregt und getröstet, viele Brunnen haben mir, dem Wanderer gerauscht. Aber dieser Brunnen ist mehr, unendlich mehr, er singt das Lied meiner Jugend, er hat meine Liebe gehabt und meine Träume beherrscht in einer Zeit, da jede Liebe noch tief und glühend, da jeder Traum noch ein Sternenhimmel voll Zukunft war. Was ich vom

Der Maulbronner Brunnen in der Brunnenkapelle des Kreuzgangs

Leben erhoffte, was ich zu sein und zu schaffen und zu dulden dachte, was von Heldentum und Ruhm und heiliger Künstlerschaft meine ersten Lebensträume erfüllte und bis zum Schmerz mit Fülle überquoll, das alles hat dieser Brunnen mir gesungen, das hat er belauscht und beschützt. Und ich hatte ihn vergessen! Nicht die Kapelle mit dem Sterngewölb und den überschlanken Fenstersäulen und nicht die Brunnenschalen und die lichte grüne Garteninsel inmitten der schweigenden Mauern. Aber das Brunnenlied, den süßen gleichschwebenden Zaubergesang der sanft herabfallenden Gewässer, den Hort und Schatz meiner frühesten und reinsten Jünglingssehnsucht, ihn hatte ich vergessen. Und stand nun still und traurig im vertrauten Heiligtum und fühlte jede Sünde und jeden Verderb in mir tief und unauslöschlich, und hatte nicht Heldentum noch Künstlerschaft erworben, die an jenen Träumen zu messen wäre, und wagte nicht, mich über den Rand zu beugen und mein eigenes Bild im dunkeln

Wasser zu suchen. Ich tauchte nur die Hand ins kalte Gewässer, bis sie fror und hörte das Lied des Brunnens in die Gartenstille und in die langen, toten Steinhallen strömen, hold wie einst, für mich aber voll tiefer Bitternis.«

Hesse, Der Brunnen im Maulbronner Kreuzgang, a.a.O., S. 166ff.

Das Singen und Klingen des Wassers in den Schalen kann man auch heute noch in der Brunnenkapelle des Kreuzgangs belauschen. Der ebenerdige Teil des Klosters mit Laienrefektorium, Kreuzgang, Herrenrefektorium, Calefaktorium, Parlatorium, Kapitelsaal und der Klosterkirche sind gegen einen Unkostenbeitrag zur Besichtigung freigegeben, im Gegensatz zu den Räumlichkeiten der oberen Stockwerke, die nicht zugänglich sind, da sie auch heute noch als Schul- und Internatsräume des Seminars dienen.

Der Eingang und die Kasse für die Klosterbesichtigung befindet sich ca. 20 Meter links vom Paradies. Durch einen Flur, schwäbisch Ern genannt, kommt man direkt zum Kreuzgang. Zuvor sollte man jedoch das Laienrefektorium besichtigen, das links vom Ern liegt; in diesem um 1200 erbauten doppelgewölbigen Saal, der heute für Klosterkonzerte genutzt wird, speisten die Laienbrüder.

Beim Betreten des Kreuzgangs fällt sofort der auf der linken Seite in den Innenhof hineinragende Rundbau mit dem Brunnen auf, den Hesse oben so ausführlich beschrieben hat. Ursprünglich bestand der um 1220 errichtete Brunnen nur aus der untersten Schale, die den Mönchen für Waschungen diente; das Brunnenhaus wurde erst um 1340, die oberen Schalen 1878 hinzugefügt.

Die Brunnenkapelle steht in Verlängerung des um 1225 erbauten Herrenrefektoriums, das den geistlichen Brüdern, den Mönchen, als Speisesaal diente; es ist wie das Laienrefektorium in zweischiffiger Bauweise mit einer Säulenreihe in der Mitte erbaut, jedoch wesentlich höher und stattlicher und spiegelt so die Rangfolge von Laienbrüdern und Mönchen wieder. Die Rötelmalereien in den Gewölben des Herrenrefektoriums und des Brunnenhauses werden dem um 1485 in Schwäbisch Gmünd geborenen Maler Jerg Ratgeb zugeschrieben, dem Künstler des Herrenberger Hochaltars, der 1526 auf dem Marktplatz in Pforzheim wegen seiner Teilnahme am Bauernkrieg auf Seiten der Bauern hingerichtet wurde. Auf der rechten

Seite des Refektoriums finden sich Teile einer Empore, von der ein Vorleser während der Mahlzeiten geistliche Texte vortrug, um auch das Essen nicht zum bloß materiellen Akt werden zu lassen. Die Einkerbungen an den in der Mitte des Refektoriums stehenden Säulen dienten dem Zwecke, dort jeweils eine Flasche mit Wein aufzuhängen, die ihren Inhalt in die Rinne am Säulenfuß tropfen ließ; nach dem Essen durften die Mönche sodann ihre Finger in diese mit Wein gefüllte Rinne tauchen und anschließend in den Mund führen. Mit diesem Brauch, der die Mönche zur Mäßigkeit im Umgang mit dem Wein anhalten sollte, verbindet sich eine Anekdote, die den Namen des Klosterweins, der Elfinger oder Eilfinger heißt (vgl. S. 127), erklärt: Ein Mönch, der diese Art des Weintrinkens gar zu sparsam, den Wein selbst aber köstlich fand, soll einmal ausgerufen haben: »Bei diesem Wein hier sollte man elf Finger haben!«; daraus soll dann der Name Elfinger geworden sein.

Neben dem Herrenrefektorium ist das niedere Gewölbe der Wärmestube, die vom darunterliegenden Heizraum mit Warmluft beschickt wurde und der einzige voll heizbare Raum des Klosters war. Ein paar Schritte weiter, im Ostteil des Kreuzgangs, erreicht man den Durchgang zum Parlatorium, dem Sprechsaal der Mönche. Über dem Raum mit seinem spätgotischen netzartig verzierten Gewölbe liegt das architektonisch ähnliche Oratorium, der Betsaal, in dem in Hesses Roman *»Unterm Rad«* die Aufnahmefeier für die neuen Seminaristen stattfindet. Dieser Raum ist aber, wie das gesamte Obergeschoß, dem Schul- und Internatsbetrieb vorbehalten und deshalb nicht zugänglich. Am Kapitelsaal vorbei, dem Versammlungs- und Beratungsraum der Mönche, schreitet man dann direkt auf den Eingang der Klosterkirche zu. Die äußerst stattliche romanische Pfeilerbasilika, deren Anfänge auf das Jahr 1148 zurückgehen und die durch eine Trennungsmauer in der Mitte in einen Mönchschor mit prächtigem Holzgestühl und einen schlichteren Laienchor aufgeteilt ist, kann hier nicht in ihrer ganzen architektonischen, religionsgeschichtlichen und künstlerischen Dimension besprochen werden; es sei deshalb auf die ausführliche und gut illustrierte Broschüre »Kloster Maulbronn« von Peter R. Anstett verwiesen. Ein besonderer Tag zur Besichtigung der Kirche soll der 21. Juni sein, da hier die Sonne für einige Minuten durch ein Oberfenster in einem Strahl auf die Krone des gekreuzigten Jesus am großen Kruzifix fallen soll. In der umfangreichen Erzählung *»Narziß und Goldmund«*, die in vorreformatorischer Klosterzeit spielt und in der Hesse Maulbronn als »Mariabronn« abbildet (wohl in Anspielung auf die der Maria gewidmete Klosterkirche), wird die Klosterkirche an verschiedenen Stellen aus der Sicht Goldmunds beschrieben:

»Auch die Gottesdienste waren ihm meistens eine Freude, gerne sang er im Chor der Schüler mit, gern betete er einen Rosenkranz vor einem Lieblingsaltar, hörte das schöne, feierliche Latein der Messe, sah im Weihrauchgewölk das Gold der Geräte und Zierrate funkeln und die stillen, ehrwürdigen Heiligenfiguren auf den Säulen stehen, die Evangelisten mit den Tieren, den Jakobus mit Hut und Pilgertasche.

Von diesen Gestalten fühlte er sich angezogen, diese steinernen und hölzernen Figuren dachte er sich gerne in geheimnisvoller Beziehung zu seiner Person, etwa als unsterbliche allwissende Paten, Beschützer und Wegweiser seines Lebens. Ebenso spürte er eine Liebe und eine geheime holde Beziehung zu den Säulen und Kapitälen der Fenster und Türen, den Ornamenten der Altäre, zu diesen schön profilierten Stäben und Kränzen, zu diesen Blumen und krautig wuchernden Blättern, die aus dem Stein der Säulen brachen und sich so sprechend und eindringlich falteten. Es schien ihm ein wertvolles, inniges Geheimnis: daß es außer der Natur, ihren Pflanzen und Tieren noch diese zweite, stumme, von Menschen gemachte Natur gab, diese Menschen, Tiere und Pflanzen aus Stein und Holz. Nicht selten brachte er eine Freistunde damit hin, diese Figuren, Tierköpfe und Blätterbündel nachzuzeichnen.«

Hesse, Narziß und Goldmund, GW 8, S. 42 f.

Ornamente mit Pflanzen und Tieren findet man in der Kirche allenthalben. Auch die Kapitelle der Säulen, besonders im Kreuzgang gleich vor der Kirche, wo es eine besonders schöne Säule mit einem mit Vögeln verzierten Kapitell gibt, sollte man beachten. *»Evangelisten mit Tieren«* sind in den Kappen des Chorgewölbes zu finden: der Johannes-Adler, der Markus-Löwe und der Lukas-Stier, ergänzt durch den Matthäus-Engel.

Der vom Kreuzgang gebildete Innenhof des Klosters

Als Goldmund nach seiner Schulzeit das Kloster verlassen muß, vergegenwärtigt er sich die wenigen Mitbewohner, von denen er nur schweren Herzens Abschied nehmen wird:

»Schwerer als von den Mitbewohnern würde er Abschied nehmen von der großen steinernen Madonna in der Kapelle, von den Aposteln des Portals. Lange stand er vor ihnen, auch vor den schönen Schnitzereien des Chorgestühls, vor dem Brunnen im Kreuzgang, vor der Säule mit den drei Tierköpfen, lehnte sich im Hof an die Linden, an den Kastanienbaum.«

Hesse, Narziß und Goldmund, GW 8, S. 73

Die berühmte hochgotische »Maulbronner Madonna« steht in einer Nische des Chors (zu Hesses Zeit stand sie in einer der Kapellen). Die schönen Schnitzereien des Chorgestühls zeigen (vgl. Peter R. Anstett: Kloster Maulbronn, S. 42):

1. Die Trunkenheit, Verspottung und Bekleidung Noahs als Vorbild für die Passion Christi, 2. Davids Tanz vor der Bundeslade, 3. das Opfer Kains und Abels als Symbol der Eucharistie, 4. die Wur-

zel Jesse mit der Muttergottes, 5. Moses am brennenden Dornbusch, 6. die Opferung Isaaks, 7. die Jungfrau mit dem Einhorn, Hinweis auf die jungfräuliche Empfängnis Mariens, 8. den Kampf Samsons mit dem Löwen als ein Hinweis auf Christus, den Überwinder des Todes.

Wir verlassen die Kirche und gehen wieder in den Kreuzgang hinaus, von dem Hermann Hesse 1914 mit folgendem Gedicht Abschied genommen hat:

Im Kreuzgang

Verzaubert in der Jugend grünem Tale
Steh ich am moosigen Säulenschaft gelehnt
Und horche, wie in seiner grünen Schale
Der Brunnen klingend die Gewölbe dehnt.

Und alles ist so schön und still geblieben.
Nur ich ward älter, und die Leidenschaft,
Der Seele dunkler Quell in Haß und Lieben,
Strömt nicht mehr in der alten wilden Kraft.

Hier ward mein erster Jugendtraum zunichte.
An schlecht verheilter Wunde litt ich lang.
Nun liegt er fern und ward zum Traumgesichte
Und wird in guter Stunde zum Gesang.

Die Seele, die nach Ewigkeit begehrte,
Trägt nun Vergänglichkeit als liebe Last
Und ist auf der erspürten Jugendfährte
Noch einmal still und ohne Groll zu Gast.

Nun singet, Wasser, tief in eurer Schale.
Mir ward das Leben längst ein flüchtig Kleid.
Nun tummle, Jugend, dich in meinem Tale
Und labe dich am Traum der Ewigkeit!

Hesse, Die Gedichte. S. 761

Wieder auf dem Klosterhof, gehen wir nach rechts um das Gebäude herum in die schmale Gasse zwischen Berghang und Kloster. Die drei Gebäude, die hier, den Grundriß eines großen M bildend, zur Gasse hin vorgebaut sind, sind das Laienrefektorium (Speisesaal der Laienbrüder), das Herrenrefektorium (Speisesaal der Mönche) und der große romanische Keller mit dem ehemaligen Schlafsaal der Mönche darüber, in dessen Bereich sich später auch die Stube »Hellas« befand, in der Hermann Hesse während seiner Seminarzeit untergebracht war. Dahinter, etwas zurückgesetzt ist das Gebäude des Parlatoriums und Oratoriums (Sprech- und Betsaal der Mönche), das mit dem früheren Gäste- und Abtshaus (Herrenhaus) verbunden ist, in dem heute das Ephorat, die Schulleitung des Seminars, untergebracht ist. Gegenüber vom Herrenhaus steht, mit einem Brunnen davor, das Renaissanceschlößchen, das Herzog Ludwig von Württemberg 1588 als Jagdsitz erbauen ließ.

Der Hof mit Renaissanceschlößchen und Ephorat wurde bis zum Ende des 19. Jahrhunderts nach hinten zum Zwingergraben hin durch ein großes dreigeschossiges Haus abgeschlossen, dem ehemaligen Pfründhaus, das zu Klosterzeiten als Krankenhaus diente. Heute sieht man von diesem stattlichen Gebäude nur noch einen kleinen Teil der Grundmauern mit einigen spätgotischen Fenstern. Das Gebäude brannte im Januar 1892 vollständig ab, als es als Unterkunft für arme Familien diente. Hermann Hesse wurde Augenzeuge dieses Brandes, den er in Briefen an die Eltern ausführlich schildert:

»Vom großen Brand werdet Ihr gehört haben. Es war 1/2 10 Uhr. Wir waren schon im Bett und eben war die Nachtlampe gelöscht worden, als mein Nebenmann Hinderer sagte, da unten rufe jemand: Vater! Vater! Ich lachte ihn aus, aber schon hörte man unten mehrere Kinder ›Feuer‹ rufen. Wir sahen nichts und blieben liegen, aber allmählich drang ein entsetzlicher Brandgeruch ins Schlafzimmer und mit einemal wurde es ganz hell: Alles, die kleinsten Gegenstände, sah man in rotem Licht ganz deutlich. Das kolossale und mit Holz etc. volle Pfründhaus stand in hellen Flammen, nur einige Schritte von uns entfernt. Im Hemd noch eilten wir aufs Dorment, weckten den Famulus etc. und zogen uns an, so schnell und gut es

eben ging. Die Staatsgebäude standen sehr in Gefahr, besonders der Wind war sehr ungünstig. So eilten wir in den Waschsaal, holten was wir an Gelten und Kübeln fanden, füllten sie und trugen sie ins Ephorat, das furchtbar gefährdet war. Wir überschwemmten die Bühne [den Dachboden], *die schon voll Rauch und Funken war. Aber da keine Wasserleitung da war, mußten wir das Wasser ganz weit unten holen. Viele sprangen kaum gekleidet ins Freie, um dort zu helfen. Feuerwehr war gleich da, aber das Feuer verschluckte all die Wasserstrahlen. Ich war auf der obersten Bühne von Herrn Ephorus mit Wasser. Ich hatte nur ein Hemd, Hosen, Strümpfe, ein Wams und eine Kappe an, auch Pantoffeln, Weste, Kragen, alles ließ ich dahinten, so schnell und unerwartet kam der Brand. Keiner spürte die schneidende Kälte, die das Wasser auf dem Dach im Nu in Eis verwandelte. Ich hatte nur Pantoffeln an. Von diesen verlor ich einen, arbeitete in einem Pantoffel lange weiter, bis mich ein eisiger Wasserstrahl, der meinen ungeschützten Fuß traf, empfindlich daran mahnte, Stiefel anzuziehen. Wo ich Stiefel gerade fand, zog ich sie an. Meine eigenen fand ich nicht. Der Wassermangel war so stark, daß wir bereits in den Waschbecken Wasser trugen. Inzwischen machte das Feuer rasche Fortschritte. Eine etwa 60 Meter lange Feuerkette schloß das Seminar von Westen ein: Während man dikken, heißen Rauch einatmete, troff vom Dach Wasser und Schnee auf einen herab. Wir arbeiteten fort bis nach Mitternacht. Besonders tat sich Herr Repetent Wüterich hervor. Er hatte gar nichts als Hemd, Hosen und Mantel und so stand er fast drei Stunden mitten zwischen Feuer und Wasser. Endlich war das Seminar außer Gefahr. Wir tranken bei Herrn Ephorus Wein und durften bis morgens 8 Uhr im Bett bleiben. Ich schlief nur schwache drei Stunden, bin aber, einige Splitter in den Händen nicht gerechnet, ganz gesund und munter.*

Die armen Unglücklichen mußten teilweise im Hemd fliehen, fast nichts wurde gerettet. Deshalb sammelte man schleunig Kleider für sie. Ich verschenkte, hoffentlich mit Eurer Erlaubnis, meine Hausjacke und ein altes Paar Hosen. Im ganzen dauerte der Brand etwa 38-40 Stunden. Das Pfründhaus mit allen Speichern und Ställen ist total abgebrannt. *Mit Gruß und Kuß: Hermann*

Kindheit und Jugend vor 1900, Band 1, S. 159f.

Das zu Hesses Maulbronner Zeit abgebrannte Pfründhaus des Klosters

Als Hermann Hesse sechs Wochen nach dem Brand für eine Nacht aus dem Seminar verschwindet und in einem verwirrten Zustand zurückgebracht wird (siehe S. 113ff.), tauchen auch Gerüchte auf, Hesse sei in den Brand, der wahrscheinlich durch Brandstiftung verursacht wurde, irgendwie verstrickt gewesen und sei nun ein Opfer seines Gewissens geworden. Handfeste Anhaltspunkte dafür, daß dies mehr als geschwätzige Gerüchte gewesen sein könnten, gab es indes nie.

Wir setzen unseren Rundgang fort, indem wir wieder zum Klosterplatz zurückkehren und nun am Paradies vorbei auf der anderen, südlichen Seite des Klosters bzw. der Klosterkirche den Weg hinaufgehen.

Oben, von einer kleinen Anlage, hat man einen prächtigen Blick auf das langgestreckte, biberschwanzgedeckte Dach der Kirche und in den tiefen Zwingergraben der Klosterbefestigung, auf dessen südöstlicher Ecke der malerische Faustturm mit seinem von einem geschweiften Bohlendach gekrönten Fachwerkaufsatz steht. Er geht im unteren Teil auf einen der Wehrtürme der Klosterbefestigung zurück. Der verspielte Stil des Turmaufsatzes zeigt dagegen deutlich, daß er nicht aus der Bausubstanz des Klosters stammt, sondern im Zusammenhang mit dem herzoglichen Lustschloß um 1600 aufgesetzt wurde und als Lustturm diente. Seinen Namen hat er daher, daß ein Jahrhundert zuvor im alten Turm der um 1480 im benachbarten Knittlingen geborene Schwarzkünstler Dr. Johannes Faust eine Zeitlang gehaust haben soll. Der damalige Abt Entenfuß soll ihn 1516 nach Maulbronn gerufen haben, um in einer Alchemistenküche im Kloster Gold zu machen. (Näher Interessierten kann ein Besuch im sehenswerten Faust-Museum im nur wenige Kilometer entfernten Knittlingen empfohlen werden.)

Auf dem Gehweg gehen wir um den Faustturm herum, um von der hoch über dem Zwingergraben verlaufenden Straße einen Blick auf die Rückseite des Klosters zu haben. Ein Stück weiter oben kommt man zu dem oberhalb des Klosters liegenden ›Tiefen See‹, den die Mönche als Wasserspeicher und Fischwasser anlegten und der dem Seminar seit altersher als Freibad dient. Hesse hat hier oft und gerne gebadet, auch bei seinem Besuch 1914. Den Eltern schrieb er 1891:

»Ein anderer Platz ist am ›tiefen See‹. Dieser, nur von kleinen Hügeln umgeben, ist wie ein Spiegel. Eine große, klare schilflose Wassermasse. Im ganzen bietet er wenig Schönes, nur abends, etwa um 1/2 5 Uhr sieht man von einer Stelle aus den ganzen See als einen stillen, goldenen Spiegel. Bei schwachem Wind zuckt es blitzartig über den See und kleine Wellen schlagen flammenartig herauf. Allmählich erstirbt das Feuer.« *Hesse, Kindheit und Jugend um 1900, Band 1, S. 117*

Auf der anderen Seite des Sees, beim Eingang zur Badeanstalt, geht ein Wegchen oberhalb des Klosters entlang talabwärts, von dem aus man schöne Blicke auf die Dächerlandschaft des Klosters hat. Man kann aber von gleicher Stelle auch einen Weg den Berg hinaufgehen, bis man auf halber Höhe des Hanges auf ein Sträßchen trifft, von dem aus man eine gute Übersicht über das Kloster gewinnen kann. Dabei kann man entweder beim Haspelturm, dem großen aus Bukkelquadern erbauten Befestigungsturm an der Nordwestecke der Klosteranlage, oder über eine Zugbrücke beim Mühlengebäude zum Klosterhof zurückkehren.

Zu empfehlen wäre aber auch ein Spaziergang, der weiter am Hang hinaufführt. Hesse hat sich hier gerne aufgehalten, da man von den Terrassen und ehemaligen Weinbergwegen ein schönes Panorama über ganz Maulbronn hinweg hat. Oberhalb des Klosters war auch der (heute verschwundene) *»Spielplatz an der Eiche«*, den Hesse verschiedentlich erwähnt.

Spaziergang zu Hesses Lieblingssee

»Unser Kloster war von mehreren kleinen Seen umgeben. Unter diesen war der kleinste, ein brauner, verschilfter Waldweiher, mein Liebling. Eingefaßt von Buchen, Eichen und Erlen lag er unbewegt in ewiger Windstille dunkel im breiten Schilfgürtel, überhängende Äste und ein rundes Stück Himmel spiegelnd. Ein verwilderter Weg war das halbe Jahr von braunem Eichlaube bedeckt.« *Hesse, Erwin, S. 19*

Hermann Hesse benennt und beschreibt diesen geheimnisvollen, verträumten Waldsee in einem Brief an seine Eltern vom 4. Oktober 1891 genauer:

»[...] Ich will Euch die reizende Umgebung Maulbronns ein wenig schildern. Mein Lieblingsplatz ist am ›Haurker See‹. Denkt Euch einen alten, schönen Buchenwald und mitten zwischen den uralten Bäumen ein reizender schilfumkränzter Waldsee mit niedrigen, üppig bewachsenen Ufern. Weiter über einer uralten, weit über den See ragenden Erle ein kleines, moosiges Bänkchen. Schiller sagt, es gebe bei uns ›für zehn Glückliche nicht Raum‹; hier hätten zwei wenigstens Platz. Sitzt man so am Ufer, so sieht man in den tiefen, beinahe blauen See und unten spiegelt sich der klare Himmel. Nur hie und da springt ein Fisch hervor und läßt das Wasser weite Kreise ziehen. Auf allen Seiten steht Schilf. Dort ist's herrlich.«

Hesse, Kindheit und Jugend vor 1900, Band 1, S. 116 f.

Ein »Haurker See« ist in den Karten der Maulbronner Umgebung nicht auffindbar. Gemeint ist damit wohl der »Hohenacker See«, den der erst kurze Zeit in Maulbronn weilende Hermann Hesse einfach in einer Art Lautschrift so wiedergegeben hat, wie der einheimische Dialekt diesen Namen in etwa ausspricht. Dieser See liegt heute noch ganz so versteckt im Wald, wie Hesse es beschreibt. Der Schilfgürtel, der den Aussagen alter Maulbronner zufolge noch größer geworden ist, beherbergt ein reiches Tierleben. Wer still am Ufer verweilt, kann das Konzert zahlloser Frösche hören, Reiher, Enten und Sumpfhühner beobachten. Das Betreten dieses unter Naturschutz gestellten Biotops sollte man deshalb rücksichtsvoll unterlassen.

Auf den meisten Wanderkarten der Gegend ist der See gar nicht mehr eingetragen und es führt auch kein ausgeschilderter Weg von Maulbronn zu ihm hinaus. Um ihn zu erreichen, geht man vom Klosterhof aus den Weg neben der Klosterkirche zur Hauptstraße (Stuttgarter Straße) hinauf und nimmt an der wenige Meter oberhalb befindlichen Straßengabelung die rechte, geradeausführende Straße (Richtung Schmie). Von dieser zweigt wiederum nach kurzer Strecke rechts der Wannenbachweg ab, dem man folgt, bis nach ca. 300 m auf der linken Seite ein Waldweg abgeht. Nach weiteren 200 m auf diesem Waldweg biegt man wiederum nach links in einen mit einem blauen Strich markierten Waldweg ab, auf dem man immer geradeaus nach kurzer Strecke links den baum-, gebüsch- und schilfumstandenen See findet.

Hier an diesem verschwiegenen Ort siedelte Hermann Hesse eine Schlüsselszene seines Romans *»Unterm Rad«* an; hier bahnt sich Hans Giebenraths Beziehung zu dem frühreifen, einzelgängerischen Mitschüler Hermann Heilner an, die so verhängnisvolle Folgen zeitigen wird:

»Der lyrische Hermann Heilner hatte vergebens einen kongenialen Freund zu erwerben gesucht, nun strich er täglich in der Ausgangsstunde einsam durch die Wälder und bevorzugte namentlich den Waldsee, einen melancholischen braunen Weiher von Röhricht umfaßt und von alten, welkenden Laubkronen überhangen. Der traurig-schöne Waldwinkel zog den Schwärmer mächtig an. Hier konnte er mit träumerischer Gerte im stillen Wasser Kreise ziehen, die Schilflieder Lenaus lesen und, in den niederen Strandbinsen liegend, über das herbstliche Thema vom Sterben und Vergehen sinnen, während Blätterfall und das Rauschen kahler Wipfel schwermütige Ak-

korde dazu gaben. Dann zog er häufig ein kleines schwarzes Schreibheftlein aus der Tasche, um mit Bleistift einen Vers oder zwei dareinzuschreiben.

Dies tat er auch in einer halbhellen Mittagstunde spät im Oktober, als Hans Giebenrath, allein spazierengehend, denselben Ort betrat.«

Hesse, Unterm Rad, GW 2, S. 72

Eine in vielen Details parallele Episode findet sich auch in der Erzählung *»Erwin«*. Dort begegnet der Homer lesende Erzähler an diesem See einem empfindsamen Mitschüler, zu dem er bald eine leidenschaftliche Freundschaft entwickelt, die ihn in eine tiefe Krise führt, in deren Gefolge er die Klosterschule verläßt.

»Dort [am See] *lag ich an einem Sonntag allein in der Nachmittagssonne. Der Blätterfall hatte begonnen. Die dürren Binsen klirrten zitternd, über der ferneren Waldecke hing der dunkle Habicht. Zuweilen flog ein einzelnes welkes Blatt, sich im Falle drehend, lautlos in den schmalen Wasserspiegel. Zuweilen flog eines neben mir ins fahle Moos. Das sumpfige Ufer atmete in der Sonne einen leichten Geruch von Moder und Fäulnis aus. Lange, verdorrte Gräser standen in den tiefen Radgleisen des verfallenden Uferweges. Ich lag müde ausgestreckt, das Kinn auf den Händen, im Auge und im Herzen die Stille und Wildnis dieses Herbstes. Ich wünschte so abseits und ungekannt lange zu liegen und mich in der schwermütigen Müdigkeit des Waldes und Schilfes mit aufzulösen. Ungelesen lag der aufgeschlagene Homer neben mir, er hatte in dieser Todesstille keine Macht über mich. Ich hörte nicht, wie einer meiner Mitschüler sich leise näherte. Plötzlich stand er neben mir, die grüne Mütze in der Hand tragend. Er war schlank, schön gebaut, und hatte ein blasses, feines, veränderliches Gesicht. Er hieß Erwin.*

Hesse, Erwin, S. 20 f.

Es bietet sich an, auf dem Rückweg vom Waldsee nach Maulbronn einen Umweg über einen anderen, größeren See zu machen, der in Hesses Biographie und Werk ebenfalls eine Nebenrolle spielt: den auf freiem Feld nordöstlich von Maulbronn liegenden Roßweiher. Auf ihm liefen die Seminaristen im Winter Schlittschuh, und auf ihm läßt Hesse in »*Unterm Rad*« einen Mitschüler ins Eis einbrechen und ertrinken – ein Geschehnis, das allerdings in Hesses Maulbronner Zeit so nicht nachweisbar ist.

Diesen Weiher erreicht man vom Hohenacker Waldsee aus, wenn man auf dem am See entlanglaufenden Weg weitergeht, bis man auf einen querverlaufenden Weg trifft und diesem nach links bis zur Straße Maulbronn-Schmie folgt. Von dort sieht man den Roßweiher bereits in der Feldflur liegen und kann an ihm vorbei zum Kloster zurückgehen. Dort kann man dann in der Weise Abschied nehmen von Maulbronn, wie Hesse selbst es bei seinem Besuch 1914 getan hat:

»Dann setzte ich mich noch einmal unter den hohen Linden nieder, stieg noch einmal zum alten Spielplatz bei der Eiche hinauf, schwamm noch einmal im tiefen See und reiste wieder, und wenn ich seither an Maulbronn denke, dann sehe ich wohl den Faustturm und das ›Paradies‹, den Eichenplatz und den spitzen Kirchturm wieder, aber es sind nur Bilder, und sie kommen nicht recht zu Glanz und Leben vor dem sanften Brunnengeläut in der Kreuzgangskapelle und vor jenen Erinnerungen, die hinter den anderen Erinnerungen stehen wie die Reste alter heiliger Malereien hinter der Tünche einer Kirchenwand.«

Hesse, Der Brunnen im Maulbronner Kreuzgang, a.a.O., S. 168

Tübingen: Erste Schritte auf dem Weg zur Selbständigkeit

Hermann Hesses Tübinger Zeit 1895-1899

»Die Stadt gefällt mir wohl, besonders da ich nicht drin, sondern vor derselben draußen wohne. Eng und winklig, mittelalterlich romantisch, voll Richterscher Bildchen, aber auch etwas dunstig und schmutzig. Das Schloß ist prächtig, vor allem der Ausblick vom Schloßberg, und die Alleen sind herrlich. Von meinem Zimmer sehe ich das Schloß«, berichtet Hermann Hesse am 18. Oktober 1885 von Tübingen aus seinen Eltern. Am Tag zuvor ist er von Calw in die ca. 40 km entfernte alte Universitätsstadt umgezogen, um in der Hekkenhauerschen Buchhandlung am Holzmarkt eine Buchhändlerlehre anzutreten.

Mit dieser Entscheidung, die unter der Mitwirkung der Eltern zustande kam, verbanden sich verschiedene Überlegungen (vgl. S. 27). Die Eltern erhofften sich durch diese Lehre, nachdem Hermann zuvor ein Mechanikerpraktikum absolviert hatte, eine standesgemäßere Ausbildung, die den Sohn später vielleicht doch noch in das Verlagswesen und damit die Fußstapfen des Großvaters und Vaters führen würde. Für Hermann Hesse selbst stand dagegen eindeutig der Wunsch nach größerer Unabhängigkeit vom Elternhaus im Vordergrund. Im Rückblick schrieb er:

»[...] als ich, nach schweren Kämpfen, den Eltern nachgab und mich einem Beruf und einer Lehrzeit unterzog, als Buchhändler, hatte ich es im Blick auf mein Ziel getan, es war eine Anpassung, ein vorläufiger Kompromiß gewesen. Ich war Buchhändler geworden, um zunächst einmal von den Eltern unabhängig zu werden, auch um ihnen zu zeigen, daß ich im Notfall mich beherrschen und etwas im bürgerlichen Leben leisten könne, aber es war für mich von Anfang an nur ein Sprungbrett und Umweg zu meinem Ziel gewesen [...] « *Hesse, Erinnerung an Hans, GW 10, S. 223*

Dieses Ziel ist nach wie vor, *»nichts anderes als ein Dichter werden zu wollen«* (vgl. S. 23). Ein Vorsatz, den er in Maulbronn gefaßt hat und der ihm seither nur Unverständnis und Schwierigkeiten eingebracht hat. Aus diesen Erfahrungen heraus ist er vorsichtiger geworden und behält seine Absichten für sich. Aber die Eltern, die seinen Eigensinn kennengelernt haben, sind dennoch mißtrauisch. Sie suchen ihm deshalb ein möbliertes Zimmer bei einer Dekanswitwe, die ihn umfassend versorgen und dadurch auch unter Kontrolle halten soll. Vorsichtshalber gibt ihm der Vater zusätzlich noch eine ganze Liste mit schriftlichen Verhaltensanweisungen mit:

»Für Tübingen:

1. Wohnung und alle Mahlzeiten bei Frau Dekan Leopold, Herrenbergerstraße 28.

2. Vormittagsvesper gibt sie mit; Nachmittagsvesper läßt Herr Sonnewald [der Geschäftsführer der Heckenhauerschen Buchhandlung] *kommen (Bier und Brot).*

3. Taschengeld, 1 ½ Mark wöchentlich, zahlt jeden Samstag Frau Dekan Leopold.

4. Alle Rechnungen für Schuhflicken und dergleichen notwendige Dinge bezahlt Frau Dekan und muß die betreffende Rechnung quittiert ihr wiedergebracht werden zum Aufheben für mich. Für Haarschneiden und dergleichen gibt Frau Dekan das Nötige.

5. Alle anderen Ausgaben zu vermeiden. In besonderen Fällen jedenfalls vorher bei mir anfragen. Schulden dürfen absolut nicht gemacht werden. Ich werde keine Rechnung für Dinge bezahlen, die ohne meine vorherige Erlaubnis gekauft sind.

6. Kein Buch aus der Buchhandlung heimnehmen ohne vorherige Erlaubnis des Prinzipals.

7. Das Rauchen auf ein Minimum beschränken, weil es den Appetit vermindert, die Nerven reizt und Geld kostet. Nur wenn man sich ganz bestimmt ein festes Maß setzt und daran streng und regelmäßig festhält, kann man ein mäßiger Raucher bleiben. Im andern Fall wird das Rauchbedürfnis immer größer und unwiderstehlicher, gerade wie bei anderen feinen Giften, die in kleinster Dosis etwa anregen, über das wirkliche Bedürfnis hinaus gebraucht aber furchtbaren Schaden anrichten.

8. Kartenspiel um Geld und dergleichen einfach abweisen mit der festen Erklärung: ›Ich habe kein Geld zum verlieren, und durch Spielen will ich auch keins gewinnen.‹

9. Wäsche zum Waschen und Flicken nach Calw schicken.

10. Papier, Federn und ähnliches nicht kaufen, sondern aus Calw erbitten. Mit der Wäsche kann man immer was schicken.«

Kindheit und Jugend vor 1900, Band 2, S. 18

Die Befürchtungen der Eltern erweisen sich jedoch als gegenstandslos. Aus Hermann Hesse wird ein Buchhändlerlehrling, der keinen Anlaß zu Klagen gibt. Die vielfältigen Arbeiten, die vom Sortieren und Ordnen der Buchbestände über das Zustellen von Büchern, Zeitschriften und Werbeprospekten bis zur Kundenberatung, Rechnungsstellung und Korrespondenz reichen, geben ihm eine gewisse Befriedigung, auch wenn ihn die 10 bis 11 Stunden dauernden Arbeitstage zuweilen anstrengen. Die Vorgesetzten und Mitarbeiter beschreibt er in einem Brief an seine Eltern als *»lauter Leute, die ich wegen ihrer Bildung und Kenntnisse achten muß«*.

Ebenfalls zufrieden ist er mit seiner Unterkunft in der Herrenberger Straße 28, die er deshalb während seiner ganzen, insgesamt vier Jahre dauernden Tübinger Zeit nicht wechseln wird:

»Frau Dekan bemuttert mich aufs sorglichste, bringt mir Butter, Wekken, Würstchen etc. und scheint mich für den verwöhntesten Schlecker zu halten. Vom Mittagstisch komme ich nur mit Mühe los, da sie voller Erzähllust ist. Sie kennt alle Welt, Calwer, Basler, Livländer, Missionare etc. und weiß von tausend interessanten Todesfällen, Verlobungen, Krankheiten, Reisen und ähnlichen Freuden zu erzählen. Den Tod ihres Mannes kenne ich schon mit allen Details, bald werde ich von ihrer Kindheit, Verlobung, Hochzeit, Ehe, Freuden und Nöten ebenso genau unterrichtet sein. Sie ist wie aus einem Dickens'schen Roman exzerpiert, beweglich, heiter, lustig, sorglich, zum Platzen voll von alten und neuen Geschichten, und dabei voll Gutmütigkeit und Liebe. […]« *Kindheit und Jugend vor 1900, Band 2, S. 21*

Probleme hat er lediglich in den ersten Monaten mit einem Studenten, der im Zimmer über ihm wohnt und der die Angewohnheit hat, noch spätabends laut zu pfeifen, zu singen und zu rezitieren, wobei er mit schweren Stiefeln auf- und abgeht. Dies verstärkt die Kopfschmerzen, über die Hesse des öfteren klagt.

Über das Aussehen von Hesses Zimmer wissen wir recht gut Bescheid, da er dem ersten Brief aus Tübingen an die Eltern eine Skizze mit Erläuterungen beifügt: Zwischen den beiden Fenstern, die zur Herrenberger Straße gehen und den oben erwähnten Blick auf das Schloß bieten, steht ein Stehpult mit einem Heiligenbild darüber, rechts davon ein Tisch mit Sofa und Stuhl und ein Kleiderschrank, links davon das Bett mit Nachttisch, über dem ein Portrait König Karls von Württemberg hängt. Hinten im Zimmer ist auf der einen Seite der Ofen, auf der anderen ein Waschtisch mit einem Kolumbusbild darüber und eine Kommode mit einem Blumenstock darauf.

Die vorgefundene Dekoration befriedigt ihn nicht ganz. Deshalb kauft er sich vom ersten Lehrgeld eine weiße Gipsbüste des Hermes von Praxitiles. Und nach und nach gestaltetet er das Zimmer nach seinem Geschmack um, wie eine am 1. Juni 1898 angefertigte zweite Beschreibung deutlich macht:

»[...] Über dem Sofa hängt Böcklins »Villa am Meer« in großem Stich und eine allzu kleine Toteninsel, Fotografien von Teinach und Teinacher Sägemühle und ein Tschibuk. Links vom Sofa zwischen Ecke und Fenster Georgis »Alte Stadt«, darunter in Oktavformat Portraits von Hauptmann, Nietzsche, Chopin. Über dem Pulte, zwischen beiden Fenstern, ein hohes und schmales Seestück. Über dem Bette hängen drei Bilder von Adele und ein Damenbild von Franz Stuck. Über dem Waschtisch ein Spiegel, von dem darunter stehenden Rasierspiegel ironisiert. Über der Kommode ein größeres Chopinportrait, von vier Oktavbildern: Beethoven, Mozart, Schumann, Weber umgeben. Unter Chopin steht ein bunter Papierfächer, als Hintergrund einer auf der Kommode stehenden Hermesbüste in schöner Größe. Auf der Kommode vereinigen sich einige Zinnbecher mit Bierkrug, Hermes, Muschelkorb etc. etc. zu einer künstlerisch barocken Gesamtwirkung. Auf dem Kasten ein Still-Leben von Zigarrenschachteln, Flaschen, Honigtopf etc. [...] «

Kindheit und Jugend vor 1900, Band 2, S. 592

Diese Dekoration zeigt nicht nur das Bedürfnis Hermann Hesses nach einem behaglichen Zimmer, sondern verrät auch viel von den Idealen, nach denen er strebt während der vielen Stunden, die er nach Feierabend und an freien Tagen in diesem Zimmer verbringt. Hermann Hesse setzt hier in Tübingen verstärkt fort, was er bereits in seiner letzten Calwer Zeit intensiv betrieben hat: ein Selbststudium der Weltliteratur und Kunst. Zu Hause stand ihm die große Bibliothek des Großvaters zur Verfügung, nun kann er über die Schätze einer wohlsortierten Buchhandlung verfügen. Er studiert die Klassiker, vor allem immer und immer wieder die Werke Goethes, danach geht er zu den Romantikern über. Die Selbstdisziplin, mit der er dieses autodidaktische Studium der Literatur durchführt, ist erstaunlich und widerlegt das alte Bild vom unkonzentrierten Schüler gänzlich. Er hat seinen Interessensgegenstand gefunden und zudem nun endlich die Freiheit von Gängelungen und aufgezwungenen Erwartungen und Zielen. Die Eltern und die übrige Außenwelt hält er auf Distanz, indem er auf dem Felde normalbürgerlicher Tüchtigkeit, der Buchhändlerlehre, keinen Anlaß zu Klagen und Einmischungen gibt.

Hinter dem Literaturstudium steht aber als eigentliches Ziel weiterhin die eigene literarische Produktion. Deshalb laufen neben der Lektüre fremder Werke von Anfang an Versuche eigenen Schreibens. Und tatsächlich schafft er es bereits vier Monate nach seinem Umzug nach Tübingen, ein erstes Gedicht mit dem Titel *»Madonna«* in der Wiener Zeitschrift »Das deutsche Dichterheim« unterzubringen. Weitere folgen, und drei Jahre später, im November 1898, zeitgleich mit seinem erfolgreichen Abschluß der Buchhändlerlehre, erscheint sein erstes Gedichtbändchen unter dem Titel *»Romantische Lieder«* in E. Piersons Verlag in Dresden und Leipzig. Noch ein halbes Jahr später gibt er sodann auch sein Debüt auf dem Gebiet der Prosa mit dem bei Diederichs in Leipzig erscheinenden Bändchen *»Eine Stunde hinter Mitternacht«*.

In allen diesen Erstlingswerken steckt noch viel jugendliches Pathos, melodramatische Selbstinszenierung und romantische Verklärung; auch sind manche Anleihen bei anderen Dichtern, vor allem den Romantikern, nicht zu übersehen; aber insgesamt sind es doch schon Arbeiten und Übungen eines unverkennbaren dichterischen

Talents, das sich mit großem gestalterischen Willen voranarbeitet und formt. Das bestätigt auch Rainer Maria Rilke, der *»Eine Stunde hinter Mitternacht«* positiv bespricht: »An seinen besten Stellen ist es notwendig und eigenartig. Seine Ehrfurcht ist aufrichtig und tief. Seine Liebe ist groß und alle Gefühle sind fromm: es steht am Rande der Kunst …«

Nicht dieser Auffassung ist allerdings die Mutter Hesse, die das Buch gar nicht fromm findet und »einige Sätze so unanständig, daß kein Mädchen sie je lesen sollte«. Hermann ist tief getroffen und schreibt scharf zurück: *»Wollt ihr mir einen Gefallen tun, so schickt mir das zugesandte Exemplar meines Buches wieder zu, denn ich habe wenig Freiexemplare, bedaure auch sehr, es irgendwo gelesen zu wissen, wo jedes Wort mir zum Üblen gewendet wird. […] Ich glaube nicht, daß mein Buch dich nur halb so geschmerzt hat wie mich diese Auffassung.«* (KuJ 2, S. 361)

Über seinem disziplinierten Selbststudium und seinen dichterischen Versuchen, die seine nach heutigen Maßstäben knapp bemessene Freizeit natürlich stark in Beschlag nehmen, wird Hermann Hesse fast zum Einsiedler. Er trifft in Tübingen zwar etliche Maulbronner Mitschüler wieder, aber zu mehr als zufälligen Kontakten kommt es nicht. Einzig zu Wilhelm Lang, zu dem er bereits in Maulbronn eine ganz besondere Beziehung gehabt hat (siehe dort S. 120f.) und der nun am Stift studiert, bildet sich eine festere Beziehung heraus:

»Meine Bekannten, die Studenten sind, sind zu beschäftigt mit Studieren und Kommersieren, als daß sie mich aufsuchen könnten. Nicht so mein lieber Lang, der mit rührender Aufmerksamkeit sich jede Woche einen Abend (meist freitags) im Stift losmacht und den weiten Weg zu mir kommt, um bis 10 Uhr auf meiner Bude zu bleiben. Ich rechne ihm das hoch an …«

Kindheit und Jugend vor 1900, Band 2, S. 34

Hesse, den das Leben bereits anders in die Pflicht genommen hat als die meisten Studenten, findet wenig Geschmack am studentischem Treiben: *»Jede Stunde scheint mir verloren, die ich nicht über guten Büchern oder Zeitschriften hinbringe«*, notiert er. Gleichgesinnte

Hermann Hesse, 1899
von einem Tübinger Photographen abgelichtet

findet er nur schwer, so daß er in einem Brief an Dr. Ernst Kapff, einen Lehrer aus seiner Cannstatter Gymnasialzeit, mit dem er einen regen literarischen Briefwechsel führt, 1896 einmal klagt, die Einsamkeit sei seine beste Freundin geworden. Dies ändert sich erst Ende 1897, als er den Jurastudenten Ludwig Finckh kennenlernt. Finckh, der später selbst als Schriftsteller in Erscheinung treten wird, beschreibt in seiner Autobiographie »Himmel und Erde« das Auftreten Hermann Hesses in jener Zeit folgendermaßen: »Sein Rock war unscheinbar, seine Gestalt hager, aber sein Gesicht leuchtete ... Er war ein wenig jünger als ich, aber er schien mir viel älter und reifer zu sein; er mußte schon Schweres durchgemacht haben, seine Verse waren voller Geist und Schwermut.«

Durch Finckh lernt Hesse drei weitere Studenten (Otto Erich Faber, Carlo Hamelehle und Oskar Rupp) kennen, die ihm sympathisch sind und mit denen er sich deshalb zu einem Freundeskreis zusammenschließt, der sich nach damaliger studentischer Art französisierend »le petit cénacle« (der kleine Kreis Gleichgesinnter) nennt und einen guten Teil der Freizeit gemeinsam gestaltet.

Ebenfalls von Bedeutung für Hesse ist eine etwa zur selben Zeit beginnende intensive Brieffreundschaft mit der fast gleichaltrigen Helene Voigt (1875-1961), der späteren Ehefrau des Verlegers Eugen Diederichs, die ihn 1897 wegen eines im »Deutschen Dichterheim« veröffentlichten Gedichtes anschreibt und die ihm im Laufe der Zeit zu einer wichtigen Ansprechpartnerin wird.

Im Oktober 1898 schließt Hermann Hesse seine Lehrzeit in der Heckenhauerschen Buchhandlung ab und arbeitet danach noch einige Monate als Sortimentsgehilfe weiter. Dann beschließt er jedoch, sich zu verändern und bewirbt sich in Basel, der Stadt seiner Jugendzeit, um eine Buchhändlerstelle, die er Mitte 1899 auch bekommt. Am 31. Juli beendet Hesse daraufhin seine Arbeit bei Hekkenhauer, und am 15. September tritt er als Sortimentsgehilfe in die Reichsche Buchhandlung in Basel ein. In die dazwischenliegende Zeit fällt jener zehntägige Ausflug mit den Freunden vom »petit cénacle« nach Kirchheim unter Teck, bei dem er sich, ohne erhört zu werden, in Julie Hellmann, eine hübsche Verwandte der Kirchheimer Kronenwirtin, verliebt. Diese turbulenten Tage hat er ein Jahr später in der Episode *»Lulu«* wiedergegeben und verdichtet, die er allerdings erst 1907 in der erweiterten Ausgabe der *»Hinterlassenen Schriften und Gedichte des Hermann Lauscher«* veröffentlicht.

Tübingen ist als Schauplatz in das literarische Werk Hermann Hesses vor allem durch vier Erzählungen eingegangen. Zum einen in die 1913 verfaßte historisierende Novelle *»Im Presselschen Gartenhaus«*, die in den zwanziger Jahren des neunzehnten Jahrhunderts spielt und die beiden Dichter Wilhelm Waiblinger (1804-1830) und Eduard Mörike (1804-1875) als junge Theologiestudenten am Tübinger Stift vergegenwärtigt, die den in geistige Umnachtung gefallenen Friedrich Hölderlin (1770-1843) in seinem Turmzimmer am Neckarufer gelegentlich zu einem Spaziergang in ein Gartenhaus auf dem Österberg abholen und sich dabei mit ihren eigenen Träumen und Lebensängsten auseinandersetzen.

Zum anderen spielt Tübingen in der Erzählung *»Der Novalis. Aus den Papieren eines Altmodischen«* eine Rolle, die 1901/2 entstanden ist und in der ein Buchliebhaber die verschiedenen Namenseintragungen auf dem Vorsatzblatt eines alten Novalis-Bandes zum Anlaß nimmt, dem Schicksal dieser Vorbesitzer nachzuspüren. Einer davon ist der mittellose Student Rettig aus der Neckarhalde 8, der seine während des Studiums aufgelaufene Buchrechnung in der Witzgallschen (Heckenhauerschen?) Buchhandlung nicht bezahlen kann und deshalb den Novalis-Band samt seiner halben Bibliothek verkaufen muß. Ein anderer ist der Hauslehrer Theophil Brachvogel, der in der Münzgasse seine Bude hat und dessen Glück zum Unglück seines Freundes Hermann Rosius wird. Diese Erzählung ist im 1. Band der Gesammelten Erzählungen enthalten.

Tübingen ist auch Schauplatz der Erzählung *»Freunde«*, in der Hesse seine Kritik am Wesen der studentischen Verbindungen und Burschenschaften zum Ausdruck bringt. Hans Calwer, der Mitglied einer farbentragenden Verbindung ist, erträgt die hohlen, lauten Rituale nicht länger und tritt aus der Verbindung aus. Dies kostet ihn die Freundschaft seines bisherigen Freundes, der diesen Schritt nicht nachzuvollziehen wagt, öffnet ihm aber zugleich die Möglichkeit, geistvollere Freundschaften zu gewinnen. Die Schauplätze in der Erzählung sind allerdings nicht so konkret geschildert, daß sie im einzelnen vor Ort nachvollziehbar wären.

Anders ist dies in der vierten Erzählung, die in Tübingen spielt: *»Die Novembernacht«*, die den Untertitel *»Eine Tübinger Erinnerung«* trägt und sich in den 1901 erstmals veröffentlichten *»Hinterlassenen Schriften und Gedichten von Hermann Lauscher«* findet. In ihr wird eine folgenreiche Zechtour durch Tübingen geschildert, die der Dichter Hermann Lauscher (Hermann Hesse) und der Kandidat Otto Aber in einer Novembernacht zusammen unternehmen. Hierbei sind die Schauplätze sehr gut zu lokalisieren und sollen deshalb beim folgenden Stadtrundgang besichtigt werden.

Ziele des Stadtrundgangs werden die Heckenhauersche Buchhandlung am Holzmarkt sein, in der Hesse arbeitete, und das Gebäude in der Herrenberger Straße 28, in dem Hesse während seiner gesamten vier Tübinger Jahre, von Oktober 1895 bis Juli 1899, wohnte. Als Leitfaden für den Gang durch die Stadt, bei dem nebenbei die wesentlichen Teile der Tübinger Altstadt durchwandert werden, soll, wie oben angekündigt, die Szenerie in Hesses Erzählung *»Die Novembernacht. Eine Tübinger Erinnerung«* dienen.

Wie in Calw und Maulbronn soll auch in Tübingen der Rundgang am Bahnhof beginnen. Von Calw aus ist Tübingen über die Bahnstrecke Nagold–Horb, Horb–Tübingen zu erreichen, die Hesse während seiner Tübinger Zeit gelegentlich selbst benutzte.

Direkt vor dem Hauptausgang des Bahnhofs führt eine Unterführung unter dem Bahnhofsvorplatz hindurch in Richtung Altstadt. Sie mündet in eine Parkanlage mit See, die wir geradeaus durchqueren, bis wir zur Uhlandstraße und dem Uhlanddenkmal kommen. Hinter dem Uhlanddenkmal führt eine Fußgängerbrücke, der Indianersteg, über einen Seitenarm des Neckars. Wir sind nun auf einer vom Neckar umflossenen Aue mit einer mächtigen Platanenallee. Durch diese Allee läßt Hesse in seiner *»Tübinger Erinnerung«* im *»Hermann Lauscher«* in einer stürmisch-regnerischen Novembernacht seine zwei jungen Männer schreiten:

»Über Tübingen hing eine schwarze, verwölkte Novembernacht. Sturm und Sprühregen klirrte und zitterte durch die engen Gassen, aufflackernde rote Laternenlichter glänzten trüb auf dem nassen Pflaster wider. Trüb und schwarz mit zwei, drei kleinen roten Fensteraugen lag das alte Schloß wie ein halbschlafendes träges Untier auf seinem langen Hügel, Fetzen von Wolkenschleiern um die spitzen Dächer. In den großen, ernsten Alleen standen die alten Kastanien, Linden und Platanen kahl und hager im Sturm wie eine trübselige standhafte Armee von Greisen. Blätterwirbel trieben über die feuchten Wege, faul und grau lagen die großen Herbstwiesen, an den Rändern da und dort von einer windscheuen Laterne zackig und roh beleuchtet. Der langgezogene Pfiff des letzten Reutlinger Zuges

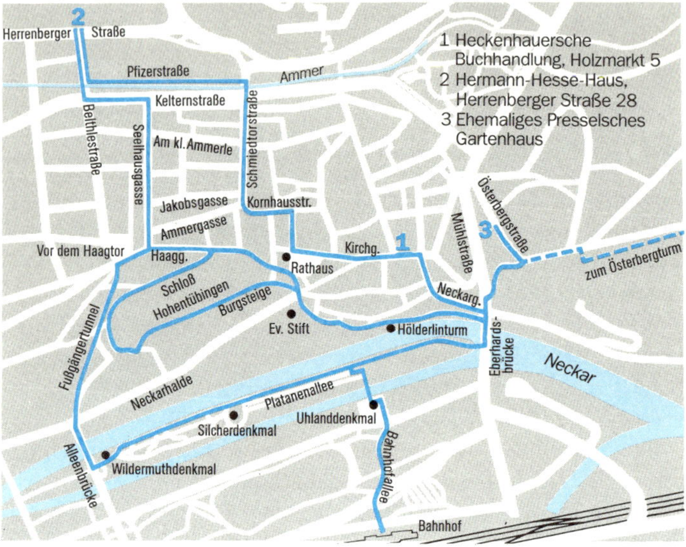

drang vom nahen Bahnhof durch die schwere Luft und paßte mit seinem heiseren, hinsterbenden Geräusch vortrefflich in die Tonart des ganzen Abends.

In den Pausen des Sturmes ward das kühle Rauschen des Neckars laut. Die Ufer lagen tief in graue, traurige Ruhe gehüllt, und von den vielen hellen liederlauten Sommerabendfesten war keine leise Spur mehr geblieben, so wenig dem breiten, traurigen Stiftsgebäude noch eine Spur von den zahlreichen, glänzenden Geistern anhing, die darin vor Zeiten schwärmerische, dämmernde Jugendsemester verlebten. Es seien denn einzelne nachklingende, elegische Laute aus der umflorten Harfe des armen Hölderlin. Statt dessen brannte dort die strenge, fleißige Gegenwart in zahlreichen Studierampeln über die ganze Breitseite des Stifts verteilt und glänzte mattrot durch die breiten, niederen Fenster. Dort lagen jetzt Kompendien, Wörterbücher und Texte ohne Zahl vor ernsthaften jungen Augen aufgeschlagen, Ausgaben des Platon, Aristoteles, Kants, Fichtes, vielleicht auch Schopenhauers, Bibeln in hebräischer, griechischer, lateinischer und deutscher Sprache; vielleicht brütete hinter diesen Fenstern zur

Stunde ein junges philosophisches Genie über seinen ersten Spekulationen, während zugleich ein zukünftiger schwergeharnischter Apologet die ersten Steine seines Trutzgebäudes legte.

Zwei junge Männer, die jetzt von der unteren Neckarbrücke her durch die Platanenallee gegangen kamen, blickten lachend hinüber und zeigten wenig Respekt vor der ernsten zukunftsschwangeren Geistesburg. Sie wandelten, in grauen Lodenmänteln, des Regens ungeachtet, langsam durch die stürmische Herbstnacht. ›Hast du noch was drin?‹ fragte der Kandidat Otto Aber seinen Begleiter, worauf dieser, der Dichter Hermann Lauscher, eine bauchige Benediktinerflasche aus der Manteltasche zwängte und dem Kandidaten reichte.

›Der letzte Schluck!‹ rief dieser und schwenkte die Flasche gegen das jenseits des Flusses ragende Stift. ›Prosit Stift!‹

Er leerte die Bouteille mit einem kurzen Schluck.

›Was machen wir mit dem Scherben?‹ fragte Lauscher. ›Wir könnten auf die Wache gehen und ihn der lieben Tübinger Stadtpolizei verehren.‹

›Was Stadtpolizei!‹ lachte Aber. ›Da!‹ und er schleuderte die Flasche über den Neckar, daß sie an einem Pfeiler des Stiftsbaus zersplitterte.«

Hesse, Hermann Lauscher, GW 1, S. 240f.

Bei letzterem Detail ist etwas dichterische Freiheit im Spiel, denn es bedürfte schon eines gewaltigen Wurfs, wenn man vom diesseitigen Ufer des Neckars den Sockel des jenseitig gelegenen Stifts treffen wollte. Wenn man vom Indianersteg geradeaus zum Neckarufer geht, liegt direkt gegenüber das rötlich gestrichene Gebäude der Burse, die um 1480 als Studentenwohnhaus und Lehranstalt erbaut wurde. Das Evangelische Stift liegt drei Häuser links davon; es ist leicht zu erkennen an dem Giebel mit der Uhr und dem schmiedeeisernen Glockentürmchen. Das Tübinger Stift ist seit der Reformation die Hochburg der evangelischen Theologenausbildung. Hier studierten unter anderem Hegel, Hölderlin, Schelling, Mörike und Waiblinger. Und auch Hermann Hesse hätte an diesem Ort seine Ausbildung erhalten, wenn sein Weg über das Landexamen und das Maulbronner Seminar, der in das Stift geführt hätte, nicht gescheitert wäre (siehe hierzu das Kapitel Maulbronn).

Nach einem ausführlichen Blick auf das Stift, die Altstadt und das darüber thronende Schloß Hohentübingen gehen wir die Platanenallee auf den Spuren von Hermann Lauscher und Otto Aber, die sich nun auf den Weg in eine Altstadtkneipe machen, neckarabwärts bis zur Eberhardsbrücke.

Von der Eberhardsbrücke hat man, wie bereits zuvor von der Allee, einen schönen Blick auf das unterhalb der Burse, direkt am Fluß gelegene Haus mit dem Hölderlinturm, der dem genialen Dichter in der Zeit der Umnachtung, von 1807 bis 1843, als Wohnsitz, »Gruft und Tempel zugleich«, gedient hat. Am Turm, der besichtigt werden kann, hat ein Zeitgenosse in Sütterlinschrift und Schwäbisch das hintersinnige Graffiti »D'r Hölderlin isch et veruckt gwä« (Der Hölderlin ist nicht verrückt gewesen) angebracht.

Wie bereits auf S. 155f. erwähnt, hat das anrührende Schicksal Hölderlins Hermann Hesse zu einer Novelle mit dem Titel *»Im Presselschen Gartenhaus«* angeregt. Wollte man sich die Schauplätze dieser Novelle vergegenwärtigen, in welcher die beiden Stiftler Wilhelm Waiblinger (1804-1830) und Eduard Mörike (1804-1875) den psychisch erkrankten Hölderlin in seinem Turm zu einem Spaziergang ins Presselsche Gartenhaus auf dem Österberg abholen, so müßte man hier bei der Eberhardsbrücke die Straße schräg nach links überqueren, um dann auf der Germanenstaffel zur Österbergstraße hochzusteigen. Ein entsprechender Vorschlag wird auf S. 169ff. unterbreitet. Wir wollen aber zunächst weiter den Spuren Hermann Lauschers und seines Freundes Otto Aber in Richtung Altstadt folgen:

»Die Freunde waren auf der alten Brücke angelangt. Aus der Kneipe der Burschenschaften klang lauter Chorgesang. Der Neckar strömte wild um den breiten Brückenpfeiler, auf dem raschen Wasser glänzten unruhig die Laternenlichter, schwarz und großartig streckte sich die Platanenallee in die Nacht. Vom Turm der Stiftskirche tönte das Stundenhorn, zackig und wechselvoll beleuchtet stand die malerische Häuserreihe des hohen Neckarufers bis zum alten Stift hinab. Beide Freunde schwiegen, solange sie über die Brücke gingen. Vielleicht stieg beim Anblick der schönen, nächtlichen Stadt, beim Rauschen des Neckars und Singen der Studenten in beiden das Erinnern

Neckarpartie mit Hölderlinturm, von der Eberhardsbrücke aus gesehen

an die kaum vergangenen Tage auf, da ihnen noch die eigentümliche, romantische Schönheit und Stimmung dieser Stelle ahnungsvoll und freudig ans Herz gerührt hatte, da sie noch mit der Hoffnung und dem ganzen süßen, krausen Stimmungsduft der ersten Semester hier gegangen waren.

Sie bogen um die Brückenmühle, stiegen die steile Gasse zum Holzmarkt hinauf, gingen an der Stiftskirche vorüber, über die schmale Kirchgasse und den öden Markt an der ›Sonne‹ vorbei und gelangten durch Nässe und Schmutz an die Hintertür des ›Löwen‹, durch welche man über drei steile Stufen hinab direkt in das ›Nebenzimmer‹ tritt. Ehe sie eintraten, blickten sie durch eins der niederen Fenster in die schmale Stube hinab und sahen Elenderle und Säbelwetzer am letzten Tisch beim Wein sitzen.«

Hesse, Hermann Lauscher, GW 1, S. 243 f.

Der Weg, den Hesse hier die beiden Freunde nehmen läßt, ist leicht nachzuvollziehen: Gleich nach der Überquerung der Eberhardsbrücke biegen sie links um das Eckgebäude, das bis zur Jahrhundertwende eine Mühle beherbergte (und in dem Eduard Mörike

Hermann Hesse 1899 mit Eltern und Geschwistern. Von links: Marulla, Hans, die Mutter, der Vater und Adele

1825 eine Zeitlang wohnte), und gehen dann die Neckargasse zur Stiftskirche hinauf, einem stattlichen spätgotischen Bauwerk, dessen Besichtigung sich lohnt, und von dessen Turm man einen schönen Blick über die Stadt hat. An der Längsseite der Stiftskirche liegt der Holzmarkt mit dem Georgsbrunnen. Hier, unmittelbar der Kirche gegenüber, steht das spitzgiebelige, rot verputzte Haus der Heckenhauerschen Buchhandlung, in dem Hermann Hesse seine Ausbildung als Buchhändler absolviert hat. Durch den Hauseingang mit dem Firmenschild darüber und den Auslagekästen rechts und links ist Hesse zwischen 17. Oktober 1895 und 31. Juli 1899 fast täglich ein- und ausgegangen. Das Heckenhauersche Antiquariat befindet sich auch heute noch in diesem Haus; das Ladengeschäft im Erdgeschoß ist allerdings anderweitig vermietet.

Hermann Lauscher und sein Freund gehen sodann über den Holzmarkt, ohne lange zu verweilen, und erreichen geradeaus durch die Kirchgasse den Marktplatz mit seinen prächtigen Bürgerhäusern und dem alles dominierenden Rathaus, in dessen Quergiebel eine kunstvolle astronomische Uhr zu bewundern ist, die zu Beginn des 16. Jahrhunderts von Johannes Stöffler erschaffen wurde. Auf dem

Rathausplatz, rund um den großen Neptunsbrunnen, herrscht bei schönem Wetter buntes Treiben. In der stürmischen und regnerischen Novembernacht, in der Hermann Lauscher und Otto Aber unterwegs sind, ist der Platz aber *»öd«* und verlassen, so daß sie ihn rasch überqueren und rechts die Marktgasse hinabgehen, in der es zu Hesses Zeit das erwähnte Gasthaus »Sonne« gab. Die Marktgasse mündet an ihrem unteren Ende in die quer zu ihr verlaufende Kornhausgasse ein; in dieser befindet sich ein paar Häuser links der ehemalige Gasthof »Löwen« (heute Kino), der durch seinen goldenen Löwen über dem Portal leicht zu finden ist. In den »Löwen« läßt Hesse in der Erzählung *»Der Novalis«* auch den Kandidaten Rettig gehen, der dort den Gulden vertrinkt, den er für seine Novalis-Ausgabe bekommen hat, die er aus Geldnot verkaufen hat müssen.

Im »Löwen« treffen Hermann Lauscher und Otto Aber zwei Kommilitonen, die mit Spitznamen »Elenderle« und »Säbelwetzer« heißen. Die beiden vertrinken ein paar Flaschen Wein, die Säbelwetzer bei einer Mensur an Elenderle verloren hat. Lauscher und Aber halten mit, und bei dem durch den Wein erhitzten Gespräch, das im genialisch-zynischen Studententon geführt wird, wird offenbar, daß Elenderle soeben zum dritten Mal durch das Examen gefallen und somit von der Universität relegiert ist. Er spricht davon, er wolle sich von jemandem anwerben lassen, der nachher vorbeikomme; wozu bleibt unklar. Wenig später kommt tatsächlich ein Fremder vorbei, der ihnen etwas unheimlich ist. Sie spielen mit ihm in einer nahegelegenen Kneipe namens »Walfisch« eine Partie Billard; dann lassen die anderen Elenderle mit dem rätselhaften Fremden allein. Als Otto Aber und Hermann Lauscher, die noch einen Schoppen im »Schwarzwälder« trinken, sich spät in der Nacht auf den Nachhauseweg machen, ereignet sich folgendes:

»[...] beide stiegen die steile Judengasse hinab. Im Vorbeigehen hörten sie den Knecht im ›Walfisch‹ die Türen schließen. Am Ende der Schmiedtorgasse, bei der alten Ammerbrücke, hielten sie einen Augenblick an.

›Gehen wir links!‹ gähnte Aber.

›Es ist näher über die Brücke‹, meinte Lauscher heiser; sie gingen hinüber.

Jenseits der Brücke lag auf den Stufen zur Ammer köpflings gestürzt ein Mensch.

›Holla‹, rief Aber lachend, ›der hat einen guten Schlaf.‹

›Jedenfalls einer vom heiligen Verein‹, sagte Lauscher und trat näher. ›Er wird sich morgen über seinen Heiligenschein wundern.‹

›Herrgott‹, unterbrach ihn Aber plötzlich, ›das ist ja der Elenderle. Kein Mensch in Europa besitzt einen ähnlichen Bratenrock.‹

Sie stiegen einige Stufen hinab, Elenderle lag mit dem Gesicht auf den Stufen. Sie hoben ihn auf, geronnenes Blut war auf seinem ganzen Gesicht verschmiert.

›Der ist bös gefallen!‹ seufzte Aber. Da klirrte etwas am Boden. Aus der starren Hand Elenderles war ein Revolver gefallen, und nun sahen die Freunde auch an der rechten Schläfe eine kleine schwarze Wunde. Lauscher steckte ein Streichholz an.

›Bleib du hier‹, sagte Aber mit verwandelter Stimme, ›ich gehe zur Polizei.‹

›Lassen Sie mich das besorgen‹, rief da eine scharfe Stimme. Der Fremde kam vom Ammerweg her die Treppe herauf. Er rückte giftig lächelnd am Hut und blitzte die Freunde grinsend aus den frechen Augen eiskalt und höhnisch an. Beide erschraken bis ans Herz und rannten durch die Nacht davon.

Als sie am andern Tag erwachten, glaubten beide den ganzen Spuk geträumt zu haben. Die Hauswirtin pochte an Lauschers Tür und kam mit dem Kaffee herein.

›Denken Sie, Herr Lauscher, der Jammer! Heut nacht hat sich ein Student das Leben genommen.‹ «

Hesse, Hermann Lauscher, GW 1, S. 251

Ein solches Geschehnis läßt sich in Hermann Hesses Tübinger Bekanntenkreis tatsächlich nachweisen; Anfang März 1898 erschoß sich der Student Paul Eberhardt, den Hesse bereits aus der gemeinsamen Schulzeit im Maulbronner Seminar kannte. Das Leben und Sterben Paul Eberhardts und die Betroffenheit, die sein jäher Tod auslöste, hat Hermann Hesse 1956 in der Erinnerung *»Der Trauermarsch. Gedenkblatt für einen Jugendkameraden«* geschildert.

Der Ort, an dem die beiden ihren Kommilitonen tot auffinden, läßt sich ziemlich genau lokalisieren: Wir gehen hierzu vom »Lö-

Die Heckenhauersche Buchhandlung (Mitte) am Tübinger Holzmarkt

wen« die Kornhausgasse und weiter stadtauswärts. Am Ende der Kornhausgasse mündet von oben die Judengasse ein. Diese kommen die beiden Freunde herab, als sie sich auf den Heimweg machen. Ihr Heimweg ist der Weg zu Hermann Hesses eigener Wohnung in der Herrenberger Straße. Dazu gehen sie an der Einmündung der Judengasse in die Kornhausgasse und über die Krumme Brücke, die hier über den Kanal der Neuen Ammer zur Schmiedtorgasse hinüberführt. Die Schmiedtorgasse gehen sie bis zu deren Ende. Dort war zu Hesses Zeit die erwähnte alte Brücke über das Flüßchen Ammer. Heute ist es eine breite Hauptverkehrsbrücke. Auf der linken Seite der Brücke führen aber immer noch Stufen zu einem Fußweg längs der Ammer hinab. Am Fuß dieser Treppe haben die beiden Freunde wohl den toten Elenderle gefunden.

Von hier ist es nicht mehr weit bis zu Hermann Hesses Wohnung in der Herrenberger Str. 28. Wir gehen hierzu den Weg der Ammer entlang (Pfizerweg) bis zur Belthlestraße vor. Sobald man in die Belthlestraße eingebogen ist und diese nach rechts hochgeht, hat man das Hesse-Haus direkt vor den Augen. Am Haus ist sowohl eine Gedenktafel als auch ein Schriftzug »Hesse-Haus« angebracht, unter welchem Namen das Haus in Tübingen allgemein bekannt ist. In ihm ist heute eine private Musikakademie zur Ausbildung von Musikpädagogen und Pianisten untergebracht. Hermann Hesse hat seinerzeit im Erdgeschoß das Zimmer mit den beiden mittleren Fenstern bewohnt, das einen schönen Blick in Richtung Schloß hatte, da die Herrenberger Straße damals noch eine Vorstadtstraße und das Gelände zur Stadt hin noch kaum bebaut war. Die Einrichtung des Zimmers, über die wir aus Briefen Hesses gut informiert sind, ist bereits im Einleitungskapitel zu Tübingen beschrieben worden; siehe dort auf S. 151.

Um zum Ausgangspunkt unseres Rundgangs, dem Bahnhof, zurückzukehren, gibt es mehrere Möglichkeiten. Zunächst gehen wir aber auf alle Fälle die Belthlestraße wieder hinunter. Dabei können wir uns vergegenwärtigen, wie Hermann Hesse diesen Weg morgendlich erlebt hat:

»Wenn ich etwa 7 ½ Uhr ins Geschäft ging, stieg immer gerade mir gegenüber die Sonne auf. Dann waren die Türme und die Häuser am Berg rotumflossen, während unten die Stadt im weißen Nebel lag – ein malerischer Anblick, an dem ich mich jedesmal freute. Von außen, besonders von meiner Straße aus, bietet die bucklichte, altertümliche Stadt mit Schloß und Stiftskirche überhaupt einen reizenden Anblick, innen ist's eng und duster und jetzt beim Regen ist in mehreren Straßen, durch die ich gehen muß, ein Kot, gegen welchen der Platz vor dem Morofschen Haus in Calw der reinste Parkettboden ist. Jenseits des Schloßbergs sieht's besser aus. Als ich heute in der Gägerei [dem schräg unterhalb von Hesses Wohnhaus zwischen Seelhausgasse und Schmiedtorgasse liegenden Altstadtviertel der Tübinger Weingärtner] *unvermutet in zolltiefen, schlammigen Kot geriet und erschreckt zurückprallte, rief mir ein alter Raupe zu: ›No zua, Herr, no zua, ma muaß da Dreck ett schpara.‹ Diese Raupen (alias Gägen)* [oder Gogen; Spottnamen für die Tübinger Weingärtner] *sind ein horribles Geschlecht, schmutzig und vierschrötig und gegenwärtig* [Ende Oktober] *voll neuen Weins. Ihr Schwäbisch ist echt und faustdick und mahnt ans Slowakische. Mein Weg führt gerade durchs ärgste Räuberviertel, und ich betrachte, je nachdem,*

Die Jakobsgasse im Tübinger Gogenviertel um 1900

mit Lachen oder mit Mitleiden die versoffenen Männer, die magern, schlampigen Weiber und die schmutzigen frechen Kinder. Doch scheint es ein gesunder Schlag zu sein.«

Kindheit und Jugend vor 1900, Band 2, S.26

Es ist eine Eigenheit Tübingens, daß sich hier in der alten Universitätsstadt über Jahrhunderte hinweg eine kleinbäuerliche Bevölkerungsgruppe eine eigene Identität bewahrt hat, indem sie ein eigenes Viertel bewohnte. Heute gehört die »Gogerei«, das ehemalige Wohnviertel der Tübinger Handwerker und Weingärtner, dank einer umsichtigen Restaurierungsarbeit zu den Sehenswürdigkeiten Tübingens. Einen Teil der Gassen mit ihren kleinen Häusern haben wir schon auf dem Herweg beim Gang durch die Schmiedtorgasse gesehen. Einen weiteren Eindruck kann man sich dadurch verschaffen, daß man die Belthlestraße nur ein kurzes Stück hinabgeht und dann nach links in die Kelternstraße (heute eine Hauptverkehrsstraße) einbiegt bis zum Beginn des länglichen Platzes, an dem früher die Weinkeltern standen. Die erste Gasse, die rechts von der Kelternstraße abbiegt, ist die Seelhausgasse, die das äußere Ende der alten Gogerei markiert. Diese hinabgehend, sieht man nach kurzer

Strecke links in eine Gasse hinein, die »Am kleinen Ämmerle« heißt; sie ist gewissermaßen die Hauptstraße der Gogerei. Kurz dahinter folgt das Mordiogäßle, das Hermann Hesse vielleicht zu seiner obigen Aussage »Räuberviertel« animiert hat.

Am Ende der Seelhausgasse kommt man auf einen Platz, der »Vor dem Haagtor« heißt. Dort müssen wir uns für einen der folgenden drei Wege entscheiden:

a) den nächsten Weg, der 50 Meter rechts durch eine lange Fußgängerunterführung unter dem Schloßberg hindurch zur Alleenbrücke führt, über die man wieder die Neckarinsel mit der Platanenallee erreicht, auf der unser literarischer Rundgang auf den Spuren Hermann Lauschers seinen Ausgang genommen hat;

b) den interessanteren, aber auch längeren und anstrengenderen Weg, der steil den Berg zum sehr sehenswerten Schloß Hohentübingen hinaufsteigt, das Hermann Hesse selbstverständlich oft und sogar dienstlich besucht hat: *» Gestern mußte ich auf die Schloßbibliothek, hatte also einen schönen kleinen Spaziergang, sah die prachtvolle Bibliothek, das Schloß, und genoß einen Augenblick die wundervolle Aussicht.«* Von dort kann man sodann über die Burgsteige und den Klosterberg hinab am Stift, an der Burse und am Hölderlinturm vorbei zur Eberhardsbrücke und zum Bahnhof zurückkehren;

oder c) den dritten Weg, der unter Aussparung des steilen Schloßbergs über die links vom Haagtorplatz abgehende malerische Haaggasse zum Marktplatz führt, wo man am Rathaus vorbei das kurze Wienergäßle hinaufgehen kann, um dann wie im vorherigen Vorschlag den Klosterberg am Stift vorbei in Richtung Hölderlinturm und Eberhardsbrücke hinabzugehen und von dort zum Bahnhof. Vor dem Stift kann man auch noch einen Blick in die nach rechts abgehende Neckarhalde tun, wo im Haus Nr. 8 in der Erzählung *»Der Novalis«* der in Finanznöten befindliche Kandidat Rettig hauste:

»Rettig saß in düsterer Stimmung auf seiner Bude. Sein Fenster blickte über ›Stift‹ und ›Hölle‹ hinweg auf die Alleen und die sanften Bergzüge der Alb, über deren nähergelegenen Hügelrücken schon der erste hellgrüne Hauch des neuen Frühlings zu leuchten begann. Der Tag war föhnklar, blauer Himmel und lichte streifige Wolken

glänzten mit starken Farben durch die transparente, überklare Luft. Auf der Straße scholl häufig Gesang von geselligen Liedern, lautes Gespräch, Wagenrollen und Hufschlag vorbeitrabender Reiter, denn es war der erste sonnige Tag des April.«

Hesse, Der Novalis, GE 1, S. 24 f.

Auf den Spuren des Presselschen Gartenhauses

Den Weg vom Stift über den Hölderlinturm zur Eberhardsbrücke könnte man aber auch gleich als Beginn eines literarischen Gangs auf den Spuren von Hermann Hesses Novelle *»Im Presselschen Gartenhaus«* nehmen, der einen in Richtung Österberg führen würde. Das Presselsche Gartenhaus stand aller Wahrscheinlichkeit nach in dem steilen Hang oberhalb des Mühlgrabens, durch den heute die ca. vor 100 Jahren mit einer hohen Stützmauer ausgebaute Mühlstraße auf die Eberhardsbrücke zuführt. Zu der Zeit, in der die Novelle spielt, also um 1823, zog sich hier noch der steile Mühlrain mit Gärten und Weinbergen empor. Wie eine um 1830 entstandene Lithographie (s. Abb. S. 170) zeigt, stand in diesem Rain ein ungewöhnlich aussehendes quadratisches Gartenhäuschen, aus dessen Walmdach ein Türmchen mit ebensolchem Dach hervorwuchs. Ob dieser seltsamen Bauweise nannte es Eduard Mörike einmal »Pressels chinesisches Gartenhaus«. Das Häuschen gehörte wahrscheinlich einem Maurer namens Pfulb, der es an den Archidiakonus am Stift Gottfried Pressel (1789-1848) verpachtet hatte. Dieser wiederum überließ es im Sommer 1823 dem Theologiestudenten Wilhelm Waiblinger (1804-1830), der hier im Sommer seinen poetisch-versponnenen Träumen nachhing. Dabei wurde er verschiedentlich von seinem Kommilitonen Eduard Mörike (1804-1875) besucht, und es ist zu vermuten, daß das Gartenhaus, das gesellige Leben in ihm und die idyllische Landschaft des Österbergs für Mörike ein Teil seines in Gedichten besungenen Traumlandes Orplid waren. Verbürgt ist, daß Waiblinger mehrmals Hölderlin, den er einen »Wahnsinnigen aus Gottestrunkenheit« nannte, mit in das Häuschen hinaufnahm; beim ersten Besuch am 9. Juni 1823 notierte Waiblinger:

Blick vom Österberg auf Tübingen um 1830. Vor der Stadt (von den Bäumen halb verborgen) das Presselsche Gartenhaus mit seinem Türmchen

»Die Aussicht, der herrliche Frühlingsmorgen schienen doch auf ihn zu wirken. Ich fragte ihn tausenderley, bekam meistens unverständliche oder unsinnige Antworten. Als ich ihn fragte: wie alt sind Sie, Herr Bibliothekar? antwortete er unter einem Schwall französischer Worte: bin mir nicht mehr bewußt, Euer Gnaden. Ich erinnerte ihn vergeblich an vieles. Zimmer [Hölderlins Pfleger] wunderte sich schon, daß er das Häuschen betrat, aber unbegreiflich seys ihm, als Hölderlin gar eine Pfeife rauchte, die ich ihm füllte und anzündete, und die ihm recht zu schmecken schien: Und vollends – Auf mein Vorbringen setzte er sich an meinen Pult, fieng an ein Gedicht zu schreiben: der Frühling, schrieb aber nur 5 gereimte Zeilen und übergab sie mir mit einer tiefen Verbeugung.«

Die Aufzeichnungen Waiblingers hat Hermann Hesse in seiner Novelle einfühlsam zu einer atmosphärisch dichten Schilderung verarbeitet; den Gang von Hölderlins Turmzimmer im 1. Stock des Hauses Bursagasse 6 zum Presselschen Gartenhaus schildert er folgendermaßen:

»Hager und groß schritt Friedrich Hölderlin hinter Waiblinger die Treppe hinab, über den umzäunten Hof und durch die Gasse, den großen Hut bis dicht über die Augen herabgezogen, leise vor sich hinmurmelnd und scheinbar ohne Blick für die Welt. Bei der Nekkarbrücke aber, wo zwei kleine barfüßige Büblein kauerten und mit einer toten Eidechse spielten, blieb die schlanke, würdevolle Gestalt einen Augenblick stehen, um vor beiden Kindern tief den Hut zu ziehen. Mörike ging neben ihm, und da und dort blickte man aus Fenstern und Haustüren dem grotesken kleinen Zuge nach, jedoch ohne viel Erregung und Neugierde, denn jedermann kannte den verrückten Dichter und wußte von seinem Schicksal.

Sie stiegen an hübschen buschigen Gartenhängen und Weinbergmäuerchen vorbei den sonnigen Österberg hinan. Voraus ging stattlich die kraftvolle Gestalt Waiblingers, welcher längst aus Erfahrung wußte, daß Hölderlin niemals vorangehe und einer Führung bedürfe. Dieser schritt langsam und ernsthaft, den Blick meist am Boden, und neben ihm ging der zarte Mörike her, gleich seinem Kameraden schwarz gekleidet. In den Ritzen der Rebbergmauern blühte da und dort blauroter Storchschnabel und weiße Schafgarbe, davon riß Hölderlin zuweilen einige Stengel ab und nahm sie mit sich. Die Hitze schien ihn nicht anzufechten, und als sie oben haltmachten, blickte er befriedigt um sich.

Hier stand das chinesische Gartenhäuschen des Oberhelfers Pressel, das im Sommer stets an Studenten abgetreten wurde und jetzt schon seit längerer Zeit, solange es die Witterung erlaubte, tagsüber von Waiblinger bewohnt wurde. Dieser zog einen großen geschmiedeten Schlüssel aus der Tasche, stieg ein paar Steinstufen zum Eingang empor, schloß die Tür auf und wandte sich mit einer feierlich einladenden Gebärde an den Gast: ›Treten Sie ein, Herr Bibliothekar, und seien Sie willkommen.‹ Der Dichter nahm seinen Hut ab, stieg hinan und trat in das kleine putzige Häuschen, das er längst kannte und liebte. Kaum war auch Waiblinger hereingekommen, so wandte sich Hölderlin an diesen mit einer tiefen, respektvollen Verbeugung und sprach mit mehr Lebhaftigkeit als sonst: ›Euer Gnaden haben befohlen. Ich empfehle mich Ihnen, Herr Baron. Eure Herrlichkeit wird mich in dero Schutz nehmen. Votre tres humble serviteur.‹ «

Hesse, Im Presselschen Gartenhaus, GW 4, S. 395 f.

Um sich den ehemaligen Standort des vermutlich um 1835 abgerissenen Gartenhauses in etwa zu vergegenwärtigen, muß man vom Hölderlinturm zur Eberhardsbrücke kommend die Mühlstraße schräg nach links überqueren und dann die Germanenstaffel (Aufgang in einer Art Treppenhaus neben dem Blumengeschäft) zur Österbergstraße hochsteigen. Die Österbergstraße hinabschreitend, kommt man an dem rechterhand gelegenen Garten der Anatomie vorbei. In diesem Garten ist der ehemalige Standort des Gartenhäuschens zu vermuten, da der Presselsche Garten 1830 für den zwischen 1832 und 1835 erfolgten Bau der Anatomie aufgekauft wurde.

Wer noch einen Nachklang von jener Gartenlandschaft einfangen möchte, die für Mörike und Waiblinger das verzauberte Land Orplid war, muß den Österberg höher hinaufsteigen, wo er noch unverbaut ist und noch eine Ahnung von der landschaftlichen Idylle Alttübingens zu vermitteln vermag. Vom Österbergturm, den man durch die von der Österbergstraße abgehende Stauffenbergstraße bergauf erreicht, hat man einen schönen Rundblick auf Tübingen.

Basel: Kinderheimat und Ort der künstlerischen Reifung

Hermann Hesses erste Basler Zeit 1881-1886

»Meine Beziehungen zu Basel sind so alt wie ich und noch älter, denn nicht nur mein Vater stand im Dienst der Basler Mission, sondern auch schon der Vater meiner Mutter, einer von den gelehrten Missionaren, der gelegentlich junge Indologen dadurch in Erstaunen setzte, daß er Sanskrit nicht bloß lesen, sondern auch sprechen konnte, und der sich um die Kenntnis, Grammatik und Lexikographie des Malayalam und anderer indischer Sprachen verdient gemacht hat. Dieser schwäbische Großvater (der andere war der russische) ist vor einem halben Jahrhundert den Besuchern der Basler Missionsfeste als ständiger Redner der Eröffnungsansprache in der Martinskirche bekannt gewesen. Seine Tochter, meine Mutter, war in Gundeldingen bei Basel erzogen worden und sprach Baseldeutsch so gut wie Englisch oder Malayalam. Ihr jüngster Bruder war mit einer Baslerin verheiratet. Und außer und über all dem war die Basler Mission und ihre oberste Behörde, die »Committee«, eine beherrschende und täglich genannte Macht im Leben der Eltern und Großeltern. Ich wußte also von Basel und hatte eine Vorstellung von ihm, noch ehe ich selber, im Alter von annähernd vier Jahren, es zum erstenmal sah. Damals wurde nämlich mein Vater nach Basel versetzt, als Lehrer am Missionshaus, und wir Kinder freuten uns über den Wechsel nicht nur, weil es ein Wechsel war und eine Reise bedeutete, sondern wir hatten auch von Basel eine prächtige und verlokkende Vorstellung, denn man hatte uns nicht bloß von der Mission und dem Missionshaus erzählt, sondern auch vom Rhein und den Brücken, der schönen, alten Stadt, dem Münster und dem Lällenkönig, und viele dieser Merkwürdigkeiten kannten wir schon aus Abbildungen.

Von 1881 bis 1886 lebten wir dann in Basel und wohnten am Müllerweg, dem Spalenring gegenüber; zwischen beiden lief damals die Elsässer Bahnlinie hindurch. Der Anblick der Züge und das häufige

Basel bei der St. Johann-Fähre und Mittleren Brücke im Jahr 1903

Stehen und Warten beim Bahnübergang, wenn man in die Stadt wollte, gehörte zu den frühesten meiner Basler Eindrücke. In jenen Jahren hat mein Vater sich um das Basler Bürgerrecht beworben und es erhalten.

Unser Müllerweg mit seiner Umgebung war vermutlich eine ziemlich bescheidene Vorstadtgegend, für uns Kinder jedoch war er ein Paradies und Urwald, in dem die Entdeckungen und Abenteuer kein Ende nahmen. Das Land begann schon ganz in der Nähe unseres Hauses; ein Bauernhof, gegen Allschwil hin gelegen, und eine Kiesgrube in seiner Nähe boten Gelegenheit zu ländlichen Spielen. Und die große, für mich Kleinen endlos große Schützenmatte, damals unbebaut vom Schützenhaus bis zum ›Neubad‹ hinaus, war mein Schmetterlingsjagdgebiet und der Schauplatz unserer Indianerspiele. Manche Erinnerungen jener Zeit sind im Kindheitskapitel des ›Hermann Lauscher‹ aufgezeichnet. Allmählich lernte ich, namentlich auf Sonntagsspaziergängen mit meinem Vater, auch die innere Stadt näher kennen, den Rhein mit der Fähre beim Blumenrain und den Brücken, das Münster und die Pfalz, den Kreuzgang, das historische Museum, das damals überm Kreuzgang untergebracht war. Und von den Eindrücken, die mir das damalige Kunstmuseum bei einigen Besuchen unter Führung meines Vaters gab, fand ich einige noch vollkommen lebendig, als ich zwölf oder mehr Jahre später wieder nach Basel zurückkehrte; zu diesen Eindrücken gehörten Böcklins Fresken im Treppenhaus, Holbeins Familienbild und der tote Christus, Feuerbachs Aretino und die Kinderidylle und das Bild von Zünd mit dem Kornfeld, das ich als Knabe besonders liebte. In den zwei oder drei letzten Jahren unserer damaligen Basler Zeit war auch die Messe im Oktober ein großes Erlebnis mit den Buden und Karussellen, den Moritatengesängen auf dem Barfüßerplatz und den süßen Meßmocken und den vielen Örgelimännern, die sich bis in unsere Vorstadt hinaus sehen und hören ließen.

Als ich gerade neun Jahre alt war, mußte ich Basel wieder verlassen; mein Vater war zurück ins Schwabenland berufen worden, wir Kinder mußten uns an neue Schulen gewöhnen und das Baseldeutsch wieder verlernen. Die Beziehungen zu Basel freilich blieben, und Besuche aus Basel waren sehr oft bei uns. Doch sah ich die Stadt, mit Ausnahme eines kurzen Ferienaufenthaltes, erst als Erwachsener wieder.« *Hesse, Basler Erinnerungen. In: KuJ, Band 2, S. 614ff.*

Anfang 1881 wird Vater Johannes Hesse, der seit seinem krankheitsbedingten Rückzug aus der Indienmission (1873) seinem Schwiegervater Hermann Gundert im Calwer Verlagsverein bei der Herausgabe mannigfaltiger Missionsschriften assistiert hat (siehe Kapitel Calw, S. 16), von der Zentrale der Basler Mission nach Basel selbst berufen, um hier das Basler Missionsmagazin herauszugeben und an der Missionsschule zu unterrichten. Auf diese Weise kommt Hermann Hesse als Vierjähriger nach Basel.

Die fünf Jahre von 1881 bis 1886, die die Familie Hesse in Basel verbringt, gehören zu ihren glücklichsten. Die Eltern, die in der kleinstädtischen Enge Calws nicht sehr heimisch und als »Zugereiste« auch nur bedingt akzeptiert worden sind, fühlen sich im großstädtischen Basel freier. Hier spielt es keine so große Rolle, daß Johannes Hesse nicht den einheimischen Dialekt spricht und formell Ausländer ist (er hat noch die russische Staatsangehörigkeit und wird erst 1883 die schweizerische erhalten). Und für Mutter Hesse ist der Umzug nach Basel zugleich eine Heimkehr an einen Ort, in dessen Umgebung sie von 1846 bis 1854 ihre schönsten Kinderjahre verbracht hat; während ihre Eltern in Indien Missionsdienst taten, war sie zusammen mit anderen Missionarstöchtern bei dem wohlhabenden kinderlosen Ehepaar Ostertag auf deren Landgut Gundeldingen bei Basel in Pflege, wo sie sich sehr wohlgefühlt hatte.

Vor allem finden die Eltern Hesse aber in der Sphäre der Missionsstation, die Anlaufzentrale für Missionare aus den verschiedensten Nationen und Einsatzgebieten ist, einen äußerst anregenden Kreis Gleichgesinnter. »Wir teilen nun Freude und Leid mit der Basler Mission und das macht uns reich und glücklich, man liebt mehr, man betet mehr, es ist ein wärmeres, bewegteres Leben als im engen Calw«, notiert Marie Hesse in ihrem Tagebuch.

Auch die Kinder, für die der Umzug ein spannendes Abenteuer ist, freunden sich rasch mit der neuen Umgebung an. In Mutter Hesses Tagebuch ist zu lesen: »Die Kinder freuen sich sehr der netten Wohnung, ländlichen Umgebung, des Gartens und Hofs, wo sie sich fleißig tummeln.« Hermann hat es besonders das weitgedehnte Wiesengelände der Schützenmatte angetan, das damals noch unmittelbar hinter den Häusern des beim Spalenring gelegenen Müllerweges beginnt und ein geeignetes Gelände für wilde Knabenspiele ist.

Einfach macht es Hermann seinen Eltern aber von Anfang an nicht, und einfach machen sie es auch sich selbst nicht mit ihm. An zahlreichen Stellen ihres Tagebuchs notiert Mutter Hesse Geschehnisse, bei denen Hermann sie durch sein Temperament oder auch durch vorlaute Widerrede erschreckt hat. In einem Brief an ihren in Calw gebliebenen Sohn Karl ist zum Beispiel zu lesen:

»Es ist nur gut, daß wir so ländlich wohnen und Hermann auf der Wiese daneben seine überschüssige Energie hinauslassen kann. Gestern sah ich ihm von meinem Arbeitstischchen am Fenster aus zu, wie er sich ganz unglaublich wild und lustig mutterseelenallein auf der Wiese wälzte und herumwarf, tanzte, hopfte, Purzelbäume schlug ohne Unterbrechung, ohne Ermüden über eine Stunde lang, gerade wie ein ausgelassenes Füllen oder Geißböcklein. Die Kleider sehen natürlich danach aus, aber solche Leibesübung ist das beste für ihn, sonst kommt er auf Lumpereien, und dann kommen Klagen von

oben und unten und rechts und links: ›Hermann hat mein Kind gestoßen! – Hermann hat eine Scheibe eingeworfen! Hermann wirft die Nachbarskinder mit Steinen! Hermann springt ganz weit fort‹ und dergleichen. Wenn ich nur jemand draußen den Namen Hermann nennen höre, ist mir's schon angst, was wieder los sei. Ja, er ist ganz furchtbar lebhaft, rasch, umtriebig und folgt leider nicht. Dann kann er wieder so rührend nett und lieb sein, der Marulla [das ist seine jüngere Schwester Maria] *Bilder zeigen und sie herzen, oder mir selbstgedichtete Liedchen vorsingen.«*

Marie Hesse. Ein Lebensbild, S. 179

Marie Hesse fürchtet ständig, der Erziehungsaufgabe kräftemäßig nicht gewachsen zu sein. Voller Sorge schreibt sie 1881 an ihren auf Geschäftsreise weilenden Mann:

»Bete du mit mir für Hermännle, und bete für mich, daß ich Kraft bekomme, ihn zu erziehen. Es ist mir, als wäre schon die Körperkraft nicht ausreichend; der Bursche hat ein Leben, eine Riesenstärke, einen mächtigen Willen, und wirklich auch eine Art ganz erstaunlichen Verstand für seine vier Jahre. Wo will's hinaus? Es zehrt mir ordentlich am Leben, dieses innere Kämpfen gegen seinen hohen Tyrannengeist, sein leidenschaftliches Stürmen und Drängen ... Gott muß diesen stolzen Sinn in Arbeit nehmen, dann wird was Edles und Prächtiges draus, aber ich schaudere beim Gedanken, was bei falscher oder schwacher Erziehung aus diesem passionierten Menschen werden könnte.« *Marie Hesse. Ein Lebensbild, S. 173 f.*

Auch Vater Hesse weiß zuweilen keinen Rat mehr; im November 1883 schreibt er an den Schwiegervater:

»Hermann, der im Knabenhaus [der Knabenschule der Mission] *fast für ein Tugendmuster gilt, ist zuweilen kaum zu haben. So demütigend es für uns wäre, ich besinne mich doch ernstlich, ob wir ihn nicht in eine Anstalt oder in ein fremdes Haus geben sollten. Wir sind zu nervös, zu schwach für ihn und das ganze Hauswesen nicht genug diszipliniert und regelmäßig. Gaben hat er scheint's zu allem: er beobachtet den Mond und die Wolken, phantasiert lang auf dem Har-*

Der vierjährige Hermann Hesse 1881 im Knabenhaus der Basler Mission (3. von rechts in der untersten Reihe)

monium, malt mit Bleistift und Feder ganz wunderbare Zeichnungen, singt wenn er will ganz ordentlich, und an Reimen fehlt es ihm nie.« Marie Hesse. Ein Lebensbild, S. 192

Die Eltern bemühen sich mit großer Liebe um Hermann. Der Vater macht, wann immer seine Arbeit es zuläßt, Spaziergänge und Wanderungen mit ihm, bei denen er ihm die Stadt und ihre Umgebung zeigt. Und die Mutter ist ihm eine geduldige Geschichtenerzählerin. Daß diese Bemühungen letztendlich auf fruchtbaren Boden gefallen sind, zeigen die Basler Erinnerungen, die Hermann Hesse später als Erwachsener z. B. im 1. Kapitel des *»Hermann Lauscher«* wiedergegeben hat. Daß der Vier- bis Sechsjährige sich aber trotz all dieser Zuwendung nicht dauerhaft zur Ruhe, zum »Liebsein« bringen läßt, macht die Eltern damals ratlos. In ihrem pietistischen Denken befangen, das Harmonie, Bescheidung und Unterordnung unter einen höheren Willen als Erziehungsziele sieht, können sie nicht erkennen, daß dies einem vier- bis sechsjährigen Kind mit starkem Willen, das gerade die Welt zu erkunden und seine Kräfte zu erproben beginnt, noch nicht begehrenswerte Ziele sein können. Hesse schreibt im *»Hermann Lauscher«* hierzu rückblickend:

»Da meine Unruhe und eingedämmte Leidenschaftlichkeit und Lebensfülle Raum forderte, warf ich mich auf die bisher fremden Knabenspiele mit aller Wildheit meiner jungen Sinne. Ich sprang bald allen Kameraden voran, als Turner, als Feldherr, als Räuberhauptmann oder Indianerhäuptling, am hitzigsten, wenn zu Hause schlechtes Wetter war. Meine Eltern und am meisten die bekümmerte Mutter sahen mich mit Trauer in den Ruf eines Wildfangs und Anstifters geraten, während ich unter ihren Augen meist stumm und bedrückt umherschlich.« *Hesse, Hermann Lauscher, GW 1, S. 233*

Die Eltern begreifen nicht, daß sie gerade durch ihre ständigen moralischen Appelle Hermanns Widerspruchsgeist erst recht herausfordern und zugleich durch das Einimpfen eines schlechten Gewissens seine innere Unruhe beständig steigern. Und so kommt es unvermeidlich immer wieder zu Konfrontationen, die zu elterlichen Versuchen führen, ihm den »Willen zu brechen« (vgl. S. 18ff. und 202ff.), denen er wiederum mit großer Willenskraft begegnet. Hermanns Gegenwehr offenbart dabei eine erstaunliche Wachheit, Intelligenz und oft auch Witz: Als die Mutter ihm einmal Vorhaltungen macht, weil er einige Steine geworfen hat, entgegnet er schlagfertig, daß der David aus der Bibel, von dem sie ihm immer erzähle, für das Steinewerfen aber gelobt worden sei. Und als der Vater ihn an einem Sonntag ausschimpft, entgegnet er, daß es sich nicht gehöre, an einem solchen Tag so laut zu schreien. Einen Zimmerarrest wegen Schwänzens der Kinderschule entkräftet er, indem er erklärt: *»Das hilft euch nicht viel, ich kann zum Fenster hinaussehen und mich unterhalten.«* Das der Mutter gegebene Versprechen, künftig *»arg lieb«* zu sein, bricht er im nächsten Moment schon wieder und kommentiert dies mit den Worten: *»Ha, soll mi doch der Gott arg lieb mache! Mir kommt's halt net!«* Dafür beschließt er an einem anderen Tag von sich aus: *»Heut ist jetzt grad so e Tag, wo i von selber folg und lieb bin, daß mer mir gar nix z'sage braucht.«*

Es bleibt nicht immer bei verbalen Auseinandersetzungen. Anfang 1884 wissen sich die Eltern einmal nicht mehr anders zu helfen, als Hermann für viereinhalb Monate zur ›Besserung‹ in das Knabenhaus der Mission zu geben, von wo aus er die Familie nur am Sonntag besuchen darf (vgl. S. 202ff.).

Trotz dieser Kämpfe haben die Eltern und auch Hermann Hesse die Basler Jahre als eine gute Zeit in Erinnerung behalten. Hermann Hesse hat sie später in der zu Beginn zitierten *»Basler Erinnerung«*, vor allem aber im ersten Kapitel des *»Hermann Lauscher«* und auch in der Alterserzählung *»Der Bettler«* in einem mild verklärten Licht wiedergegeben.

1886 endet die Basler Zeit der Familie Hesse. Die Missionsgesellschaft hat einem Hilferuf des mittlerweile 72jährigen und seit kurzem verwitweten Großvaters Hermann Gundert stattgegeben, ihm doch seinen Schwiegersohn Johannes Hesse wieder als Hilfe und Nachfolger im Calwer Verlag zur Verfügung zu stellen. Am 3. Juli zieht die Familie Hesse daraufhin wieder nach Calw zurück. Marie Hesse notiert in ihrem Tagebuch:

»Vorher hatte Papa uns gefragt. Johannes bat, andere, Passendere zu suchen; wenn's nicht gelinge, wollten wir darin Gottes Willen erkennen und folgen. Es war nun klar, was wir zu tun hatten. Basel mit seinem lebendigen, anregenden Treiben, dem köstlichen Kreis unserer Missionsfreunde, unser sonniges, heimeliges Logis, unsere liebe Nachbarschaft zu verlassen, fällt mir wohl schwer, und dem lieben Johannes ist's sehr schwer, die Redaktion des Magazins, womit er so verwachsen, und seine Stellung in der Basler Mission ganz aufzugeben. Auf der anderen Seite zieht Papa. Wir lassen uns führen und sind still.«

Marie Hesse. Ein Lebensbild, S. 197

Hermann Hesses zweite Basler Zeit 1899-1904

»Wie stark Basel in der Kinderzeit auf mich gewirkt hatte, zeigte sich, als ich am Ende einer Lehrzeit als Buchhändler und Antiquar zum erstenmal frei und nach eigener Wahl in die Welt hinauszog. Ich hatte keinen anderen Wunsch, als nach Basel zu kommen; es schien dort etwas auf mich zu warten, und ich gab mir alle Mühe, als junger Buchhandlungsgehilfe eine Stelle in Basel zu finden. Es gelang, und im Herbst 1899 kam ich wieder in Basel an, mit Nietzsches Werken (soweit sie damals erschienen waren) und mit Böcklins gerahmter Toteninsel in der Kiste, die meine Besitztümer enthielt. Ich war kein

Kind mehr und glaubte mit dem Basel meiner Kindheit und dem Missionshaus und seiner Atmosphäre nichts mehr zu tun zu haben; ich hatte schon ein kleines Heft Gedichte veröffentlicht, hatte Schopenhauer gelesen und war für Nietzsche begeistert. Basel war für mich jetzt vor allem die Stadt Nietzsches, Jacob Burckhardts und Böcklins. Dennoch galten einige meiner ersten Gänge in jenen Spätsommertagen nach der Ankunft den Stätten der Kindheit: dem Müllerweg, der Schützenmatte, dem Spalentor.

In der Reichschen Buchhandlung (heute Helbing und Lichtenhahn) trat ich meine Arbeit an [...] Und an einem der ersten Basler Sonntage suchte ich nun, recht schüchtern, das Haus des Historikers und damaligen Staatsarchivars Rudolf Wackernagel auf, den ›hinteren Württemberger Hof‹ am Brunngäßli, wohin mich mein Vater empfohlen hatte. Ich wurde dort, und bald darauf auch bei Jakob Wackernagel in der Gartengasse, überaus freundlich empfangen, und bald hatte ich neben meiner Arbeit und meinen Kollegen einen lebhaften Verkehr mit mehreren Basler Familien, die alle der Universität nahestanden und wo ich auch die meisten jüngeren Gelehrten kennenlernte. Am häufigsten sah ich Joel, Wölfflin, Mez und Bertholet, auch Johann Haller. Ein anderer neugewonnener Freund, mit dem ich eine Zeitlang auch eine gemeinsame Wohnung an der Holbeinstraße hatte, war der junge rheinländische Architekt Jennen, der soeben den ersten Preis in der Konkurrenz um die Erweiterungsbauten des Rathauses gewonnen hatte, ein Neugotiker, Schüler von Schäfer in Karlsruhe und ein überschäumend lebensfroher junger Mensch, der mich Einzelgänger und Asketen in manche Genüsse und Behaglichkeiten des materiellen Lebens einführte. Wir haben in den elsässischen und badischen Wein- und Spargeldörfern manche Schlemmerei veranstaltet, im Storchen Billard gespielt und in der Wolfsschlucht, welche damals noch ein kleines, stilles Weinstübchen war, sowie im Helm am Fischmarkt (es ist der ›Stahlhelm‹ im ›Steppenwolf‹) häufig jene Studien getrieben, deren Ergebnis die Camenzindschen Hymnen auf den Wein waren.

Nun, diese Studien hätte ich auch anderswo betreiben können. Aber den Geist, von dem das damalige Basel, wenigstens soweit es mir sichtbar wurde, beherrscht war, hätte ich nirgends sonst in dieser Reinheit angetroffen [...].

Als ich Basel nach diesen paar lebhaften Jugendjahren wieder verließ, nahm ich außerdem noch andere Einflüsse und Bindungen mit: Ich war mit einer Baslerin verlobt, wurde in Basel getraut und habe, wenn auch meine Besuche mit den Jahren seltener wurden, nicht nur mit Basel stets in vielerlei Beziehungen gestanden, sondern ihm auch im Herzen Treue und Dankbarkeit bewahrt.«

Hesse, Basler Erinnerungen, In: KuJ, Band 2, S. 616ff.

Diese kurze autobiographische Skizze zeigt die wesentlichen Dinge, die Hermann Hesse 1899 zurück nach Basel ziehen und die dort für ihn wichtig und fruchtbar werden. An erster Stelle steht wohl das Bedürfnis nach einer neuen geistig anregenden Umgebung. Tübingen als Universitätsstadt hatte da zwar auch einiges geboten, aber Hermann Hesse war dorthin als verkrachter Seminarist und Buchhandelslehrling gekommen, was doch bewußt oder unbewußt zwischen ihm und den dortigen akademischen Kreisen stand. In Basel kann er nun, mit einem Beruf und dem Flair eines aufstrebenden Schriftstellers versehen, neu beginnen, wobei ihm die in Tübingen autodidaktisch erworbene Bildung auf dem Gebiet der Literatur und Kulturgeschichte sehr zugute kommt. Hierdurch gelingt es ihm in Basel tatsächlich recht bald, einen kulturell anregenden Bekanntenkreis aufzubauen. Insbesondere im literarisch und kulturgeschichtlich interessierten Kreis, der sich im Haus des Staatsarchivars Rudolf Wackernagel im ehemaligen Hinteren Württemberger Hof im Brunngäßli und auf dem Wenkenhof in Riehen (vgl. S. 225f.) trifft, fühlt er sich wohl. Regelmäßig besucht er auch die musikalischen Abende im Hause der Pfarrersfamilie La Roche.

Ein weiteres Vorhaben, das Hesse mit seinem Umzug nach Basel verbindet, ist ein intensives Selbststudium der Bildenden Künste. Und hierzu scheint ihm die umfängliche und reiche Basler Kunstsammlung, die ihm aus Kindertagen noch bestens im Gedächtnis ist, der geeignete Ort. In seiner Erinnerung *»Beim Einzug in ein neues Haus«* schreibt er darüber:

»Von Tübingen kam ich, zweiundzwanzigjährig, im Herbst 1899 nach Basel, und dort geriet ich in ein ernsthaftes, lebendiges Verhältnis zur bildenden Kunst: während meine Tübinger Zeit, soweit sie

mir gehörte, ausschließlich literarischen und intellektuellen Eroberungen gewidmet gewesen war, vor allem der wie berauschten oder besessenen Beschäftigung mit Goethe und dann mit Nietzsche, ging mir in Basel auch das Auge auf, ich wurde ein aufmerksamer und bald auch wissender Betrachter von Architekturen und Kunstwerken. Der kleine Kreis von Menschen in Basel, der mich damals aufnahm und bilden half, war ganz durchtränkt vom Einfluß Jacob Burkhardts […].«

Hesse, Beim Einzug in ein neues Haus, GW 10, S. 138

Der Gang ins Basler Kunstmuseum, und dort vor allem in den Saal mit den Gemälden des 1827 in Basel geborenen symbolistischen Malers Arnold Böcklin, wird Hesse eine liebe Gewohnheit (vgl. S. 221 ff.).

Und noch eine weitere neue Gewohnheit nimmt Hermann Hesse in Basel an: das Reisen. Zunächst sind es nur kleinere Reisen, vor allem nach Vitznau am Vierwaldstätter See, wo Teile des *»Hermann Lauscher«* entstehen. Im Frühjahr 1901, nachdem er seine Stellung in der Buchhandlung Reich gekündigt hat, macht er sich aber zu einer ersten größeren Reise auf, die ihn in zwei Monaten durch große Teile Oberitaliens führt: Mailand – Genua – Florenz – Bologna – Ravenna – Padua – Venedig.

Dieses Reisen sagt Hesse sehr zu. Überschwenglich schreibt er deshalb in einem Brief vom 20. 11. 1901:

»Ich bin ein Zigeuner, trage die Hände im Hosensack und schreibe meine Verse an den seltenen Tagen, an denen ich weder für Geld arbeite noch betrunken bin. Nächst Büchern, Wein und Weibern weiß ich nur ein Vergnügen: Wandern. Bald zu Fuß an den Bächen entlang in der Schweiz, im Jura, im Schwarzwald, bald dritter Klasse und Orangen in der Tasche durch Italien. […]«

Nach seiner Rückkehr aus Italien im Mai 1901 fängt er aber wieder brav und ordentlich zu arbeiten an; diesmal im Buchantiquariat des Herrn von Wattenwyl im Pfluggässlein, wo er zwei Jahre bleibt (vgl. S. 219). Daß er zuweilen mit Freunden gern eine kleine Trink- und Schlemmtour unternommen hat, ist sowohl seinen oben zitierten *»Basler Erinnerungen«* als auch dem *»Tagebuch 1900«* im *»Hermann Lauscher«* zu entnehmen.

Wie es mit den ›Weibern‹ war, ist nicht so genau festzustellen. Verbürgt sind lediglich zeitweilige Liebesgefühle zu der Basler Pfarrerstochter Elisabeth La Roche, die aber zu keinen Weiterungen führen (vgl. S. 226). Und im April 1903, als Hesse zu seiner zweiten Italienreise aufbricht, leistet ihm die Basler Photographin Maria (Mia) Bernoulli Gesellschaft, deren Atelier in der Bäumleingasse ein auch von Hesse gern aufgesuchter Treffpunkt junger Künstler ist. Diese Geschichte hat für Hermann Hesse dann allerdings tatsächlich Weiterungen: An Pfingsten 1903 verlobt er sich mit der neun Jahre älteren Mia, trotz des Einspruchs der Bernoullis, die zu den alten einflußreichen Familien der Stadt zählen. Ein Jahr später, im August 1904, heiraten die beiden in Basel und beschließen aufs Land zu ziehen und dort ein einfaches Leben zu führen. Mia findet in dem kleinen badischen Dörfchen Gaienhofen am Untersee des Bodensees ein leerstehendes Bauernhaus, das preiswert angemietet werden kann. Am 10. August 1904 ziehen sie daraufhin von Basel nach Gaienhofen um (vgl. S. 229f.).

Die 1903/1904 zustandekommenden Entschlüsse Hermann Hesses, zum einen seinen bisherigen Brotberuf als Buchhändler und Antiquar an den Nagel zu hängen und trotzdem nur wenig später die Gründung eines eigenen Hausstandes ins Auge zu fassen, haben Fortschritte im schriftstellerischen Schaffen zur Grundlage. Bereits 1901 hat er mit den im Verlag der Reichschen Buchhandlung erscheinenden *»Hinterlassenen Schriften des Hermann Lauscher«*, bei denen Hesse noch vorgibt, nicht der Verfasser, sondern nur der Herausgeber zu sein, einen ersten nennenswerten Erfolg. 1901 erscheint im Berliner Verlag Grote ein Bändchen *»Gedichte«*. Die Grundlage für eine bescheidene Existenz als freier Schriftsteller legt allerdings erst 1903 ein Verlagsvertrag mit S. Fischer in Berlin, bei dem dann im Februar 1904 der Roman *»Peter Camenzind«* erscheint, der sich gut verkauft und im Herbst 1904 mit dem Wiener Bauernfeldpreis ausgezeichnet wird.

Basel bedeutete für Hermann Hesse eine aufs Ganze gesehen wichtige Etappe der Stabilisierung, sowohl in seelischer als auch in literarischer Hinsicht. Literarisch zeigt sich dies in dem großen Schritt, den er von den romantisch-schwermütigen Frühwerken *»Eine Stunde hinter Mitternacht«* und *»Hermann Lauscher«* zu

Hermann Hesse um 1902

»Peter Camenzind« gemacht hat. Dieses Werk ist bereits wesentlich handfester und durchgestalteter; allerdings darf dabei nicht übersehen werden, daß auch Peter Camenzind ein Einzelgänger ist, der es sich und der Mitwelt nicht leicht macht; und dies traf weiterhin auch auf den Verfasser selbst zu, wenn sich auch manche psychische Härte gemildert hatte.

Hermann Hesse selbst hat in seinem *»Kurzgefaßten Lebenslauf«* seine Situation am Ende der Basler Zeit so dargestellt:

»Jetzt also war, unter vielen Stürmen und Opfern, mein Ziel erreicht: ich war, so unmöglich es geschienen hatte, doch ein Dichter geworden und hatte, wie es schien, den langen zähen Kampf mit der Welt gewonnen. Die Bitternis der Schul- und Werdejahre, in der ich oft sehr nah am Untergang gewesen war, wurde nun vergessen und

belächelt – auch die Angehörigen und Freunde, die bisher an mir verzweifelt waren, lächelten mir jetzt freundlich zu. Ich hatte gesiegt, und wenn ich nun das Dümmste und Wertloseste tat, fand man es entzückend, wie auch ich selbst sehr von mir entzückt war. Erst jetzt bemerkte ich, in wie schauerlicher Vereinsamung, Askese und Gefahr ich Jahr um Jahr gelebt hatte, die laue Luft der Anerkennung tat mir wohl, und ich begann ein zufriedener Mann zu werden.«

Hesse, Kurzgefaßter Lebenslauf (1924), GW 6, S. 396f.

Es wird aus diesen Worten deutlich, wie dünn die Haut war, die sich eben erst langsam über dem quälenden Riß bildete, der von der Jugend her durch sein Leben ging. Und die momentane Zufriedenheit über den Erfolg und die späte Anerkennung sollte nicht dauerhaft verhindern können, daß der Riß immer wieder schmerzlich aufbrach. Freilich war es aber auch gerade dieser Riß durchs Leben, der ihn zu seiner schriftstellerischen Leistung anstachelte, die in fortwährender Selbstvergewisserung und Verarbeitung des Erlebten einen wesentlichen Antrieb und Sinn hatte.

Hesse behielt Basel als Ort seines menschlichen und künstlerischen Selbständigwerdens in guter Erinnerung. Nach seinem Wegzug nach Gaienhofen 1904 kam er allerdings nur noch besuchsweise nach Basel; lediglich im Winter 1924 weilte er noch einmal für mehrere Wochen in der Stadt (vgl. S. 279) und schrieb an seinem großen Roman *»Steppenwolf«*, dessen Schauplätze zum Teil (ein anderer Teil spielt in Zürich) hier ihr Vorbild haben (vgl. S. 208ff.).

Ein letztes Mal kam Hermann Hesse 1930 nach Basel, um die Mozartfestspiele zu besuchen; er berichtet darüber seinem Sohn Bruno: *»Es war musikalisch sehr schön und auch die Luft von Basel, das für mich voll Erinnerungen seit der Kindheit her ist, war wieder ein Erlebnis. Ich sah sogar das Mädchen wieder, das ich einst in Basel liebte, noch ehe ich Deine Mutter kannte: die Elisabeth des Camenzind und der Gedichte, nach etwa 27 Jahren sahen wir uns wieder, alt und grau geworden.«* (KuJ 2, S. 621). Elisabeth La Roche ist es auch, der er 30 Jahre später, wenige Monate vor seinem Tod, erklärt, warum er Basel danach nie mehr besucht hat: *»Ich habe Basel seither nicht wiedergesehen. Erst waren es allerhand Umstände, die mich vom Reisen abhielten, der Bau des Hauses in Montagnola und ande-*

res, und dann begann in Basel die Zerstörung der alten Gassen und Quartiere, und ich mochte mir das Bild der Stadt, wie ich sie kannte und liebte, nicht verderben.« (KuJ 2, S.621).

Im literarischen Werk Hermann Hesses hat Basel einige Spuren hinterlassen. Außer im oben erwähnten *»Steppenwolf«* spielt Basel auch im *»Hermann Lauscher«* und *»Peter Camenzind«* eine Rolle; ganz in Basel spielen die Erzählungen *»Das Rathaus«*, *»Wenkenhof«* und *»Der Bettler«*.

Auf Hesses Spuren durch Basel

(Vorbemerkung: Da Basel eine größere Stadt ist, kann sich die Strecke des Rundgangs, wenn man alle Etappen berücksichtigen will, gut auf 10 – 15 km summieren. Da außerdem einige Etappenziele, wie z.B. die Basler Mission, das Rathaus, der Dom und die Museen, einige Zeit in Anspruch nehmen, sollte man sich mindestens zwei Tage Zeit nehmen oder aber sich auf die in der malerischen Altstadt gelegenen Ziele 7 bis 16 konzentrieren. Etwas beschleunigen kann man die Tour, indem man die längeren Strecken außerhalb der Altstadt, nach Sankt Margarethen und zum Schützenmattpark, mit Tram und Bus überbrückt. Als noch flexiblere Bewegungsart ist das Fahrrad zu empfehlen, mit dem man sich auch in der winkeligen Altstadt, die zum Teil für PKW gesperrt ist, gut vorwärtsbewegen kann; mit ihm kann man die Stadt wohl am intensivsten und unkompliziertesten erkunden. Fahrräder können am Bahnhof gemietet werden.)

1 Ein Blick auf Basel von Sankt Margarethen

An schönen, klaren Tagen empfiehlt es sich, zunächst an einen Ort zu gehen, von dem aus man Basel im Überblick betrachten kann. Hermann Hesse hat diesen Ort, das kleine, auf einem Hügel gelegene Kirchlein Sankt Margarethen, bereits als Vierjähriger kennengelernt:

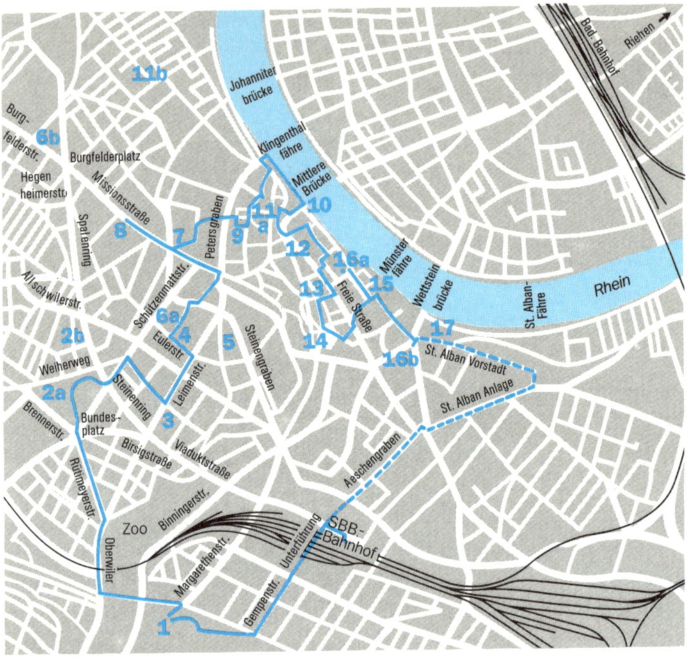

1 Sankt Margarethen
2a Schützenmattpark
2b Spalenring
3 Wohnhaus Feierabendstr. 37
4 Wohnhaus Eulerstr. 18
5 Wohnhaus Hohlbeinstr. 21
6a Wohnhaus Mostackerstr. 10
6b Wohnhaus Burgfelder Str. 12
7 Spalenvorstadt mit Spalentor
8 Basler Mission
9 Wohnhaus Stiftsgasse 5
10 Mittlere Brücke
11a Fischmarkt
11b Wohnhaus Lothringer Str. 7
12 Rathaus
13 Ehemalige Reichsche Buchhandlung und Antiquariat Wattenwyl
14 Barfüsserplatz
15 Münster
16a Ehemaliges Kunstmuseum
16b Heutiges Kunstmuseum
17 Wohnhaus »Zum Sausewind«, St. Alban-Vorstadt 7

»Bis in die Knabenzeit kann ich den Faden meines Lebens zurückfinden, weiter zurück aber ragen zerstreut in Duft und Dämmerung nur wenige klare Tage, ihn daran zu knüpfen. Von dem Gedächtnis dieser Tage aus blicke ich oft wie von einem Turm rückwärts in meine ersten Jahre und kann nichts als ein bewegtes Meer von Rätseln und Anfängen sehen, ohne Formen, aber mit einem heiligen Ferneduft, einem Schleier, der über Wunder und Kostbarkeiten gelegt ist. Unter jenen einzelnen Silberblicken ist mir ein Spaziergang besonders teuer, da er das früheste Bild meines Vaters enthält. Der saß mit mir auf der von der Sonne durchwärmten Mauerbrüstung des Bergkirchleins Sankt Margarethen, zum erstenmal mir von der Höhe aus die dortige Rheinebene zeigend. Der erste Eindruck dieser anmutig hellgrünen Landschaft vermischt sich in meiner Erinnerung mit dem klaren Bilde, das ich später durch den häufig wiederholten Anblick gewann.« *Hesse, Hermann Lauscher, GW 1, S. 222 f.*

St. Margarethen ist vom Basler SBB-Bahnhof sowohl zu Fuß als auch mit der Tram leicht zu erreichen. Mit der Tram sind es mit der Linie 2 (Richtung Kronenplatz/Binningen) nur drei Stationen bis zur unterhalb des Kirchleins gelegenen Haltestelle Margarethen. Zu Fuß ist es ein Spaziergang von einem knappen Kilometer. Man geht dazu zunächst durch die große Unterführung, die unter dem Bahnhof und Bahngelände zur Gempenstraße hinüberführt. Auf dieser kommt man die Dornacherstraße überquerend zur Gundeldingerstraße, die eine schöne um 1900, also zu Hesses Basler Zeit, erbaute Häuserzeile aufweist; auf der gegenüberliegenden Seite liegt der Margarethenpark, durch den man schräg nach rechts den Hang hochschreitend das Kirchlein mit seiner Aussichtsterrasse erreicht.

Über St. Margarethen und den Park berichtet Hermann Hesse in einem Brief vom 1. Oktober 1899 an seine Eltern nach Calw:

»Heute nachmittag habe ich ganz besonders lebhaft an Euch und die alte Zeit gedacht. Ich war im Spalenringweg, Steinenringweg, Birsigwäldchen und auf St. Margarethen. Der Park hinter St. Margarethen, der immer verschlossen war, ist jetzt geöffnet und hat schöne Wege und Boskette, mit vielen Eichhörnchen.«

Kindheit und Jugend vor 1900, Bd. 2, S. 390

Der Margarethenpark, ein ehemaliger Privatgarten, wurde 1897 von der Stadt erworben und für die Öffentlichkeit zugänglich gemacht. Der Weg, auf dem Hermann Hesse nach St. Margarethen spaziert ist, läßt sich von der Aussichtsterrasse vor dem Kirchlein im Überblick nachvollziehen. Wenn man sich dabei so stellt, daß der Bahnhof rechterhand ist, blickt man geradeaus auf das ca. 1 km entfernte stattliche neuromanische Gebäude der Pauluskirche, das an dem von Hesse erwähnten Steinenring steht, der weiter hinten, bei dem links hinter der Kirche sichtbaren Schützenmattpark, in den Spalenring übergeht. Diese Gegend war Hermann Hesses Basler Kinderheimat in den Jahren 1881-1886. Hier war der Müllerweg, in dem die Familie Hesse wohnte; er ist heute verschwunden, da er beim Ausbau des Spalenrings von diesem einverleibt wurde (siehe S. 193f.). Hier war auch Hermann Hesses Kinderparadies, die riesige Schützenmattwiese, die ebenfalls weitgehend verschwunden ist. – Man muß sich bei diesem Rundblick vorstellen, daß der Steinenring/Spalenring damals noch die äußerste Bebauungslinie der Stadt Basel war; das gesamte links davon gelegene Gelände, das heute fast ganz überbaut ist, war noch reine Wiesenlandschaft mit Bäumen und Sträuchern.

Bei klarem Wetter kann man von St. Margarethen die gesamte Stadt Basel überschauen. Wenn man sich links an der Pauluskirche und rechts am Bahnhof orientiert, so kann man dazwischen die in 1 bis 2 km Entfernung gelegene Altstadt mit dem alles überragenden Münster sehen. Dahinter, jenseits des Rheins, liegt Kleinbasel mit dem Messegelände und dem Badischen Bahnhof. Weiter links davon ist das große Dorf Riehen zu erblicken, an dessen Rand der Wenkenhof liegt, ein stattliches Landgut, in dem Hermann Hesse häufig Gast war, und das deshalb im Anschluß an den Stadtrundgang durch Basel Ziel einer kleinen Exkursion sein soll (siehe S. 225). Diese Exkursion soll auch nach St. Chrischona führen, einem rechts von Riehen gelegenen Aussichtsberg mit einer Kirche und einer Pilgermission, den Hesse gerne zum Ziel von Wanderungen nahm. St. Chrischona ist leicht auszumachen, da in der Neuzeit auf ihm ein riesiger, weithin sichtbarer Sendeturm errichtet worden ist. Er ist ca. 9 km Luftlinie von St. Margarethen entfernt.

Wer einen etwa einen Kilometer langen Weg nicht scheut, kann von St. Margarethen zu Fuß, gewissermaßen auf den Spuren von Hesses Spaziergang vom 1. Oktober 1899, zum nächsten Etappenziel gehen: zum Schützenmattpark. (Alternativ kann man auch mit den Buslinien 36 und 37 von Margarethen zum Schützenhaus fahren.) Der Weg führt unterhalb des Kirchleins nach links über den Dorenbachviadukt bis zur nach rechts abgehenden Oberwilerstraße, von der wiederum nach kurzer Strecke halblinks die Rütimeyerstraße abgeht, die zum Bundesplatz führt, an dessen gegenüberliegendem Ende der Schützenmattpark beginnt. Alternativ dazu könnte man vom Dorenbachviadukt auch durch den Basler Zoologischen Garten bis zu seinem stadtwärts gelegenen Haupteingang gehen und von dort dann die nach links abgehende Birsigstraße zum Bundesplatz und Schützenmattpark nehmen. Daß Hermann Hesse den seit 1874 bestehenden Zoologischen Garten gerne aufsuchte, wissen wir aus der Erinnerung Theo Bäschlins, des Sohnes seiner Basler Zimmerwirtin:

»Eine große Rolle spielten sonntagvormittägliche Gänge in den Zoologischen Garten. Da war Hermann Hesse in seinem Element, wenn er verschiedenem Getier menschliche Ehren und Stände andichtete, so daß wir den ›Amtsrichter Tapir‹ und den ›Philosophen Marabu‹ begrüßten.« (Aus: Hermann Hesse in Augenzeugenberichten, S. 41)

2 *Schützenmattpark und Spalenring: Die Wohngegend der Kinderjahre Hermann Hesses 1881-1886*

(Hinweis: Wer die erste Etappe über St. Margarethen nicht machen möchte, kann den Schützenmattpark, als Ausgangspunkt für den eigentlichen Stadtrundgang, vom Bahnhof aus auch direkt mit der Trambahnlinie 1 erreichen. Für diejenigen, die mit dem Auto anreisen, gibt es hinter dem Schützenmattpark in der Brennerstraße Parkgelegenheit.)

Wie bereits bei der Beschreibung des Rundblicks von St. Margarethen angedeutet, hat sich die Gegend, in der Hermann Hesse mit seiner Familie 1881-1886 lebte, durch Bebauung gründlich verändert. Damals waren der Spalenring und Steinenring die äußerste Bebauungslinie der Stadt. Dahinter breitete sich, wie Hermann Hesse in seiner *»Basler Erinnerung«* (vgl. S. 174) schreibt, *»die große, für mich Kleinen endlos große Schützenmatte, damals unbebaut vom Schützenhaus bis zum Neubad,«* aus, die *»mein Schmetterlingsjagdgebiet und der Schauplatz unserer Indianerspiele«* war. Die Bedeutung dieser Wiese für den jugendlichen Wildfang Hermann Hesse ist auch im Kapitel »Hermann Hesses erste Basler Zeit« dargestellt (s. S. 176). Heute ist von Hesses *»Wiesenherrlichkeit«* nurmehr der relativ kleine, im Jahr 1900 in der heutigen Form angelegte Schützenmattpark übriggeblieben, der aus einer zentralen Wiese mit einem schönen Baumgürtel besteht. Es fällt deshalb nicht ganz leicht, sich die Naturszenerie dieser Gegend um 1882-1886 vorzustellen, wie sie Hermann Hesse im Einleitungskapitel seines *»Hermann Lauscher«* beschreibt:

»Eine genauere Erinnerung an Erlebnisse und an fortdauernde Zustände kann ich nicht weiter als bis in mein fünftes Jahr zurück verfolgen. Hier finde ich zuerst ein Bild meiner Umgebung, meiner Eltern und unseres Hauses, sowie der Stadt und der Landschaft, in welcher ich aufwuchs. In dieser Zeit hat sich die freie, sonnige Straße mit nur einer Häuserreihe vor der Stadt mir eingeprägt, in der wir wohnten [der Müllerweg], *ferner die auffallenderen Gebäude der Stadt, das Rathaus, das Münster und die Rheinbrücken, und am meisten ein weites Wiesenland, hinter unserem Hause beginnend und für meine Kinderschritte ohne Grenzen. Alle tiefen Gemütserlebnisse, alle Menschen, selbst die Porträts meiner Eltern scheinen mir nicht so früh deutlich geworden wie diese Wiese mit unzähligen Einzelheiten. [...] Die vielen stundenlangen Spaziergänge jener Zeit hatten immer die unbetretensten grünen Wildnisse jener großen Wiese zum Ziel. Diese Zeiten der Einsamkeit im Grase sind es auch, die beim Erinnern mich besonders stark mit dem wehen Glücksgefühl erfüllen, das unsere Gänge auf Kindheitswegen meist begleitet. Auch jetzt steigt mir der Grasduft jener Ebene in feinen Wolken zu Haupt, mit der sonderbaren Überzeugung, daß keine andere Zeit und keine andere Wiese solche wunderbaren Zittergräser und Schmetterlinge hervorbringen kann, so satte Wasserpflanzen, so*

goldene Butterblumen und so reichfarbene köstliche Lichtnelken, Schlüsselblumen, Glockenblumen und Skabiosen. [...] Beim Drandenken ist mir zumut, als wäre alles Kostbare, was ich später mit Augen sah und mit Händen besaß, und selber meine Kunst, gering gegen die Herrlichkeiten jener Wiese.«

Hesse, Hermann Lauscher, GW 1, S. 219 f.

Hermann Hesse hat die Anfänge der Zerstörung dieser Wiesenidylle während seiner zweiten Basler Zeit 1899-1904 mit eigenen Augen miterlebt; seinen Eltern berichtet er am 24. März 1900:

»Vor kurzem ging ich abends, wie ich manchmal tue, spät noch durch Nachtigallenwäldchen und Schützenmatte, und sah am Müllerweg in allen bekannten Häusern die Lichter brennen. Bei Tag ist mir der Weg zuwider, so sehr ist alles verbaut und verwüstet, eine Reihe kleiner, langweiliger Straßen steht auf unsern Spielplätzen. Die Schützenmatte aber besuche ich oft. Zwar sind dort der Matte entlang viel neue Häuser, und auf der Matte selber wird eine Pflanzung angelegt, eine Kirche gebaut [die Pauluskirche] *und eine Eisenbahnlinie gezogen, aber bis jetzt ist das Ganze noch nicht wesentlich verändert. Die Kinder spielen noch dort, die Drachen steigen noch, und die ganze große Wiese hat noch den alten Glanz für mich. Ich meine die Sommerferien jener Jahre, die ich fast ganz auf dieser Matte zubrachte, sind doch meine schönsten Tage gewesen. Mit solcher Leidenschaft und mit so frischer Lust habe ich keinen Sport und kein Studium mehr betrieben wie damals die Schmetterlingsjagd auf der heißen, hellen Wiese.*

Kindheit und Jugend vor 1900, Band 2, S. 457 f.

Wo ist nun der Müllerweg und in ihm das Haus Nr. 126 geblieben, in dem die Familie Hesse von 1881 bis 1886 wohnte? Hermann Hesse schreibt in seiner *»Basler Erinnerung«* : *»Wir wohnten am Müllerweg, dem Spalenringweg gegenüber; zwischen beiden lief damals die Elsässer Bahnlinie hindurch.«* Beim Spalenring wird man heute vergeblich nach dem Müllerweg suchen und fragen, und auch in den Stadtplänen Basels ist er nicht zu finden. Des Rätsels Lösung liegt darin, daß er bereits 1901 mit dem Spalenringweg zum Spalenring

Häuser am ehemaligen Müllerweg zu Hesses Kinderzeit (um 1880)

verschmolzen wurde und dabei seinen Namen einbüßte. In diesem Jahr wurde die Trasse der Elsässer Bahn, die, wie Hesse oben beschreibt, zwischen dem Müllerweg und dem Spalenringweg hindurchlief, die jeweils nur eine Häuserreihe am Bahndamm entlang besaßen, weiter hinaus in die Schützenmatte verlagert, wo sie noch heute verläuft (Hesse erwähnt den Bau im obigen Brief). Hierdurch konnten der Müllerweg und der Spalenringweg durch Einebnung der ehemaligen Bahntrasse zu einer breiten Straße zusammengefaßt werden, die den Namen Spalenring erhielt. Und deshalb muß man sich heute, wenn man den Müllerweg sucht, die äußere Häuserzeile des Spalenrings anschauen. Der Müllerweg erstreckte sich dabei vom Schützenmattpark / Ecke Weiherweg bis zur Hegenheimerstraße, die ca. 800 m weiter oben den Spalenring kreuzt. Der bei Hesse erwähnte Bahnübergang lag an der Einmündung der Allschwilerstraße: *»Der Anblick der Züge und das häufige Stehen und Warten beim Bahnübergang, wenn man in die Stadt wollte, gehört zu den frühesten meiner Basler Eindrücke.« (Basler Erinnerungen)* Dies spielt auch in der Erzählung *»Der Bettler«* eine Rolle; dort beschreibt Hesse außerdem die Nachbarn im Müllerweg:

»Es wohnten harmlose Bürgersleute um uns herum, einige wenige Handwerker, meistens aber Leute, die in der Stadt zu ihrer Arbeit gingen und feierabends in den Fenstern lagen und Pfeifen rauchten oder in den kleinen Gärtchen vor ihren Häusern mit Rasen und Kies sich zu schaffen machten. [...] Unsere stille und saubere Kleinwelt vorstädtischer Wohnstraßen mit ihren Gärtchen an der Front und ihren Wäscheleinen an der Rückseite [...] begünstigte den Glauben an eine wohlgeordnete, freundliche und arglose Menschheit, um so mehr als zwischen diesen Angestellten, Handwerkern und Rentnern da und dort auch Kollegen meines Vaters oder Freundinnen meiner Mutter wohnten, Leute, die mit der Heidenmission zu tun hatten, Missionare im Ruhestand, Missionare auf Urlaub, Missionarswitwen, deren Kinder die Schulen des Missionshauses besuchten, lauter fromme, freundliche, aus Afrika, Indien und China heimgekehrte Leute.« *Hesse, Der Bettler, GW 8, S. 442 und 445*

Von dieser Atmosphäre ist heute freilich im Spalenring nur noch sehr wenig zu finden. Die Straße ist über weite Strecken mit gesichtslosen neuzeitlichen Häusern überbaut, so daß man hier nicht allzuviel Zeit verlieren sollte.

3 bis 6 Häuser, in denen Hermann Hesse 1899-1903 wohnte

Hermann Hesse ist, als er 1899 nach Basel zurückkehrte, längere Zeit dem Stadtviertel, das er bereits aus seiner Kinderzeit kannte, treu geblieben: 4 der insgesamt 7 Zimmer bzw. Wohnungen, die er in Basel zwischen 1899 und 1903 mietete, lagen in dem Vorstadtviertel zwischen dem Spalenring und der Altstadt. Die vier Häuser (Feierabendstr. 37, Eulerstr. 18, Holbeinstr. 21 und Mostackerstr. 10) sind heute noch vorhanden. Inwieweit es freilich noch die originalen Häuser sind, ist nicht genau zu beantworten. Eines, das Haus Holbeinstraße 21, ist augenscheinlich stark modernisiert oder überbaut worden. Die anderen sehen, wie das gesamte Viertel, das noch eine relativ geschlossene Bausubstanz aufweist, so aus, als ob sie aus der Zeit um die Jahrhundertwende stammen könnten.

Um diese Wohnhäuser zu erreichen, gehen wir beim Schützenmattpark über den Spalenring hinüber zu dem alten, aus dem 16. Jahrhundert stammenden Schützenhaus und dort in die stadteinwärts führende Schützenmattstraße hinein. Die zweite Straße, die von dieser rechts abgeht, ist die Feierabendstraße; in dieser finden wir nach Überschreitung der Burgunderstraße und der Leimenstraße auf der rechten Straßenseite die Hausnummer 37; hier hat Hermann Hesse von Januar bis September 1903 gewohnt, also in seiner letzten Basler Zeit vor der Heirat und dem Umzug nach Gaienhofen am Bodensee.

Das nächste Wohnhaus erreicht man, indem man die Feierabendstraße bis zur Leimenstraße zurückgeht und dann diese nach rechts hochgeht, bis zur Einmündung der Eulerstraße, die leicht zu erkennen ist, da an ihr linkerhand eine große Synagoge steht. Diese stand bereits zu Hesses Zeit an diesem Platz, da sie 1868 erbaut und 1891/92 zu ihrer heutigen Größe erweitert wurde. An der Synagoge vorbei in die Eulerstraße hineingehend finden wir einige Häuser dahinter das Haus Nr. 18, in dem Hesse 1899 nach seinem Umzug von Tübingen sein erstes Zimmer in der in diesem Haus von einer Frau Bäschlin geführten Pension fand. Im ersten Brief aus Basel an die Eltern berichtet er am 17. September 1899: *»Meine Pension (2 Franken täglich für Mittag und Abend) ist sehr gut, vielleicht für die Folge zu teuer. Dort sind drei Franzosen, von denen nur einer gut deutsch kann. Das Essen ist gut, nach Tisch immer Obst und Kaffee, abends kann ich Milch haben. Weg zum Geschäft zehn Minuten.«* (KuJ 2, S. 383). Hesse bleibt hier jedoch nur einen knappen Monat, dann zieht er in die Holbeinstraße 21 um (siehe Punkt 5 auf dem Stadtplan).

Mit ausschlaggebend für diesen Umzug war wohl der Umstand, daß in der Holbeinstraße 21 auf demselben Stock zwei junge Männer wohnten, mit denen er eine Art Wohngemeinschaft bilden konnte:

»Meine neue Wohnung ist hübsch und hat den Reiz einer famosen Stubennachbarschaft. Die drei Zimmer neben mir sind von zwei jungen Architekten bewohnt, die ich kenne und liebe. Beide sind für hervorragende Pläne und Arbeiten gotischer Bauten hier tätig, der eine davon ist der geniale Künstler Jennen, der das neue Rathaus, prachtvoll in strenger Gotik, macht. Sie stecken den Kopf zu mir her-

ein, erzählen was und leihen Bücher, sehen Bücher etc. bei mir an, und ich sehe ihre frischen Zeichnungen und Pläne entstehen und genieße etwas von dem Reiz des Werdensehens, das in den bildenden Künsten eben besonders lockend ist. So wohnen drei fleißige Kunstjünger, alle drei von Natur sehr verschieden, auf einem Boden beieinander. Jennen ist ein rechter Künstler, genial und launisch, häufig wenn die Stimmung fehlt, müßig und dann wieder von rapider und ausdauernder Energie. Der zweite, Herr Drach, ist lustig und liebenswürdig und hat mich gern.«

Kindheit und Jugend vor 1900, Band 2, S. 395

Über den aus dem Rheinland stammenden Architekten Heinrich Jennen berichtet Hesse auch in seinen *»Basler Erinnerungen«* (siehe S. 181 sowie die Ausführungen zum Basler Rathaus auf S. 212ff.). Drach zieht im Dezember 1899 aus Basel weg, woraufhin sich Hesse und Jennen dessen Zimmer als Gemeinschaftsraum einrichten. Für Hermann Hesse ist diese Wohngemeinschaft allerdings von vornherein auf den Winter begrenzt. Im Frühjahr will er sich wieder ein Einzelzimmer *»möglichst mit Rheinblick«* suchen, um sich stärker auf seine schriftstellerische Arbeit konzentrieren zu können.

Das gewünschte ruhige Zimmer fand Hermann Hesse im April 1900 in der Mostackerstraße 10 (siehe Punkt 6a auf dem Stadtplan). Ein Gebäude Nr. 10 ist allerdings in der Straße heute nicht mehr zu finden; offensichtlich wurde es mit dem Haus Nr. 12 zu einem Doppelhaus zusammengebaut. Vermieterin war die Mutter jener Frau Bäschlin, bei der er zuerst in der nur wenige Schritte entfernten Eulerstraße gewohnt hatte. Über das Zimmer schreibt er im März 1900 an die Eltern: *»Die Bude ist ein Loch, geht aber auf den Garten, und, was die Hauptsache ist, ich hoffe dort gut bedient zu werden, auch mit Knopfannähen etc.«* (KuJ 2, S.456).

Eine ausreichende Bedienung scheint er tatsächlich erhalten zu haben, denn er hielt es über ein Jahr in dem *»Loch«* in der Mostackerstraße aus – länger als in allen anderen Wohnungen, die er in Basel hatte. Über Hesses Leben in der Mostackerstraße haben wir Kunde durch die Erinnerungen der Söhne seiner Vermieterin; der ältere Sohn Alfredo berichtet 1952 im Rückblick:

Das Spalentor zu Hesses Kinderzeit (um 1880)

»Vor etwas mehr als 50 Jahren begannen in den ›Basler Nachrichten‹ anmutige literarische Skizzen zu erscheinen, welche allgemeines Aufsehen erregten. Sie stammten von einem jungen Menschen, den ich wohl kannte, weil er sich in meinem damaligen Elternhause an der Mostackerstraße einquartiert hatte. Seines Zeichens war er Buchhändlergehilfe in einer bekannten Basler Buch- und Antiquariatshandlung. Selten hat ein Mensch in meinem Leben einen solch tiefen Eindruck auf mich gemacht, wie Hermann Hesse. So hieß nämlich unser damaliger Hausgenosse, und ich fühlte mich außerordentlich geschmeichelt, daß ein Mann, der in der Zeitung so schöne Sachen schrieb, sich mit mir abgab, mir das Billardspiel beibrachte, das er sehr gut beherrschte, und mich den Wein – nicht das Trinken – lieben lehrte. Meine Bewunderung für den jungen Schriftsteller wuchs noch mehr, als bald darauf sein erster Roman

›Peter Camenzind‹ erschien und von der Kritik außerordentlich wohlwollend besprochen worden war. Hesse hatte mir bereits seine Erstlingsarbeiten gezeigt und eine ganze Reihe seiner Gedichte vorgelesen. In seinem Zimmer, das ich stets wie eine Art Sanktuarium betrachtete, roch es immer nach den starken, kohlrabenschwarzen Zigarren, die er so liebte. Auch Blumen fehlten dort selten, und auf seinem Schreibtisch reckte hin und wieder eine Flasche Mosel den schlanken Hals. Ganz schön wurde es, wenn Hesse seine Geige nahm und zu improvisieren begann. [...].«

(Aus: Hermann Hesse in Augenzeugenberichten, S. 492)

Daß Hermann Hesse in der Mostackerstraße, wo er bis Mai 1901 wohnte, bereits am *»Peter Camenzind«* arbeitete, der 1904 erschien, ist denkbar, da erste Studien zu diesem Werk bereits im August 1900 anläßlich eines Ferienaufenthaltes in Vitznau am Vierwaldstätter See nachzuweisen sind. Mit der Niederschrift hat er allerdings erst Anfang 1902 begonnen. Mit Sicherheit sind aber Teile des *»Hermann Lauscher«*, der im Dezember 1900 im Verlag der Buchhandlung Reich erschien, in der Mostackerstraße geschrieben worden.

Im Mai 1901 zog Hesse dann in die Burgfelder Straße 12, die relativ weit von der Altstadt entfernt liegt und deshalb nicht in den Stadtrundgang integriert wurde (siehe Punkt 6b auf dem Stadtplan). Ein Haus Nr. 12, das aus der Zeit um die Jahrhundertwende stammen könnte, gibt es dort noch. Hier wohnte er sieben Monate, bevor er im November 1901 in die Altstadt zog, in die Stiftsgasse 5 (siehe S. 204f.).

7 *Die Spalenvorstadt und das Spalentor*

Am Ende der Mostackerstraße trifft man auf den Schützengraben, eine breite Straße, die entlang der früheren, im 19. Jahrhundert abgetragenen äußeren Stadtbefestigung verläuft. Den Schützengraben schräg nach rechts überschreitend kommt man in die Kornhausgasse, die zum Leonhards- und Petersgraben führt, welche die frühere innere Befestigungslinie der eigentlichen Basler Altstadt markieren. Hier zweigt kurz hinter der Einmündung der Kornhausgasse links die Spalenvorstadt ab, eine Straße, die ein besonders schönes Ensemble alter Häuser aufweist. Sie ist Zentrum einer der insgesamt fünf Vorstädte, die ab dem späten Mittelalter vor den Mauern der eigentlichen Kernstadt angelegt wurden. Die anderen vier sind die St. Alban-Vorstadt im Osten (siehe Stadtrundgang Station 17, S. 225), die St. Johann-Vorstadt im Norden und die Aeschen- und Steinen-Vorstadt im Süden. Diese Vorstädte wurden durch einen zweiten Befestigungsring mit zentralen Stadttoren eingefriedet. Das im späten 14. Jahrhundert errichtete Spalentor, das die Spalenvorstadt nach außen abgrenzt, ist dabei wohl das schönste und imposanteste der Basler Stadttore. Auch auf den jungen Hermann Hesse hat dieses mächtige Bauwerk mit seinen beiden zinnengekrönten Flankentürmen, dem spitzen, mit bunten Ziegeln gedeckten Torturm in der Mitte und den aus schweren Eichenbalken gezimmerten Fallgattern von Anfang an großen Eindruck gemacht. Die Mutter überliefert 1881 in einem Brief an ihre Eltern den Ausruf des vierjährigen Hermann: *»Oh hätte ich doch einen Bogen Papier, so groß wie das Spalentor, dann wäre ich glücklich!«* – Was er mit diesem Bogen getan hätte, wird nicht vermerkt; wahrscheinlich hätte er das Spalentor darauf gemalt.

8 Die Basler Mission

Wenn man von der Spalenvorstadt kommend durch das Spalentor geht, hat man geradeaus die breite Missionsstraße vor sich. In ihr findet man nach ca. 250 m auf der linken Seite das stattliche, mehrstöckige, um 1860 erbaute Haupthaus der Basler Mission. Vor dem Haus stehen mächtige Parkbäume, nach hinten erstreckt sich ein weites angelegtes Gartengelände, durch das man zu weiteren Gebäuden der Mission gelangen kann, unter anderem zu dem ehemaligen Knabenhaus, das in Hermann Hesses frühkindlicher Biographie eine wichtige Rolle gespielt hat (siehe S. 177ff.) und das heute noch als Kinderhort dient.

Die Basler Missionsgesellschaft wurde bereits 1815 unter der Federführung des pietistischen Theologen Christian Gottlieb Blumhardt aus Stuttgart mit der Zielsetzung gegründet, »das Reich Jesu unter den armen Heiden auszubreiten«. Schwäbisch-pietistischer Missionseifer und schweizerisch-calvinistische Geschäftstüchtigkeit gingen hier eine sehr erfolgreiche Ehe ein. Auf diese Weise vermochte man es innerhalb von wenigen Jahrzehnten nicht nur, in der »Heidenwelt« draußen, besonders in Indien und Afrika, ein weitgespanntes Missionsnetz aufzubauen, sondern die Unternehmungen auch durch ein ebenso weitverzweigtes Kolonialhandelsnetz zu finanzieren. Diese Verflechtung von Mission und Handel wurde erst nach dem Ersten Weltkrieg aufgelöst zu Gunsten einer Konzentration auf die Missionsarbeit, die durch die Unterstützungsarbeit zahlreicher Anhänger und Mäzene im schwäbischen wie im schweizerischen Bereich getragen wird. Auch heute unterhält die Basler Mission noch zahlreiche Missionsstationen rund um den Globus. Das Selbstverständnis hat sich dabei allerdings von »Commandos im Eroberungskrieg unseres Herrn« und »Aktionen zur Errettung armer Heidenseelen« hin zu einem Entwicklungshilfedienst gewandelt, der Zeugnis christlicher Nächstenliebe sein will.

Nach wie vor werden die Missionare der Gesellschaft hier im Basler Stammhaus auf ihren Einsatz »draußen« vorbereitet. Während die Ausbildung heute aber nur noch ein paar Monate dauert, umfaßte sie im letzten Jahrhundert noch mehrere Jahre. Diese Ausbildung hat sowohl Hermann Hesses Großvater als auch sein Vater absolviert (s. S. 14ff.). Der Calwer Verlagsverein (s. S. 37ff.), in dem sie nach ihrer Missionstätigkeit in Indien arbeiteten, nachdem sie beide krankheitsbedingt nach Europa zurückgekehrt waren, diente der Mission als publizistischer Arm. In der ersten Zeit des 1829 gegründeten Verlags verlegte man schwerpunktmäßig Traktate und Zeitschriften für die innere und äußere Missionsarbeit.

1881 wird Hermann Hesses Vater als Lehrer ans Basler Missionshaus berufen und selbst in der Missionarsausbildung eingesetzt. Außerdem wird ihm die Herausgeberschaft des zentralen Missionsmagazins übertragen. Auf diese Weise verlebt Hermann Hesse die Zeit zwischen seinem 4. und 9. Lebensjahr in Basel (vgl. S. 175) und kommt in vielfältigen Kontakt mit der Basler Mission. Die allgemeinste Form dieses Kontaktes besteht darin, daß die Mehrzahl der Wohnnachbarn und selbstverständlich auch der Bekannten und Freunde der Eltern mit der Mission zu tun haben (vgl. S. 195).

Basler Mission: Knabenhaus und Hauptgebäude um 1870

Sehr speziell bekommt Hermann Hesse dann aber mit dem Missionsapparat zu tun, als er 1884 wegen Erziehungsschwierigkeiten (s. S. 176ff.) von den Eltern eine Zeitlang ganz in das Knabenhaus der Mission gegeben wird, das er vorher nur zu Schulzwecken besucht hat. Die Mutter notiert dazu in ihr Tagebuch:

»Mit Hermännle, dessen Erziehung uns so viel Not und Mühe macht, geht es nun entschieden besser. Vom 21. Januar bis 5. Juni war er ganz im Knabenhaus und brachte bloß die Sonntage bei uns zu. Er hielt sich dort brav, aber bleich und mager und gedrückt kam er heim. Die Nachwirkung war entschieden eine gute und heilsame. Er ist jetzt viel leichter zu behandeln.«

Kindheit und Jugend vor 1900, Band 1, S. 13 f.

Dieses Knabenhaus wurde um 1870 von der Mission errichtet, um den Kindern der in der Welt draußen im Dienst stehenden Missionare eine schulische Ausbildung zu gewährleisten. Selbstverständlich kamen in ihm die strengen pietistischen Erziehungsvorstellungen zur Anwendung, die das Selbständigkeitsstreben des Kindes von vornherein unter Kontrolle bringen wollen. Der kindliche Wille, hinter dem die Verlockung des Bösen lauert, muß nach pietistischer Auffassung »gebrochen« werden, damit das Kind die Unterordnung unter den göttlichen Willen annehmen kann, die zur Erlösung vom Bösen führt. Hermann Hesse hat diese schwarze Pädagogik des Pietismus später in seinem Roman »Steppenwolf« als Motiv eingearbeitet, indem er zu Beginn des Romans zur Erklärung der Verbitterung und Menschenscheu Harry Hallers, des ›Steppenwolfs‹, die Vermutung äußert, daß dieser *»von liebevollen, aber strengen und sehr frommen Eltern und Lehrern in jenem Sinne erzogen wurde, der das ›Brechen des Willens‹ zur Grundlage der Erziehung macht. Dieses Vernichten der Persönlichkeit und Brechen des Willens nun war bei diesem Schüler nicht gelungen, dazu war er viel zu stark und hart, viel zu stolz und geistig. Statt seine Persönlichkeit zu vernichten, war es nur gelungen, ihn sich selbst hassen zu lehren.«* (GW 7, S. 191)

Die unmittelbaren Auswirkungen der Erziehung im Knabenhaus der Basler Mission hat Hermann Hesse im Kapitel *»Meine Kindheit«* im *»Hermann Lauscher«* ausführlich dargestellt:

»Der Wunsch meines Vaters, mich selbst zu unterrichten, hielt dem allgemeinen Brauch und dem Rat aller Freunde und Verwandten nicht stand. Ich wurde einer öffentlichen Schule übergeben, hatte mehrere Lehrer, die jährlich wechselten, und litt unter allen Übelständen dieser Anstalten. Schule und Haus waren zwei streng getrennte Dinge, mein Gehorsam hatte zwei Oberhäupter, von denen das eine mit meiner Liebe, das andere mit meiner Furcht rechnen mußte. Das erste Übel lag darin, daß ich, von einem strengen Lehrer an häufige Schläge und Arrest gewöhnt, die väterlichen Strafen bald nicht mehr in der früheren Weise achtete, so daß häusliche Züchtigungen ihren Wert verloren und meinem Vater dieser einfachste Austrag moralischer Unebenheiten allmählich unmöglich gemacht wurde. Daraus folgte für ihn unendlich viel Sorge und Mühe und für mich viel Elend, da nun alle Besserungen und Verzeihungen erschwert waren und lange Zeit erforderten. In solchen kritischen Zeiten war ich manchmal verzweifelt, krank vor Sorge und Wut und plagte mich mit Elend, Scham, Ärger und Stolz. In der Schule übel

behandelt, zu Hause von irgendeiner begangenen Übeltat schweigend bedrückt, warf ich mich oft in der großen Wiese [Schützenmattwiese] *zu Boden und rang schluchzend gegen eine unbekannte, grausame Übermacht. Diese Stunden am Mittagstisch, wenn kein Gespräch möglich war, wenn ich mit Angst an die nächste böse Schulstunde dachte, während eine zurückgedrängte väterliche Strafrede den Eltern, den jüngeren Geschwistern und sogar den Dienstboten in allen Mienen zu lesen war, diese schweigsamen, trotzigen Spaziergänge mit meinem Vater, auf denen ich die Bitte um Verzeihung oder sonst eine Aussprache, welche er erwartete, aus Trotz und Scham in mir niederhielt, liegen mir noch mit aller Schwere hart und widerlich im Gedächtnis.«* *Hesse, Hermann Lauscher, GW 1, S. 232 f.*

Im Haupthaus der Mission ist ein Museum untergebracht, das kostenlos besichtigt werden kann. Es besteht heute allerdings nurmehr aus einem Saal mit Stelltafeln, auf denen ein kurzer Abriß der Geschichte der Mission sowie die heutigen Betätigungsfelder der Mission dargestellt werden. Die früher hier gezeigte Ausstellung von Kult- und Gebrauchsgegenständen aus den Missionsgebieten, die noch früher eine sogenannte »Götzenbilder-Ausstellung« gewesen ist, ist nicht mehr vorhanden, da sie aus museumstechnischen Gründen dem Basler Museum für Völkerkunde in der Augustinergasse 2 (siehe S. 222) übergeben wurde, das sie in seine ständige Ausstellung integriert hat. Ebenfalls im Haupthaus ist ein größerer Verkaufladen untergebracht, der zum Teil interessante handwerkliche und kunsthandwerkliche Produkte aus den verschiedensten Regionen der Dritten Welt anbietet.

9 *Das Wohnhaus in der Stiftsgasse*

Von der Basler Mission kehren wir wieder zum Spalentor zurück. – Es sei denn, man wolle vorher noch zur Burgfelder Straße 12 hinaus, wo Hermann Hesse von Mai bis September 1901 wohnte; die Burgfelder Straße ist die stadtauswärts führende Verlängerung der Missionsstraße. Es ist allerdings ein gutes Stück bis dahin, was sich auch Hermann Hesse gesagt haben mag, da er sich bereits nach knapp

5 Monaten eine zentraler in der Stadt gelegene Wohnung gesucht hat. Diese fand er in der Stiftsgasse 5, in der er dann bis Ende Juli 1902 wohnte. Das Haus ist noch vorhanden und soll als nächste Etappe aufgesucht werden.

Um zur Stiftsgasse zu gelangen, gehen wir vom Spalentor nach links durch den Spalengraben oder den danebenliegenden interessanten Botanischen Garten der Universität zum Petersplatz, einem großen, ganz von schönen Linden und Ahornen beschatteten Platz, über den wir zum Petersgraben und zu der auf der anderen Straßenseite gelegenen Peterskirche gelangen. Vor der Kirche steht ein Denkmal für Johann Peter Hebel, der unweit von hier (siehe S. 206) geboren wurde. (Die Errichtung dieses Denkmals mag Hermann Hesse miterlebt haben, da dies 1899 geschah.) Hier wenden wir uns nach rechts und kommen nach kurzer Strecke in die kleine Stiftsgasse mit dem Haus Nr. 5.

10 Durch die Petersgasse zum Rheinufer

»Allmählich lernte ich, namentlich auf Sonntagsspaziergängen mit meinem Vater, auch die innere Stadt näher kennen, den Rhein mit der Fähre beim Blumenrain und den Brücken, das Münster und die Pfalz, den Kreuzgang, das historische Museum, das damals über dem Kreuzgang untergebracht war.« Hesse, Basler Erinnerungen, KuJ 2, S. 615

Die *»innere Stadt«* auf den Spuren Hesses näher kennenzulernen, ist auch das Ziel unserer nächsten Etappen. Zunächst soll dabei die oben erwähnte Fähre beim Blumenrain aufgesucht werden. Hierzu gehen wir zunächst weiter durch die Stiftsgasse hindurch, die zum Nadelberg führt, einer Gasse mit prächtigen alten Häusern, die nach links, dem Rheinufer zu, in die Petersgasse übergeht. Diese wiederum mündet in den Blumenrain ein, eine stattliche Straße, deren gegenüberliegende Häuserreihe mit der Rückseite auf den Rhein hinausschaut.

Die Fähre am Blumenrain, die Klingentalfähre genannt wird, da sie zum ehemaligen Kloster Klingental übersetzt, findet man, indem man im Blumenrain eine kurze Strecke nach links geht bis zu dem

Platz, der »Totentanz« heißt, nach alten, in der Pestzeit 1439 entstandenen Fresken, die einst an der (1805 niedergerissenen) Friedhofsummauerung der am Platz stehenden Predigerkirche zu sehen waren und heute in Überresten im Historischen Museum verwahrt sind. Dort geht ein Weg nach rechts zum Rheinufer und dem dortigen Anlegeplatz der Fähre hinunter. Bevor man hinuntergeht, sollte man allerdings das nahe des Weges stehende schmale Haus Nr. 2 am Totentanz betrachten, dessen Rückseite auf den Anlegeplatz der Fähre hinausblickt: In diesem Haus wurde 1760 der große alemannische Dichter und Kalendergeschichtenerzähler Johann Peter Hebel geboren; seine Eltern standen im Dienst der Basler Patrizierfamilie Iselin.

Die drei Basler Fußgängerfähren über den Rhein, die nach den Symbolen der Kleinbasler Ehrengesellschaften »Vogel Gryff« (Klingentalfähre), »Leu« (Münsterfähre) und »Wilde Maa« (St. Albanfähre) heißen, sind eine alte Basler Institution. Schon 1854 wurde die erste dieser Fähren eingerichtet, und zwar von der Basler Künstlergesellschaft, die mit ihr ihre Finanzen aufbesserte. Das System, mit dem die bis zu 30 Passagiere fassenden Fähren den Rhein überwinden, ist in seiner Form einmalig; nur durch die Wasserkraft des Flusses werden sie an einem hoch über dem Fluß gespannten Seil, über welches an einer Rolle das Leitseil der Fähre läuft, durch Schrägstellen der Fähre über den Fluß getrieben. Mit der Vermehrung der Rheinbrücken und dem Aufkommen der modernen Verkehrsmittel gerieten die Fähren in unserem Jahrhundert eine Zeitlang in Bedrängnis. Heute sind sie aber wieder sehr beliebt, da sie doch ein vorbildlich umweltfreundliches, weil völlig energiesparendes Verkehrsmittel darstellen. – Wer mag, kann sich für ein geringes Fahrgeld vom »Fährimaa« (Fährmann) nach Kleinbasel übersetzen lassen, um dann gleich wieder zurückzufahren, da der Stadtrundgang auf dieser Seite, in Großbasel, seine Fortsetzung hat.

Von der Fährenanlegestelle empfiehlt es sich, nach rechts, also rheinaufwärts, die schöne Fußgängerpassage am Rhein entlang in Richtung der Mittleren Brücke zu nehmen, da dies eine besonders pittoreske Rheinpartie ist. Hermann Hesse hat übrigens, wie wir aus Briefen wissen, manches erfrischende Bad im damals noch relativ unverschmutzten Rhein genommen und damit eine an der Calwer

Nagold liebgewonnene Gewohnheit fortgesetzt. Obwohl die Nagold und der Rhein von der Größe her natürlich nicht miteinander vergleichbar sind, mag Hermann Hesse hier noch etwas anderes an seine Heimatstadt erinnert haben: Die Brückenkapelle auf der Mittleren Brücke hat mit ihrem spitzen Türmchen eine gewisse Ähnlichkeit mit der Calwer Nikolausbrückenkapelle. Die mächtige Mittlere Brücke, die in ihrer heutigen Form 1903 bis 1905, also zu Hesses Basler Zeit, errichtet wurde, geht auf eine bereits um 1225 errichtete Brücke zurück, die lange Zeit bis nach Holland hinunter die einzige Rheinbrücke und bis ins 19. Jahrhundert hinein auch die einzige in Basel war.

Auf der Brücke stehend sieht man auf der Kleinbasler Seite rheinaufwärts eine schöne Zeile mit altehrwürdigen Häusern; darunter auch das Gebäude des Hotels Krafft, in welchem Hermann Hesses zweite Frau, Ruth Wenger, von 1923 bis 1925 eine kleine Wohnung gemietet hatte, in der sich auch Hermann Hesse verschiedentlich aufhielt (siehe hierzu S. 212).

Wir wenden uns zur Fortsetzung des Stadtrundgangs aber wieder der Großbasler Seite zu, wo uns an der Fassade am Eckhaus auf der rechten Seite ein Kopf mit Krone und herausgestreckter Zunge begrüßt. Es ist dies der Basler Lällenkönig, der Hermann Hesse als Kind fasziniert hat (siehe S. 173). Seinen Namen hat er von seiner herausgestreckten Zunge, die baslerisch »Lälli« heißt. Dieser Lällenkönig aus Gips ist eine Nachbildung des originalen Lällenkönigs, der aus Kupferblech getrieben ist, mittels eines Uhrwerkes die Zunge herausstrecken sowie die Augen rollen konnte und jetzt im Historischen Museum zu sehen ist. Er war am Brückentorturm über dem Tor bis zu dessen Abbruch im Jahr 1839 angebracht und streckte den Kleinbaslern auf der anderen Seite des Rheins die Zunge heraus. Die Kleinbasler revanchieren sich bis auf den heutigen Tag dadurch, daß die Kleinbasler Ehrengesellschaften »Vogel Gryff«, »Leu« und »Wilde Maa« am »Vogel Gryff-Fest«, das sechs Wochen vor der Basler Fasnacht gefeiert wird, mit ihren Symbolen auf der Mittleren Brücke tanzen, wobei sie dem Lällenkönig und damit Großbasel demonstrativ den Allerwertesten zukehren.

Um zum Fischmarkt zu gelangen, lassen wir den Lällenkönig rechts liegen, gehen ein kurzes Stück der Eisengasse entlang und biegen dann nach rechts in das kleine Tanzgäßlein ein, das zum Fischmarkt führt.

Im Zentrum des Platzes steht der im 14. Jahrhundert erbaute Fischmarktbrunnen, der sicherlich der prächtigste Brunnen Basels ist. In der Mitte eines zwölfeckigen Wasserbeckens steht eine filigrane Säule im gotischen Stil mit vier Wasserspeiern, über denen musizierende Engel einen Reigen tanzen; darüber stehen große Figuren des Gemeindepatrons Petrus, der Himmelskönigin Maria und des Schutzheiligen Johannes. Leider ist die Beschaulichkeit heute durch den starken Verkehr sehr beeinträchtigt, und ebenso die Geschlossenheit des durch Jugendstilgebäude geprägten Platzes durch die nicht gerade gelungene neuzeitliche Überbauung an der westlichen Seite. Dieser Überbauung ist auch ein Gebäude zum Opfer gefallen, in dem Hermann Hesse oft ein und aus gegangen ist: der alte Gasthof »Zum Storchen«. Hier hat er nach eigenen Aussagen (s. S. 181) manche Partie Billard gespielt. Theo Bäschlin, der jüngere Sohn seiner Zimmerwirtin in der Mostackerstraße, berichtet darüber:

»Ein kleines, aber munteres Kapitel für sich bildete Hermann Hesses Vorliebe für das Billardspiel, das wir teils im ›Storchen‹ und später im ›Metropol‹ ausgiebig betrieben. Aus dieser Zeit stammt auch ein lustiges, kleines ›Billard-ABC‹ von Hermann Hesses Hand, allwo er sich im ›H‹ mit folgendem Vers bespiegelt hat: ›Stets ist der Hesse sehr verwundert, verliert er die Partie auf Hundert.‹ « (Hermann Hesse in Augenzeugenberichten, S. 40)

Der Fischmarkt war Hermann Hesses Kneipenviertel, denn noch ein weiteres von ihm frequentiertes Lokal lag an diesem Platz: die ›Pinte zum Helm‹. Dieses Weinlokal, das heute verschwunden ist (es stand ungefähr an der Stelle des heutigen Geschäftshauses ›Merkur‹), hat er während seines mehrmonatigen Arbeitsaufenthaltes in Basel Anfang und Ende 1924 regelmäßig besucht; es ist sogar in seinen Roman *»Steppenwolf«* als Schauplatz eingegangen. In einem Brief vom 31.3.1955 berichtet er darüber: *»[...] mein Weinlokal*

Basler Fischmarkt mit dem Restaurant »Helm«
um 1920

während meiner 2 Basler Winter um 1924 war der Helm am Fischmarkt, im Steppenwolf Stahlhelm, der auch längst nicht mehr steht.«

Im *»Steppenwolf«* in *»Harry Hallers Aufzeichnungen«* schildert Hesse Harry Hallers abendlichen Aufbruch in seine Stammkneipe »Zum Stahlhelm« folgendermaßen:

»Es ist eine schöne Sache um die Zufriedenheit, um die Schmerzlosigkeit, um diese erträglich geduckten Tage, wo weder Schmerz noch Lust zu schreien wagt, wo alles nur flüstert und auf Zehen schleicht. Nur steht es mit mir leider so, daß ich gerade diese Zufriedenheit gar nicht gut vertrage, daß sie mir nach kurzer Dauer unausstehlich verhaßt und ekelhaft wird und ich mich verzweiflungsvoll in andere Temperaturen flüchten muß, womöglich auf dem Wege der Lustgefühle, nötigenfalls aber auch auf dem Wege der Schmerzen. [...]

In solcher Stimmung also beschloß ich diesen leidlichen Dutzend-

tag bei einbrechender Dunkelheit. Ich beschloß ihn nicht auf die für einen etwas leidenden Mann normale und bekömmliche Weise, indem ich mich von dem bereitstehenden und mit einer Wärmflasche als Köder versehenen Bett einfangen ließ, sondern indem ich unbefriedigt und angeekelt von meinem bißchen Tagewerk voll Mißmut meine Schuhe anzog, in den Mantel schlüpfte und mich bei Finsternis und Nebel in die Stadt begab, um im Gasthaus zum Stahlhelm das zu trinken, was trinkende Männer nach einer alten Konvention ›ein Gläschen Wein‹ nennen.

So stieg ich denn die Treppen von meiner Mansarde hinab, diese schwer zu steigenden Treppen der Fremde, diese durch und durch bürgerlichen, gebürsteten, sauberen Treppen eines hochanständigen Dreifamilienmiethauses, in dessen Dach ich meine Klause habe. Ich weiß nicht, wie das zugeht, aber ich, der heimatlose Steppenwolf und einsame Hasser der kleinbürgerlichen Welt, ich wohne immerzu in richtigen Bürgerhäusern, das ist eine alte Sentimentalität von mir. Ich wohne weder in Palästen noch in Proletarierhäusern, sondern ausgerechnet stets in diesen hochanständigen, hochlangweiligen, tadellos gehaltenen Kleinbürgernestern, wo es nach etwas Terpentin und etwas Seife riecht und wo man erschrickt, wenn man einmal die Haustür laut ins Schloß hat fallen lassen oder mit schmutzigen Schuhen hereinkommt. Ich liebe diese Atmosphäre ohne Zweifel aus meinen Kinderzeiten her, und meine heimliche Sehnsucht nach so etwas wie Heimat führt mich, hoffnungslos, immer wieder diese alten dummen Wege. Nun ja, und ich habe auch den Kontrast gern, in dem mein Leben, mein einsames, liebloses und gehetztes, durch und durch unordentliches Leben, zu diesem Familien- und Bürgermilieu steht. Ich habe das gern, auf der Treppe diesen Geruch von Stille, Ordnung, Sauberkeit, Anstand und Zahmheit zu atmen, der trotz meinem Bürgerhaß immer etwas Rührendes für mich hat, und habe es gern, dann über die Schwelle meines Zimmers zu treten, wo das alles aufhört, wo zwischen den Bücherhaufen die Zigarrenreste liegen und die Weinflaschen stehen, wo alles unordentlich, unheimisch und verwahrlost ist und wo alles, Bücher, Manuskripte, Gedanken, gezeichnet und durchtränkt ist von der Not der Einsamen, von der Problematik des Menschseins, von der Sehnsucht nach einer neuen Sinngebung für das sinnlos gewordene Menschenleben.

Und nun kam ich an der Araukarie vorbei. Nämlich im ersten Stockwerk dieses Hauses führt die Treppe am kleinen Vorplatz einer Wohnung vorüber, die ist ohne Zweifel noch tadelloser, sauberer und gebürsteter als die andern, denn dieser kleine Vorplatz strahlt von einer übermenschlichen Gepflegtheit, er ist ein leuchtender kleiner Tempel der Ordnung. Auf einem Parkettboden, den zu betreten man sich scheut, stehen da zwei zierliche Schemel und auf jedem Schemel ein großer Pflanzentopf, in einem wächst eine Azalee, im andern eine ziemlich stattliche Araukarie, ein gesunder, strammer Kinderbaum von größter Vollkommenheit, und noch die letzte Nadel am letzten Zweig strahlt von frischester Abgewaschenheit. Zuweilen, wenn ich mich unbeobachtet weiß, benütze ich diese Stätte als Tempel, setze mich über der Araukarie auf eine Treppenstufe, ruhe ein wenig, falte die Hände und blicke andächtig hinab in diesen kleinen Garten der Ordnung, dessen rührende Haltung und einsame Lächerlichkeit mich irgendwie in der Seele ergreift. Ich vermute hinter diesem Vorplatz, gewissermaßen im heiligen Schatten der Araukarie, eine Wohnung voll von strahlendem Mahagoni und ein Leben voll Anstand und Gesundheit, mit Frühaufstehen, Pflichterfüllung, gemäßigt heitern Familienfesten, sonntäglichem Kirchgang und frühem Schlafengehen.

Mit gespielter Munterkeit trabte ich über den feucht beschlagenen Asphalt der Gassen, tränend und umflort blickten die Laternenlichter durch die kühlfeuchte Trübe und sogen träge Spiegellichter aus dem nassen Boden […].« *Hesse, Der Steppenwolf, GW 7, S. 206ff.*

Wer den Weg des Steppenwolf zum Gasthaus »Zum Stahlhelm« nachvollziehen möchte, kann dies tun: Es ist der Weg von der Lothringerstraße 7 durch die Spitalstraße zum Totentanz und von dort durch den Blumenrain und die Spiegelgasse zum Fischmarkt. Das Haus Lothringerstraße 7 ist im Stadtplan als Punkt 11b eingezeichnet, aber nicht in den Stadtrundgang aufgenommen, da es relativ weit draußen in der St. Johann-Vorstadt liegt. In diesem Haus hat Hermann Hesse im Winter 1924 eine Zeitlang gewohnt und am »Steppenwolf« gearbeitet: *»[…] dort, in einer sehr lieben kleinen Mansardenwohnung von 2 Stuben, habe ich die erste Hälfte des Steppenwolf geschrieben. Wenn ich heimkam und die Treppen hin-*

aufstieg, stand auf dem Vorplätzchen vor der Glastür im 2. Stock die schöne Araukarie«, berichtet Hesse 1948 in einem Brief.

Über die Umstände, die ihn damals für einige Monate aus dem Tessin nach Basel zurückbrachten, berichtet er in einem anderen Brief:

»Also ich habe in Basel, nah beim St. Johannstor, eine nette, stille Mansardenstube für diesen Winter, den ich auf Befehl der gnädigen Frau wieder in Basel zuzubringen habe. Ich wohne in meiner Klause, Ruth in ihrer, das heißt im Hotel Krafft, und den Tag über gehen wir unsern ernsthaften Geschäften nach, ich namentlich in der Universitätsbibliothek, wo ich fast täglich sitze und arbeite, trotz ganz verfluchter Augenschmerzen. Und am Abend erscheine ich dann im Appartement der Frau Hesse, finde irgend etwas zum Abendessen bereit, und dann bringen wir den Abend miteinander zu, in Gesellschaft der Katze, des Hundes und des Papageis Koko, der mein Freund ist und mich sehr ans Haus fesselt. Dann gehe ich im Nachtnebel wieder den Rhein entlang in mein Quartier.«

Aus: Materialien zu Hermann Hesses »Der Steppenwolf«, S. 42

Hermann Hesse hatte am 11. Januar 1924 Ruth Wenger geheiratet (s. S. 279), die in Basel eine Gesangsausbildung absolvierte und dazu ein Appartement im Hotel Krafft am Kleinbasler Rheinufer (s. S. 207) gemietet hatte. Hesse arbeitete tagsüber in der Bibliothek an einer geplanten zwölfbändigen Edition »Das klassische Jahrhundert deutschen Geistes 1750-1850«.

12 Der Marktplatz mit dem Rathaus

Vom Fischmarkt sind es nur wenige Schritte durch die Stadthausgasse zum Marktplatz, der vom Rathaus mit seiner roten, prächtig verzierten Fassade und dem hohen Turm dominiert wird.

Zu diesem Bauwerk gewann Hermann Hesse in seiner zweiten Basler Zeit ein ganz besonderes Verhältnis, indem er zwischen 1899 und 1904 miterlebte, wie an das um 1510 entstandene alte Rathaus rechts der hohe Turm und links der stattliche Trakt mit dem großen Erker angebaut wurde. An diesem mächtigen Erweiterungsbau war mit dem jungen Architekten Heinrich Jennen ein guter Bekannter Hermann Hesses beschäftigt, mit dem er von Oktober 1899 bis April 1900 in der Holbeinstraße 21 sogar in einer Art Wohngemeinschaft gelebt hat (s. S. 181 und 196f.). Jennen war damals Bauleiter bei der Firma E.Fischer & Fueter, die mit dem Erweiterungsbau des Rathauses und auch des dahinter befindlichen Basler Staatsarchivs beauftragt war. Er gewann im Jahr 1900 den 1. Preis in einer Architektenkonkurrenz um die Erweiterungsbauten des Rathauses. Da die Realisierung dieses im neugotischen Stil gehaltenen Entwurfs erheblich mehr kostete als ursprünglich veranschlagt, kam es in der Stadt zu erheblichem Unmut, der sogar zu einer Volksabstimmung führte, bei der der Erweiterungsbau dann jedoch mit 3524 zu 2416 Stimmen abgesegnet wurde.

Dieser Skandal um den Rathausneubau war für Hesse 1902/03 Anlaß, mit der Erzählung *»Das Rathaus«* eine Art literarische Verteidigungsschrift für den Freund zu schreiben. Jennen wird darin ›Niklas‹ genannt, Hesse selbst tritt unter dem Namen ›Veit‹ auf. Im ersten Teil der Erzählung kommt es in einer Freundesrunde, die sich im Garten eines Basler Patrizierhauses zu einem geselligen Nachmittag trifft, zu einem Disput um den Baukostenskandal. Der junge Arzt Ugel hält Niklas vor, daß die Baukostenüberschreitung kein Versehen sein könne und die Bürger deshalb zu Recht verärgert seien. Daraufhin sieht sich Niklas zu einer Verteidigungsrede veranlaßt, in der er zugibt, daß er den Kostenvoranschlag manipuliert habe, allerdings nicht um seinetwillen, sondern damit die Stadt zu einem ihr würdigen Bauwerk komme:

»Ihr Freunde! Eigentlich ist mir ein Blick auf Eure Runde hier genug Rechtfertigung. Hier ist eine im Kern gesunde, drängende und hoffende Jugend versammelt. Wir spüren, daß unsere Stadt nach langen fleißig nüchternen Jahrzehnten nun eine Blüte treiben und sich der Welt glänzend und schenkend zeigen will. Alle Künste gären hier seit einiger Zeit in plötzlichem Wachstum und streben mit dunklem Trieb nach Vereinigung und neuer Macht. Die Stadt ist reich, seit langer Zeit her reich, und beginnt nun zum Bewußtsein ihres Reichtums zu erwachen.

Und diese Stadt, die in jeder Rücksicht heute rascher als je fort-

schreitet und vielleicht an Macht wie an Umfang sich verdoppeln wird, stand nun vor der Nötigung, ein neues Stadt- und Rathaus zu bauen. Ich sah die sparsamen Alten Bauziffern abwägen, ich sah die Parteien Günstlinge vorschieben und sah Handwerker und Halbkünstler feilschend und gierig sich um den großen Auftrag reißen. Alle Interessen waren flüssig: das des Geldes, des Geizes, der Partei, des Brotneides, nur nicht das der Kunst und der Liebe. Und ich sah unsere Stadt, welche auf hundert Jahre hinaus nicht wieder einen solchen Bau zu vergeben haben wird, vor einer unverzeihlichen Sünde stehen. Vom Augenblick dieser Erkenntnis an war ich der eifrigste Bewerber um den großen Bau. Er ist nun bald fertig. Die Stadt verliert an ihm ein paar Säcke voll Taler, die schon übers Jahr verschmerzt sein werden. Sie gewinnt an ihm nicht nur einen, wie ich sagen darf, guten Bau, sondern, was mir wichtiger schien, den sichtbaren Ausdruck ihrer stattlichen Macht und zugleich das in fröhlichem Trotz gesetzte Denkmal einer hoffnungsfrohen, lebenstüchtigen Jugend. […].« *Hesse, Das Rathaus, GE 1, S. 56*

Im weiteren Verlauf der Erzählung, die auch eine kleine Charakteristik des Basler Bürgertums zu zeichnen versucht, wird geschildert, wie Niklas vom Stadtrat eine als Abschlußhonorar vorgesehene Ehrengabe aberkannt wird, diese aber von einer Initiative aufgeschlossener Bürger dann doch ausgehändigt bekommt. – Die Frage, inwieweit diese Hessesche Darstellung der Geschichte, wie die Basler zu ihrem stattlichen neuen Rathaus gekommen sind, den tatsächlichen Vorgängen entspricht, ist nicht mehr ganz genau zu beantworten. Ein wenig künstlerische Phantasie und Dramatisierung scheint Hesse schon dazugegeben zu haben. Auch im zweiten Teil der Erzählung, in dem er sich selbst (Veit) als freiwilligen Helfer auf den Gerüsten des Neubaus schildert, ist dies zu vermuten:

»Ein warmer Vormittag glänzte über der tätigen Stadt. Im Rathaus meißelte, zimmerte und stäubte die zahlreiche Arbeiterschaft emsig durcheinander. Auf breiten Gerüsten saßen an den Wänden der Hofseite die Maler; aus der roten Fläche lachte da und dort der frisch angelegte Umriß einer Figur oder ein farbiges Wappen oder ein Stück Ornament in Blau und Goldgelb. Neben einem der Maler stand

Das Basler Rathaus 1904 nach seiner Erweiterung, die Hesse miterlebte. Geradeaus die Freie Straße, in der Hesse von 1899 bis 1901 arbeitete

Veit, in lebhafter Rede begriffen. Er hatte als geschichtskundiger Kunstkenner bei den Malereien die Prüfung der Kostüme und des heraldischen Schmuckwerks übernommen und gab sich, über seine Aufgabe hinaus, alle Mühe, die Künstler und Gehilfen im frischen Zug zu erhalten, damit nirgends die persönlich lebendige Arbeit durch schablonenhaft Handwerksmäßiges litte oder verdrängt würde. Wo ein Künstler seine eigene, wenn auch abweichende Auffassung hatte und mit Trotz durchsetzte, freute er sich und beharrte mit Absicht in einer anspornenden Opposition. Wo aber einer müdewerdend sich mit gedankenlosem Weitermachen begnügte und sich auf flache Füllsel legte, war er unerbittlich mit Tadel, Spott, ja Grobheit. So förderte er, ohne irgend Ruhm davon zu haben, die Arbeit und half redlich mit, das Niklassche Werk zu reinerer Vollendung zu bringen. Ohne daß man davon wußte, hatte er auch in Niklas' eigenen Zeichnungen im stillen Arbeitszimmer je und je ein Gesimse, eine Türkrönung, einen Treppenhausquerschnitt, ein Ecksteinprofil mit leisem Strich getadelt und auf seine schärfere, kräftigere Prägung gedrungen. Niklas war ihm dafür dankbar und schätzte den unscheinbaren Menschen als stillen Mitarbeiter hoch.«

Hesse, Das Rathaus, GE 1, S. 65 f.

Eine solche Mitarbeit Hesses an der Fassadengestaltung ließ sich bislang ebensowenig nachweisen, wie der in der Erzählung erwähnte, von Veit verfaßte *»Traktat, der in klarer und schöner Sprache das künstlerische Wesen, den Organismus, die Entstehung und Vollendung des neuen Rathauses darstellte«*. Dennoch dürfte Hermann Hesse an diesem Bau tatsächlich einen gewissen Anteil haben, denn ein reger Austausch mit Jennen, besonders während der Zeit des Zusammenwohnens in der Holbeinstraße, ist in einem Brief an die Eltern vom 22. Oktober 1899 verbürgt (s. S. 196f.).

Nach der Besichtigung des Rathauses mit den größtenteils um 1610 entstandenen Fassadenmalereien von Hans Bock, die sich auch im prächtigen Innenhof fortsetzen, ist zu empfehlen, sich auch die Gebäude an der Rückseite des Rathauses anzusehen. Diese erreicht man, indem man das links vom Rathaus den Berg hinaufführende enge Martinsgäßlein hinaufsteigt. Links ist dort die Martinskirche, in der Großvater Hermann Gundert, wie Hesse in seinen *»Basler Erinnerungen«* schreibt (s. S. 173), oft die Eröffnungsansprache bei den Basler Missionsfesten gehalten hat. Rechts steht das große Staatsarchiv, das im Zusammenhang mit der Rathauserweiterung 1899 bis 1903 ebenfalls unter Beteiligung von Hermann Hesses Freund Jennen erbaut wurde. Wenn man durch den Arkadengang mit den düsteren Fresken von Heinrich Altherr hindurchgeht, kann man von einer Galerie einen schönen Blick auf die Dachlandschaft des Rathauses werfen. Lohnend machen diesen kleinen Umweg aber auch die beiden prächtigen Patrizierhäuser, die gegenüber vom Staatsarchiv stehen. Es sind dies das sogenannte Blaue und Weiße Haus, die um 1665 für die Bandfabrikanten Lukas und Jakob Sarasin erbaut wurden und hier ihre repräsentativen Hofeinfahrten haben, während die Hauptfassaden zum Rhein hinausblicken.

13 Die Freie Straße mit der Reichschen Buchhandlung

Das nächste Ziel soll das Gebäude in der Freien Straße 40 sein, in welchem die Reichsche Buchhandlung residierte, als Hermann Hesse von September 1899 bis Januar 1901 in ihr als Sortimentsgehilfe arbeitete. Vom Weißen und Blauen Haus gehen wir hierzu die Martinsgasse bis an ihr Ende, um dann nach rechts den Stapfelberg zur Freien Straße hinabzusteigen. Die Freie Straße, die vom Marktplatz herkommt und über einen halben Kilometer zur Aeschenvorstadt hinausführt, ist die Hauptschlagader der Basler Altstadt. Heute ist sie Fußgängerzone und noble Flaniermeile.

Wenn man die Freie Straße vom Stapfelberg kommend betritt und nach links geht, findet man nach wenigen Metern auf der rechten Seite im Haus Nr. 32 die große, sehr gut sortierte Buchhandlung Jäggi. Diese ist die Nachfolgerin der Buchhandlung Lichtenhahn und Helbing, die ihrerseits wiederum die Nachfolgerin der Reichschen Buchhandlung war, in der Hermann Hesse gearbeitet hat; Helbing war ein Kollege von Hermann Hesse. Allerdings ist die Buchhandlung zwischenzeitlich umgezogen; die Reichsche Buchhandlung und damit Hesses Arbeitsplatz befand sich nicht hier im Haus Nr. 32, sondern ein paar Häuser weiter im Haus Nr. 40, in dem sich heute die Bijouterie Bucherer befindet.

In diesem stattlichen Haus an der Ecke zum Pfluggäßlein, das den Namen »Haus zum Rosenfeld« trägt, ging Hermann Hesse von September 1899 bis Januar 1901 täglich ein und aus. Über die Buchhandlung berichtet er den Eltern im ersten Brief aus Basel:

»Im Geschäft finde ich, scheints, sehr viel Arbeit, aber nette Kollegen (5 und 1 Lehrling), ein sehr schönes Geschäft, neu und glänzend eingerichtet, und in Herrn Reich einen offenbar sehr angenehmen Chef. Ich besuchte ihn heute früh und lernte Frau und Tochter kennen. Die Frau ist eine Bernerin und sehr nett. Tischhauser ist Lehrling, ein etwas ungeschickter, aber sehr lieber und dienstwilliger Mensch. Meine Arbeit ist hauptsächlich das Expedieren der Journale (mir sehr unangenehm), Führen der ›kleinen Kasse‹ und Lagerordnen, Post frankieren etc. Französisch wird sehr viel gesprochen!«

Kindheit und Jugend vor 1900, Band 2, S. 383

Hesses Arbeitsplatz, die Reichsche Buchhandlung (um 1903)

14 Pfluggäßlein und Barfüßer Platz

Im Januar 1901 wechselt Hermann Hesse von der Buchhandlung Reich in das Antiquariat Wattenwyl, das gleich um die Ecke im Pfluggäßlein war, um sich hier als Antiquar ausbilden zu lassen. Theo Bäschlin, der Sohn seiner Wirtin in der Mostackerstraße und selbst Buchhändler, berichtet darüber:

»Hesses Arbeit in der Buchhandlung Reich war, wie überall im Sortiment, wohl vielseitig, aber doch nicht restlos anregend. Seine schönste Basler Zeit begann wohl erst, als er den Laden mit dem Antiquariat vertauschte. Von diesem Antiquariat, das von einem sehr belesenen Antiquar, Herrn E. von Wattenwyl, geführt wurde, ging ein einzigartiger Zauber aus, dem auch ich mich nicht entziehen konnte. Eine hübsche Anzahl Schweizer Autoren des 18. Jahrhunderts habe ich dem alten Herrn abgehandelt. Außer Hermann Hesse war da noch ein sprachenkundiger Mitarbeiter, Herr Baur. Dieses Triumvirat behütete seine Schätze und betreute seine Kunden auf originelle Art und Weise. War da irgendein schönes Stück aufgetaucht oder mit einer Bibliothek angeboten, so geschah es nicht selten, daß über dem Katalogisieren schon sich die Frage auftat, wem dieses Buch wohl zu gönnen sei – der alte Herr von Wattenwyl trennte sich so ungern von ›seinen‹ Büchern! In diesem Milieu gedieh denn auch die literarische Tätigkeit Hermann Hesses augenscheinlich.« (Hermann Hesse in Augenzeugenberichten, S. 39f.)

Zwei Jahre blieb Hesse bei Wattenwyl, dann gab er den Buchhandel auf, um sich ganz der Schriftstellerei zu widmen, seinem eigentlichen Lebensziel. Das Antiquariat Wattenwyl gibt es heute nicht mehr, und auch sein ehemaliger Standort läßt sich nicht mehr genau bestimmen, da das Pfluggäßlein weitgehend neuzeitlich überbaut ist.

Durch das Pfluggäßlein hindurch kommt man zur Falknerstraße, die nach links zum Barfüßer Platz führt, einem alten Markt- und Messeplatz. Dieser Platz war Hermann Hesse aus der Kinderzeit in guter Erinnerung: *»In den zwei oder drei letzten Jahren unserer damaligen Basler Zeit war die Messe im Oktober ein großes Erlebnis mit den Buden und Karussellen, den Moritatengesängen auf dem Barfüßerplatz und den süßen Meßmocken und den vielen Örgelimännern«*, schreibt er in seinen *»Basler Erinnerungen«*.

Auch während seiner zweiten Basler Zeit hat Hermann Hesse den Barfüßerplatz öfter aufgesucht; nun allerdings weniger wegen der Messe, als wegen des 1894 in der Barfüßerkirche, einer ehemaligen Franziskanerkirche aus dem 14. Jahrhundert, eingerichteten Historischen Museums, das neben einer Dokumentation der Geschichte Basels auch den Münsterschatz und die Fragmente der berühmten Totentanzfresken (vgl. S. 206) aufbewahrt und zeigt. Diese Dinge waren Hermann Hesse bereits in der Kinderzeit vom Vater nahegebracht worden (vgl. S. 221), als sie noch beim Münster über dem Kreuzgang untergebracht waren.

15 Das Münster mit Kreuzgang und Pfalz

Das Münster erreicht man vom Barfüßerplatz aus, indem man links von der Barfüßerkirche (Historisches Museum) in die Barfüßergasse hineingeht und dann nach wenigen Schritten nach links die Kaufhausgasse und, die Freie Straße überquerend, den Münsterberg hinaufgeht, der direkt zum Münster führt.

Das Münster mit seinen zwei filigranen Türmen und dem mit bunten Ziegeln gedeckten Dach kann an dieser Stelle natürlich nicht ausführlich beschrieben werden; hier sei auf die einschlägigen Führer verwiesen, die im Münster erhältlich sind. Es sei nur soviel gesagt: Die bauliche Hauptsubstanz geht auf einen im 12. Jahrhundert errichteten spätromanischen Bau zurück, der seinerseits jedoch auf wesentlich älteren Anfängen fußt. 1356 wurde das Münster (wie auch die Stadt) von einem Erdbeben teilweise zerstört. Die Schäden wurden durch Erneuerungen im gotischen Stil beseitigt. Die Türme haben im 15. Jahrhundert ihre jetzige Gestalt bekommen; sie können (außer im Winter) bestiegen werden und bieten eine unvergleichliche Übersicht über Basel und seine Umgebung. Ebenfalls im 15. Jahrhundert wurden im Süden, also rechts vom Münster, die beiden Kreuzgänge in spätgotischem Stil ausgebaut. Hinter dem Chor des Münsters liegt steil über dem Rhein die sogenannte Pfalz, von deren Terrasse man einen schönen Blick auf den Rhein und das gegenüberliegende Kleinbasel hat.

Hermann Hesse lernte das Münster schon in den Kinderjahren

unter der Führung des Vaters kennen, wie er in seinen *»Basler Erinnerungen«* berichtet (vgl. S. 174). Auch später hat er das Münster regelmäßig aufgesucht; so schreibt er z. B. im November 1899 an seine Eltern: *»Am Münster bin ich jeden Tag und freue mich neben allem andern naiv an dem glänzenden bunten Bilde, wenn man das farbige Dach und die feinen roten Türme gegen einen blauen Mittagshimmel sieht.«* (Kindheit und Jugend vor 1900, Band 2, S. 413)

16 Das ehemalige Kunstmuseum in der Augustinergasse 2 und das heutige Kunstmuseum am St. Alban-Graben

Vom Münster nach links über den Münsterplatz mit seinen Barockfassaden schreitend kommt man in die Augustinergasse. Das Haus Nr. 2 in dieser Gasse ist ein großer, 1849 eingeweihter spätklassizistischer Museumsbau. Dieses Gebäude hatte für Hermann Hesse eine Bedeutung wie sonst kein anderes in der Stadt. Zu seiner Basler Zeit beherbergte der Bau das Kunstmuseum. Dieses lernte er wiederum bereits in der Kindheit in Begleitung des Vaters kennen, und nach seiner Rückkehr 1899 nach Basel suchte er es, wie wir aus zahlreichen Briefen entnehmen können, regelmäßig auf, um sich zu erbauen und Studien zu treiben; in seinen *»Basler Erinnerungen«* berichtet er:

»Von den Eindrücken, die mir das damalige Kunstmuseum bei einigen Besuchen unter der Führung meines Vaters gab, fand ich einige noch vollkommen lebendig, als ich zwölf oder mehr Jahre später wieder nach Basel zurückkehrte; zu diesen Eindrücken gehörten Böcklins Fresken im Treppenhaus, Holbeins Familienbild und der tote Christus, Feuerbachs Aretino und die Kinderidylle und das Bild von Zünd mit dem Kornfeld, das ich als Knabe besonders liebte.«

Kindheit und Jugend vor 1900, Band 2, S. 616

Von all diesen von Hesse aufgezählten Kunstwerken sind heute freilich nur noch Böcklins Fresken im Treppenhaus hier im Gebäude Augustinergasse 2 zu sehen. Die übrigen Kunstwerke sind 1936 in das neue Kunstmuseum am St. Alban-Graben umgezogen, das anschließend besucht werden soll. In der Augustinergasse 2 ist heute das Naturhistorische Museum und das Museum für Völkerkunde untergebracht, das auch zahlreiche Exponate aus der ehemaligen Ausstellung der Basler Mission zeigt (vgl. S. 204).

Der zweite Basler Aufenthalt 1899 bis 1904 war für Hermann Hesse eine intensive Zeit der autodidaktischen Fortbildung auf dem Gebiet der bildenden Kunst. Mit dieser Absicht im Kopf und einem Kunstdruck von Böcklins »Toteninsel« im Gepäck kam er von Tübingen, wo er literarische Studien in den Mittelpunkt gestellt hatte. Für Studien auf dem Gebiet der bildenden Künste schien ihm nun der Geburtsort Arnold Böcklins und das reich bestückte Basler Kunstmuseum der richtige Ort. Die Wichtigkeit des Kunstmuseums für ihn und den Einfluß, den es auf ihn ausübte, belegen zahlreiche Briefe, in denen er darüber berichtet. So schreibt er z. B. am 24.9.1899:

»Vor Tisch reichte es eben noch zu einem flüchtigen Blick ins Museum. Dort ist manches verändert. Ich denke viele Stunden noch in diesen Sälen zuzubringen. Böcklin hat jetzt einen eigenen Saal mit 12 Bildern. Der Aufenthalt in diesem Böcklinzimmer ist überaus köstlich – Ihr wißt, wie sehr ich Böcklin schon verehrte, ehe ich Originale von ihm kannte – jetzt geht mir das Herz auf vor dieser unerhörten Pracht.« *Kindheit und Jugend vor 1900, Band 2, S. 387*

Um diese Bilder zu sehen, muß man heute, wie gesagt, in das neue Kunstmuseum am St. Alban-Graben gehen. Dieses liegt ca. einen halben Kilometer vom alten Museum entfernt und ist relativ einfach zu erreichen, indem man wieder zum Münster und dann geradeaus die Rittergasse hinuntergeht, die direkt auf den St. Alban-Graben und das Kunstmuseum zuführt. (Hierbei kommt man an der Bäumleingasse vorbei, in der Hermann Hesses erste Frau Mia Bernoulli ihr Photoatelier hatte.)

Das Basler Kunstmuseum ist die älteste in öffentlichem Besitz befindliche Kunstsammlung der Welt und zugleich die bedeutendste in der Schweiz. Das erste Geschoß präsentiert alte Meister des 15. und 16. Jahrhunderts (besonders Witz und Holbein), flämische und holländische Malerei des 16./17. Jahrhunderts (z. B. Rembrandt und

Rubens), deutsche und schweizerische Malerei des 18./19. Jahrhunderts (z.B. Füssli und Nazarener), Impressionisten (u.a. Cézanne, Gauguin und van Gogh) und schließlich die damals von Hesse bevorzugte Malerei des späten 19. Jahrhunderts (Böcklin, Feuerbach, Hodler u.a.). Im zweiten Geschoß findet sich eine interessante Auswahl von Malerei und Plastik des 20. Jahrhunderts.

Die Sammlung deutscher und schweizer Malerei der 2. Hälfte des 19. Jahrhunderts, darunter die weltweit umfänglichste Sammlung des Basler Malers Arnold Böcklin (1827-1901), findet sich im 1. Obergeschoß, rund um den großen Innenhof. Im Zentrum steht Böcklins berühmtes, 1880 entstandenes Gemälde »Die Toteninsel«, das Böcklin als Auftragsarbeit erstellte und mit den Worten begann: »Sie erhalten, wie gewünscht, ein Bild zum Träumen. Es soll so still werden, daß man erschrickt, wenn an die Tür gepocht wird.« Die Bedeutung dieses Bildes für Hermann Hesse in jener Zeit spiegelt sich nicht nur in der Tatsache, daß er bereits in seiner Tübinger Wohnung einen Kunstdruck dieses Gemäldes aufgehängt hatte, sondern stärker noch in dem Vorgang, daß er sich von diesem Bild wahrscheinlich zu dem Prosastück *»Notturno«* in seinem 1899 erschienenen Buch *»Eine Stunde hinter Mitternacht«* hat anregen lassen:

»In einem tiefen, tagebreiten Zederwald liegt ein See und eine granitene Burg verschlossen. Ein Schloß, für die Ewigkeit gebaut, kolossal und quaderfest, mit ungeheuren normännischen Ecktürmen und einer einzigen Türe. Diese öffnet sich auf eine Treppe aus breiten Quaderstufen, und die Treppe führt in den schwarzen, bodenlosen See. Der eisgraue Wächter hört und erkennt mein Roß. Er tritt bedächtig durch die eherne Türe und über die grünlichen Stufen. Er löst das Königsboot von der schweren Kette und rudert lautlos mit einem Ruder über das spiegelschwarze Wasser. Er nimmt mich auf und steuert zurück. […].« *Hesse, Notturno, GW 1, S. 210*

Und es wäre denkbar, daß noch ein weiteres Bild des Basler Kunstmuseums Hesse vor Augen stand, als er an *»Eine Stunde hinter Mitternacht«* schrieb; die darin enthaltene Prosaskizze *»Der Traum vom Ährenfeld«* beginnt mit den folgenden Worten:

Das Lieblingsbild des kleinen Hermann: »Die Ernte« von Robert Zünd

»Einmal habe ich dich schon geträumt, mein Traum vom Ährenfeld! Überflute mich wieder mit deinem rot und goldenen Leuchten! Tritt wieder über die Schwelle meiner Nacht und sei wieder der Vorbote eines neuen Glückes!

Siehe er tritt hervor aus dem verschlossenen Garten meiner Frühe, dessen Luft voll Silbers und dessen Schatten voll Zukunft ist. Ich meine das Rauschen seiner Bäume zu vernehmen und den Geruch seiner Wiesen zu spüren; mein Heimweh sättigt sich an seiner Fülle, mein Auge verwandelt sich und ruht ungebrochenen Blicks auf den Frühlingen meiner frühesten Jugend. Der Traum wird mächtig und breitet ein gelbes Ährenfeld vor mir in sonnenheller Weite aus. [...].«

Hesse, Der Traum vom Ährenfeld, GW 1, S. 213 f.

Dieser Text läßt sehr an das Gemälde »Die Ernte« von Robert Zünd (1827-1909) denken, das nach Hesses eigenen Aussagen sein Lieblingsbild in den Basler Kinderjahren war (vgl. S. 221). Man findet dieses Gemälde im Museum unmittelbar vor den Böcklins hängend.

17 Das Wohnhaus »Zum Sausewind« in der St. Alban-Vorstadt 7

Vom Kunstmuseum zur St. Alban-Vorstadt ist es nur ein Katzensprung. Diese zweigt von dem Platz beim Kunstmuseum nach rechts ab. Das »Haus zum Sausewind« (Haus Nr. 7) findet man in der Straße nach kurzer Strecke auf der linken Seite. In ihm hat Hermann Hesse von August 1902 bis Januar 1903 gewohnt. Wie es ihm hierbei ergangen ist, schildert er 1931 in der Erinnerung *»Beim Einzug in ein neues Haus«*:

»Während meiner Basler Jahre machte ich denn auch zum erstenmal den Versuch, geschmackvoll und würdig zu wohnen, indem ich mir ein originelles hübsches Zimmer in einem Altbasler Hause mietete, ein Zimmer mit großem altem Kachelofen, ein Zimmer mit Vergangenheit. Ich hatte damit aber kein Glück; das Zimmer war wunderschön, aber es wurde niemals warm, obwohl der alte Ofen große Mengen Holz verschlang, und unter seinen Fenstern fuhren durch die scheinbar so ruhige Gasse morgens von drei Uhr an die Milch- und Marktwagen vom Albantor her über das Steinpflaster mit einem Höllenlärm und raubten mir den Schlaf; geschlagen floh ich nach einiger Zeit aus dem schönen Zimmer in eine moderne Vorstadt.«

Hesse, Beim Einzug in ein neues Haus, GW 10, S. 138f.

Hiermit wäre der Stadtrundgang auf Spuren Hesses beendet. Von der Haltestelle beim Kunstmuseum kommt man mit der Tram-Linie 2 problemlos zum SSB-Bahnhof zurück. Wer freilich noch mehr von Basel sehen will, dem sei empfohlen, die St. Alban-Vorstadt bis zum St. Alban-Tor weiterzugehen und von dort den Berg zum pittoresken St. Alban-Tal und Mühlegraben hinabzusteigen.

18 Ausflug zum Wenkenhof nach Riehen

In dem der deutschen Grenze zu liegenden, mit Basel nahezu zusammengewachsenen Dorf Riehen gibt es ein stattliches Landgut mit Herrenhaus und schön angelegtem Park, in dem Hermann Hesse häufig zu Gast war. Im Mai 1900 berichtet er den Eltern darüber:

Das Gebäude im Wenkenhof in Riehen, in dem Hesse oft Gast war

»Ich war viel spazieren und sonntags immer auswärts, gewöhnlich im Wenkenhof bei Riehen, wo ich immer die freundlichste Aufnahme und einen Stuhl am Abendtisch für mich bereit finde, auch etwa ein Bett zum Übernachten.« *Kindheit und Jugend vor 1900, Band 2, S. 464*

Gastgeber im Wenkenhof war Dr. Rudolf Wackernagel (1855-1925), der Basler Staatsarchivar, den Hermann Hesse auch in seiner Stadtwohnung im Brunngäßlein regelmäßig besuchte. Die Gesellschaft, die sich hier auf dem herrlich gelegenen Landsitz in dem Gebäude gegenüber vom Herrenhaus traf, war für Hermann Hesse von Anfang an von großer Bedeutung. Hier traf er auch verschiedentlich mit Elisabeth LaRoche, der etwa gleichaltrigen Tochter eines Basler

Pfarrers zusammen, die er bereits aus der Kindheit kannte und in die er sich nun – freilich vergeblich – verliebte. Diese Begegnung hat dichterisch ihren Niederschlag sowohl im *»Tagebuch 1900«* innerhalb des *»Hermann Lauscher«* gefunden (der Wenkenhof taucht hier als »Riehenhof« auf), als auch in dem *»Fragment aus der Jugendzeit«* (in: Gesammelte Erzählungen 2, S. 82 ff.), einer Vorarbeit zum Roman *»Gertrud«*. Der Wenkenhof selbst ist Gegenstand des kleinen Prosastücks *»Wenkenhof. Eine romantische Jugenddichtung«* (in: Gesammelte Erzählungen 1, S. 281 ff.).

Der Wenkenhof wurde 1736 errichtet, im 19. Jahrhundert im Empire-Stil erweitert und zu Anfang des 20. Jahrhunderts weiter ausgebaut. Der angrenzende herrliche Wenkenpark, in dem sich Elemente englischer und französischer Barockgartenkunst zu einer gelungenen Komposition mischen, ist heute öffentlich zugänglich; im ehemaligen Marstall ist ein Cafe eingerichtet.Vom Basler Centralbahnhof läßt sich der Wenkenhof mit der Trambahn bis Riehen und von dort ab der Haltestelle Bettinger Straße mit dem Bus Richtung Bettingen und St. Chrischona erreichen.

19 Ausflug nach Sankt Chrischona

St. Chrischona, der Aussichtsberg Basels, hinter Riehen und Bettingen unmittelbar an der deutschen Grenze gelegen, läßt sich von Riehen mit der selben Buslinie erreichen, mit der man auch zum Wenkenhof kommt.

Hermann Hesse ist die ca. 8-10 km lange Strecke nach St. Chrischona mehrmals von Basel aus zu Fuß hinaus- und wieder zurückgewandert. So ist z. B. in einem Brief an die Eltern vom 5. November 1899 zu lesen:

»Heute nachmittag will ich auf die Chrischona steigen. Es ist ein Tag wie Gold, klar, mild und farbig, das ganze Berner Oberland wird zu sehen sein. An solchen Tagen hab ich Momente, in denen ich um eine Stunde Licht und um die Sichtbarkeit eines weiteren Gipfels die ganze moderne Literatur samt meiner eigenen dahingäbe. Dieser stille Sommer hat mich endlich gelehrt, wie unbegreiflich schön die Welt ist.«

Einen Tag später berichtet er: »*Ich war gestern auf St. Chrischona und kam zu müde heim, um noch zu schreiben. Der Tag war ganz wundervoll. Doch spüre ich das Föhnwetter auch im Kopf.*« Und wiederum ein paar Tage später schreibt er: »*Der vorletzte Sonntag auf Chrischona war prächtig. Ich habe noch nie einen so heißen und glänzend farbigen Herbsttag erlebt.*«

Kindheit und Jugend vor 1900, Band 2, S. 400 ff.

St. Chrischona hat seinen Namen von einer frühchristlichen Wallfahrtskirche, die der heiligen Christina geweiht war. Im 15. Jahrhundert wurde auf dem Berg ein gotisches Kirchlein erbaut, das ab 1840 zum Zentrum der Pilgermission wurde, die auch heute noch ihren Sitz auf St. Chrischona hat und in einem Prediger- und Missionsseminar ihren Nachwuchs ausbildet. 1984 hat die schweizerische Post auf dem Berg einen riesigen Sendeturm errichtet, der aber leider keine Aussichtsplattform besitzt; so bleibt der Terrasse bei der Kirche weiterhin die beste Aussicht vorbehalten, die an klaren Tagen über die Jurahöhen und bis hin zu den Berner Alpen gehen kann.

Gaienhofen: Schriftsteller und Familienvater

Hermann Hesses Gaienhofener Zeit 1904-1912

»Gaienhofen ist ein ganz kleines schönes Dörflein, hat keine Eisenbahn, keine Kaufläden, keine Industrie, nicht einmal einen eigenen Pfarrer, so daß ich heut früh zur Beerdigung eines Nachbarn bei scheußlichstem Regen eine halbe Stunde über Feld waten mußte. Es hat auch keine Wasserleitung, so daß ich alles Wasser am Brunnen hole, keine Handwerker, so daß ich die nötigen Reparaturen im Haus selber machen muß, und keinen Metzger, also hole ich Fleisch, Wurst etc. jeweils im Boot über den See aus dem nächsten thurgauischen Städtchen. Dafür gibt es Stille, Luft und Wasser gut, schönes Vieh, famoses Obst, brave Leute. Gesellschaft habe ich außer meiner Frau und unserer Katze nicht. Ich bewohne ein gemietetes Bauernhäuschen, für das ich jährlich 150 (hundertfünfzig) Mark Miete bezahle.

Es lebe Peter Camenzind! Ohne den hätte ich nicht heiraten und nicht hierherziehen können. Er hat mir 2500 Mark eingebracht, davon kann ich zwei Jahre leben, wenigstens, wenn ich hierbleibe.

Die ›Berühmtheit‹, auf die ich mich anfänglich freute, ist weniger lustig, als ich dachte. Schullehrer und Vereine bitten im Geschäftsstil um Gratisexemplare meines Buches usw. Ein Journalist schrieb, er wolle mich für ein Buch über ›Zeitgenossen‹ interviewen. Ich schrieb ihm, er solle in eine Wasserheilanstalt. Das war noch in Calw, hierher nach Gaienhofen kommt niemand, das ist doch zu abseits. Übrigens haben die Briefe usw. jetzt nachgelassen, und es wird wieder Ruhe im Land.

Meine Hochzeit ging im Galopp. Da der Schwiegerpapa nicht einverstanden ist und nichts von mir will, kam ich dahergereist, solang er gerade nicht in Basel war, dann gings subitissimo aufs Standesamt. Nun grollt der Alte von ferne, scheint aber allmählich sich zu beruhigen.

Und nun bin ich doch ein verheirateter Mann, und mit dem Zi-

geunern hat es einstweilen ein Ende. Die kleine Frau ist aber lieb und vernünftig. Freilich – daß ich heute ein kleines Fäßchen Weißwein bestellt habe, weiß sie noch nicht. Der hiesige Wein ist nämlich schandenmäßig sauer.« *Hesse an Stefan Zweig am 11. 9. 1904, GB 1, S. 126*

Über die Umstände, unter denen er und seine Frau im August 1904 in Gaienhofen ankommen, berichtet Hesse 1960 in seiner *»Bodensee-Erinnerung«*:

»Meine erste Heirat fand im Sommer 1904 in Basel statt. Meine Braut hatte, während ich in Calw an einem Buch arbeitete [Unterm Rad], *eine ländliche Wohnung für uns gesucht und in einem kleinen Dorf am deutschen Ufer des Bodensees ein leerstehendes altes Bauernhaus entdeckt, etwas primitiv und auch etwas verwahrlost, aber hübsch und still. Das einzig Komfortable im Haus war ein schöner alter Kachelofen mit ›Kunst‹, von der Küche her heizbar, Wasser gab es im Hause nicht, das mußte vom Brunnen in der Nähe geholt werden, Gas oder elektrisches Licht gab es in der ganzen Gegend nicht, und es war auch nicht ganz einfach, das Dörfchen zu erreichen oder zu verlassen, außer dem Dampfschiff, das nur selten und bei Eis oder Sturm oft gar nicht fuhr, gab es nur einen Pferdepostwagen, mit dem man in stundenlanger Fahrt, mit langen Aufenthalten in jedem Zwischendorf, eine Bahnstation erreichen konnte. Es war aber gerade das, was wir uns gewünscht hatten, ein verwunschenes, verborgenes Nest ohne Lärm, mit reiner Luft, mit See und Wald, und die Miete für unser ganzes Haus mit fünf Stuben kostete, glaube ich, etwa 150 Mark im Jahr.*

Wir hatten unsere Sachen schon vor manchen Tagen vorausgeschickt, aber als wir jungen Eheleute nun in unserem Dorf ankamen und einziehen wollten, standen wir vor einem leeren Haus, außer meinen Bücherkisten war noch nichts angekommen, weder Möbel noch Betten, es blieb uns nichts übrig, als zu warten und vorerst irgendeinen Gasthof aufzusuchen. Es wurde uns einer drüben am anderen Ufer empfohlen, wir ließen uns über den See rudern und fanden gute Aufnahme und Unterkunft.

Immerhin, der Beginn unseres Unternehmens war etwas enttäuschend: Meine Frau hatte sich auf den Einzug und auf das Einrichten

Blick auf Gaienhofen vom schweizerischen Steckborn aus

gefreut, ich auf das Aufstellen meiner Bibliothek und das Einweihen des großen neuen, aus München bestellten Schreibtisches, an dem ich noch heute arbeite. Statt dessen saßen wir untätig in einem fremden Dorf und Gasthaus, konnten auf das andere Ufer und ›unser‹ Dorf hinüber blicken, fuhren immer wieder mit dem kleinen Dampfer übers Wasser und sahen uns jedesmal enttäuscht: Unser Hausrat war nicht eingetroffen. Irgend etwas schien da nicht zu stimmen bei unserem Sprung ins neue Leben, das ich mir knabenhaft halb als Idylle, halb als Robinsonade vorgestellt hatte, irgendein Kobold schien da zu spuken. Doch waren wir jung [...] und im großen ganzen recht vergnügt auf Ausflügen, Schiffs- und Ruderbootfahrten, studierten den üppigen Flor in den gepflegten Bauerngärten und die Mundart der Thurgauer, und für mich waren namentlich die Fischerdörfer und die Ufergebiete mit ihren tausend Pfählen, ihren unheimlichen Strömungen und ausgedehnten hohen Schilfwäldern von hoher Anziehungskraft.«

Hesse, Bodensee-Erinnerung, in: Bodensee, S. 27

Doch dann treffen die Möbel ein, das alte Bauernhaus am Gaienhofener Dorfplatz wird eingerichtet, und das von dem Gedankengut der alternativen Jugendbewegung der Jahrhundertwende inspirierte Experiment eines einfachen ländlichen Lebens kann beginnen. Man lebt sich rasch ein und bekommt auch Kontakt zu den Dorfbewohnern, die täglich ihr Vieh am großen Brunnen vor dem Haus tränken. Hermann Hesse genießt, wie aus zahlreichen Briefen dieser Zeit ersichtlich wird, den Beweis, daß er auch handwerklich sich zu helfen vermag und das alte Gemäuer bewohnbar machen kann (vgl. S. 245). Neben dem Haus werden Blumen und Johannisbeersträucher gepflanzt, und Hesse lernt mit dem Ruderboot umzugehen, um über dem See im schweizerischen Städtchen Steckborn Lebensmittel und Gebrauchswaren holen zu können.

Auch der im oben zitierten Brief an Stefan Zweig erwähnte Sachverhalt, daß nach Gaienhofen niemand komme und man am Ort keine Gesellschaft habe, ändert sich bald. Hesse und seine Frau sind nicht die einzigen Kulturschaffenden, die den schönen, landschaftlich unverdorbenen Bodenseewinkel als Refugium gewählt haben. In Emmishofen bei Konstanz lebt z.B. der aus Pforzheim stammende Schriftsteller Emil Strauß (1866-1960), der mit seinem Roman »Freund Hein« (1902) ein Buch geschrieben hat, das Hesses *»Unterm Rad«* wesensverwandt ist. Ihn hat Hesse bereits 1903 besucht, wobei er auf den Untersee als mögliche Wohngegend aufmerksam geworden ist. Und es folgen ihnen sogar einige Freunde nach Gaienhofen. So kommt der Maler und Kunsterzieher Max Bucherer, der den Hesses schon aus Basel bekannt ist, und unterrichtet eine Zeitlang in dem Landerziehungsheim, das im Gaienhofener Schloß untergebracht ist. Vor allem aber zieht Ludwig Finckh, Hesses engster Freund aus der Tübinger Zeit (s. S. 154f.), mittlerweile Arzt und als Verfasser des Buches »Der Rosendoktor« auch schriftstellerisch erfolgreich, kurze Zeit nach den Hesses nach Gaienhofen und sorgt in seiner im Vergleich zu Hesse unbekümmert-lebenslustigen Art für Geselligkeit (vgl. S. 250). Auch sonstige Bekannte aus nah und fern scheuen den Weg ins idyllische Gaienhofen durchaus nicht; so statten z.B. Stefan Zweig und Ludwig Thoma Hesse einen Besuch in seinem Bauernhaus ab. Hesse ist in Gaienhofen also keineswegs provinziell abgeschnitten; im Gegen-

Mia und Hermann Hesse in Gaienhofen um 1903

teil, er schafft sich in der Gaienhofener Zeit einen erstaunlichen Bekanntenkreis, der sich aus Künstlern und Kunstinteressierten aller Art zusammensetzt: Bruno Frank, Alfons Paquet, Jakob Schaffner, Wilhelm Schäfer, Wilhelm Schussen, Othmar Schoeck, Fritz Brun, Otto Blümel, Ludwig Renner, Hans Sturzenegger, Cuno Amiet, Albert Welti, Fritz Widmann sind nur einige der bekannteren.

Schriftstellerisch sind die Gaienhofener Jahre für Hesse ebenfalls sehr fruchtbar. Zunächst stellt er den Roman *»Unterm Rad«* fertig, den er 1903/1904 während eines längeren Aufenthalts im Vaterhaus in Calw begonnen hat. In ihm verarbeitet er seine Schulerlebnisse in Calw und Maulbronn 1891/92 (vgl. S. 28 f.). Als quasi Nebenprodukt der Beschäftigung mit seiner Calwer Zeit entstehen zahlreiche *»Gerbersauer Erzählungen«*, die den Grundstock bilden für die drei 1907, 1908 und 1912 erscheinenden Erzählbände *»Diesseits«*, *»Nachbarn«* und *»Umwege«*. 1907 beginnt er mit ersten Vorarbeiten an dem Vagabundenroman *»Knulp«*; 1910 erscheint der Musikerroman *»Gertrud«*. Außerdem entstehen, vor allem in den ersten Jahren, zahlreiche Prosaskizzen und Gedichte, in denen er die Bodenseelandschaft und das Dorfleben einfängt. (Diese kann man in dem schönen, von

Hermann Hesse mit Sohn Bruno bei der Kürbisernte 1909

Volker Michels 1977 herausgegebenen Band *»Hermann Hesse. Bodensee«* nahezu komplett nachlesen.) Doch damit ist seine Produktivität noch längst nicht am Ende: Neben den schriftstellerischen Werken verfaßt er zahllose Buchkritiken und Aufsätze zu kulturellen Themen für verschiedene Kunst- und Kulturzeitschriften, wie z.B »Die Rheinlande«, die »Propyläen« (Kulturteil der »Münchner Zeitung«) oder den »Schwabenspiegel«. Von besonderer Bedeutung ist seine feste Mitarbeit im literarischen Teil der von Ludwig Thoma und dem Verleger Albert Langen herausgegebenen »Halbmonatsschrift für deutsche Kultur« mit dem Titel »März«.

Auch in seiner Rolle als Familienoberhaupt macht Hermann Hesse Fortschritte. 1905 wird sein ältester Sohn Bruno geboren. Und da er solchermaßen zwei der drei traditionellen Aufgaben des Mannes erfüllt hat – ein Buch zu schreiben und ein Kind zu zeugen –, macht er sich 1907 schließlich an die dritte, indem er beschließt, ein eigenes Haus zu bauen (s. S. 252f.). In diesem Haus am Erlenloh in Gaienhofen haben auch seine Söhne Heiner und Martin ihre erste Kindheit verbracht.

Soweit scheint also alles in bester Ordnung. Doch wer seine Werke und Briefe aus der Zeit aufmerksam liest, kann erkennen, daß sich schon früh Risse unter dieser glatten Oberfläche bilden. Bereits 1904 schreibt Hesse eine Prosaskizze mit dem kritischen Titel *»Im Philisterland«*, in der er sich mit seiner Situation auseinandersetzt. Er schildert darin zunächst die Behaglichkeiten des Sitzens am heimischen Kachelofen, doch dann bricht es aus ihm heraus:

»Aber seit die Wälder wieder rot und der See im Herbststurm blitzt und laubgrün und meerblau wird, seit die Ofenbehaglichkeit anfing und ich meine Ruder vom Strand geholt und unter Dach gebracht habe, befällt mich öfters Zorn über dies bequeme Hinleben.

Wenn ich abends beim Dunkelwerden zum Strand hinuntergehe, rauschen an der Schiffslände die Pappeln stark und zart, der feuchte Wind umarmt mich schnell, springt auf den See und fährt stöhnend über das bewegte Wasser hin. Dann tut mir das Herz im Leibe weh, daß ich kein Einsamer und Wanderer mehr bin, und ich gäbe mein bißchen Haus und Glück und Behagen gern für einen alten Hut und Ranzen, um noch einmal die Welt zu grüßen und mein Heimweh über Wasser und Land zu tragen.«

Hesse, Im Philisterland, GW 6, S. 177

Geht man dieser Spur weiter nach, so fällt einem an Hesses schriftstellerischem Werk in jener Zeit manches auf, das man vorher vielleicht nicht so beachtet hat; z. B., wie oft Hesse in seinen Erzählungen die Vagabunden, die Außenseiter, die nicht in wohlgeordneten bürgerlichen Bahnen Lebenden in den Mittelpunkt stellt. Sie sind das Gegenbild zu seiner eigenen Existenz, die mit Beruf, Familie und Haus immer stärker in festgefahrene bürgerliche Bahnen hineingleitet. Sie locken ihn und machen ihm zugleich Angst. In seinem Innersten fühlt er sich ihnen verwandt, möchte sich zu ihnen gesellen und ein freies ungebundenes Leben führen. Zugleich fühlt er sich aber gezwungen, den seit der Jugend von außen auf ihn einwirkenden Kräften, vor allem der Familie, zu beweisen, daß er sehr wohl in der Lage ist, eine wohlgeordnete Existenz zu führen. Dieser Zwiespalt, den er später in seinen Romanen, vor allem im *»Steppenwolf«*, thematisieren wird, macht ihm zunehmend zu schaffen. Er reagiert darauf mit häufigen Kopfschmerzen, nervöser Gereiztheit und depressiven Stimmungen. Immer öfter versucht er sich durch Reisen abzulenken und dem Einerlei zu entziehen. Er fährt häufig geschäftlich oder privat nach München, wandert mit Kumpanen mehrmals durch Oberitalien, klettert einsam in den Alpen und verbringt 1907 einen Monat in der Kommune, die Aussteiger und nach alternativen Lebensformen Suchende am Monte Verita oberhalb von Ascona gegründet haben. Den Höhepunkt findet dies Ende 1911, als er, nur wenige Wochen nach der Geburt seines dritten Sohnes, für drei Monate nach Indien fährt, genauer gesagt nach Hinterindien. Zusammen mit dem Maler Hans Sturzenegger schifft er sich am 4. September in Genua ein und reist auf dem Dampfer »Prinz Eitel Friedrich« durchs Mittelmeer, Rote Meer und den Indischen Ozean nach Penang auf der Halbinsel Malakka, nach Singapur und nach Südsumatra.

Als er im Dezember wieder zurück ist, die von der Reise ersehnte Abklärung jedoch nicht gefunden hat, versucht er durch einen Wohnortswechsel zu retten, was vielleicht schon nicht mehr zu retten ist. Das Ziel ist Bern; dort in der Stadt hofft er *»Freunde und Nachbarn, Gespräch und Musik«* zu finden. Im Rückblick stellt er diesen Entscheidungsprozeß selbst so dar:

»Nun waren wir also richtig für Lebenszeiten eingerichtet und angesiedelt, friedlich stand vor unsrer Haustür der einzige große Baum unseres Grundstücks, ein alter gewaltiger Birnbaum, unter den ich eine Lattenbank gezimmert hatte, fleißig bestellte ich meinen Garten, pflanzte und schmückte, und schon kam mein ältestes Söhnchen mir im Garten spielend mit seinem Kinderspaten nach. Aber die Ewigkeit, für die wir gebaut hatten, dauerte nicht lange. Ich hatte Gaienhofen erschöpft, es war dort kein Leben mehr für mich, ich reiste nun häufig für kurze Zeiten weg, die Welt war so weit da draußen, und fuhr schließlich sogar nach Indien, im Sommer 1911. Die heutigen Psychologen, der Schnoddrigkeit beflissen, nennen so etwas eine ›Flucht‹, und natürlich war es unter anderem auch dies. Es war aber auch ein Versuch, Distanz und Überblick zu gewinnen. Im Sommer 1911 fuhr ich nach Indien und kam ganz am Ende des Jahres zurück. Aber das alles genügte nicht. Mit der Zeit fanden sich zu

den verschwiegenen inneren Gründen unserer Unzufriedenheit auch die äußern, die zwischen Mann und Frau leicht diskutierbaren: ein zweiter und dritter Sohn war geboren, der älteste wurde schulpflichtig, meine Frau empfand zuweilen Heimweh nach der Schweiz und auch nach der Nähe einer Stadt, nach Freunden und nach Musik, und allmählich gewöhnten wir uns daran, unser Haus als verkäuflich und unser Gaienhofener Leben als eine Episode zu betrachten. Im Jahr 1912 wurde die Sache reif, es fand sich ein Käufer für das Haus. Der Ort, an den wir jetzt ziehen wollten, nach acht Gaienhofener Jahren, war Bern.«

Hesse, Beim Einzug in ein neues Haus, GW 10, S. 147f.

Anreise nach Gaienhofen

Gaienhofen läßt sich mit öffentlichen Verkehrsmitteln auf verschiedene Weise erreichen. Man kann z. B. mit dem Zug nach Radolfzell reisen und von dort den Bus nach Gaienhofen nehmen. Oder man kann von Stein am Rhein oder Konstanz/Kreuzlingen die auf der schweizerischen Uferseite verlaufende Bahnlinie bis Steckborn nehmen und dann mit dem Schiff nach Gaienhofen übersetzen. Diese Möglichkeit hat Hermann Hesse des öfteren genutzt; er beschreibt sie z. B. in seiner 1904 in Gaienhofen entstandenen Erzählung *»Garibaldi«*:

»Dieser Tage fuhr ich mit der Eisenbahn von Steckborn nach Konstanz. Durch Obstbäume glänzte mattrot der abendliche Untersee, Bauerngärten mit Geranien, Fuchsien und Georginen leuchteten durch braune und grüne Lattenzäune, jenseits des Wassers lag die Reichenau und über Ried und Rebbergen das hohe Horner Kirchlein golden umleuchtet in der milden Abendklarheit. Es war noch heiß und ich hatte streng rudern müssen, um den Zug noch zu erreichen. Nun saß ich müde und gedankenlos allein in der Wagenecke und sah durchs offene Fenster die wohlbekannten Berge, Matten und Wasser im roten Abenddunst verglühen.« *Hesse, Garibaldi, GE 1, S. 256*

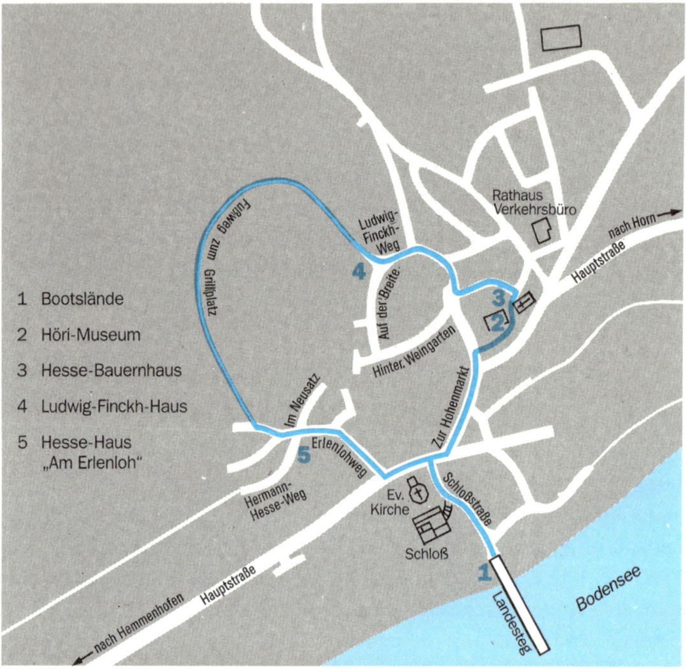

Sofern man aber genügend Zeit mitbringt, ist die schönste und von Hesse ebenfalls oft genutzte Art, Gaienhofen zu erreichen, eine Fahrt mit dem Linienschiff, die man an den am See gelegenen und mit Bahnhöfen versehenen Städten Radolfzell, Konstanz oder Stein am Rhein beginnen kann. Die Schiffe der Schweizerischen Schiffahrtsgesellschaft, die den Untersee bedienen, fahren sogar bis Schaffhausen den Rhein hinab, so daß man auch dort zusteigen kann. Dies könnte man dann gleich mit einem Abstecher in das Haus Belair in Schaffhausen verbinden, in dem Hesses Malerfreund Hans Sturzenegger wohnte, der ihn 1911 (s. S. 236) nach Indien begleitete. Das Bel Air dient heute als Jugendherberge und hat eine kleine Hesse-Gedenkstätte.

Die Fahrt auf dem Rhein zwischen Schaffhausen und Gaienhofen hat Hesse besonders geliebt:

»Noch schöner ist eine Rheinfahrt im Sommer von hier nach Schaffhausen. Man kann sie im Dampfboot machen, und auch so ist sie wundervoll; schöner aber ist sie im kleinen Ruderboot, zu dreien oder vieren, mit einem Topf Himbeeren und einer Flasche Wein unterm Rudersitz. Da fährt man ein paar Stunden lang auf dem See und dann auf dem raschen, kräftig treibenden Rhein abwärts durch eine lichte, edle Landschaft, unter alten Brücken durch und an alten Städten und Kirchen vorüber, durch Waldufer und Binsen.«

Hesse, Untersee. In: GB 1, S. 518

Das Fährboot klappert gemächlich die Orte links und rechts des Untersees ab und legt dabei auch am Landesteg in Gaienhofen an. Dort soll deshalb unser Rundgang durch Gaienhofen beginnen. Wer mit dem Auto anreist, findet beim Landesteg auch Parkplätze.

Rundgang durch Gaienhofen auf Hesses Spuren

1 Beim Bootslandesteg am Gaienhofener Seeufer

Die weit in den See hineingebaute Bootsanlegestelle (»Bootslände«) liegt unmittelbar unterhalb des Gaienhofener Schlosses. Am Zugang zum Steg steht das Zollhäuschen, links davon ist eine kleine hübsche Uferpromenade angelegt, rechts würde man nach etwa 300 Metern Spaziergang am Uferstreifen entlang zu dem kleinen Strand kommen, der zu Hesses Haus »Am Erlenloh« gehörte. Geradeaus geht der Blick über den See zum kaum einen Kilometer entfernten schweizerischen Städtchen Steckborn, das für Hesse eine wichtige Rolle gespielt hat:

»Unser Leben ist hier völlig einsam und ländlich, doch nicht ganz, was man poetisch-idyllisch nennt. Das Dörflein ist ganz klein und hat nur einen Bäcker, aber keine Läden, keinen Metzger usw. Ich muß also, sobald etwas nötig wird, nach Steckborn rudern und dort einkaufen. Dabei wird der Zoll passiert, und ich kann schon den ganzen Zolltarif für Küchensachen usw. auswendig, ziehe aber natürlich wo möglich das Schmuggeln vor. In Bälde hoffe ich nun auch ans Fischen zu kommen.« *Hesse, Brief vom 2.9.1904, GB 1, S. 124*

Am See war Hesse in seinem Element; hier konnte er seiner Liebe zum Wasser frönen, die sich bereits in seiner Jugend an der Calwer Nagold gebildet hatte: *»Am See habe ich ein kleines leichtes Ruderboot, ein Geschenk von Freunden, mit dem bin ich viel unterwegs, nehme auch zuweilen eine Hechtangel mit und setze ein primitives kleines Dreieckssegel auf.«*

In der 1905 entstandenen Schilderung *»Dem Sommer entgegen«* beschreibt er die festtäglichen Gefühle bei der Vorbereitung des Bootes für die neue Ruder- und Segelsaison. Und in einer anderen Schilderung, die unter den Überschriften *»Hochsommer«* und *»Ein Bummeltag«* veröffentlicht ist, skizziert Hesse die Bedeutung, die das Hinausfahren auf den See für ihn hatte:

»Still löse ich die rostige Kette vom alten Baumstamm, schiebe mein Ruderboot ins Wasser, knie hinten auf und stoße vom Strand ab. Der See liegt weit hinaus spiegelglatt und flimmert grün und silbern. Die Sonne brennt in voller Mittagskraft herunter, und der jenseitige Seerand spiegelt einen blauen, leuchtenden, von festgeballten schneeweißen Sommerwolken durchzogenen Himmel.

Hinter mir entweicht das schattige Wiesenufer mit hohen Pappeln und breiten, alten, tiefhängenden Weiden, und mit dem Ufer flieht auch alles das zurück, was mir dort am Lande Arbeit und Freuden, Pein und Sorge macht. Zu Hause liegt alles, wie ich es liegen ließ. Da liegen Briefe, auf die ich antworten soll, und Rechnungen, die ich bezahlen, und Einladungen, denen ich folgen soll, angefangene Arbeiten und aufgeschlagene Bücher. Alle Dinge scheinen mir, indes ich langsam seewärts rudere, wesenlos, töricht und unnötig, einer sonderbar entarteten Welt zugehörig, der ich entronnen bin …«

Hesse, Hochsommer, GW 6, S. 189f.

Auch den Seewintern wußte Hesse einiges abzugewinnen; dann kam ihm zugute, daß er bereits in der Jugend auf der Nagold in Calw ein sicherer Schlittschuhläufer geworden war: *»Das Schönste, was der Winter uns hier bringen kann, ist eine ›Seegfrörne‹. Es kommt nicht jedes Jahr dazu, aber wenn es einmal glückt, gibt es nichts Herrlicheres, als den weiten Seespiegel mit frischem Eise vor sich zu haben und meilenweit darauf losfahren zu können«*, schreibt er 1912 in dem Feuilletonartikel »*Untersee*«. Und in einem Brief erinnert er sich: »*Einmal habe ich im Winter an einem frischen hellen Morgen als erster den frisch gefrorenen See beschritten und auf die blanke Spiegelfläche als erster die Spur meiner Schlittschuhe geschrieben. Das Eis war so hell, daß man unten jeden Fisch sehen konnte.*«

2 *Die Hermann-Hesse-Gedenkstätte im Höri-Museum*

Um zum Höri-Museum zu kommen, gehen wir vom Landesteg zunächst die Schloßstraße hoch und am Schloß vorbei, das wie bereits zu Hesses Zeiten ein Landerziehungsheim beherbergt (Hesse erwähnt es in der Betrachtung »*Untersee*«). Die Schloßstraße mündet dann in die Hauptstraße, die wir nach rechts gehen bis zu der Straßengabelung, an der die Straße ›Zur Hohenmarkt‹ nach links von der Hauptstraße abzweigt. In dieser geht nach wenigen Schritten rechts ein Fußweglein ab, das zwischen Häusern und Gärten zum Höri-Museum hinaufführt.

Das aus dem 17. Jahrhundert stammende, schön renovierte Gebäude, in dem das Höri-Museum untergebracht ist, war zu Hesses Zeit noch das Rat- und Schulhaus des Dorfes. Von seinem ersten Gaienhofener Wohnhaus, das nur ein paar Schritte entfernt ist (oberhalb der Kapelle), konnte Hermann Hesse direkt auf den Schulhof blicken:

»*Da war Schulpause, und die Buben und Mädchen kamen zum Spielen auf den Platz. Die Buben kamen in atemlosem Galopp, die Mädchen in friedlich-stillen Zügen, fast alle hellblond, mit steif gewässerten Zöpfen. Es ging ein Versteck- und Fangspiel um die Kapelle herum los, mit dröhnendem Laufen und Stampfen und gewaltigem Gebrüll. Der Sieger wurde von zwei anderen durchgehauen. Auch manche Mädchen machten eifrig mit, die meisten aber verzehrten plaudernd ihr Stück Brot, gingen auf und ab oder saßen an die Mauer gelehnt auf dem Boden. Eine ganz Kleine stand nebendraußen und weinte schmerzlich, während sie mit vollen Backen ihr großes Brot verzehrte, auf das die Tränen herunterliefen. Drei Knaben hockten unten am Brunnentrog und steckten die Köpfe zusammen; der eine von ihnen, ein Rothaariger, zeigte auf seiner flachen Hand den anderen eine tote Fledermaus. Daneben wuschen zwei andere im Trog ihre farbigen Sacktücher aus; eines davon hatte ein ungeheures Loch, und sein Besitzer tat mir leid, denn seine Mutter ist die schneidigste und strengste Frau im ganzen Dorf.*

Im Hintergrund klatschte der Lehrer in die Hände, und im Augenblick war der Platz leer und wieder so totenstill wie immer. Aber zugleich ward auch das vorher übertönte Rauschen des Brunnens wieder laut, das Tag und Nacht in meine stille Stube klingt und ohne das ich nimmer sein möchte.«

Hesse, Vor meinem Fenster. In: Kleine Freuden, S. 24

Das Höri-Museum ist in seiner heutigen Form im Jahr 1988 eingerichtet worden. Die Schätze, die es birgt, sowie die gelungene museumspädagogische Präsentation sind für eine Gemeinde von der Größe Gaienhofens schon außergewöhnlich. Der Reichtum an Ausstellungsstücken und Dokumentierbarem verdankt sich vor allem dem Sachverhalt, daß Gaienhofen und die anderen Dörfer der Höri bereits ab der Jahrhundertwende zum Refugium für zahlreiche Künstler wurden.

Das Museum, für dessen Besichtigung man sich mindestens ein bis zwei Stunden reservieren sollte, ist folgendermaßen aufgebaut:

Im Erdgeschoß befindet sich die Gemälde- und Skulpturengalerie mit Werken von Künstlern, die zeitweise auf der Höri ansässig waren; im Museumsbegleiter liest man hierzu: »Seit Beginn unseres Jahrhunderts kamen zahlreiche bildende Künstler auf die Höri. Unter den ersten waren Maler aus dem Freundeskreis von Hesse und Finckh, wie Max Bucherer, Otto Blümel und Ludwig Renner. Später ließen sich einige Landschaftsmaler hier nieder, unter ihnen Eugen Segewitz, Walter Waentig und Hugo Boeschenstein. Eine größere Anzahl von Künstlern siedelte während des ›Dritten Reichs‹ auf die Höri über. Es waren Künstler, die aus den städtischen Kunstzentren fliehen mußten, weil sie als ›entartet‹ galten oder weil sie im Krieg Wohnung und Atelier verloren. Helmuth Macke, Otto Dix, Max Ackermann und der Kunsthistoriker Walter Kaesbach waren die ersten, die hier Zuflucht und eine neue Heimat fanden.

Ihnen folgten während des Krieges Ferdinand Macketanz, Erich Heckel sowie der Bildhauer Hans Kindermann und der Fotograf Hugo Erfurt. Curth Georg Becker, Walter Herzger, Rudolf Stukkert und Jean Paul Schmitz ließen sich kurz nach dem Krieg am Untersee auf der Höri nieder. Werke dieser Künstler, ergänzt durch Arbeiten einiger heute hier lebender Maler und Bildhauer, bilden den Schwerpunkt der Gemälde- und Skulpturengalerie.«

Der zweite Stock ist neben einer heimatkundlichen Ausstellung vor allem Hermann Hesse und Ludwig Finckh gewidmet. Von Ludwig Finckh (vgl. S. 154 und 250), der Hermann Hesse 1905 nach Gaienhofen folgte und lebenslang hier wohnen blieb, ist die Einrichtung seines Arbeitszimmers ausgestellt; Leben und Werk werden mit Schautafeln und Dokumenten vor Augen geführt.

In den Hermann Hesse gewidmeten Räumen wird ein kurzer anschaulicher Überblick über Hesses Leben vermittelt. Der Schwerpunkt liegt natürlich auf den acht Gaienhofener Jahren, die mit Bildern und Texten vergegenwärtigt werden. Für Abwechslung und Sehvergnügen sorgen Vitrinen mit zahlreichen Erinnerungsstücken aus dem Besitz Hesses: Schreibmaschine, Geige, Spazierstock, Aquarellkasten, Strohhut, Überseekoffer, Ehrenmitgliedsurkunde des Gaienhofener Turnvereins von 1912, Erstausgaben von Werken usw. Die Wände schmücken zahlreiche Aquarelle von Hesse und Zeichnungen und Gemälde des mit ihm befreundeten Gunter Böhmer (s. S. 282). Im hintersten Raum ist eine Leseecke mit Hesse-Werken eingerichtet.

3 Das von Hesse 1904 bis 1907 bewohnte Bauernhaus

Wenn man aus dem Höri-Museum heraustritt, hat man davor den kleinen Platz mit der Linde als Zentrum fast ganz so vor Augen, wie ihn Hermann Hesse zwischen 1904 und 1907 täglich sah. Gegenüber steht die Sankt-Mauritius-Kapelle und links davon das alte Fachwerkbauernhaus, das Hesses Frau Mia 1904 anmietete (vgl. S. 230). Das Haus ist erfreulicherweise vor einigen Jahren dem Höri-Museum angegliedert worden. Die Stuben, die Hesse damals bewohnte, wurden vom Museum mit Erinnerungsstücken an

Hesse, vor allem mit Aquarellen, Zeichnungen von ihm, seinem alten Schreibtisch und Teilen seiner damaligen Bibliothek ausgestattet, und in den ehemaligen Scheunentrakt des Hauses wurde ein sehr schöner Vortragssaal für kulturelle Veranstaltungen eingebaut. Auf diese Weise kann man das Haus nun genau erkunden und noch besser nachvollziehen, was Hesse darüber geschrieben hat:

»Dies also war mein erstes Haus. Eigentlich hatten wir bloß die Hälfte des Hauses gemietet, die andere Hälfte bestand aus Scheune und Stall, die der Bauer zur eigenen Verwendung behielt. Der Wohnteil des Fachwerkhauses bestand unten aus einer Küche und zwei Stuben, deren größere mit dem großen Kachelofen unser Wohn- und Speisezimmer war, rohe Holzbänke liefen der halben Wand entlang, es war dort warm und behaglich zwischen den Holzwänden. Das kleine Zimmer daneben war das meiner Frau, dort stand ihr Klavier und Schreibtisch. Eine primitive Brettertreppe führte ins obere Geschoß. Dort war, dem Wohnzimmer unten entsprechend, ein großer Raum mit zwei Fenstern übereck, aus denen, an der Kapelle vorbei, Stücke der Seelandschaft zu sehen waren; dies war mein Studierzimmer, darin stand der große Schreibtisch, den ich mir hatte bauen lassen und den ich als einziges Stück von damals noch heute habe, auch ein Stehpult stand wieder darin, und alle Wände voll von Büchern. Trat man ein, so mußte man auf die hohe Balkenschwelle achten; wer das außer acht ließ, stieß sich in der niedrigen Tür den Kopf an, es ist manchem passiert. Der junge Stefan Zweig mußte bei seinem Besuch sich erst eine Viertelstunde hinlegen und erholen, ehe er sprechen konnte, er war zu rasch und enthusiastisch eingetreten, als daß ich ihn noch vor der Schwelle hätte warnen können. Daneben waren auf diesem Boden noch zwei Schlafzimmer und darüber ein großer Dachboden. Ein Garten war nicht bei diesem Hause, nur ein kleiner Grasfleck mit zwei, drei geringen Obstbäumen, dazu grub ich dem Haus entlang eine Rabatte und pflanzte Johannisbeersträucher und einige Blumen hinein.

In diesem Haus habe ich drei Jahre gewohnt, während dieser Zeit ist mein erster Sohn zur Welt gekommen und sind viele Gedichte und Erzählungen entstanden. Im ›Bilderbuch‹ und anderwärts findet sich manche Schilderung aus unsrem damaligen Leben. Etwas,

Das Bauernhaus der Hesses. Zeichnung des befreundeten Hugo Geißler

was kein späteres Haus mehr zu geben hatte, macht dieses Bauernhaus mir lieb und einzigartig: Es war das erste! Es war die erste Zuflucht meiner jungen Ehe, die erste legitime Werkstatt meines Berufes, hier zum erstenmal hatte ich das Gefühl von Seßhaftigkeit, und eben darum auch zuweilen das Gefühl der Gefangenschaft, des Verhaftetseins an Grenzen und Ordnungen; hier zum erstenmal ließ ich mich auf den hübschen Traum ein, mir an einem Orte eigener Wahl etwas wie Heimat schaffen und erwerben zu können. Und es geschah mit geringen und primitiven Mitteln. Nagel um Nagel in diesen Stuben habe ich selber eingeschlagen, und es waren nicht gekaufte Nägel, sondern Kistennägel von unsrem Umzug, die ich Stück für Stück auf unsrer steinernen Hausschwelle geradegeklopft hatte. Ich habe die klaffenden Ritzen im Obergeschoß ausgestopft, mit Werg und mit Papier, und rote Farbe drüber gestrichen, ich habe in dem schlechten Boden bei der Hauswand gegen Trockenheit und Schatten um die paar Blumen gekämpft. Das Einrichten dieses Hauses war mit dem schönen Pathos der Jugend geschehen, mit dem Gefühl eigenster Verantwortlichkeit für unser Tun, und mit dem Gefühl, es sei fürs ganze Leben. Dazu hatten wir auch den Versuch gemacht, in dieser bäuerlichen Hütte ein ländliches, einfach-aufrichtiges, natürliches, unstädtisches und unmodisches Leben zu führen. Die Gedanken und Ideale, die uns dabei führten, waren ebenso verwandt mit denen Ruskins und Morris', wie mit denen von Tolstoi. Zum Teil war es geglückt, zum Teil mißlungen, aber es war uns beiden mit allem Ernst gewesen, es war alles in Treue und Hingabe getan worden.«

Hesse, Beim Einzug in ein neues Haus, GW 10, S. 140ff.

In der 1904 entstandenen Prosaskizze *»Vor meinem Fenster«*, die im Bodensee-Band und im Sammelband *»Kleine Freuden«* abgedruckt ist, schildert Hesse ausführlich, was vor seinem Fenster im Laufe des Tages alles zu sehen und zu hören war. Er beginnt mit dem Sonnenaufgang, erzählt vom Plätschern des Brunnens vor dem Haus, der heute noch an der selben Stelle steht, beobachtet die Schulkinder, die lärmend auf den gepflasterten Platz zwischen Schulhaus und Kapelle stürmen (vgl. S. 241f.), hört von Ferne das Dampfschiff schnauben, unterhält sich mit der Postbotin, belauscht den Dorfklatsch am Brunnen, während das Vieh des Dorfes dort getränkt wird, sieht Handwerker und den Landboten über den Platz schreiten und lauscht schließlich in der Dämmerung wieder dem Brunnenrauschen, das *»schön und einfach wie ein Volkslied«* klingt.

Einen Abend in dem alten Bauernhaus schildert er in der ebenfalls 1904 entstandenen Prosaskizze *»Abendstunde«*, die im Bodensee-Band und im *»Bilderbuch«* (GW 6, S. 180ff.) enthalten ist. Er hat sich ein Buch zurechtgelegt, während im Nebenraum seine Frau, die eine ausgezeichnete Pianistin ist, leise Klavierstücke von Schumann und Chopin spielt, die ihn in eine träumerische Stimmung versetzen, in der er über das Leben und das Glück nachzusinnen beginnt:

»Ich möchte nun auf einmal wissen, wann mein frohester Tag, meine seligste Stunde war.

Mein frohester Tag! Ich muß lachen. In meiner Erinnerung, da, wo die guten, reinen, köstlichen Augenblicke aufgeschrieben sind, steht einer neben dem andern, zehn und hundert und viel mehr als hundert, und jeder ist fehlerlos, mit ungetrübter Lust gefüllt, und einer ist so schön wie der andere und keiner gleicht dem andern. Da ist ein Tag, vor Jahren im Hochgebirge verbracht, auf einer hohen Alp, zwischen Enzianen und kletternden Ziegen und Geißbubengejodel, ein feuchter, blanker Himmel darüber und in der Nähe das Rufen eines weißen Wasserfalls. Dann eine Morgenstunde, noch vor Sonnenaufgang, auf einer Odenwaldstraße, im Gespräch mit einem verirrten Landstreicher, voll von Morgenkühle, Frühlicht, Erwartung und Humor. Und eine andere Morgenstunde auf der Schwäbischen Alb, da saß ich im schüttelnden Postwagen und von vorn und hinten goß der Regen herunter und mir gegenüber eine Kleine, Sechzehnjährige, halb froh, halb ängstlich mit dem Unbekannten plaudernd, dann zuversichtlicher und schließlich fröhlich und ausgelassen wie ein Bub. Aber wie kann ich den Abend vergessen, den warmen Juniabend am See, auf der dunklen Bank! Und unser langsames Gespräch, alle paar Minuten ein Wort, und unsern ersten Kuß! Oder die wunderbare Märchennacht, als ich zum erstenmal, das Herz selig bedrückt von der Erfüllung jahrelanger Jugendsehnsucht, durch die Gassen von Florenz lief und über den Ponte und wieder durch die alten Winkel auf die Piazza vor den schweigenden, himmelhohen Turm! O, und der erste Anblick des Meeres – der Vormittag, da ich über Genua auf den Hügeln schweifte, und unten schrie der Sturm das blaue und weiße Meer an den steilen Felsen empor! Auch jene Mittagsstunde darf ich nicht vergessen, da ich im Hofe eines südlichen Klosters auf dem herrlich glühenden Pflaster verschlief, und wie der Pförtner mich tadelnd weckte, und wie wir Freunde wurden und einen ergiebigen Gang in die kalten, massiv gewölbten, mächtigen Keller unternahmen. Auch nicht den Hochsommermittag, da ich bei Rheinfelden mich seufzend entkleidete und an still brütenden Wäldern vorbei unter einem stählernen Gewitterhimmel aufatmend rücklings den Rhein hinabschwamm.«

Hesse, Abendstunde, in: Bodensee, S. 80f.

Im Jahr 1907 ging die Zeit im Bauernhaus zu Ende; Hermann Hesse berichtet im Rückblick über die ausschlaggebenden Gründe:

»Von unserem Bauernhaus nahmen wir einen langsamen und leichten Abschied, denn wir hatten beschlossen, uns nun selber ein Haus zu bauen. Es hatten sich dafür verschiedene Gründe eingefunden.

Erstens waren unsre äußeren Verhältnisse günstig, und bei dem einfach-sparsamen Leben, das wir führten, war jedes Jahr Geld zurückgelegt worden. Dann hatten wir schon lange Sehnsucht nach einem richtigen Garten und nach einer freieren und höheren Lage mit weiter Aussicht. Auch war meine Frau viel krank gewesen, und es war ein Kind da, und solche Luxuseinrichtungen wie eine Badewanne und ein Badeofen schienen uns jetzt nicht mehr so ganz entbehrlich wie vor drei Jahren. Und, so dachten und sprachen wir, wenn unsere Kinder nun hier auf dem Lande aufwuchsen, so war es schöner und richtiger, wenn sie es auf eigenem Grund und Boden, im eigenen Haus, im Schatten eigener Bäume tun konnten. [...] Kurz, es war beschlossen worden, Land zu kaufen und zu bauen. [...] Wir wählten einen Platz außerhalb des Dorfes, mit freier Aussicht über den Untersee. Man sah das Schweizer Ufer, die Reichenau, den Konstanzer Münsterturm und dahinter ferne Berge.«

Hesse, Beim Einzug in ein neues Haus, GW 10, S. 143 ff.

Dieses 1907 erbaute neue Haus soll im folgenden aufgesucht werden.

4 Spaziergang zum Hesse-Haus »Am Erlenloh«

(Wer diesen ca. eine halbe Stunde in Anspruch nehmenden Spaziergang, der über das ehemalige Wohnhaus von Ludwig Finckh zu einem schönen Aussichtspunkt oberhalb des Dorfes führt, nicht machen möchte, kann auch direkt durch das Dorf zum »Haus am Erlenloh« gehen. Hierzu muß man vom alten Hesse-Bauernhaus wieder am Höri-Museum vorbei den Fußweg zur Hauptstraße hinabgehen und dann die Hauptstraße an der evangelischen Kirche, die beim Schloß liegt, vorbei ein Stück in Richtung Hemmenhofen hinaus. Die erste Straße, die nach kurzer Wegstrecke rechts von der Hauptstraße abzweigt, ist der Erlenlohweg. Von diesem zweigt wiederum bald der Hermann-Hesse-Weg links ab. Das erste Haus links an diesem Weg ist das von Hermann Hesse erbaute Haus »Am Erlenloh«.)

Um zum Ludwig-Finckh-Haus zu kommen, geht man um das

Hesse-Bauernhaus herum in die Kapellenstraße hinein. Diese mündet in die Straße »Zur Hohenmarkt« ein, von der eine kurze Strecke oberhalb auf der linken Seite der Ludwig-Finckh-Weg abgeht, der direkt auf das Finckh-Haus zuführt. Dieses wurde im selben Jahr wie das Hesse-Haus am Erlenloh erbaut. Zuvor hatte an seiner Stelle ein altes Häuschen gestanden, das Finckh 1905 erworben hatte; über dessen Schicksal berichtet Hermann Hesse:

»Zwei Bilder, zwei Erlebnisse stehen jedesmal scharf und wohlerhalten in meinem Gedächtnis auf, wenn ich an die ersten Gaienhofener Jahre erinnert werde. Das erste Bild ist ein warmer strahlender Sommermorgen, der Morgen meines achtundzwanzigsten Geburtstages. Da wachte ich früh auf, von wunderlichen Tönen geweckt und beinah erschreckt, lief im Hemd ans Fenster, und unterm Fenster stand, von meinem Freund Ludwig Finckh aus den paar Nachbardörfern zusammengeholt, eine ländliche Blasmusik, die spielte einen Marsch und einen Choral, und die Hörner und die Klarinettenklappen funkelten in der Morgensonne.

Das andre Bild hat ebenfalls mit meinem Freund Finckh zu tun. Auch diesmal wurde ich aus dem Schlaf geschreckt, aber es war noch mitten in der Nacht, und unterm Fenster stand nicht Finckh, sondern Freund Bucherer und meldete mir, daß das kleine Häuschen, das Ludwig Finckh sich gekauft und soeben für seine junge Frau hergerichtet hatte, in Flammen stehe. Schweigend gingen wir durchs Dorf hinauf, da stand der Himmel hochrot, und das kleine putzige Hexenhäuschen, eben erst frisch ausgebaut, gemalt und eingerichtet, brannte vor unsern Augen bis zur letzten Schindel nieder, während sein Besitzer auf der Hochzeitsreise war und morgen eintreffen und seine Frau in das Haus einführen sollte. Als der Trümmerhaufen noch glühte und rauchte, mußten wir uns auf den Weg machen, um dem Freund entgegenzugehen und ihn und seine Frau mit der Unglücksbotschaft zu empfangen.«

Hesse, Beim Einzug in ein neues Haus, GW 10, S. 142 f.

In dem 1907 neuerbauten Haus lebte Ludwig Finckh bis zu seinem Tod im Jahr 1964. Finckh war zu Hesses Gaienhofener Zeit vielleicht dessen engster Freund. Hugo Ball, Hesses erster Biograph und selbst mit Hesse befreundet, stellte ihre gemeinsame Gaienhofener Zeit folgendermaßen dar: »Nun, dieser liebe Ludwig Finckh, der seinen Bernhardinerhund ›Isolda‹ nennt und seinen Esel ›Lump‹ und den man nahezu zum Brettldichter gestempelt hätte, er ist Hesse von Tübingen her verbunden, und sie finden sich am Bodensee wieder und bauen sich beide in Gaienhofen hübsche kleine Villen und angeln und segeln und treiben Gartenbau und Kinderzucht. – Ja, und noch etwas mehr: sie suchen Homer und Ossian wieder lebendig zu machen. Sie haben es ziemlich indianerhaft; der ganze Untersee gehört ihnen: von Stein am Rhein bis Konstanz und von Radolfzell bis nach Steckborn hinüber. [...] Sie haben da ihre Segelboote und obliegen der Natur und dem Schmetterlingsfang. Sie führen ein Jäger- und Fischerleben wie nur Walt Whitman auf dem Michigan-See und Hamsun oben in seinen Fjorden.« (Hugo Ball: Hermann Hesse, S. 97)

Ludwig Finckh selbst hat die Wirkung, die ihr Treiben auf die Gaienhofener hatte, so beschrieben: »Schriftsteller? Was war das für ein unbekannter Beruf! Wir galten den Leuten als Müßiggänger – ›so, gont ihr spaziere?‹ war der alltägliche Gruß für die ›Schriftsetzer‹, da wir keine Sensen trugen, wenn wir übers Feld gingen. Dabei war Hesse der fleißigste Arbeiter, den ich kannte.« (Ludwig Finckh, Gaienhofener Idylle, S. 24f.) In späteren Jahren lebten sich Hesse und Finckh mehr und mehr auseinander, da sie, insbesondere zur Zeit des 1. Weltkriegs und des Nationalsozialismus, unterschiedliche politisch-kulturelle Ansichten entwickelten.

Neben dem Finckh-Haus führt ein Weg in das idyllische, Döbele genannte Tälchen. Weiter hinten steigt der Weg nach links zu einer Anhöhe an, von der man bei guter Sicht einen großen Teil des Untersees bis zur Reichenau und nach Konstanz hin überblicken kann. Gegenüber liegt das schweizerische Seeufer mit dem Seerücken und an klaren Tagen den Alpen darüber. Hermann Hesse ist diesen Weg oft gegangen; vielleicht hat er die sich hier bietende Aussicht vor Augen gehabt, als er 1912 die folgende Landschaftsbeschreibung verfaßte:

»Ich finde heute noch wie vor Jahren unsern Untersee schöner als irgend einen anderen Teil des Bodensees, und besonders unser badi-

sches Ufer, der »Höri«, wo kilometerweit fast ohne jede künstliche Unterbrechung das stille, flache Ufer unzerstört wie in Urzeiten mit Schilf und Gebüsch, mit jungem Fischgewimmel und mit Enten- und Kiebitznestern sich erstreckt. Unser Seeufer wird durch keine Bahn, durch keine Straße, durch keine Kaimauer, noch andere Anlagen geschädigt, es spiegelt sich mit Pappeln, Weiden, Erlen, Wiesen und Schilf im seichten Wasser, kaum daß da und dort, weit voneinander entfernt, kleine Badehütten stehen. Gegenüber im Osten liegt die Reichenau mit Kloster und Dörfern, südlich drüben das Schweizer Ufer mit lauter schönen, alten, wohnlich freundlichen Dörfern und Städten, da und dort auf den Höhen zwischen Baumwipfeln ein alter Herrensitz, wie der Arenenberg und der Salenstein, an allen Hügeln trotz der Nordlage noch reichliche Reste des ehemals blühenden Weinbaues. In unserem Rücken liegt waldig und wenig bewohnt der langgestreckte Schienberg, der uns von aller Welt abschneidet und in dessen weiten Wäldern wir im ersten Frühjahr Seidelbast und Schneeglöckchen, im Frühsommer Erdbeeren und Haselnußstecken für die Buben, im Herbst gute Pilze und schöne Ebereschenzweige holen. Im Winter ist der Schienberg auch ein ganz gutes Skigelände, doch wir haben wenig Schnee.« *Hesse, Untersee, GB 1, S. 516*

Die weite Landschaft löste bei Hermann Hesse immer wieder Fernweh und Vagabundierlust aus; Ludwig Finckh berichtet darüber in seiner Autobiographie »Himmel und Erde«: »Und da mochte es vorkommen, daß er, im Zusammenstoß mit der Umwelt, verärgert und mißmutig nach seinem Hut griff und davonging. Auf der Straße nach Horn holte er einen Landstreicher ein, der so fröhlich und unbekümmert dahinschritt, daß sie Tritt faßten und ins Gespräch kamen; der Bruder wußte sogleich, wo den anderen der Schuh drückte, und so kamen sie miteinander, schon ein wenig entlastet, ins nächste Dorf, wo sie sich vertraut in den ›Adler‹ setzten. Man ließ eine Flasche Wein auffahren, und die Zungen lösten sich vollends. Um Mitternacht schrieb Hesse an seine Frau eine Ansichtskarte, aus Iznang [Ort zwischen Gaienhofen und Radolfzell].- Am anderen Morgen war aller Unmut verflogen. Ein neuer Tag hatte begonnen, und Hesse – der Kumpan hatte sich schon auf die Füße gemacht – stieg ganz von selber durch die tauigen Wiesen den Weg hinan, der im Bogen über den Berg nach Gaienhofen führte. In seinem Haus angelangt, stand er bald an seinem Pult, wo er zu schreiben gewohnt war, als die Tür aufging und der Postbote seiner Frau die Karte reichte, die sie mit Verwunderung las: ›Iznang, den ... Auf meiner Reise durch die europäischen Länder bin ich hier angelangt und schicke Dir diesen Gruß! Hermi.« (Ludwig Finckh, Himmel und Erde, S. 67f.)

Vom Aussichtspunkt führt der Weg zu dem am Waldrand gelegenen Grillplatz, von dem wiederum ein Fußpfad mit Holztreppen in ein dorfwärts führendes Tälchen hinabführt. Dem Weg am Bach folgend kommt man zum Erlenlohweg, von dem nach kurzer Strecke rechts der Hermann-Hesse-Weg abgeht. Das ehemalige Hesse-Grundstück und -Haus »Am Erlenloh« (Hausnummer 2) liegt gleich links am Beginn des Weges.

5 Das 1907 von Hesse erbaute Haus »Am Erlenloh«

(Das Haus ist seit langem im Besitz der Familie des verstorbenen Landschaftsmalers Walter Waentig; da es bewohnt wird, kann es nicht besichtigt werden.)

Über den Bau des Hauses und das Leben in ihm berichtet Hesse in seiner 1931 verfaßten Erinnerung *»Beim Einzug in ein neues Haus«*:

»Ein von Basel her befreundeter Architekt, [Hans] Hindermann, war zur Verfügung, die Schwiegereltern gaben den größten Teil der Bausumme als Darlehen, Land war überall billig zu kaufen, ich glaube, der Quadratmeter kostete etwa zwei oder drei Groschen. So haben wir in unserem vierten Bodenseejahr ein Grundstück gekauft und ein hübsches Haus darauf gebaut. [...] Das Haus war bequemer und größer als das verlassene, es war Raum darin für Kinder, Magd, Gast; Schränke und Truhen wurden eingebaut, und wir brauchten das Wasser nicht mehr wie bisher vom Brunnen her zu tragen, es gab eine Wasserleitung im Haus, und unterm Boden einen Wein- und Obstkeller und eine Dunkelkammer für die Photographien meiner Frau, und noch dies und jenes Hübsche und Angenehme. [...] In meinem Arbeitszimmer war eine Bibliothek eingebaut und ein gro-

Das von Hermann Hesse 1907 gebaute »Haus am Erlenloh« heute

ßer Mappenschrank. An allen Wänden drängten sich die Bilder, wir hatten manche Künstlerfreunde, kauften einiges und bekamen anderes geschenkt. [...] Besonders üppig und fein hatte ich mir die Heizung meines Studierzimmers ausgedacht: da stand ein großer grüner Kachelofen, der aber als Dauerbrenner mit Kohlen geheizt werden konnte. [...]

Beinahe wichtiger als das Haus wurde mir der Garten. Einen eigenen Garten hatte ich noch nie gehabt, und aus meinen ländlichen Grundsätzen ergab sich von selbst, daß ich ihn selber anlegen, bepflanzen und pflegen mußte, und das habe ich denn auch manche Jahre lang getan. Ich baute im Garten einen Schuppen für das Brennholz und das Gartengerät, ich steckte gemeinsam mit einem mich beratenden Bauernsohn Wege und Beete ab, pflanzte Bäume, Kastanien, eine Linde, eine Katalpe, eine Buchenhecke und eine Menge von Beerensträuchern und schönen Obstbäumen. Die Obstbäumchen wurden im Winter von den Hasen und Rehen abgenagt und zerstört, alles andere gedieh recht schön, und wir hatten damals die Erdbeeren und Himbeeren, den Blumenkohl, die Erbsen und den Salat im Überfluß. Daneben legte ich eine Dahlienzucht an und eine lange Allee, wo zu beiden Seiten des Weges einige hundert Sonnen-

blumen von exemplarischer Größe wuchsen und zu ihren Füßen viele Tausende von Kapuzinern in allen Tönen von Rot und Gelb.«

Hesse, Beim Einzug in ein neues Haus, GW 10, S. 144ff.

Im September 1907 konnte die Familie Hesse den im März begonnenen Neubau beziehen. Alles in allem kam der Bau auf stark 20 000 Mark; einen großen Teil der Finanzierung streckte Schwiegervater Bernoulli vor. Die ›Architekten-Rundschau‹, die Anfang 1909 einen Artikel über die Neubauten von Hesse und Finckh veröffentlichte, berichtet von Baukosten von 24,30 Mark für den Kubikmeter umbauten Raumes; weiter heißt es darin unter der Überschrift »Zwei Dichterwohnungen am Bodensee«:

»Die Landschaft des Untersees übt durch ihre ruhige, freundliche Schönheit große Anziehungskraft aus auf geistig arbeitende Menschen, die dem Stadtgetriebe den Rücken kehren. So sind in neuerer Zeit verschiedene Gruppen von Ansiedlungen an verschiedenen Punkten des Sees entstanden, darunter im Sommer 1907 die Wohnhäuser der Schriftsteller H. Hesse und L. Finckh in Gaienhofen. Das Haus Hesse steht westlich des Dorfes an den gegen den Wald aufsteigenden, mit Wiesen und Obstbäumen bestellten Hängen. Man übersieht von dort die ganze Seefläche gegen die Reichenau und Konstanz nach Osten und bis gegen den Rheinausfluß nach Südwesten. Auf diese bevorzugte Lage ist in der Einteilung der Grundrisse Rücksicht genommen, indem das große Wohnzimmer des Erdgeschosses und das Arbeits- und Bibliothekszimmer im ersten Stock nach Südosten gelegt sind. Beide gewähren den Austritt auf Veranda und Terrasse. Die übrigen Wohn- und Schlafzimmer haben Süd- und Ostbeleuchtung, alle Nebenräume und die Treppe liegen nach Westen und Norden. Alle diese Räume sind in einfachster Art ausgestattet. Das Wohnzimmer erhielt eine einfache braune Täfelung und wurde zu einem früher entworfenen in hellem Eichenholz ausgeführten Mobiliar bestimmt; die Hauptzierde bildet der Kachelofen. Das Bibliothekszimmer konnte mit eingebauten Büchergestellen und Schränken ausgestattet werden. Das Äußere des Hauses findet seine Vorbilder am ehesten in einem der gemütlichen Haustypen der Ostschweiz. Das Keller- und Erdgeschoß sind massiv, das Obergeschoß ist in Fachwerk ausgeführt und mit einem

Holzschindelschirm verkleidet, den das weit ausladende Dach schützt. In den Farben ist alles Grelle vermieden. Das Erdgeschoß ist ohne Zusatz von Farbe rauh verputzt, das Obergeschoß erhielt graugrünen Anstrich. Nur die grünen Läden und die weißen Fensterkreuze heben sich kräftig hervor. Das Dachgesims und das Holzwerk der Veranda sind in sattem dunklem Braun gehalten und mit weißen Ornamenten verziert.«

Während der Zeit, in der die Familie in diesem Haus lebte, kamen Hesses zweiter Sohn Heiner (1909) und der dritte Sohn Martin (1911) zur Welt. Im Arbeitszimmer entstanden zahlreiche von Hesses *»Gerbersauer Erzählungen«*, der Musikerroman *»Gertrud«*, große Teile des Vagabundenromans *»Knulp«* und der Aufzeichnungen *»Aus Indien«*. Dichter, Maler und Komponisten aus nah und fern gingen im Haus aus und ein. Trotz aller Behaglichkeit und Zweckmäßigkeit konnte das Haus Hesse aber nicht auf Dauer von seiner inneren Unruhe befreien. Immer häufiger reiste er weg, schien Haus und Familie zu fliehen (vgl. S. 235 f.), bis er schließlich nur noch in einem Ortswechsel eine Perspektive zu sehen vermochte. 1912 zog er mit seiner Familie dann nach Bern um.

Bern: Zeit der Krise und Entscheidung

Hesses Berner Zeit 1912-1919

»Der Ort, an den wir jetzt ziehen wollten, nach acht Gaienhofener Jahren, war Bern. In die Stadt selbst wollten wir zwar nicht ziehen, das wäre uns wie Verrat an unsern Idealen vorgekommen, aber wir wollten in der Nähe von Bern ein stilles ländliches Haus suchen, etwa ein ähnliches wie das wunderschöne alte Landgut, das mein Freund Albert Welti, der Maler, seit einigen Jahren bewohnte. Ich hatte ihn mehrmals in Bern besucht, und sein hübsches, leicht verwahrlostes Haus und Gütchen weit draußen vor der Stadt hatte mir sehr gefallen. Und wenn meine Frau ohnehin, aus Jugenderinnerungen her, eine große Liebe für Bern und Bernertum und alte Berner Landsitze hatte, so war für mich der Umstand, dort einen Freund wie Welti zu wissen, mitbestimmend, als ich mich für Bern entschied.

Als es aber soweit war und wir wirklich vom Bodensee nach Bern umzogen, da sah schon alles wieder anders aus. Ein paar Monate vor unserer Übersiedlung nach Bern waren Freund Welti und seine Frau rasch hintereinander gestorben, ich war zu seinem Begräbnis in Bern gewesen, und da hatte es sich ergeben, daß es, wenn wir nun schon nach Bern ziehen wollten, das beste wäre, Weltis Haus zu übernehmen. Wir wehrten uns innerlich gegen diese Nachfolgerschaft, es roch uns zu sehr nach Tod, wir suchten auch nach einem andern Unterkommen in der Nähe Berns, aber es fand sich nichts, was uns gefallen hätte. Das Weltihaus war nicht Weltis Eigentum gewesen, es gehörte einer Berner Patrizierfamilie, und wir konnten Weltis Miete übernehmen, zusammen mit einigem Hausrat und mit Weltis Wolfshündin Züsi, die ebenfalls bei uns blieb.«

Hesse, Beim Einzug in ein neues Haus, GW 10, S. 148f.

Im September 1912 zieht Hermann Hesse mit seiner Familie in das Haus im Melchenbühlweg in Bern-Ostermundigen ein (siehe

Brunnen und Bürgerhäuser in der Berner Altstadt

hierzu S. 268ff.). Über Bern und die Berner berichtet Hesse an einen Freund:

»[...] Was Du über den Stolz der Berner gehört hast, ist nicht aus der Luft gegriffen, obwohl übertrieben. Die Berner stellen noch immer die konservativen Aristokraten in der Schweiz dar, das Volk einstiger Herren, Führer und Diplomaten, die sich in der neueren Zeit von der Politik etwas grollend zurückgezogen haben. Sie sind stolz, aber auch nobel und ruhig, man kann nirgends so unbehelligt leben wie hier. Dazu die schönste alte Stadt der Schweiz, und ein Land voll Kraft und Schönheit, rassiger üppiger Baumwuchs, tiefer Boden, gutes Wasser, nahe Berge. Bis jetzt war Bern sehr abgelegen, nur Basel ist nah; aber diesen Sommer geht der Lötschberg auf, dann können wir in 5 bis 6 Stunden nach Mailand kommen, darauf warte ich sehr. Du mußt Dir bei Gelegenheit Bern ansehen und dann bei mir absteigen, ich wohne bescheiden, aber still und nobel vor der Stadt draußen in einem etwas verwahrlosten alten Berner Aristokratengütchen, ohne andere Nachbarschaft als Felder, Bäume und Berge.«

Hesse, GB 1, S. 224

Und Ludwig Thoma schreibt er nach München:

»Sieht man Sie nie in Bern? Ich hätte eine Mordsfreude. Ich wohne mit meiner zahlreichen Familie schön in einem alten Landgut vor der Stadt, den Bergen gegenüber unter alten Bäumen. Was ich brauche, sind vorderhand ein paar nette Freunde, gute Musik, schöne rassige Landschaft, eine alte solide Stadt und ein Bahnhof, so daß man zuweilen wegfahren kann.« *Hesse, GB 1, S. 217*

All diese Dinge, die sich Hesse hier wünscht, bekommt er in Bern. Einige Freunde hat er bereits, andere kommen hinzu; Musikveranstaltungen bietet die Stadt reichlich (vgl. S. 265 f.); zu den engsten Bekannten zählt Fritz Brun, der Dirigent des Stadtorchesters. Schöne rassige Landschaft hat Hesse direkt vor dem Fenster; bei klarem Wetter sieht man vom Landgut am Melchenbühlweg bis zu den mächtigen Bergen der Jungfraugruppe. Und die stolzen Berner Häuserzeilen mit ihren schier endlosen Arkadengängen sind so ziemlich das solideste, was man sich als Altstadt wünschen kann. – Allerdings vermag all dies die eigentlichen Probleme Hesses, die ihn schon in Gaienhofen bedrängt haben, auch nicht zu beseitigen: die zunehmenden Schwierigkeiten mit seiner Ehe und seiner Rolle als Familienoberhaupt, das Gefühl des Angebundenseins und die Sehnsucht nach einer freien Künstlerexistenz. Und deshalb wird, nachdem sich der Reiz des Neuen in Bern nach einiger Zeit abgenutzt hat, der Berner Bahnhof zunehmend wichtiger für Hesse, indem er sein in den letzten Jahren zur Gewohnheit gewordenes unstetes Reiseleben wieder aufnimmt.

Bereits in Gaienhofen hat Hesse begonnen, an dem Roman *»Roßhalde«* zu arbeiten, der um die Themen Ehe und Künstlertum kreist. In Bern schreibt er diesen zügig fertig; dem Schauplatz verleiht er Züge seines Landguts am Melchenbühlweg (vgl. S. 263 ff.), wodurch unmißverständlich wird, daß die Eheprobleme der Romanhauptfigur, des Malers Johann Veraguth, auch die seinigen sind. Unmittelbar nach dem Erscheinen des Buches im März 1914 bekennt er seinem Vater in einem Brief:

»Heute ist mein neues Buch herausgekommen. Der Roman hat mir viel zu schaffen gemacht und ist für mich ein, wenigstens einstweiliger, Abschied von dem schwersten Problem, das mich praktisch beschäftigt hat. Denn die unglückliche Ehe, von der das Buch handelt, beruht gar nicht nur auf einer falschen Wahl, sondern tiefer auf dem Problem der ›Künstlerehe‹ überhaupt, auf der Frage, ob überhaupt ein Künstler oder Denker, ein Mann, der das Leben nicht nur instinktiv leben, sondern vor allem möglichst objektiv betrachten und darstellen will – ob so einer überhaupt zur Ehe fähig sei. Eine Antwort weiß ich da nicht; aber mein Verhältnis dazu ist in dem Buch möglichst präzisiert; es ist darin eine Sache zu Ende geführt, mit der ich im Leben anders fertig zu werden hoffe, und die mir doch überaus wichtig ist.« *Hesse, GB 1, S. 242*

Die Ehe im Roman scheitert; die Hoffnung Hesses, dieses Ende in seiner eigenen Ehe abwenden zu können, stellt sich als Illusion heraus; der Auflösungsprozeß seiner Ehe und Familie nimmt in den folgenden Jahren immer raschere Formen an. Die zunehmende äußere und vor allem innere Vereinsamung seiner Frau Mia, der man durch den Umzug in die Nähe der Stadt Bern hatte vorbeugen wollen, kann nicht mehr durchbrochen werden. Als 1914 der dreijährige Sohn Martin an Gehirnhautentzündung erkrankt und über einen langen Zeitraum intensiv gepflegt werden muß, zehrt dies ihre Kräfte auf. Hierdurch verstärkt sich ihre Neigung zur Schwermut, die sich schließlich 1918 zu einer Gemütserkrankung ausweiten wird, die klinisch behandelt werden muß. In dem 1918 erscheinenden Märchen *»Iris«*, das Hesse Mia widmet, heißt es über die Hauptfigur, von der alle Hesse-Biographen übereinstimmend der Auffassung sind, daß diese eine Spiegelung Mias sei:

»Sie war älter als er sich seine Frau gewünscht hätte. Sie war sehr eigen, und es würde schwierig sein, neben ihr zu leben und seinem gelehrten Ehrgeiz zu folgen, denn von dem mochte sie nichts hören. Auch war sie nicht sehr stark und gesund, und konnte namentlich Gesellschaft und Feste schlecht ertragen. Am liebsten lebte sie, mit Blumen und Musik und etwa einem Buch um sich, in einsamer Stille, wartete, ob jemand zu ihr käme, und ließ die Welt ihren Gang ge-

hen. Manchmal war sie so zart und empfindlich, daß alles Fremde ihr weh tat und sie leicht zum Weinen brachte. Dann wieder strahlte sie still und fein in einem einsamen Glück, und wer es sah, der fühlte, wie schwer es sei, dieser schönen seltsamen Frau etwas zu geben und etwas für sie zu bedeuten. Oft glaubte er, daß sie ihn liebhabe, oft schien ihm, sie habe niemanden lieb, sei nur mit allen zart und freundlich, und begehre von der Welt nichts als in Ruhe gelassen zu werden. Er aber wollte anderes vom Leben, und wenn er eine Frau haben würde, so müßte Leben und Klang und Gastlichkeit im Hause sein.« *Hesse, Iris, GW 6, S. 117*

Zu diesen privaten Wirren kommt 1914 der Schock des Weltkriegsausbruchs hinzu, der Hermann Hesse tief trifft. In Zeitungsartikeln versucht er mäßigend auf die Kriegsparteien einzuwirken. Er schafft es jedoch nicht, einen eindeutigen Standpunkt einzunehmen, da ihm zum einen das Inhumanum des Krieges ein Greuel ist, er aber andererseits für Deutschland, dessen Staatsbürger er noch ist (die schweizerische Staatsbürgerschaft wird er erst 1923 wieder erhalten), Sympathien hegt und nicht in den Verdacht geraten will, ein ›vaterlandsloser Gesell‹ zu sein. In diesen Ruf gerät er bei der nationalistisch-militaristisch gesinnten deutschen Presse aber dennoch, und zudem bekommt er auch noch Prügel von der pazifistischen Seite. Verzweifelt versucht er seinen Standpunkt in öffentlichen Briefen klarzustellen, wobei er aber nicht begreift, daß in solchen Zeiten der Hysterie und Gegenhysterie nur hundertprozentige Ergebenheitsadressen geschätzt werden. Erst im Laufe dieser Auseinandersetzung befreit er sich zu einer kompromißlosen Haltung gegen Nationalismus und Militarismus.

1914 meldet er sich, um nicht als feige und pflichtvergessen zu gelten, freiwillig im deutschen Konsulat in Bern zum Militärdienst. Er wird jedoch wegen seiner schlechten Sehkraft und seines Alters abgelehnt. Nach seinen Erfahrungen im ersten Kriegsjahr baut er in Bern die deutsche Kriegsgefangenenfürsorge auf und versorgt die deutschen Gefangenen in den Gegnerländern mit Buchlektüre. Dieser Aufgabe widmet er sich mit großem Engagement bis an den Rand seiner Kräfte. Er verschickt dabei nicht nur große Teile seiner eigenen Bibliothek und sammelt unermüdlich Bücher und Gelder

Hesse im Berner Garten mit seiner Frau und dem zweiten Sohn Heiner

für Bücher, sondern gründet auch eine Zeitschrift für die Kriegsgefangenen und einen eigenen Verlag zum Druck geeigneten humanistisch geprägten Lesestoffs.

Als 1916 sein Vater stirbt, steht Hesse am Rande des psychischen Zusammenbruchs. Er faßt daraufhin den Entschluß, sich einer psychoanalytischen Therapie zu unterziehen. Hierzu begibt er sich in das Kurhaus Sonnmatt bei Luzern, wo ihn der C.G.Jung-Schüler J.B.Lang therapiert. Eine Folge dieser Psychoanalyse ist die Erkenntnis, daß er künftig klare Entschlüsse fassen muß. Ein solcher ist dann 1919 der, daß er das mißglückte Experiment der Familiengründung und Seßhaftigkeit abbrechen muß:

»Der Abschied von Bern fiel mir übrigens nicht mehr schwer. Es war mir klargeworden, daß es moralisch nur noch eine Existenzmöglichkeit für mich gab: meine literarische Arbeit allem anderen voranzustellen, nur noch in ihr zu leben und weder den Zusammenbruch der Familie, noch die schwere Geldsorge, noch irgendeine andere Rücksicht mehr ernst zu nehmen. Gelang es nicht, so war ich verloren. Ich

fuhr nach Lugano, saß einige Wochen in Sorengo und suchte, dann fand ich in Montagnola die Casa Camuzzi und zog dort im Mai 1919 ein. Aus Bern ließ ich nur meinen Schreibtisch und meine Bücher kommen, im übrigen lebte ich mit gemieteten Möbeln.«

Hesse, Beim Einzug in ein neues Haus, GW 10, S. 151 f.

Mit diesem Umzug ins Tessin löst Hesse sich von seiner Familie. Mia befindet sich zu diesem Zeitpunkt in einer psychiatrischen Klinik zur Behandlung einer im Oktober 1918 ausgebrochenen Gemütserkrankung. Die Kinder hat er im Internat oder bei Freunden untergebracht. Bruno wird ab 1920 in der Familie des befreundeten Malers Cuno Amiet in Oschwand aufwachsen, Heiner in einem Internat in Kefikon und Martin in Kirchdorf bei Alice und Johannna Ringier. Der Kontakt zwischen dem Vater und den Söhnen wird aber nie abbrechen, sondern über Briefe und Ferienbesuche weiterbestehen. Bruno wird später Maler, Heiner Dekorateur und Martin Photograph. Mias psychischer Zustand wird sich im Laufe der Zeit wieder stabilisieren und ihr ein zurückgezogenes selbständiges Leben ermöglichen. Die Ehe wird 1923 geschieden. Mia stirbt 1963, ein knappes Jahr nach Hesse.

Trotz aller persönlichen und zeitlichen Wirren sind die Berner Jahre für Hesse schriftstellerisch fruchtbar; es entstehen in Bern der Roman *»Roßhalde«*, das Romanfragment *»Das Haus der Träume«*, und er stellt die in Gaienhofen begonnenen Erzählungen um den Vagabunden *»Knulp«* sowie den Reisebericht *»Aus Indien«* fertig. 1914 erscheint die Gedichtsammlung *»Musik des Einsamen«*, 1916 das Erzählbändchen *»Schön ist die Jugend«*, 1919 die Sammlung *»Märchen«*, Betrachtungen unter dem Titel *»Kleiner Garten«*, der dramatische Versuch *»Heimkehr«*, die Erzählung *»Kinderseele«* und nicht zuletzt natürlich der Roman *»Demian. Die Geschichte einer Jugend«*, den Hesse unter dem Pseudonym Emil Sinclair veröffentlicht und der eine neue Stufe im Schaffen Hesses bedeutet. Zu *»Demian«* bemerkt Hesse viele Jahre später:

»Sinclair war das Pseudonym, das ich einst, in der bittersten Prüfungszeit meines Lebens, für einige meiner Aufsätze während des Krieges von 1914 und dann für den ›Demian‹ gewählt hatte, nicht

ohne dabei an Hölderlins Freund und Gönner in Homburg, Isaak von Sinclair, zu denken, dessen Name mir seit frühester Jugend teuer war und einen heimlichen Klangzauber besaß. Und unter dem Zeichen ›Sinclair‹ steht für mich heute noch jene brennende Epoche, das Hinsterben einer schönen und unwiederbringlichen Welt, das erst schmerzliche, dann innig bejahte Erwachen zu einem neuen Verstehen von Welt und Wirklichkeit, das Aufblitzen einer Einsicht in die Einheit im Zeichen der Polarität, das Zusammenfallen der Gegensätze, wie es vor tausend Jahren die Meister des Zen in China auf magische Formeln zu bringen versucht haben.«

Hesse, Vorwort zu einer Neuausgabe von »Sinclairs Notizbuch«, 1962

Kurzer Rundgang durch Bern und Gang zum Melchenbühlweg

Auch in Bern soll die Suche nach Spuren Hesses wieder am Bahnhof beginnen. Dieser liegt sehr günstig am Rand der Berner Altstadt, die auf einem Bergrücken hoch über der Aare steht und als erstes besichtigt werden soll. In Hermann Hesses Werk finden sich zwar kaum Stellen, in denen er auf Bern eingeht – seine Berner Jahre fielen in eine zu unruhige Zeit, als daß er beschauliche Betrachtungen hätte schreiben können, wie er es an seinen vorherigen Wohnsitzen gerne getan hat – aber nach Bern zu fahren, ohne die Altstadt zu besichtigen, wäre eine Sünde. Sie besitzt noch ein völlig geschlossenes bauliches Ensemble und ist mit ihren trutzigen Häusern mit den weit vorspringenden Dachgesimsen und den Laubengängen ganz so, wie man sich eine alpenländische Hauptstadt vorstellt. Die Laubengänge in den Erdgeschossen der Häuser haben insgesamt eine Länge von über sechs Kilometern, so daß man auch bei Regenwetter trockenen Hauptes durch die Gassen flanieren kann.

Hier ein Vorschlag für einen kurzen, ca. eine Stunde in Anspruch nehmenden Rundgang: Auf dem Bahnhofsplatz nach rechts schreitend kommt man zu der barocken Heiliggeistkirche, die 1726 erbaut wurde. Dahinter führt die Spitalgasse stadteinwärts, die zusammen mit der anschließenden Marktgasse, der Kramgasse und der Gerechtigkeitsgasse die Mittelachse der Berner Altstadt bildet. Entlang

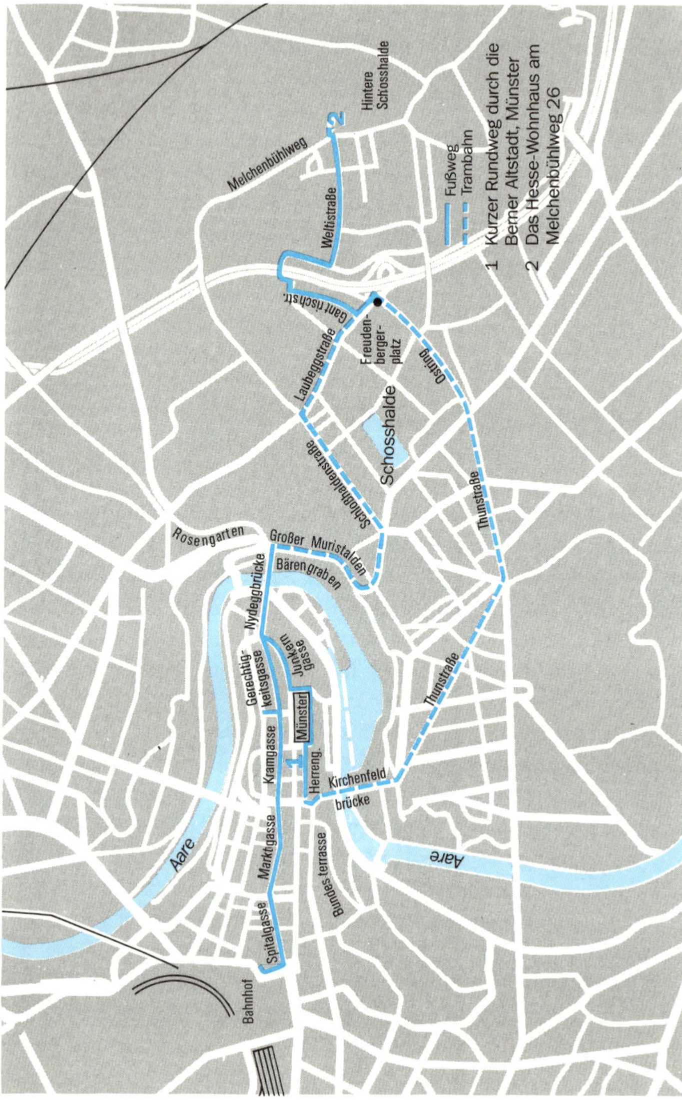
Fußweg
Trambahn
1 Kurzer Rundweg durch die Berner Altstadt, Münster
2 Das Hesse-Wohnhaus am Melchenbühlweg 26
Hintere Schosshalde
Melchenbühlweg
Weltistraße
Gantrischstr.
Laubeggstraße
Freudenbergerplatz
Ostring
Schosshalde
Schoßhaldenstraße
Thunstraße
Rosengarten
Großer Muristalden
Bärengraben
Nydeggbrücke
Junkerngasse
Gerechtigkeitsgasse
Münster
Kramgasse
Herreng.
Kirchenfeldbrücke
Marktgasse
Bundesterrasse
Aare
Spitalgasse
Bahnhof

dieser Gassenflucht stehen mit dem Käfigturm und dem Zeitglokkenturm zwei prächtige alte Stadttore, die bis 1250 bzw. 1350 in Funktion waren. Der Zeitglockenturm hat eine astronomische Uhr mit einem schönen Figurenspiel aus dem Jahr 1530, das jeweils kurz vor der vollen Stunde in Aktion tritt. In den Gassen stehen in fast regelmäßigen Abständen schöne alte Brunnen, die auf das Jahr 1545 zurückgehen. Am Beginn der Gerechtigkeitsgasse geht nach links die Kreuzgasse zum prächtigen, 1406 bis 1416 im gotischen Stil erbauten Rathaus hinüber, das eine Besichtigung lohnt. Danach sollte man wieder in die Gerechtigkeitsgasse zurückkehren und an deren besonders schönem Brunnen vorbei zur Nydeckbrücke hinabgehen, welche die Aaare in hohem Bogen überspannt. An ihrem gegenüberliegenden Ende liegt der Bärengraben, ein Freigehege für etliche Vertreter des Berner Wappentieres. Wer eine besonders schöne Aussicht auf die Altstadt genießen will, kann noch ein Stück nach links zum Rosengarten hoch oder nach rechts dem Muristalden entlang gehen. Danach sollte man wieder über die Nydeggbrücke in die Altstadt zurückgehen und dort gleich nach links in die Junkerngasse einbiegen, die einige besonders schöne alte Fassaden aufweist. Sie führt direkt auf den Münsterplatz und das um 1421 erbaute spätgotische Münster zu. Hermann Hesse hat das Münster mit einiger Regelmäßigkeit besucht, um die hier veranstalteten Konzerte zu hören. In der 1913 geschriebenen Betrachtung *»Alte Musik«* berichtet er darüber:

»Vor den Fenstern meines einsamen Landhauses fiel zäh und hoffnungslos der graue Regen, und ich hatte wenig Lust, noch einmal die Stiefel anzuziehen und den weiten schmutzigen Weg in die Stadt zu machen. Aber ich war allein, und meine Augen schmerzten von langer Arbeit, und von allen Wänden meines Studierzimmers sahen mich die goldenen Bücherreihen mit ihren schweren Fragen und Pflichten unleidlich an, die Kinder lagen schon schlafend in ihren Betten, und mein kleines Kaminfeuer war ausgegangen. Ich entschloß mich also zu gehen, suchte das Konzertbillett hervor, zog die Stiefel an, legte den Hund an die Kette und machte mich im Regenmantel auf den Weg durch Schmutz und Nässe.

Die Luft war frisch und duftete bitter, schwarz kroch der Feldweg zwischen den hohen krummen Eichen in launigen Bogen um die Nachbargüter. Aus einem Portierhäuschen schimmerte Licht. Ein Hund schlug an, kam ins Zürnen, bellte höher und höher hinauf und mußte, sich überschlagend, plötzlich aufhören. Aus einem Landhause hinter schwarzen Gebüschen hervor tönte Klavierspiel. Nichts Schöneres und Sehnsüchtigeres, als so am Abend allein im Feld zu gehen und aus einem einsamen Hause Musik zu hören; eine Ahnung von allem Guten und Liebenswerten wacht da auf, von Heimat und Lampenlicht, Abendfeierlichkeit in stillen Räumen, von Frauenhänden und alter häuslicher Kultur.

Da war schon die erste Laterne, stiller bleicher Vorposten der Stadt, und wieder eine, und nahe schimmernde Vorstadtgiebel, und dann plötzlich hinter der Mauerecke blendend in grellem Bogenlicht die Tramstation, wartende Menschen in langen Mänteln, plaudernde Kondukteure mit nassen triefenden Mützen und matt auf feuchten Röcken schimmernden Uniformknöpfen. Ein Wagen knatterte heran, blaue Blitze unter sich, hell und warm mit breiten Glasscheiben. Ich steige auf, wir fahren, aus dem erleuchteten Glasgehäuse sehe ich nächtige Straßen breit und öde, an der Ecke da und dort eine Frau, die unterm Regenschirm auf unsern Wagen wartet, und jetzt hellere und lebendigere Straßen, und plötzlich strahlend jenseits der hohen Brücke die ganze Stadt im Abendglanz der Fenster und Laternen und unter der Brücke tief und fern das Flußtal mit dem dunkel heraufspiegelnden Wasser und den weißschaumigen Wehren.

Ich steige aus und gehe durch die Arkaden einer schmalen Gasse dem Münster entgegen. Auf dem kleinen Münsterplatz funkelt ein Laternenlicht schwach und kühl im nassen Steinpflaster, auf der Terrasse wehen die Kastanienbäume, über dem rötlich erleuchteten Portal verschwindet schmal in unendlicher Höhe der gotische Turm in die nasse Nacht. Ich warte ein wenig im Regen, werfe endlich die Zigarre weg, trete in den hohen Spitzbogen. Menschen in feuchten Kleidern stehen gedrängt, hinter seiner hellen Scheibe sitzt der Kassierer, ein Mann fordert meine Karte, ich trete in den Dom, den Hut in der Hand, und alsbald weht aus schwach erhellten Riesengewölben mir erwartungsvolle heilige Luft entgegen. Kleine Ampeln senden zaghafte Lichtstrahlen an den Säulen und Pfeilerbündeln em-

por, Strahlen, die sich im grauen Gestein verlieren und hoch oben warm und zart in den Wölbungen versickern. […]

Da, ein hoher starker Orgelton. Er füllt, anwachsend, den ungeheuren Raum, er wird selber zum Raume, umhüllt uns ganz. Er wächst und ruht aus, und andere Töne begleiten ihn, und plötzlich stürzen sie alle in einem hastigen Davonfliehen in die Tiefe, beugen sich, beten an, trotzen auch und verharren gebändigt im harmonischen Baß.« *Hesse, Alte Musik, GW 10, S. 15 ff.*

Hermann Hesse läßt sich von der Musik in der gewaltigen Akustik des Münsterraums verzaubern und kehrt zufrieden und erfüllt in sein vor der Stadt liegendes Haus zurück. Dorthin wollen wir ihm nun folgen.

Hierzu gehen wir vom Münster, nachdem wir von dessen auf der Rückseite liegender Aussichtsterrasse noch den Blick zur Aare hinab genossen haben, durch die Herrengasse zum Casinoplatz. Dort nehmen wir die Tram Nr. 5 in Richtung Ostring und fahren mit ihr bis zur Endstation am Freudenberger Platz. Die Hintere Schoßhalde, in deren Bereich das Hesse-Haus steht, liegt jenseits der heute hier die Landschaft zerschneidenden Autobahn. Um die Autobahn zu überwinden, muß man vom Freudenberger Platz zunächst ein kurzes Stück die Laubeggstraße in Richtung Stadt gehen, um dann nach rechts in die Gantrischstraße hineinzugehen. An deren Ende findet sich eine Fußgängerbrücke über die Autobahn. Der Fußweg mündet auf der anderen Seite in das Ende der Giacomettistraße, von der nach kurzer Strecke links die Weltistraße abgeht, die nach Hesses Freund und Vormieter benannt ist. Diese – zu Hesses Zeit ein Feldweg – gehen wir geradeaus hoch, bis sie auf den Melchenbühlweg trifft. Das langgestreckte Haus, das jenseits des Melchenbühlwegs rechter Hand liegt, ist das Haus Nr. 26, das Hermann Hesse mit seiner Familie zwischen 1912 und 1919 bewohnt hat.

Das Hesse-Haus am Melchenbühlweg 26

Über den Einzug in das Haus, das sie als Nachmieter des mit ihnen befreundeten und vor kurzem verstorbenen Malers Albert Welti ab September 1912 anmieteten (s. S. 256), berichtet Hermann Hesse:

»Ein altes Berner Landhaus, weit vor der Stadt in den Feldern gelegen, mit einem streng symmetrisch angelegten alten Garten, einem laufenden Brunnen, Hunden und Vieh, einem Wäldchen von Ahornen, Eichen und Buchen. Eine Menge kleiner Stuben mit angegilbtem Getäfel und rissigen alten Tapeten, eine steinerne, sehr herrschaftliche Wendeltreppe, ein hübsches, lichtes Sälchen, sonst alles primitiv und bescheiden. An den Wänden hängen die Porträts von ehemaligen Besitzern des Hauses, mit Perücken und Jagdhüten, Ansichten vom Vesuv aus dem 18. Jahrhundert und alte Stiche [...]

In einer Pause geht man dann einmal auf die Veranda, die von einem alten Glyzinenbaum über und über eingewachsen ist, und späht, ob vielleicht das Wetter hell werde, daß man die Berge sieht. Oder man schaut in den verwilderten Garten und überlegt ein wenig, was sich bei gutem Willen daraus machen ließe, man findet Obst unter den Bäumen und späte Blumen in den Rabatten, verwildertes Erdbeergeschlinge mit verspäteten kleinen Früchten und Kastanien, die blankbraun aus geborstenen Hülsen leuchten. Man denkt sich ein fleißiges und verträgliches Leben und hat Lust zu guten Vorsätzen. Vor sich, in kleiner Entfernung, weiß man die Stadt mit Musik und anderen Genüssen, und drüben auf der anderen Seite in tröstlicher Nähe weiß man die Jungfrau und den Eiger, das Wetterhorn und die vielen grünen Täler und Alpen des Oberlandes.«

Hesse, Umzug, GB 1, S. 520f.

Das Haus schien alle Vorzüge zu haben, welche die Familie wünschte: Ruhe zum Schreiben für Hesse, kulturelle Abwechslung für Mia und ihn in der nahen Stadt, Bewegungsfreiheit für die Kinder:

»Das Haus am Melchenbühlweg bei Bern, oberhalb von Schloß Wittigkofen, war nun eigentlich in jeder Hinsicht die Verwirklichung

Das von den Hesses gemietete Anwesen am Melchenbühlweg 26 heute

unsrer alten, seit den Basler Zeiten mehr und mehr befestigten Vorstellung von einem idealen Hause für Leute von unsrer Art. Es war ein Landhaus im Berner Stil mit dem runden Berner Giebel, der an diesem Haus durch seine starke Unregelmäßigkeit etwas besonders Gewinnendes an sich hatte, ein Haus, das aufs angenehmste und in einer wie für uns eigens ausgesuchten Mischung bäuerliche und herrschaftliche Merkmale vereinigte, halb primitiv, halb vornehm-patrizisch, ein Haus aus dem siebzehnten Jahrhundert, mit Anbauten und Einbauten aus der Empirezeit, inmitten ehrwürdiger uralter Bäume, von einer riesigen Ulme ganz überschattet, ein Haus voll wunderlicher Winkel und Versponnenheiten, manchmal behaglicher, manchmal spukhafter Art. Es gehörte dazu ein großes Stück Bauernland mit Bauernhaus, die waren an einen Pächter vergeben, von welchem wir die Milch fürs Haus und den Mist für den Garten bekamen. Zu unsrem Garten, der gegen Süden vom Hause abwärts streng symmetrisch mit Steintreppen in zwei Terrassen angelegt war, gehörten schöne Obstbäume und gehörte auch noch, zweihundert Schritt etwa vom Wohnhaus entfernt, ein sogenanntes ›Boskett‹, ein Wäldchen aus ein paar Dutzend alten Bäumen, darunter herrlichen Buchen, das auf einem kleinen Hügel lag und die Gegend beherrschte.

Hinter dem Hause rauschte ein hübscher steinerner Brunnen, die große Veranda nach Süden war von einer riesigen Glyzine umwachsen, von dort blickte man über die Nachbarschaft und viele Waldhügel auf die Berge, deren Kette man vom Thuner Vorberggebiet bis zum Wetterhorn alle sah, die großen Berge der Jungfraugruppe in der Mitte. […]

Und innen in diesem Hause gab es mancherlei interessante und schätzenswerte Dinge: hübsche alte Kachelöfen und Möbel und Beschläge, elegante französische Pendülen unter Glasglocken, alte hohe Spiegel mit grünlichem Glas, in dem man wie ein Ahnenbild aussah, ein marmorner Kamin, in dem ich an jedem Herbstabend Feuer brannte.« *Hesse, Beim Einzug in ein neues Haus, GW 10, S. 149f.*

Das Anwesen ist heute noch weitgehend so, wie Hermann Hesse es hier schildert. Unter dem Rundgiebel auf der Südseite liegt die Terrasse, von der man über eine nach unten breiter werdende Steintreppe in den streng symmetrisch angelegten Garten gelangt, an dessen gegenüberliegendem Ende ein kleiner Gartenpavillon unter einem gewaltigen Baum steht. Links vom Garten, noch innerhalb der Umfriedung des Grundstücks, befindet sich eine Baumwiese mit Obstbäumen. Zur anderen Seite hin schützt eine hohe Mauer und eine Hecke vor Einblicken vom Melchenbühlweg her. (Das Haus und Grundstück ist bewohnt und in Privatbesitz; auch für einen Blick in den Garten sollte man sich vorher die Erlaubnis der Besitzer erbitten.)

Die literarischen Werke, die Hesse in diesem Haus geschrieben hat, sind auf S. 262 aufgeführt. In seinem Romanfragment *»Das Haus der Träume«* (abgedruckt in GE 3) und im Roman *»Roßhalde«* (in GW 4), dessen Titel Hesse wohl von der Flurstückbezeichnung »Schoßhalde« ableitete, tauchen Haus und Garten als Schauplatz auf. Allerdings ist »Roßhalde« keine genaue Abbildung des Landgutes am Melchenbühlweg; Hesse hat das Haus im Roman in einen größeren Park mit einem Atelierhaus eingebettet, der sein Vorbild im Landgut »Belair« (s. S. 238) seines Schaffhausener Malerfreundes und Indienreisegefährten Hans Sturzenegger hat.

Das wenig glückliche Ende der Zeit im Haus im Melchenbühlweg hat Hesse selbst im Rückblick so beschrieben:

»Kurz, es war alles, wie wir es nicht besser hätten ausdenken können – und war trotzdem schon von Anfang an verschattet und unglücklich. Daß diese unsre neue Existenz mit dem Tod der beiden Weltis begonnen hatte, war wie ein Vorzeichen. Dennoch genossen wir zu Anfang die Vorzüge des Hauses, die unvergleichliche Aussicht, den Sonnenuntergang überm Jura, das gute Obst, die alte Stadt Bern, in der wir einige Freunde hatten und gute Musik hören konnten, nur war alles ein wenig resigniert und gedämpft; erst manche Jahre später hat meine Frau mir einmal gesagt, daß sie von Anfang an in dem alten Hause, von dem sie doch gleich mir entzückt schien, oft Angst und Bedrückung, ja etwas wie Furcht vor plötzlichem Tod und vor Gespenstern fühlte. Es kam nun langsam der Druck heran, der mein bisheriges Leben verändert und zum Teil vernichtet hat. Es kam, nicht ganz zwei Jahre nach unsrer Übersiedlung, der Weltkrieg, es kam für mich die Zerstörung meiner Freiheit und Unabhängigkeit, es kam die große moralische Krise durch den Krieg, die mich zwang, mein ganzes Denken und meine ganze Arbeit neu zu begründen, es kam das jahrelange schwere Kranksein unsres jüngsten, dritten Söhnchens, es kamen die ersten Vorboten der Gemütskrankheit meiner Frau – und während ich durch den Krieg amtlich überanstrengt und moralisch immer mehr verzweifelt war, bröckelte langsam alles das zusammen, was bis dahin mein Glück gewesen war. In der spätern Kriegszeit saß ich in dem abgelegenen Hause, das kein elektrisches Licht hatte, oft ohne Petroleum im Finstern, allmählich ging unser Geld verloren, und schließlich, nach langen bösen Zeiten, kam die Krankheit meiner Frau zum Ausbruch, sie war lange Zeit in Heilanstalten; im verwahrlosten, viel zu großen Berner Hause war der Haushalt kaum mehr aufrechtzuerhalten, die Kinder mußte ich in Pension weggeben, lange Monate saß ich mit einer treu gebliebenen Magd ganz allein in dem verödeten Haus und wäre längst fortgegangen, wenn mein Kriegsamt mir das erlaubt hätte. Endlich, als im Frühling 1919 auch dies Amt zu Ende und ich wieder frei war, verließ ich das verzauberte Haus in Bern, in dem ich nun beinahe sieben Jahre gewohnt hatte.«

Hesse, Beim Einzug in ein neues Haus, GW 10, S. 150f.

Schloß Bremgarten und Landhaus »Lohn«

Schloß Bremgarten liegt ein paar Kilometer außerhalb der Kernstadt von Bern auf einem kleinen von der Aare umflossenen Bergsporn. In diesem idyllischen, hoch über dem Fluß gelegenen Schlößchen wohnte der Zementfabrikant und Kunstmäzen Max Wassmer (1887-1970), den Hesse während seiner Berner Zeit kennenlernte und mit dem er lebenslang in Kontakt blieb. In Bremgarten läßt Hesse in der *»Morgenlandfahrt«* die Bundesfeier der Morgenlandfahrer stattfinden (vgl. GW 8, S. 339f.).

In dem 1927 entstandenen *»Bilderbogen von einer kleinen Reise«* schildert Hesse einen Besuch in Bremgarten:

»[...] da gab es einen sehr bequemen Zug nach Bern, wie ich fand, und dieser Zug schien mir verlockend. Zwar steckte Bern für mich voll böser Erinnerungen, ich hatte dort die schrecklichen Kriegsjahre verbracht. Aber nahe bei Bern wußte ich ein altes Schloß über der Aare, ein Schloß aus einer Eichendorff-Novelle, wo unter alten Nußbäumen und Kastanien kühle Brunnen rauschten und über den besonnten Rasen königliche Pfauen stolzierten, wo es ein Turmzimmer gab, in dem ich oft gewohnt hatte, und ein paar Wände voll herrlicher Bilder und einen guten Keller und liebe Freunde, die mich, falls sie nicht gerade verreist wären, gut aufnehmen würden.

In Bern machte ich nicht lange halt, sondern fuhr schnell durch die Wälder zu dem einsamen Schloß und den Pfauen hinaus, deren wilde Schreie mich begrüßten, und zu den Kindern, die im Gras und am ovalen Weiher spielten, und zu meinen Freunden, die sich freuten, mich wiederzusehen. [...] Im Turmzimmer schlief ich ein, vom Fliederduft betäubt, früh von den Pfauen geweckt, lag ein paar Stunden mit Max und den Frauen und Kindern an der Sonne, kostete den Sommerduft und das kühle strenge Blaugrün der reißenden Aare, sah ein paar schöne Bilder an von Louis Moilliet, den ich über alles liebe [...]. *Hesse, Bilderbogen, in: Kleine Freuden, S. 233 f.*

Vom Berner Bahnhof aus erreicht man das Schloß Bremgarten problemlos mit der Buslinie 21. Leider kann man es nicht besichtigen, da es privat bewohnt ist. Trotzdem lohnt sich ein Ausflug nach

Bremgarten. Besichtigenswert ist nämlich auch das weiter vorne auf dem Bergsporn gelegene pittoreske Kirchlein. Die Fenster im Chor sind von dem oben erwähnten, in Bern geborenen Maler Louis Moilliet (1880-1962) gestaltet, der mit Hesse befreundet war und im »*Klingsor*« als »Louis, der Grausame« vorkommt. Sein Grab findet sich dicht bei dem Kirchlein.

Ein weiterer Ausflug auf Hesses Spuren von Bern aus könnte zu dem Landsitz »Lohn« führen, der in dem ca. 5 km südlich von Bern gelegenen Ort Kehrsatz liegt. Er ist mit dem Zug (Richtung Thun) erreichbar; den Landsitz selbst erreicht man vom Bahnhof nach rechts gehend in einem knapp fünfminütigen Fußmarsch, der leicht bergab führt. Leider sind Haus und Park, die heute in schweizerischem Bundesbesitz sind, nur an wenigen Tagen im Jahr öffentlich zugänglich.

In dem schönen patrizischen Anwesen, das dem befreundeten Rechtshistoriker Friedrich Emil Welti (1857-1940) gehörte, war Hesse gern zu Besuch. Hier entstand 1941 das folgende Gedicht:

Sommermittag auf einem alten Landsitz

Die Linden und Kastanien hundertjährig
Atmen und rauschen sacht im Wind,
Der Springquell blitzt und wendet sich willfährig

Im Hauch der Lüfte, in den Wipfeln sind
Die vielen Vögel fast verstummt zur Stunde.
Die Straße draußen schweigt im Mittagsbrand,
Verschlafen dehnen sich im Gras die Hunde,
Heuwagen knarren fern durchs heiße Land. [...]

Hesse, Die Gedichte, S. 678

Montagnola: Fluchtpunkt, Wahlheimat und Ort der künstlerischen Entfaltung

Hesses Zeit in Montagnola 1919-1962

»Mir das Leben leicht und bequem zu machen, habe ich leider niemals verstanden. Eine Kunst aber ist mir immer zu Gebote gestanden: die Kunst, schön zu wohnen. Seit der Zeit, da ich meinen Wohnort mir selber wählen konnte, habe ich immer außerordentlich schön gewohnt, zuweilen primitiv und mit sehr wenig Komfort, aber immer habe ich eine charakteristische, große, weite Landschaft vor meinen Fenstern gehabt. Nie aber habe ich so schön gewohnt wie im Tessin, und noch keinem Wohnorte bin ich so viele Jahre treu geblieben. […] Die Tessiner Landschaft, die ich im Jahre 1907 zum erstenmal gründlicher kennenlernte, hat mich stets wie eine vorbestimmte Heimat oder doch wie ein ersehntes Asyl angezogen und empfangen. In vielen meiner Dichtungen ist sie beschrieben, in einigen spielt sie die Hauptrolle, und eines meiner Bücher, das ›Wanderung‹ heißt, ist nichts als ein Lobgesang an die Tessiner Landschaft. Sie ist mir zur Heimat geworden. Und auch die Tessiner liebe ich sehr, nicht nur ihre Landschaft und ihr Klima. Es hat in den Jahrzehnten, seit ich unter ihnen wohne, Friede und Freundlichkeit zwischen uns geherrscht.

Ich habe es oft ausgesprochen: ein Dichter ist in vielen Beziehungen das anspruchsloseste Wesen der Welt. Aber in anderen Beziehungen wieder verlangt er viel, und stirbt lieber, als daß er verzichten würde. Mir zum Beispiel wäre es unmöglich zu leben, ohne daß die Umgebung meinen Sinnen wenigstens ein Minimum an echter Substanz, an wirklichen Bildern böte. In einer modernen Stadt, inmitten von kahler Nutz-Architektur, inmitten von Papierwänden, inmitten von imitiertem Holz, inmitten von lauter Ersatz und Täuschung zu leben, wäre mir vollkommen unmöglich, ich würde da bald eingehen. Hier im Tessin aber finde ich manche Dinge, die nicht nur schön und wohlig anzusehen, sondern auch voll tausendjähriger Tradition und Kultur sind. Der nackte steinerne Tisch bei der steinernen Bank unterm Kirschlorbeer oder Buchsbaum, der Krug und die tönerne Schale voll Rotwein im Kastanienschatten, das Brot und der Ziegenkäse dazu – das alles ist zur Zeit des Horaz auch nicht anders gewesen als heute.

Hesse, Dank ans Tessin (1954). In: Tessin, S. 248 f.

Als Hermann Hesse im Mai 1919 nach Montagnola kommt und eine preiswerte Wohnung in dem alten, wunderlich verträumten Palazzo der Familie Camuzzi mietet, weist nichts darauf hin, daß dies der Ort werden sollte, an dem er eine neue Heimat über 43 Jahre hinweg finden wird und zugleich ein Dichterrefugium, in dem jene Werke entstehen, die seinen weltweiten Dichterruhm begründen. Vielmehr sieht es so aus, als ob Montagnola Hesse nur als vorübergehender Fluchtpunkt diene, an dem er sich weltabgeschieden verkriechen kann, bis er größere Klarheit über seine Lage erlangt hat. Es ist ja eine recht verzweifelte Situation, die ihn von Bern in das Tessin getrieben hat (vgl. S. 271): seine Ehe ist gescheitert, seine Familie zerbrochen, der Krieg hat große Teile seines Weltbildes zerschlagen und die Inflation sein auf deutschen Konten lagerndes Vermögen entwertet. Er besitzt praktisch nichts mehr, außer der Hoffnung auf sein künstlerisches Talent und dem Willen, nicht zu resignieren, sondern vorwärtszugehen und Neuland zu betreten. 1931 wird Hermann Hesse darüber im Rückblick schreiben:

»Der Abschied von Bern fiel mir nicht mehr schwer. Es war mir klar geworden, daß es moralisch nur noch eine Existenzmöglichkeit für mich gab: meine literarische Arbeit allem andern voranzustellen, nur noch in ihr zu leben und weder den Zusammenbruch der Familie noch die schwere Geldsorge, noch irgendeine andre Rücksicht mehr ernst zu nehmen. Gelang es nicht, so war ich verloren. Ich fuhr nach Lugano, saß einige Wochen in Sorengo und suchte, dann fand ich in Montagnola die Casa Camuzzi, und zog dort im Mai 1919 ein. […] Freilich besaß ich hier gar nichts, und bewohnte auch nicht das Haus, sondern nur eine kleine Wohnung von vier Stuben als Mieter, ich war kein Hausherr und Familienvater mehr, der ein Haus und Kinder und Dienstboten hat, seinem Hund ruft und seinen Garten pflegt; ich war jetzt ein kleiner abgebrannter Literat, ein abgerissener und etwas verdächtiger Fremder, der von Milch und Reis und

»Mein Dorf« (Montagnola), Aquarell von Hermann Hesse 1923

Makkaroni lebte, seine alten Anzüge bis zum Ausfransen austrug und im Herbst sein Abendessen in Form von Kastanien aus dem Walde heimbrachte.«

Hesse, Beim Einzug in ein neues Haus, GW 10, S. 151f.

Dennoch erlebt Hesse den ersten Sommer in Montagnola in einer Art euphorischer Stimmung. Die südliche Lebensart, die Befreiung vom Alpdruck der Kriegsjahre, aber auch eine Art von Galgenhumor angesichts der Unwägbarkeiten, die über ihm schweben, tragen das ihre dazu bei. Es ist der Sommer des *»Klingsor«*, von dem es in der gleichnamigen Erzählung, die Hesse in dieser Zeit in einem Zug niederschreibt, heißt, er habe seine Lebenskerze *»an beiden Enden brennen gehabt, mit einem bald jubelnden, bald schluchzenden Gefühl von rasender Verschwendung, von Verbrennen, mit einer verzweifelten Gier, den Becher ganz zu leeren, und mit einer tiefen, verheimlichten Angst vor dem Ende.«* Der Maler *Klingsor* ist 42 Jahre alt und wohnt in der Casa Camuzzi; er ist ein Spiegelbild Hesses, der in jener Zeit selbst intensiv zu malen beginnt:

Blick auf Montagnola um 1950

»*[...] als Gnade vom Himmel kam hinzu ein Sommer, wie ich nur sehr wenige erlebt habe, von einer Kraft und Glut, einer Lockung und Strahlung, die mich mitnahm und durchdrang wie starker Wein. Das war Klingsors Sommer. Die glühenden Tage wanderte ich durch die Dörfer und Kastanienwälder, saß auf dem Klappstühlchen und versuchte, mit Wasserfarben etwas von dem flutenden Zauber aufzubewahren; die warmen Nächte saß ich bis zu später Stunde bei offenen Türen und Fenstern in Klingsors Schlößchen und versuchte, etwas erfahrener und besonnener, als ich es mit dem Pinsel konnte, mit Worten das Lied dieses unerhörten Sommers zu singen. So entstand die Erzählung vom Maler Klingsor.*«

Hesse, Erinnerung an Klingsors Sommer, GW 11, S. 45 f.

In »*Klingsors letzter Sommer*« verarbeitet Hesse wieder einmal, wie so oft in seinen Werken, seine eigenen Erlebnisse und seelischen Befindlichkeiten und gießt sie in ein grandioses literarisches Bild. Die Spannungen in Hesse entladen sich in einem Schaffensrausch; die expressive Sprache der dabei entstehenden Texte verrät die Höhen und Tiefen, durch die Hesse in dieser Zeit gegangen ist. Er selbst schreibt dazu im Rückblick:

»Aber das Experiment, um das es ging, ist geglückt, und trotz allem, was auch diese Jahre schwer gemacht hat, sind sie schön und fruchtbar gewesen. Wie aus Angstträumen aufgewacht, aus Angstträumen, die Jahre gedauert hatten, sog ich die Freiheit ein, die Luft, die Sonne, die Einsamkeit, die Arbeit. Ich schrieb noch in diesem ersten Sommer hintereinander den ›Klein und Wagner‹ und den ›Klingsor‹, und entspannte damit mein Inneres so weit, daß ich im folgenden Winter den ›Siddhartha‹ beginnen konnte. Ich war also nicht zugrunde gegangen, ich hatte mich nochmals zusammengerafft, ich war noch der Arbeit, der Konzentration fähig; die Kriegsjahre hatten mich nicht, wie ich halb gefürchtet hatte, geistig umgebracht. Materiell hätte ich jene Jahre nicht zu überdauern und meine Arbeit nicht zu leisten vermocht, wären nicht mehrere Freunde mir immer wieder treulich beigestanden.«

Hesse, Beim Umzug in ein neues Haus, GW 10, S. 152f.

Nicht, daß Hesse damit die Krise ein für alle Mal überwunden hätte. Dies war ihm noch lange nicht vergönnt. Die nächsten Probleme kamen bereits mit dem Roman *»Siddhartha«*, der sich mit der Bemühung verband, neue geistige Wurzeln zu finden. Hesse muß die Arbeit 1920/21 mehrfach wegen geistiger und körperlicher Erschöpfung unterbrechen; 1921 unterzieht er sich einer Psychoanalyse bei dem berühmten Analytiker C. G. Jung in Küsnacht. Noch existentieller wird die Krise Mitte der zwanziger Jahre. Ende 1925 schreibt er in einem Brief: *»Ich lebe nun seit Jahren, seit meinem Weggang von Bern, außerhalb der Menschenwelt, ohne Familie, ohne jede Lebensgemeinschaft, beinah jeden Tag vor dem Problem des Selbstmordes stehend.«* Der Roman *»Steppenwolf«* legt von dieser Krise ein ebenso beredtes wie faszinierendes Zeugnis ab (vgl. S. 209ff.). Auch dieses Werk zeigt wiederum, wie das beständige Ringen um ein seelisches Gleichgewicht der geheime, unabdingbare Motor des Hesseschen Schaffens ist. Indem er die Probleme und Lösungsmöglichkeiten im Roman modellhaft durchspielt, macht er sie für sich beherrschbarer. Mit Harry Haller, dem Steppenwolf, thematisiert Hesse den durch die zwei Seelen in seiner Brust zerrissenen Menschen: *»Die eine Hälfte will fressen, saufen, morden und dergleichen einfache Dinge, die andere will denken, Mozart hören und so weiter. Dadurch geht es dem Manne nicht gut, bis er entdeckt, daß es zwei Auswege aus seiner Lage gibt: entweder sich aufzuhängen oder aber sich zum Humor zu bekehren.«* (Brief vom 18. 8. 1925)

Zwölf Jahre wohnt Hesse in der Casa Camuzzi. In diesen Jahren entstehen die Werke, die man als das Zentrum seines Schaffens betrachten kann: *»Klingsor«*, *»Siddhartha«*, *»Steppenwolf«* und *»Narziß und Goldmund«*. Teile davon, besonders vom *»Steppenwolf«*, schreibt er allerdings auch in Basel (s. S. 208ff.) und Zürich, wo er die meisten der Winter verbringt, um den allzu einsamen Monaten in der nur unzureichend beheizbaren Casa Camuzzi zu entgehen. 1925 bis 1931 bekommt er hierzu von dem Zürcher Industriellen Fritz Leuthold und seiner Frau Alice, die er beide auf seiner Indienreise 1911 kennengelernt hat, am Schanzengraben 31 in Zürich eine Wohnung zur Verfügung gestellt. Die Winter 1923 und 24 verbringt er auf Veranlassung seiner zweiten Frau Ruth Wenger in Basel, da diese dort eine Gesangsausbildung absolviert (vgl. S. 212).

Ruth Wenger hat Hesse bereits 1919 im Klingsor-Sommer im nahe bei Montagnola gelegenen Carona kennengelernt (s. S. 328ff.), wo die Eltern der damals 22jährigen, der Delemonter (Delsberger) Stahlwarenfabrikant Theo Wenger und die Schriftstellerin Lisa Wenger, ein Sommerhaus besaßen. Auf ständiges Drängen Theo Wengers legalisiert Hermann Hesse die langjährige Beziehung zu Ruth im Januar 1924. Ein geregeltes Eheleben kommt mit der 20 Jahre jüngeren Frau allerdings nie zustande; Ruth lebt die meiste Zeit in Basel und Carona, Hesse in Montagnola und Zürich; keiner von beiden findet langfristig im anderen das, was er braucht, so daß die Ehe bereits drei Jahre später so gut wie nicht mehr existiert und auf Wunsch Ruths geschieden wird.

Trotz dieser abermaligen negativen Erfahrung mit der Ehe läßt sich Hesse 1931 ein weiteres Mal, wie er es selbst ausdrückt, *»den Ring durch die Nase ziehen«*. Und dieses dritte Mal geht es gut, entsteht tatsächlich eine lebenslange Partnerschaft. Die Auserwählte – ein Ausdruck, der hier eigentlich nicht stimmt, da eher sie es ist, die auserwählt – ist die 1895 in Czernowitz geborene Kunstgeschichtlerin Ninon Ausländer, die bereits als Schülerin in einem Briefwechsel mit Hesse stand. 1918 hatte sie zunächst den Ingenieur und bekannten Pressezeichner Benedikt Fred Dolbin geheiratet. Anfang der zwanziger Jahre trennt sie sich jedoch wieder von Dolbin und sucht Kontakt zu Hesse, wobei es zu sporadischen Treffen kommt, teils in Montagnola, teils in Zürich. 1927 zieht sie nach Montagnola. Hesse, der eben von Ruth Wenger geschieden worden ist, wehrt sich jedoch gegen jede Art einer neuen verbindlichen Beziehung. Außerdem fürchtet er um seine Konzentration auf das soeben begonnene Werk *»Narziß und Goldmund«*. Ninon Dolbin versteht es jedoch mit Beharrlichkeit, sich dem an einer Schwäche der Augenmuskulatur leidenden Dichter als Vorleserin und auch als Gesprächspartnerin mit großem Verständnis für sein Werk unentbehrlich zu machen. Schritt für Schritt wird sie zur Managerin des schwierigen Gesamtunternehmens Hesse, so daß der Dichter schließlich einwilligt, nachdem Ninon sich um den Bau des Hauses gekümmert hatte, das ihnen die Zürcher Freunde Elsy und Hans C. Bodmer auf Lebenszeit kostenfrei zur Verfügung stellen. Hesse bedingt sich allerdings aus, daß er in diesem Haus einen weitgehend separaten Wohntrakt eingeräumt bekommt, damit er ungestört arbeiten kann (vgl. S. 305 f.).

Kurz nach Einzug in das neue Haus im Juli 1931 entschließt sich Hesse, halb freiwillig, halb von Freunden gemahnt (z. B. von Katia und Thomas Mann, die er und Ninon Anfang 1931 beim Winterurlaub in St. Moritz trafen), die Verbindung mit Ninon zu legalisieren. Im Oktober teilt er Elsy und Hans Bodmer mit, daß im November auf dem Standesamt in Montagnola die Trauung ohne weitere Feier stattfinden werde: *»Da Ninons erste Ehe in diesem Sommer endlich geschieden wurde und ich ihr nach dem Hausbau etc. doppelt verpflichtet bin, konnte ich trotz meiner Abneigung gegen die Ceremonie nicht anders.«*

Wie aus dieser mit unübersehbaren Vorbehalten und Ängsten beiderseits geschlossenen Ehe mit der Zeit eine funktionierende Partnerschaft werden konnte, wie Ninon Hesse es vermochte, mit dem oft übersensiblen, von Verstimmungen, Depressionen, Augenschmerzen, Gicht, Rheuma und gelegentlich von hypochondri-

Ninon und Hermann Hesse vor ihrer neuerbauten Casa rossa 1931

schen Zuständen heimgesuchten Schriftsteller zum Positiven umzugehen und zu leben, schildert Gisela Kleine in ihrem ebenso informativ wie anregend geschriebenen Buch »Zwischen Welt und Zaubergarten. Ninon und Hermann Hesse: ein Leben im Dialog«.

Eine Vorbedingung des gelingenden Zusammenlebens war sicherlich, daß Hermann Hesse nach seiner tiefen und existentiellen Krise in den zwanziger Jahren, in den dreißiger Jahren, nun im sechsten Lebensjahrzehnt stehend, ruhiger und abgeklärter wurde. Hieran hatte unter anderem sicher auch das Haus und vor allem der Garten seinen Anteil, der Hesse wieder die Möglichkeit eröffnete, zur Erholung von der intellektuellen Anstrengung ein bäuerlich-schlichtes Leben führen zu können, das ein alter Traum von ihm war. Der ab 1933 in der Casa Camuzzi lebende Maler Gunter Böhmer, den Hesse seinen »Gartenbruder« nannte, berichtet darüber in seinem Nachwort zu der von ihm illustrierten Ausgabe von *»Stunden im Garten«*:

»In diesen Zeiten stand nicht nur meine Staffelei oft zwischen Hesses Rebstöcken, lagen nicht nur meine Skizzenbücher neben seinen Gärtnergeräten: vor allem schleppten wir gemeinsam Gießkannen und Mistkübel, schaufelten einen Gartenweg aus, spielten zwischendurch zur Erholung eine Partie Boccia, feierten mit nachbarlichen Freunden die arbeitsfrohen Vendemmia-Feste [Weinernte], sammelten jederzeit Laub für die kultischen Feuer, schwiegen, sprachen, lachten miteinander. Kaum war ich – meist am frühen Nachmittag und meist mit einem Sack voller ›Probleme‹ – aufgetaucht, so verkündete mir Hesse ohne Umschweife seine täglich wechselnden und präzisen Gartenarbeitspläne – niemals jedoch, ohne vorher scherzhaft-listig ein Gelächter anzuzetteln. Dieser keineswegs ironisierenden Auflockerung meiner stummen und dennoch gehörten Fragenkomplexe folgten nach einer geheimen Spielregel meist später – im Laufe unserer Hantierungen, unaufgefordert und wie nebenbei, halb im Zwiegespräch, halb monologisierend – seine stets teilnahmeoffenen, fast immer heiteren oder erheiternden Antworten.«

Die Veränderung macht sich auch in seinem nun entstehenden Alterswerk bemerkbar. Hierzu zählen vor allem *»Die Morgenlandfahrt«* (1932) und *»Das Glasperlenspiel«* (1943) sowie die *»Stunden*

Hermann Hesse beim Erdebrennen im Garten

im Garten« (1936), die Sammlungen mit kleineren Prosastücken wie *»Gedenkblätter«* (1937) und *»Traumfährte«* (1945) sowie die späten Gedichte. Hesse selbst kennzeichnet die neue Zielsetzung in diesen Werken im Vergleich zu seinen bisherigen Schriften folgendermaßen: *»Ich bin den fragwürdigen Weg des Bekennens gegangen, ich habe, bis zur ›Morgenlandfahrt‹, in den meisten meiner Bücher beinahe mehr von meinen Schwächen und Schwierigkeiten gezeugt als von dem Glauben, der mir trotz der Schwächen das Leben ermöglicht und gestärkt hat.«* (Brief vom 19. 11. 1935).

Und noch eine weitere Veränderung stellt sich ein, die Gisela Kleine in ihrem Buch so umschreibt: »Die Thematik seines Spätwerkes sprengte den konventionellen Begriff des Dichters auf und erweiterte ihn ins Seelsorgerische. Bedrängt durch die zahllosen Leserbriefe, die seine Bücher auslösten, übernahm er eine über den Bereich des Ästhetischen hinausreichende Rolle, die sich nicht mehr allein von seinem literarischen Rang ableitet: das Amt eines Fährmanns, eines Lotsen durch die Lebensklippen. Damit wurde er zur geistlichen Instanz, und er opferte nach dem Krieg für diese Wegweisung ratsuchender Menschen täglich viele Stunden, indem er die

Leserpost gewissenhaft beantwortete und dabei jeder ernsthaften Anfrage aufs persönlichste entsprach. Bei dieser Art von höherer Lebenshilfe bewegte er sich im Grenzbereich zwischen Dichtung, Religion und Philosophie und entwickelte dabei eine gemeindebildende Anziehungskraft, die ihn in ihren Auswirkungen stark belastete: aber auch das gehörte zum Opferdienst, den er annahm wie seine pietistischen Vorfahren ihre konfessionell gebundene ›Mission‹.« (Kleine, S. 367f.). Es wird geschätzt, daß er auf diese Weise bis zu seinem Tode ca. 35000 Leserbriefe beantwortet hat.

Ganz besonders gefordert wurde Hesses Rat, aber auch praktische Hilfe, während der nationalsozialistischen Barbarei in Deutschland und des darauf folgenden Zweiten Weltkrieges. Zahlreiche ins Exil gehende Schriftsteller und Gelehrte fanden in Montagnola eine erste Anlaufstelle, darunter z.B. Thomas Mann und Bertolt Brecht. Aber auch für zahlreiche unbekannte Emigranten und Verfolgte leisteten Hermann und Ninon Hesse in dieser Zeit ideelle und materielle Hilfe. Ninon Hesse war von der nationalsozialistischen Rassenwahnpolitik zudem persönlich zutiefst betroffen, da viele in der Bukowina lebende Angehörige ihrer jüdischstämmigen Familie tödlich bedroht waren und in die Massenvernichtungslager verschleppt wurden. Nur unter größten Anstrengungen konnte sie ihre Schwester Lilly Kehlmann in die Schweiz holen.

Hermann Hesse entfaltete eine umfangreiche Korrespondenztätigkeit, die diesmal anonym an seine aufopfernde Arbeit während des Ersten Weltkriegs anknüpfte. Vor öffentlichen Aufrufen und Aktivitäten schreckte er allerdings aus seinen früheren Erfahrungen heraus (s. »Politik des Gewissens« und S. 260) zurück, was ihm nach dem Krieg von einigen Journalisten zum Vorwurf gemacht wurde.

Die geistige Welt erkannte aber in Hermann Hesse neben Thomas Mann einen der bedeutenden Bewahrer der großen deutschen humanistischen Tradition. Nicht zuletzt deshalb erhielt er 1946 (als allererste Auszeichnung, die ihm in Deutschland verliehen wurde!) den renommierten Goethe-Preis der Stadt Frankfurt und kurz darauf den Nobelpreis für Literatur. Weitere Ehrungen folgten 1947 mit der Ehrendoktorwürde der Universität Bern, 1950 dem Wilhelm-Raabe-Preis, 1955 dem Friedenspreis des Deutschen Buchhandels und der Aufnahme in die Friedensklasse des Ordens Pour le

»Interieur mit Büchern«. Aquarell von Hermann Hesse

mérite. Hesse nahm diese Ehrungen gelassen hin, von den Feierlichkeiten hielt er sich stets fern.

Die letzten Jahre lebte Hesse so zurückgezogen wie möglich in seinem Haus und Garten; mit seiner großen Leserschaft blieb er auf dem Weg der Korrespondenz in Kontakt, soweit es ihm seine Kräfte erlaubten. Von seiner Frau vor allzugroßem Andrang abgeschirmt, empfing er aber noch fast täglich Freunde und sorgsam ausgewählte Gäste zu Gedankenaustausch, Geselligkeit und Spiel.

Zu seinem 85. Geburtstag am 2. Juli 1962 verlieh ihm die Gemeinde Montagnola die Ehrenbürgerwürde; Hesse dankte mit einer kurzen Ansprache. Seine Montagnoleser Zeit hatte er bereits zwei Jahre zuvor in der kleinen Prosaskizze *»Vierzig Jahre Montagnola«* so gewürdigt:

»Als ich vor einundvierzig Jahren auf der Suche nach einer Zuflucht zum erstenmal nach Montagnola kam und eine kleine Wohnung mietete, unter deren Balkönchen damals neben späten Magnolien ein gewaltig hoher Judasbaum in Blüte stand, war ich ein Mann ›in den besten Jahren‹ und war gesonnen, nach einem vierjährigen Krieg, der auch für mich mit Niederlage und Bankrott geendet hatte, von vorn anzufangen. Und Montagnola war damals ein Dörfchen, zwar kein ärmliches und geducktes wie manches andere in der Gegend, aber doch ein bescheidenes, kleines und stilles, in dem es ein paar herrschaftliche Häuser aus älterer Zeit und zwei, drei neuere Landhäuser gab, das aber einen vorwiegend bäuerlichen Anblick bot. – Heute, ein paar Jahrzehnte später, bin ich kein Mann in guten oder besten Jahren mehr, sondern einer von den gebrechlichen und etwas komischen Gemeindegreisen, der nicht daran denkt, mit irgend etwas von vorn zu beginnen, der sein Grundstück kaum mehr verläßt und drunten auf dem Friedhof von St. Abbondio einen hübschen kleinen Platz gekauft hat. Montagnola ist kein Dorf und macht keinen bäuerlichen Eindruck mehr, es ist ein Vorstädtchen mit etwa viermal so vielen Einwohnern, mit einem stattlichen Postamt und Konsumladen, einem Café und einem Zeitungskiosk geworden, wir nennen es unter uns ›Stadt Segelfoss‹, an Hamsun denkend.

So ändern sich mit den Jahren die Menschen und die Dinge, es läßt sich nichts dagegen tun. – Aber in diesen paar Jahrzehnten habe ich in Montagnola viel Gutes, ja Wunderbares erlebt, von Klingsors flackerndem Sommer bis heute, und habe dem Dorf und seiner Landschaft viel zu danken. Ich habe meiner Dankbarkeit auch immer wieder Ausdruck zu geben versucht. Ich habe oft und oft das Lied dieser Berge, Wälder, Rebenhänge und Seetäler gesungen, auch jenes Balkönchen in Klingsors Wohnung und jener hohe Judasbaum – er war der höchste, den ich je gesehen, und ist später einem Föhnsturm zum Opfer gefallen – sind beschrieben und gepriesen worden. Ich habe Hunderte von Bogen guten Malpapiers und viele Farbtuben verbraucht, um mit Aquarellfarben oder Zeichenfeder den alten Häusern und Hohlziegeldächern, den Gartenmauern, dem Kastanienwald, den nahen und fernen Bergen meine Reverenz zu erweisen. Auch manchen Baum und Strauch habe ich hier gepflanzt, ein kleines Bambusgehölz am Waldrande und viele Blumen, und so hoffe ich, wenn ich auch kein Tessiner geworden bin, die Erde von St. Abbondio werde mich freundlich beherbergen, wie es Klingsors Palazzo und das rote Haus am Hügel so lange Zeit getan hat.«

Hesse, Vierzig Jahre Montagnola, in: Tessin, S. 258

Am 9. August 1962, knapp sechs Wochen nach seinem 85. Geburtstag, stirbt Hermann Hesse und wird unter großer Anteilnahme auf dem Friedhof von St. Abbondio beigesetzt.

Anfahrt nach Montagnola

»Es war hübsch, wieder durch den Gotthard zu fahren – ich mag diese Fahrt wohl mehr als hundertmal gemacht haben und kann sie immer noch genießen. Es war sehr hübsch, in Göschenen noch einmal tüchtig schneien zu sehen, in Airolo vom Schnee Abschied zu nehmen, in Faido die ersten Wiesenblumen, vor Giornico die ersten blühenden Aprikosenbäume und Birnbäume zu erblicken«, notierte Hermann Hesse im Frühjahr 1928 in der Prosaskizze *»Rückkehr aufs Land«*, als er aus seinem Winterquartier in Zürich mit dem Zug wieder ins Sommerquartier nach Montagnola zurückreiste. Jeder, der diese Reise, die am Vierwaldstätter See vorbei zum Gotthardtunnel hinaufführt, bevor man auf der Südseite der Alpen über Bellinzona nach Lugano hinabgelangt, um die Osterzeit einmal macht, wird sie mit ziemlicher Wahrscheinlichkeit so erleben. Allerdings hat dieses Erlebnis seinen Preis; Hesse stöhnte bereits 1928: *»Die Ankunft in Lugano war allerdings nicht entzückend. Die Überbevölkerung der Erde hat mir seit langem nicht mehr so übel entgegengeschrien wie hier, wo um die Zeit der Ostern sich die Fremden zusammenscharen wie die Heuschrecken.«* (Kunst des Müßiggangs, S. 289) – Man muß ja aber nicht unbedingt im touristischen Lugano bleiben, obwohl es auch da durchaus Sehenswürdigkeiten gibt, z.B. die schönen Kunstsammlungen der Villa Ciani und der Villa Favorite.

Montagnola erreicht man vom Luganer Bahnhof aus mit dem Bus, der etwa stündlich verkehrt. Dieser Bus fährt allerdings nicht direkt vor dem Bahnhof ab, sondern in der Via Sorengo, die hinter

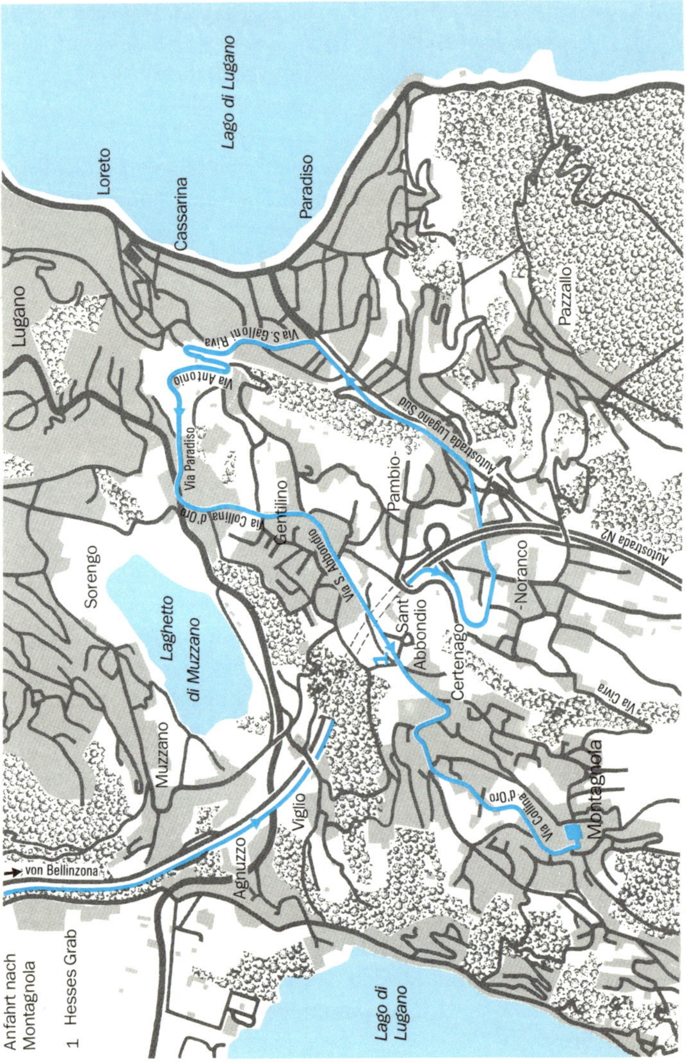

Anfahrt nach Montagnola
1 Hesses Grab
Lugano
Loreto
Cassarina
Paradiso
Lago di Lugano
Pazzallo
Via Antonio
Via Paradiso
Via Collina d'Oro
Gentilino
Via S. Abbondio
Pambio-
-Noranco
Autostrada Lugano Sud
Autostrada N2
Sant Abbondio
Certenago
Via Civra
Montagnola
Via Collina d'Oro
Sorengo
Laghetto di Muzzano
Muzzano
Viglio
Agnuzzo
von Bellinzona
Lago di Lugano

1 Grab Hesses auf dem Friedhof bei St. Abbondio
2 Casa Camuzzi
3 Hermann-Hesse-Gedenkstätte
4 Casa Hesse, Hesses Wohnhaus 1931–1962
5 ehemalige Offizina Bodoni
6 Die „chinesische Mauer“
7 Der rote Pavillon
8 Der „Ölberg“ (Roccolo comunale)
9 Hotel-Albergo „Bellavista-Bellevue“
10 Grotto Cavicc

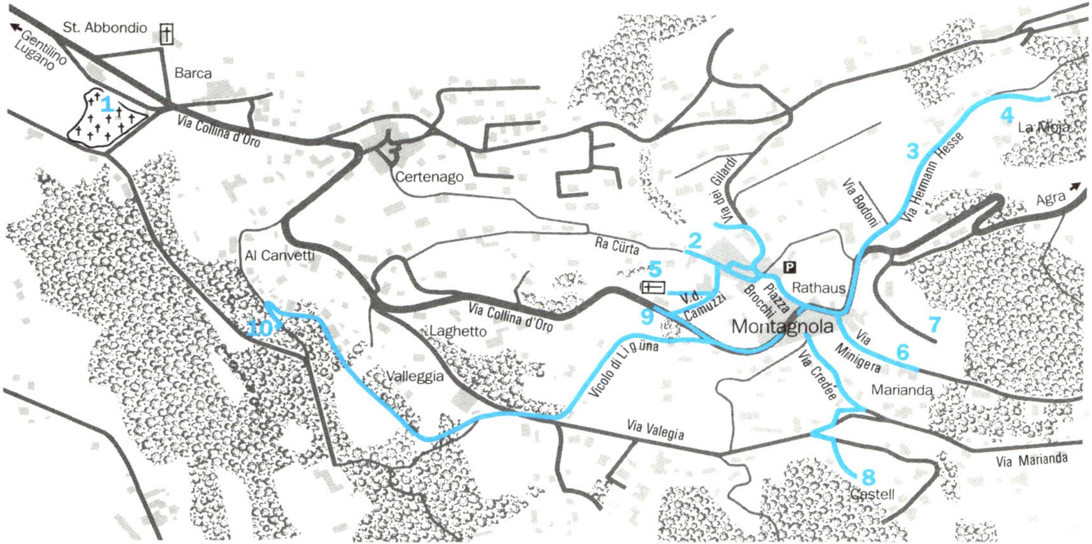

dem Bahnhof liegt; in diese gelangt man, indem man vor dem Bahnhof nach links geht und die dort befindliche Unterführung nimmt, die zur Piazalle di Besso führt, an deren oberem Ende sich die Bushaltestelle befindet; ab der Unterführung ist diese mit »Autopostali« (Postbus) ausgeschildert.

Wer mit dem eigenen PKW direkt nach Montagnola anreisen möchte, muß auf der Autobahn von Bellinzona kommend an Lugano vorbeifahren und erst die zweite Ausfahrt nehmen, die kurz hinter einem längeren Tunnel liegt. Über die Ausfahrtsstraße erreicht man die Strada Cantonale, auf der man unter der Autobahn hindurchfährt zur autobahnähnlichen Autostrada Lugano-Sud. Auf dieser fährt man stadteinwärts, bis diese kurz nach einer Bahnunterführung endet; hier fährt man links in die Via S. Calloni, von der sich nach ca. 300 m wieder links die Via Antonio Riva in Serpentinen den Berg hochwindet. Die Straße mündet oben in die größere Via Ponte Tresa ein, von der nach ca. 100 m links die Via Collina d'Oro abgeht, die über die Ortschaften Gentilino und Certenago nach Montagnola hinaufführt.

Hesses Grab auf dem Friedhof von Sant' Abbondio

Das erste Besichtigungsziel erreichen wir bereits vor Montagnola. Und zwar gleich hinter der Ortschaft Gentilino, die an der Via Collina d'Oro einen starken Kilometer unterhalb von Montagnola liegt. Auf der linken Straßenseite taucht dort eine schön gelegene Kirche im Tessiner Stil auf, mit einer prächtigen Zypressenallee davor. Es ist die Kirche Sant'Abbondio, die Hesse in seiner Betrachtung *»Kirchen und Kapellen im Tessin«* (in: Tessin, S. 43) als eine der besonders sehenswerten Kirchen erwähnt. Auf der gegenüberliegenden Straßenseite befindet sich ein großer Friedhof. Hier liegt Hermann Hesse begraben.

Um zum Grab zu gelangen, muß man rechts an der Friedhofskapelle vorbei einige Stufen hinab und zur rechten hinteren Ecke des Friedhofs gehen. Dort steht vor zwei Lebensbäumen, die für Hermann Hesse und seine Frau Ninon gepflanzt wurden, ein schlichter, ein aufgeschlagenes Buch andeutender Grabstein aus ungeglättetem

Hermann Hesses Grab auf dem Friedhof von Sant' Abbondio

Granit mit Hermann Hesses Geburts- und Sterbedatum: 2. Juli 1877 – 9. August 1962. Davor eine kleine Steinplatte für seine vier Jahre nach ihm gestorbene Frau Ninon, geborene Ausländer.

Hesses betont protestantisch schlichtes Grab steht in einem eigenartigen Gegensatz zu dem südländisch-katholisch-barocken Gepränge der anderen Gräber, deren Gestalter zum Teil keine Scheu vor einem gewissen geradezu kitschig anmutenden Pomp hatten; da sitzen mannsgroße Engel auf den Gräbern oder Miniaturkapellen überwölben sie. Diese hier weitverbreitete Grabmalskunst hätte zu Hesse kaum gepaßt; in seiner Schilderung *»Madonna d'Ongero«* bezeichnet er sie als *»protzig«*.

Ein paar Schritte oberhalb von Hesses Grab in einer Mauer mit Urnengräbern ist die Gedenkplatte für seinen langjährigen Freund, den Maler und Zeichner Gunter Böhmer (1911-1986), eingelassen. Hinter der Friedhofkapelle findet sich das Grab des berühmten Dirigenten Bruno Walter (1876-1962). Auch Hugo Ball, der Freund Hesses und Verfasser der ersten Hesse-Biographie, fand hier 1927 seine letzte Ruhe.

Unmittelbar nach dem Friedhof taucht an der Straße das Schild der Gemeinde Montagnola auf. Es sind aber erst die Gemeindeteil-

Kirche Sant' Abbondio vor der Kulisse des Monte San Salvatore

orte Barca und Certenago; nach Montagnola selbst ist es noch ein guter Kilometer bergauf. Das eigentliche Dorf Montagnola beginnt bei dem Hotel-Albergo »Bellevue-Bellavista«. Kurz dahinter wird die Straße zwischen den Häusern zu einer engen Gasse, bevor sich auf der linken Seite die Piazza Brocchi, der geräumige Platz im Zentrum von Montagnola, öffnet. Hier, wo es auch Parkmöglichkeit gibt, wollen wir unseren Rundgang beginnen. Leider ist der schöne Platz seit einigen Jahren auf der rechten Seite optisch durch ein großes, modernes Schulgebäude beeinträchtigt, dessen harte, kantige Bauweise mit einer kalten, schwarzweiß gehaltenen Fassade in einem wenig glücklichen Kontrast zu der runden, organischen, in warmen südlichen Farben gehaltenen Tessiner Bauweise der älteren Häuser steht.

Der erste Gang wird selbstverständlich der Casa Camuzzi gelten, dem verzauberten Palazzo Klingsors, in dem Hermann Hesse von 1919 bis 1931 gewohnt hat. Danach soll es zur Casa Rossa oder Casa Hesse gehen, die 1931 ein reicher Mäzen für Hesse oberhalb von Montagnola gebaut und auf Lebenszeit zur kostenlosen Verfügung gestellt hat.

Rundgang durch Montagnola auf Hesses Spuren

1 Die Casa Camuzzi, Hesses Wohnsitz 1919-1931

Die Casa Camuzzi erreicht man, indem man am unteren Ende der Piazza Brocchi kurz nach links und dann durch einen Torbogen hindurchgeht. Nach ca. 50 m geradeaus steht man sodann auf einem kleinen von Platanen überschatteten Platz vor dem Palazzo, den Hermann Hesse so beschrieben hat:

»Dies schöne wunderliche Haus [...] hat mir viel bedeutet, und war in mancher Hinsicht das originellste und hübscheste von all denen, die ich je besaß oder bewohnte. Freilich besaß ich hier gar nichts und bewohnte auch nicht das Haus, sondern nur eine kleine Wohnung von vier Stuben als Mieter [...].

Zwölf Jahre habe ich in der Casa Camuzzi gewohnt, Garten und Haus kommen im ›Klingsor‹ und in anderen meiner Dichtungen vor. Manche Dutzendmale habe ich dies Haus gemalt und gezeichnet, und bin seinen verzwickten launischen Formen nachgegangen; namentlich in den beiden letzten Sommern, zum Abschied, habe ich vom Balkon, von den Fenstern, von der Terrasse aus noch alle Blicke gezeichnet, und viele von den wunderlich schönen Winkeln und Gemäuern im Garten. Mein Palazzo, Imitation eines Barock-Jagdschlosses, der Laune eines Tessiner Architekten vor etwa fünfundsiebzig Jahren entsprungen, hat außer mir noch eine ganze Reihe Mieter gehabt, aber keiner ist so lange geblieben wie ich, und ich glaube, keiner hat ihn so geliebt (auch belächelt) und ihn so zur Wahlheimat werden lassen wie ich. Aus einer ungewöhnlich üppigen und munteren Baulust entstanden, im lustvollen Überwinden großer Terrainschwierigkeiten, hat dieser halb feierliche, halb drollige Palazzo ganz verschiedene Ansichten. Vom Portal des Hauses führt pompös und theatralisch eine fürstliche Treppe hinab in den Garten, der in vielen Terrassen mit Treppen, Böschungen und Mauern sich bis in eine Schlucht hinab verliert und in dem alle südlichen Bäume in alten großen Exemplaren vorkommen, ineinander verwachsen, von Glyzinien und Clematis überwuchert.«

Hesse, Beim Einzug in ein neues Haus, GW 10, S. 152 ff.

Seine Wohnung im zweiten Stock des hinteren Flügels des um 1855 erbauten Hauses, die er von 1919 bis 1931 bewohnte, hat Hermann Hesse uns in der kleinen Betrachtung *»Spaziergang im Zimmer«* vor Augen geführt; hier ein Auszug daraus:

»In dunkler Höhe zwischen zwei Fenstern hängt die kleine altitalienische Madonna, die ich einst, vor sehr vielen Jahren, auf einer Reise in Brescia bei einem Trödler gekauft habe, eins der wenigen Stücke, die mich durch lange Zeiten und viele Wechsel meines Lebens begleitet haben. Sie, die alten Bücher und der große Schreibtisch sind die hergebrachten alten Stücke meiner Einrichtung. Die anderen Möbel gehören der Hausfrau. Auch sie sind in zehn Jahren mir vertraut geworden, und man sieht ihnen allmählich das Altwerden an. Der kleine Polsterstuhl am Schreibtisch ist durchgesessen, unterm alten grünen Stoff beginnen die Gurte sichtbar zu werden, und das hübsche Kanapee ist auch etwas hart und löcherig geworden. An den Wänden hängen meine Aquarelle, dazwischen ein Kopf von Greco, das schöne Bildnis des jungen Novalis, das Bild des elfjährigen Mozart. Auf dem Bibliotheksschemel steht eine große fatale Kiste mit Zigarren, noch halb voll, es war ein Gelegenheitskauf, und sie bewährten sich nicht [...].

Auch aus Indien sind Erinnerungen da, vor allem ein winziger, flötespielender Krischna aus gelber Bronze, der hat mir an manchem verregneten Winterabend Musik gemacht [...]. Von den Dingen, die mir in neuester Zeit zugekommen sind, schätze ich besonders eine schöne gläserne Vase in alter Kelchform, ein Geschenk meiner Freundin. Meistens stehen in diesem durchsichtigen Kelch ein paar einzelne Blumen, Zinnien oder Nelken, oder kleine sanfte Feldblumen.« Hesse, Spaziergang im Zimmer (1928). In: Kleine Freuden, S. 256f.

Das Haus und der Garten können nicht von innen besichtigt werden, da sie sich in Privatbesitz befinden. Es gibt aber die Möglichkeit, beides von außerhalb gelegenen Standorten zu betrachten. Eine Möglichkeit ist dabei der Blick von dem oberhalb der Casa Camuzzi gelegenen alten Kirchlein von Montagnola; man muß dazu den schmalen Weg hinter dem stattlichen, oberhalb der Casa Camuzzi gelegenen Haus den Berg hinauf. Noch mehr von der

Casa Camuzzi und vor allem vom Garten zeigt ein Blick von unterhalb. Hierzu muß man zunächst wieder zur Piazza Brocchi zurück und dann an deren unterem Ende die steile Via dei Gilardi ein Stück hinabgehen. Von hier ist das Foto auf dem Umschlag aufgenommen. Und von hier sieht man im rechten Giebel das hoch über dem abfallenden Garten schwebende Balkönchen, das zu Hesses Wohnung gehörte und dessen Vorteile und Aussichten er 1926 in der Betrachtung »*Abendwolken*« eindringlich beschrieben hat:

»*An der Ostwand meines Wohn- und Arbeitszimmers ist eine Balkontüre, die steht vom Mai bis tief in den September hinein Tag und Nacht offen, und davor hängt ein winziger Steinbalkon, einen Schritt breit und einen halben Schritt tief. Dieser Balkon ist mein bester Besitz. Seinetwegen habe ich mich vor manchen Jahren entschlossen, mich hier niederzulassen, seinetwegen kehre ich nach allen Reisen immer wieder mit einer gewissen Dankbarkeit hierher in meine Tessiner Wohnung zurück. Es ist immer mein Stolz und meine Kunst gewesen, schön zu wohnen und eine ausgesucht schöne, weite Aussicht vor meinen Fenstern zu haben; so schön wie hier aber ist kaum eine meiner früheren Aussichten gewesen. Mag dafür der Kalk von den Wänden bröckeln, die Tapete in Fetzen hängen, mag es an vielen Bequemlichkeiten fehlen – dieser Aussicht wegen bleibe ich hier wohnen. Vor dem Balkon fällt ein alter, südlicher Baumgarten steil den Berg hinunter: Palmen mit dicken Fächerkronen, Kamelien, Rhododendren, Mimosen, Judasbaum, dazwischen einige hohe Eiben, von Glyzinien ganz überklettert, und schmale, schwebende Rosenterrassen. Dieser verschlafene alte Garten hängt zwischen mir und der Welt, er und ein paar stille Bachschluchten, mit Kastanienwald bestanden, auf dessen Wipfel ich hinabblicke. Ihre Kronen rauschen mir Tag und Nacht, aus ihnen tönt am Ende der traurige Eulenschrei herüber, sie schützen mich vor der Welt, vor den Häusern und Menschen, vor Lärm und Staub. So bin ich leidlich geschützt, wenn ich auch der Welt nicht ganz und gar entronnen bin, noch entrinnen will. Es kommt immerhin eine Straße zu unserem Dorf herauf, und auf ihr jeden Tag ein Postauto, das bringt viele entbehrliche Briefe und manche entbehrliche Besucher hier herauf, doch mitunter auch willkommene.*

Die Casa Camuzzi von der Bergseite her gesehen (um 1990)

In den Stunden, in denen ich meine Haustüre geschlossen halte, kann kein Anruf der Welt mich erreichen. Es sind die Stunden am Nachmittag, und meist auch die des Abends. Dann ist das Haustor geschlossen, eine Glocke ist nicht da, und wenn ich nun auf meinem Zwergbalkone sitze, die vielen Terrassen des Gartens unter mir, dann kann kein Mensch mich stören. Dann sehe ich, über Garten und Waldschlucht hinweg, den Salvatore und hinter ihm den Generoso stehen, sehe den blitzenden Seearm von Porlezza und die hohen Berge jenseits des Comersees, die bis weit in den Frühsommer hinein noch Schnee in ihren Scharten liegen haben.

Manchmal, wenn ich so am Abend sitze und zu den Abendwolken hinüberschaue, die drüben gerade in meiner Höhe schwimmen, dann bin ich nahezu zufrieden. Ich sehe die Welt da unten liegen und denke: du kannst mir gestohlen werden. Ich habe kein Glück in dieser Welt gehabt, ich habe nicht gut zu ihr gepaßt, und sie hat mir meine Abneigung reich erwidert und vergolten. Aber umgebracht hat sie mich nicht. Ich lebe noch, ich habe ihr Trotz geboten und habe mich gehalten, und wenn ich auch kein erfolgreicher Fabrikant oder Boxer oder Filmstern geworden bin, so bin ich doch das geworden, was zu werden ich mir als Knabe von zwölf Jahren in den Kopf gesetzt habe: ein Dichter, und ich habe unter anderem gelernt, daß die Welt, wenn man nichts von ihr will und sie nur still und aufmerksam mit seinen Augen betrachtet, uns manches zu bieten hat, wovon die Erfolgreichen, die Lieblinge der Welt nichts wissen. Zuschauenkönnen ist eine vortreffliche Kunst, eine raffinierte, heilsame und oft sehr vergnügliche Kunst.

Ich habe diese Kunst an den Abendwolken gelernt. Immer, wenn ich so am Abend meine Stunde auf dem Balkönchen sitze, habe ich es mit den Wolken zu tun, denn mein hochgelegenes Vogelnest blickt ja mitten in die Wolken hinein. Bei Regenwetter, bei den wilden leidenschaftlichen Unwettern dieses Klimas, kommen die Wolken bis in meine Stube hinein, hängen in weißgrauen Fetzen am Balkongitter, kriechen mir bis um die Schuhe und winden sich draußen hinauf und hinab, in die grünen, triefenden Bergtäler, die bei jedem Blitz so erschrocken aufleuchten, in den frostigen, schwarzen See, in die blasse, saugende Himmelshöhe hinauf. Bei gutem Wetter aber, wenn der See blau blitzt und violette Abendschatten hat, wenn in den fernen Dörfern die Fensterscheiben golden aufbrennen und die Westkante der Berge wie aus durchscheinendem, rosigem Edelstein glüht, dann sind auch die Wolken sehr farbig und guter Laune und spielen stundenlang ihre absichtslosen, schweifenden Kinderspiele.«

Hesse, Abendwolken. In: Kunst des Müßiggangs, S. 226ff.

Berühmt geworden ist das Balkönchen vor allem durch die Erzählung *»Klingsors letzter Sommer«*; dort taucht es gleich zu Beginn auf:

»Ein leidenschaftlicher und raschlebiger Sommer war angebrochen. Die heißen Tage, so lang sie waren, loderten weg wie brennende Fahnen, den kurzen schwülen Mondnächten folgten kurze schwüle Regennächte, wie Träume schnell und mit Bildern überfüllt fieberten die glänzenden Wochen dahin.

Klingsor stand nach Mitternacht, von einem Nachtgang heimgekehrt, auf dem schmalen Steinbalkon seines Arbeitszimmers. Unter ihm sank tief und schwindelnd der alte Terrassengarten hinab, ein tief durchschattetes Gewühl dichter Baumwipfel, Palmen, Zedern,

Kastanien, Judasbaum, Blutbuche, Eukalyptus, durchklettert von Schlingpflanzen, Lianen, Glyzinen.«

Hesse, Klingsors letzter Sommer, GW 5, S. 294 f.

Eine weitere Stelle in Hesses Werk, an der er Haus, Balkon und Garten beschreibt, ist die Schilderung *»Klage um einen alten Baum«*, die in »Kunst des Müßiggangs. Kurze Prosa aus dem Nachlaß« zu finden ist.

Außer Hermann Hesse haben das Haus noch eine ganze Reihe von bekannten Künstlern bewohnt. So wohnte in den dreißiger Jahren der später erfolgreiche Schriftsteller und Maler Peter Weiss in Hesses ehemaligem Atelier und illustrierte u.a. Hesses autobiographisches Märchen *»Kindheit des Zauberers«*. In den vierziger Jahren bezog der Maler Hans Purrmann (1880-1966), der oft als der deutsche Matisse bezeichnet wird, das Atelier. Und im anderen Flügel des Hauses hatte der 1933 nach Montagnola gekommene Maler, Zeichner und Illustrator Gunter Böhmer (1911-1986) bis zu seinem Tod 1986 sein Atelier und seine Wohnung zusammen mit seiner Frau, der Gobelin-Weberin Ursula Böhmer-Bächler. Alle diese Künstler fanden ihr Unterkommen in der Casa Camuzzi auf Vermittlung Hermann Hesses. Außerdem waren in der Casa Camuzzi die Schriftsteller Hugo Ball, Emmy Ball-Hennings, Max Brod, Martin Buber, T.S. Eliot, Richard Huelsenbeck, Klabund, Annette Kolb, Thomas Mann, Romain Rolland, René Schickele, Jakob Wassermann, Stefan Zweig, die Maler Carl Hofer und Louis Moilliet und die Komponisten Eugene d'Albert und Othmar Schoeck zu Gast. Der schweizer Schriftsteller Hermann Burger (1942-1989) schrieb hier Teile seines ersten Romanes »Schilten«.

Diese illustre Schar von Künstlern, die mit dem Haus in Berührung gekommen ist, hat seit längerem den Gedanken erwachsen lassen, in der Casa Camuzzi ein Kulturzentrum und eine internationale Begegnungsstätte für Schriftsteller und Künstler einzurichten. Leider konnte diese Idee 1992, als das Haus nach dem Tod der Besitzerin zum Kauf stand, nicht verwirklicht werden, da der eigens dafür gegründete »Freundeskreis zur Erhaltung der Hermann Hesse-Stätten e.V.« nicht rasch genug die dafür erforderlichen Gelder auftreiben konnte und der Palazzo deshalb von anderer Seite aufgekauft wurde, um dort Ferien- und Appartementwohnungen einzurichten. Allerdings gelang es nun im Mai 1997 auf Initiative eines Mäzens, wenigstens einen seitlichen Anbau an die Casa Camuzzi anzumieten, in dem am 2. 7. 1997 zu Hesses 120. Geburtstag ein kleines Hermann-Hesse-Museum mit Lebenszeugnissen aus Hesses Montagnoleser Zeit eingerichtet und der Öffentlichkeit zugänglich gemacht werden soll.

Hermann Hesse verließ die Casa Camuzzi 1931. Über die näheren Umstände berichtet er:

»Das Haus war mehr das meinige als irgendeines der früheren, denn hier war ich nicht Ehemann und Familienvater, hier war nur ich allein zu Hause, hier hatte ich in den bangen harten Jahren nach dem großen Schiffbruch mich durchgekämpft, auf einem Posten, der mir oft vollkommen verloren schien, hier hatte ich viele Jahre die tiefste Einsamkeit genossen, und auch an ihr gelitten, hatte viele Dichtungen und Malereien gemacht, tröstende Seifenblasen, und war mit allem so verwachsen, wie ich es seit der Jugend mit keiner andern Umgebung gewesen war. Zum Dank habe ich dies Haus oft genug gemalt und besungen, habe ihm auf viele Arten zu erwidern gesucht, was es mir gab und war.

Wäre ich in meiner Einsamkeit geblieben, hätte ich nicht nochmals einen Lebenskameraden gefunden, so wäre es wohl nie dazu gekommen, daß ich das Camuzzihaus wieder verlassen hätte, obwohl es in vielen Beziehungen für einen alternden und nicht mehr gesunden Menschen unbequem war. Ich habe in diesem märchenhaften Haus auch bitter gefroren und allerlei andere Not gelitten. Darum war in den letzten Jahren je und je der Gedanke aufgetaucht, aber niemals recht ernst genommen worden: vielleicht doch noch einmal umzuziehen, ein Haus zu kaufen, zu mieten oder gar zu bauen, wo ich fürs Alter eine bequemere und gesundere Unterkunft hätte. Es waren Wünsche und Gedanken, nichts weiter.

Da ereignete sich das schöne Märchen: In der ›Arch‹ in Zürich saßen wir an einem Frühlingsabend des Jahres 1930 und plauderten, und die Rede kam auch auf Häuser und Bauen, und auch meine gelegentlich auftauchenden Hauswünsche wurden erwähnt. Da lachte plötzlich Freund B. mich an und rief: »Das Haus sollen sie haben!«

Hesse, Beim Umzug in ein neues Haus, GW 10, S. 154f.

Dieses von dem Züricher Freund und Mäzen Dr. med. Hans C. Bodmer, Verwaltungsrat der Zürcher Papierfabrik, 1931 in Montagnola erbaute und Hesse auf Lebenszeit kostenfrei zur Verfügung gestellte Haus soll im folgenden besichtigt werden.

2 Das erste Schweizer Hermann Hesse-Museum und der Gedenkstein in der Via Hermann Hesse

Zunächst gehen wir wieder zur Piazza Brocchi zurück. An deren oberem Ende liegt links das Rathaus von Montagnola; in ihm gab es einmal eine Zeitlang ein Hesse-Zimmer mit einigen Erinnerungsstücken wie einem Schreibtisch und einer Schreibmaschine; dieses ist aber mittlerweile aufgelöst. Im Rathaus bekommt man jedoch eine schöne große »Carta turistica della Collina d'Oro«, die für Wanderungen rund um Montagnola recht nützlich ist.

Das neue kleine Hermann Hesse-Museum im »Torre« rechts neben der Casa Camuzzi erreicht man, indem man beim Rathaus die Hauptstraße ein Stück hinaufgeht, bis links die Via Hermann Hesse abzweigt. In dieser findet man nach ca. 150 m auf der linken Seite einen Gedenkstein mit zwei Bänken unter drei Birken. Dieser Gedenkstein wurde 1977 zum 100. Geburtstag Hermann Hesses von der Gemeinde Montagnola aufgestellt, wie die Steininschrift zeigt: »Montagnola a Hermann Hesse nel centenario della nascita 2. VII. 1977.« Darunter steht in italienisch und deutsch das Hesse-Zitat: *»Und dann betrachte ich unser Dorf, das kleine warme Genist, worin jede Linie und Fläche mir so lang und genau bekannt ist.«*

Die Stelle für den Gedenkstein wurde hier gewählt, weil Hermann Hesse hier, wo in früherer Zeit bereits eine Bank unter zwei Bäumen gestanden hat, öfters die Aussicht ins Tal genossen haben soll. Leider läßt sich dies heute nicht mehr so recht nachvollziehen, da in den achtziger Jahren direkt unterhalb auf dem vorher freien Wiesengelände ein futuristisch gestalteter Spielplatz gebaut wurde, der die ohnehin relativ bescheidene Gedenkstätte sehr an den Rand drängt.

Hier in der Nähe, vermutlich an dem rückwärtigen, jetzt ebenfalls überbauten Hang, war auch die Stelle, die Hesse in der 1926 entstandenen Prosaskizze »*Aquarell*« beschreibt, aus der das Zitat auf dem Gedenkstein stammt:

»So ging ich denn am Spätnachmittag aus, den Rucksack mit dem Malzeug auf dem Rücken, den kleinen Klappstuhl in der Hand, an den Platz, den ich mir schon um Mittag ausgedacht hatte. Es ist ein steiler Abhang über unserem Dorfe, früher von dichtem Kastanienwald bedeckt, im letzten Winter aber kahlgeschlagen; dort zwischen den noch ein wenig duftenden Baumstrünken hatte ich schon mehrmals gemalt. Von hier aus sah man die Ostseite unseres Dorfes, lauter dunkle, alte Dächer aus Hohlziegeln, auch ein paar hellrote, neue, ein Gewinkel von nackten und unverputzten Mauern, überall Bäume und Gärtchen dazwischen, da und dort hing ein wenig weiße oder farbige Wäsche an der Luft. Jenseits die großen blauen Bergzüge, einer hinter dem andern, mit rosigen Spitzen und violetten Schattenzügen, rechts unten ein Stück See, jenseits winzig ein paar helle, schimmernde Dörfchen.

Nun hatte ich gegen zwei Stunden Zeit, während die Sonne langsam sank und das Licht über den Dächern und Mauern langsam wärmer, tiefer, goldener wurde. Ehe ich zu zeichnen begann, überblickte ich eine Weile das ganz vielfältige Tal bis zum See hinab, die fernen Dörfer, den Vordergrund mit den an der Schneide noch lichten Baumstümpfen, aus denen schon meterhohe, üppig grüne Seitensprossen trieben, dazwischen das rote, trockene Erdreich mit dem glimmerigen Gestein, mit den tief eingefressenen Wasserläufen aus der Regenzeit, und dann betrachtete ich unser Dorf, dieses kleine, warme Genist von Mauern, Giebeln, Dächern, worin jede Linie und Fläche mir so lang und wohl bekannt ist, Formen, die ich manches Dutzendmal mit dem Auge studiert, mit dem Stift nachgezeichnet hatte.« *Hesse, Aquarell. In: Kunst des Müßiggangs, S. 231 f.*

Vom Gedenkstein ist es nur eine kurze Strecke die Via Hesse entlang bis zur Toreinfahrt zum Grundstück der ehemaligen Casa Hesse.

3 Die Casa Hesse, Hermann Hesses Wohnhaus 1931-1962

Die Toreinfahrt zum Grundstück der ehemaligen Casa Hesse, die wegen ihres roten Verputzes auch Casa Rossa genannt wurde, ist leicht zu erkennen. Die heutigen Besitzer, eine italienische Industriellenfamilie, die das Anwesen nach dem Tod von Ninon Hesse im Jahr 1966 von den Erben Hans C. Bodmers erwarb, haben die Toreinfahrt mächtig aufgeputzt und mit zwei großen Statuen der antiken Helden Castor und Pollux auf den Pfeilern links und rechts ›verschönt‹. Die Einfahrt ist breit genug für PKWs; diese Verbreiterung wurde allerdings schon zu Hesses Zeiten vorgenommen, da Ninon Hesse in den vierziger Jahren den Führerschein erwarb und sich ein Auto anschaffte.

Am linken Torpfeiler, der heute mit einer Wechselsprechanlage samt Überwachungskamera bestückt ist, war in den fünfziger Jahren die berühmt-berüchtigte Aufschrift »Bitte keine Besuche« angebracht, die Gunter Böhmer auf Wunsch Hermann Hesses in seiner von vielen Suhrkamp-Buchumschlägen der 50er und 60er Jahre bekannten Pinselschrift anfertigen mußte. Gunter Böhmer schreibt darüber in seiner Erinnerung »In Hesses Nähe«:

»Eines Tages ließ Hesse mit seinem charmantesten Seufzerlächeln die Bemerkung fallen: › Wenn mir doch jemand an mein Gartentor in Böhmerschrift malen würde: Bitte keine Besuche.‹ Was blieb dem Jemand anderes übrig, als bejahend die Achseln zu zucken. [...] Immerhin stellte Hesse tatsächlich bald eine retardierende Wirkung der ›Bitte‹ fest, und ich war wohl der einzige, der sie am skrupellosesten ignorierte, weil mich jedesmal mein Elaborat beschämte und verdroß. Ärger, Enttäuschung und bitteren Spaß bereitete es allerdings auch zahlreichen anderen Betrachtern, zwar kaum auf Grund schriftkünstlerischer Kriterien, eher aus plausibleren Kausalitäten. Diese ›Leser‹ machten sich per Bleistift oder Taschenmesser Luft, und ich mußte alle Jahre wieder versuchen, sowohl die Mauerrisse und Schriftabblätterungen auszubessern, als auch diese Herzensergießungen wieder abzuschaben und dabei graphologische, charakterologische, psychologische, politologische, soziologische, kosmologische und zoomorphe Erkenntnisse zu sammeln. Von ›Wie schade!‹ bis ›Thomas Mann grüßt‹, von ›Na dann nicht!‹ bis ›Du

Die Casa Hesse oder Casa Rossa zu Hesses Zeit

kannst mich!‹ waren alle Redensarten und Niveaustufen vertreten, und einem Spaßvogel war es nahezu gelungen, zwischen ›Bitte‹ und ›Besuche‹ das ›keine‹ wegzukratzen. Hesse ignorierte das alles oder amüsierte sich gelegentlich darüber. Denn natürlich wurde der Gedenk- bzw. Mahnstein nicht nur zur Wandzeitung umfunktioniert, sondern auch mit wilder Leidenschaft photographiert, publiziert, besungen und beinahe zum Ewigkeitswert erhoben. Als schließlich reportiert wurde, das Drei-Worte-Bild zeige Hesses ›skripturale Weisheit‹, und als in einer Ovation sogar noch seine ›zittrig gewordene Greisenhandschrift an der Gartentortafel‹ ehrerbietig beweint wurde, da war nicht leicht herauszufinden, wer der Betroffene zu sein hatte, Hesse oder ich. Gelacht haben wir beide.« (Hesse in Augenzeugenberichten, S. 295 ff.)

Unnötig war die Bitte nicht, denn Hesse wäre zeitweise geradezu überflutet worden von Besuchern. Auch darüber berichtet Gunter Böhmer:

»Ja, ich hörte sein gereizt hingeseufztes ›Eben!‹, als die zwanzigste Besucherin am Abend eines ›überlaufenen‹ Tages, ihren ›Knulp‹

Hermann Hesse in der Bibliothek mit Ninon und deren Schwester

zwecks Signierung in zitternden Händen, aufschluchzte: ›Ach Herr Hesse, in welch wundervoller Einsamkeit Sie leben!‹ und ich las, dieweil die Verzückte die Augen gen Himmel drehte, in seiner flehenden, verdeckten Handbewegung den eindeutigen, oft genug gehörten Wunsch: ›Dieses Huhn soll mir gestohlen werden‹. Dennoch empfing er beinahe alle Besucher – und viele mit Freude –, konnte aber einen Studienrat, der mit einer wilden, blödelnden Schulklasse eingefallen war, anfauchen, wie eben nur Steppenwölfe fauchen.« (Hesse in Augenzeugenberichten, S. 285)

In den letzten Jahren traf seine Frau Ninon eine sehr strenge Vorauswahl bei Besuchern; an der Haustüre war Hesses Wunsch erneut, jedoch in Form eines Spruches angebracht, den er einem imaginären altchinesischen Dichter zugeschrieben hatte:

»Wenn einer alt geworden ist und das Seine getan hat, steht ihm zu, sich in der Stille mit dem Tode zu befreunden. Nicht bedarf er des Menschen. Er kennt sie, er hat ihrer genug gesehen. Wessen er bedarf, ist Stille. Nicht schicklich ist es, einen Solchen aufzusuchen, ihn anzureden, ihn mit Schwatzen zu quälen. An der Pforte seiner Behausung ziemt es sich vorbeizugehen, als wäre sie Niemandes Wohnung.«

Heute ist das Grundstück noch unzugänglicher. Der jetzige Besitzer hat mit dem Andenken an den berühmten Vorbesitzer nichts im Sinn. Die Chance, das Grundstück und Haus für eine Hesse-Stiftung zu erwerben und der interessierten Hesse-Leserschaft zugänglich zu machen, konnte 1966 aus finanziellen und sonstigen Gründen nicht realisiert werden und dürfte schwerlich wiederkommen, zumal das Haus mittlerweile auch stark umgestaltet sein soll. Auf diese Weise muß man sich mit einer Besichtigung von der Grundstücksgrenze aus begnügen. Den besten Blick auf das Haus, das mittlerweile auch nicht mehr rot (›aprikosenrot‹), sondern hellbeige verputzt ist, hat man am Ende des ca. 200 m langen Grundstücks, wo der Wald beginnt. Das kleine Haus unterhalb des Haupthauses ist ein später umgebautes ehemaliges Stallgebäude, das Hesse als Garten- und Gerätehaus benutzte; heute wird es vom Grundstücksverwalter bewohnt.

Das Haus wurde 1931 von dem Mäzen Hans C. Bodmer (s. S. 299f.) ganz nach den Bedürfnissen Hesses und seiner Frau Ninon gebaut. Romain Rolland, der Hesse kurz nach dem Einzug besuchte, berichtet darüber in seinem Tagebuch:

»Hesse und seine Gefährtin freuen sich wie Kinder über ihr hübsches, ganz neues Nest, das sie eingerichtet haben [...]. Das erste, worauf Hesse mich aufmerksam macht, ist die Unabhängigkeit der beiden Lebensgefährten, die gesichert sei durch die relative Unabhängigkeit der Wohnungen, jede mit einem Separateingang (doch in der Mitte durch gemeinsame Räume verbunden): Hesses Wohnung geht nach Lugano und Montagnola hinaus, die von Ninon nach dem San Salvatore und dem Monte Generoso.« (H. Hesse in Augenzeugenberichten)

Tatsächlich bestand das Haus, wie der Bauplan zeigt, eigentlich aus zwei Häusern, die mit separaten Eingängen versehen waren und pro Stockwerk jeweils nur eine Verbindungstür hatten. In seinem Trakt, dem von unten gesehen rechten, mit dem Balkon und der Terrasse, hatte Hesse im oberen Stock sein »Studio«, das eigentliche Arbeitszimmer, das niemand ohne seine Erlaubnis betreten durfte, sowie sein Schlafzimmer und Bad. Darunter, ebenerdig, befand sich das »Atelier«, das als vielfältig benutzte Mal- und Schreibwerkstatt diente. Daneben befand sich die große Bibliothek, die zugleich als

Beim Lesen der Post am Schreibtisch (um 1952)

Teeraum, Musikzimmer und Empfangsraum diente. Hier nahm Hesse morgens, wenn er ungestört arbeiten wollte, allein das Frühstück ein; nachmittags wurde hier gemeinsam der ›z'Vieri‹-Tee getrunken und abends Musik gehört oder noch häufiger gelesen, d.h. Ninon las vor, damit Hesse seine zeitlebens schmerzanfälligen Augen schonen konnte. Baulich gehörte die Bibliothek bereits zu Ninons Trakt, der die doppelte Größe hatte, da er neben ihren privaten Räumen – einem geräumigen Studio und einem Schlafzimmer im vorderen Teil des oberen Stocks – auch die Gemeinschaftsräume wie Bibliothek, Eßzimmer und Küche im Erdgeschoß sowie die drei nach hinten gelegenen Zimmer umfaßte, die als Gast- und Dienstbotenzimmer genutzt wurden. – Ein anschauliches Bild über das Leben in der Casa Hesse vermittelt der Band »Hermann Hesse in Augenzeugenberichten«, der nicht nur Schilderungen prominenter Besucher, sondern auch Berichte von Köchinnen des Hesseschen Haushalts enthält.

Von besonderer Bedeutung war für Hesse das über zehntausend Quadratmeter große Grundstück, auf dem er endlich wieder einen Garten anlegen konnte:

»Irgendwo heimisch zu sein, ein Stück Land zu lieben und zu bebauen, nicht bloß zu betrachten und zu malen, teilzuhaben am bescheidenen Glück der Bauern und Hirten, am vergilischen, in zweitausend Jahren unveränderten Rhythmus des ländlichen Kalenders, das schien mir ein schönes, zu beneidendes Los, obwohl ich selbst es einstmals gekostet und erfahren hatte, daß es nicht genüge, um mich glücklich zu machen.

Und siehe, dies holde Los war mir jetzt noch einmal zugedacht, es war mir in den Schoß gefallen wie eine reife Kastanie dem Wanderer auf den Hut fällt, er braucht sie nur zu öffnen und zu essen. Ich war, wider alles Erwarten, noch einmal seßhaft geworden und besaß, nicht als Eigentum, aber doch als lebenslänglicher Pächter, ein Stück Land! Eben erst hatten wir unser Haus darauf gebaut und waren eingezogen, und jetzt begann für mich, aus vielen Erinnerungen her vertraut, noch einmal ein Stückchen bäuerlichen Lebens. Ich hatte es damit nicht mehr leidenschaftlich und heftig im Sinn, ich würde es mehr läßlich betreiben, mehr die Muße suchen als die Arbeit, mehr am blauen Herbstfeuerrauche träumen als Wälder roden und Pflanzungen anlegen. Immerhin, ich hatte eine schöne Weißdornhecke gepflanzt und Sträucher und Bäume und viele Blumen, und jetzt brachte ich diese Spätsommer- und Herbsttage, die unvergleichlichen, beinahe ganz im Gras und Garten hin, mit kleinen Arbeiten, mit dem Schneiden der jungen Hecke, dem Vorbereiten eines Gemüsegartens für den Frühling, dem Säubern der Wege, dem Reinigen der Quelle – und bei all diesen kleinen Arbeiten hatte ich ein Feuer auf der Erde brennen, ein Feuer aus Unkraut, aus dürrem Gezweig und Dörnicht, aus grünen oder braunwelken Kastanienschalen.

Zuweilen im Leben, mag es im übrigen sein wie es wolle, trifft doch etwas wie Glück ein, etwas wie Erfüllung und Sättigung. Gut vielleicht, daß es nie lange währen darf. Für den Augenblick schmeckt es wundervoll, das Gefühl der Seßhaftigkeit, des Heimathabens, das Gefühl der Freundschaft mit Blumen, Bäumen, Erde, Quelle, das Gefühl der Verantwortlichkeit für ein Stückchen Erde, für fünfzig Bäume, für ein paar Beete Blumen, für Feigen und Pfirsiche.«

Hesse, Tessiner Herbsttag. In: Tessin, S. 230 f.

Vor der Bebauung bestand das Grundstück aus Wiesen- und Rebhängen. Einen Teil des Rebhanges behielt Hesse bei und kelterte sich aus den Trauben seinen eigenen Wein. Im hinteren Teil des Grundstücks, nahe beim Wald, legte er ein Bambusgehölz an; darüber eine Bocciabahn, auf der er zur Entspannung gern mit seinen Gästen spielte; zuweilen konnte er ungnädig werden, wenn er verlor. In der Nähe des Gartenhauses war der Gemüsegarten; überall entlang der Wege befanden sich farbenprächtige Blumenrabatten. Die *»Stunden im Garten«*, das Schauen und Arbeiten, das meditativ betriebene Unkrautjäten, die fast kultischen Gartenfeuer und ähnliche Vergnügungen hat Hesse in seinem gleichnamigen Büchlein, das von seinem langjährigen »Gartenbruder« Gunter Böhmer (s. S. 282) liebevoll illustriert wurde, eingehend beschrieben:

»Morgens so gegen die sieben, verlaß ich die Stube und trete
Erst auf die lichte Terrasse, dort brennt die Sonne schon wacker
Zwischen den Schatten vom Feigenbaum, die rauhe granitne
Brüstung fühlt sich warm an. Hier liegt und wartet mein Werkzeug.«
[...] *Hesse, Stunden im Garten, S. 5*

4 Sonstige Hesse-Spuren in Montagnola

Auf dem Weg zurück von der Casa Hesse zum Dorf kommt man gleich hinter dem Hesse-Gedenkstein an der rechts von der Via Hermann Hesse abzweigenden Via Bodoni vorbei. Sie ist nach der Officina Bodoni benannt, einer kleinen bibliophilen Buchdruckerwerkstatt, die in den zwanziger Jahren ihren Sitz in dem Haus rechts oberhalb der Casa Camuzzi hatte. Hermann Hesse, der ein großer Freund bibliophiler Drucke war und selbst zahlreiche für Freunde und Mäzene anfertigen ließ, war mit dem Inhaber, Hans Mardersteig, gut bekannt. Er hat darüber 1923 in seiner Betrachtung *»Die Officina Bodoni in Montagnola«* berichtet, die in *»Kleine Freuden. Kurze Prosa aus dem Nachlaß«* nachgedruckt ist. Die Officina Bodoni, die sich der Pflege des Erbes des großen italienischen Schriftgestalters Giambattista Bodoni (1740-1830) widmet und kostbare Drucke in Handarbeit herstellt, gibt es auch heute noch, allerdings nicht mehr in Montagnola, sondern in Verona.

Kurz bevor man wieder die Piazza Brocchi erreicht, zweigt von der Hauptstraße links die Via Minigera ab. Diese hat auf der Bergseite, entlang eines großen, ehemals herrschaftlichen Grundstücks, eine lange Stützmauer aus Stein, die Hermann Hesse scherzhaft die ›chinesische Mauer‹ getauft hat. Oberhalb, in dem großen Grundstück, liegt ein alter Gartenpavillon, der Hesse zu dem folgenden Gedicht angeregt hat:

Roter Pavillon

Roter Pavillon, im Park verborgen,
Wo er sich im wilden Wald verliert.
Als du noch in deinem jungen Morgen
Lachtest, wie hast du den Park geziert!
Hast auf der Terrasse dich gebrüstet,
Schlank, achtkantig, zierlich, kühn, kokett,
Feste wurden oft in dir gerüstet,
Jagdtrunk, Vogelessen und Bankett. [...]

Hesse, Roter Pavillon.
In: Tessin, S. 200 f. (mit Aquarell Hesses)

An der Piazza Brocchi führt gleich hinter dem Postgebäude (PTT) ein Sträßchen, die Via Credee, bergab. Wenn man die erste Abzweigung rechts nimmt, kommt man nach kurzer Strecke über die Via Valegia zur links abgehenden Via Castell, von der aus ein Wiesenweg zu einem kleinen am Waldrand gelegenen Hügel mit einem Türmchen führt. Diesen idyllischen Ort unterhalb des Dorfes hat Hesse den ›Ölberg‹ getauft. Der restaurierte Turm ist ein alter Roccolo, der in früheren Zeiten dem Vogelfang diente.

Wieder zurück auf dem Dorfplatz oben, kann man noch nach links durch die sich hier eng zwischen den Häusern hindurchwindende Straße gehen, die kurz nach dem Engpaß einige schöne Blicke ins Tal hinab eröffnet. Nach weiteren ca. 200 m kommt man zu dem schon eingangs erwähnten Hotel ›Bellavista-Bellevue‹. In diesem

Albergo hatte Hesse des öfteren Gäste untergebracht, und auf der Terrasse der Osteria oder im schönen Schattengarten nebenan ist er gerne ab und zu mit Freunden bei einem Glas Rotwein gesessen. Im *»Klingsor«* heißt es: *»Abends saßen sie* [Klingsor und Louis, d.h. Hesse und Louis Moillet] *im Garten des Wirtshauses. Fische ließen sie sich backen, Reis mit Pilzen kochen und gossen Maraschino über Pfirsiche. [...] Sie stießen an, sie tranken aus, im Garten stieg Louis aufs Zweirad, schwang den Hut, war fort. Klingsor lächelte traurig. Wie liebte er diesen Zugvogel! Lange stand er im Kies des Wirtsgartens, sah die leere Straße hinab.«* (GW 5, S. 306).

Spaziergänge in der Umgebung von Montagnola

Zu den Grotti:

»Tief in den Wäldern schön und geheimnisvoll liegen unsere Schatzkammern, die kühlen kleinen Weinkeller der Bauern, wo am Feiertag und etwa auch am Abend bei der Boccia-Bahn freundliche Menschen ein Glas Landwein trinken, ein Stück Brot essen und miteinander plaudern. Hier verglühen mir manche warme, stille, nachdenkliche Abende voll Torheit und Sommerduft, voll Wehmut und Einsamkeit, voll Gedanken und Kinderei.«

Hesse, Sommertag im Süden, In: Tessin, S. 31

Mit dem Rückgang des Weinbaus auf der Collina d'Oro ist in den letzten Jahrzehnten natürlich auch mancher Grotto verfallen und verschwunden. Hesses Lieblingsgrotto, der Grotto Cavicc, ist aber noch vorhanden und ein Treffpunkt für Liebhaber einheimischer Weine und Speisen. Er soll im folgenden aufgesucht werden.

Vom Albergo »Bellavista« ca. 100 m dorfwärts führt die Vicolo (Gasse) di Ligüna steil den Berg hinab. Diese trifft nach stark 300 m auf die Via Valegia, die man schräg überquert, um dann den Hohlweg durch den Wald weiter abwärts zu gehen. An der Abzweigung, die nach kurzer Strecke kommt, hält man sich rechts. Der Weg führt nun ca. einen halben Kilometer am Hang entlang, wobei links eine baumbestandene Wiese und danach rechts oben Häuser auftauchen.

»Grotto im Kastanienwald«.
Aquarellierte Federzeichnung von Hesse

Auf der Höhe der Häuser tauchen unterhalb des Weges im Waldschatten die ersten Weinkellerhäuschen auf. Der Grotto Cavicc ist von oben gut zu erkennen an seinen roten Tischen auf der Freiterrasse. Hier ist Hesse gern mit Freunden gesessen; in der Erinnerung *»Tessiner Sommerabend«* schreibt er:

»Im Wald, an der Schattenseite des Berges, liegen die Grotti, die Weinkeller des Dorfes, ein kleines, zwerghaft phantastisches Märchendorf im Walde, lauter Stirnseiten kleiner steinerner Giebelhäuser, die keine Rückseite haben, denn Dach und Haus verliert sich im Boden, und tief in den Berg hinein sind die Felsenkeller gebohrt. Da liegt der Wein in grauen Fässern, Wein vom vorigen Herbst und auch noch Wein vom vorvorigen, älteren gibt es nicht. Es ist ein sanfter, sehr leichter, traubiger Wein, von roter Farbe, er schmeckt kühl und sauer nach Fruchtsaft und dicken Traubenschalen.

Wir sitzen bei einem Grotto am steilen Waldhang auf kleiner Terrasse, die man auf ungefügen Stufen erklimmt und die Raum für einen oder zwei Tische hat. Ungeheuer steigen die Stämme der Bäume empor, alte riesige Bäume, Kastanie, Platane, Akazie. Sie streben hoch hinan, durch ihr Gezweig blickt wenig Himmel, oft bin ich bei fallendem Regen hier gesessen, im Freien im Walde, stundenlang, und bin von keinem Tropfen berührt worden.«

Hesse, Tessiner Sommerabend. In: Tessin, S. 56

Die von Hesse erwähnte Bocciabahn befindet sich unterhalb des Sträßchens, das an den Grotti entlangführt. Würde man dieses Sträßchen, die Via ai Canvetti, weitergehen, so käme man nach einem knappen halben Kilometer zum Friedhof von St. Abbondio. Von dort könnte man die hinter dem Friedhof weiterführende Via Bora di Besa bis zur nächsten Kreuzung gehen, von der die Via ai Grotti der Gemeinde Gentilino abzweigt, an der man noch weitere Grotti findet.

Zum Strand am Luganer See

»... die Vögel in den unendlichen Kastanienwäldern fangen zu singen an. Ich stecke mir ein Stück Brot in die Tasche und ein Buch und einen Bleistift und die Badehose, und verlasse mein Dorf, um einen langen Sommertag im Wald und See zu Gast zu sein ...«

Hesse, Sommertag im Süden. In: Tessin, S. 28

»Ein kleiner Weg führt vom Dorf an den See hinunter, ein kleiner Fuß- und Geißenweg; den gehe ich oft, den Sommer über viele hundertmal, und manchmal auch im Winter. Der Weg ist nicht ganz leicht zu finden. Er biegt von der Fahrstraße ab an einer Stelle, wo niemand es vermutet, und sein Eingang ist in der grünen Zeit des Jahres ganz mit Gestrüpp verwachsen, Brombeergerank und Farnkräutern. Man biegt durch diese Wildnis ein, dann fällt der Weg schnell, fast senkrecht durch einen dünnen und doch dichten Wald hinab ...« *Hesse, Der kleine Weg. GW 6, S. 316*

Der kleine Weg, den Hermann Hesse im Sommer viele Male gegangen ist, um an den Badestrand bei Cantonetto und Agnuzzo zu kommen, ist heute, 70 Jahre nachdem er ihn beschrieben hat, in dieser Weise nicht mehr nachzuvollziehen. Die Fuß- und Geißenwege der Gegend sind meist verschwunden oder durch Straßen überbaut. Auch ist der Hang zwischen Montagnola und dem Luganer See mittlerweile nicht mehr überall urwüchsige Wald- und Wiesenlandschaft, sondern zum Teil durch Neubausiedlungen verändert. Die Anfänge dieses Prozesses der Zersiedelung hat Hermann Hesse selbst schon 1927 konstatiert, als er aus seinem Winterquartier in Zürich nach Montagnola zurückkehrte:

»... es muß nachgesehen werden, was sich während eines halben Jahres hier wieder verändert hat, und wieviel Schritte der Prozeß vorwärtsgegangen ist, der allmählich auch diese geliebte Gegend ihrer lang bewahrten Unschuld entkleidet und mit den Segnungen der Zivilisation erfüllt. Richtig, bei der unteren Schlucht ist wieder ein ganzer Waldhang glatt abgeholzt, und es wird eine Villa gebaut, und an einer Kehre ist unsere Straße verbreitert worden, das hat einem zauberhaften alten Garten den Garaus gemacht ...«

Hesse, Wiedersehen mit Nina. In: Tessin, S. 139

Es gibt heute schon noch verschwiegene Pfade an den Strand hinunter, zum Teil durch trockene Bachbette führend, wie es Hesse beschrieben hat. Allerdings sind diese nicht beschreibbar und auch nur trittfesten Wanderern mit gutem Schuhwerk zu empfehlen. Relativ bequeme, befestigte Wege zum See sind die folgenden:

Beim Postamt am Dorfplatz von Montagnola (Piazza Brocchi) die Via Credee und Via Marianda hinunter, bis rechts die Via Selva Piana abzweigt, die nach Orino hinabführt, das am See liegt. Orino kann man auch über die gleich zu Beginn von der Via Credee rechts abzweigende Vicolo Pavu und die anschließende Via Orino erreichen. Allerdings muß man von Orino noch einen knappen Kilometer an der vielbefahrenen Uferstraße entlang, um zum Strand von Cantonetto zu gelangen. Wenn man dies vermeiden will, gibt es z. B. die folgende Möglichkeit: Zunächst zum Grotto Cavicc gehen (siehe S. 310) und von dort weiter bergab durch den Wald zu dem

Weiler Viglio, von dem aus man den Strand über die kleine Via Cantonetto erreichen kann. Alle drei Wege sind vom Zentrum von Montagnola aus ca. 2-3 km lang.

Das Badeerlebnis am Strand bei Cantonetto, der nach dem nahegelegenen malerischen Dörfchen Agnuzzo auch Agnuzzostrand genannt wird, hat Hesse in der Erinnerung *»Strand«* 1921 geschildert:

»Dieser Sommer ist von indischer Glut. Auch der See ist längst nicht mehr kühl, aber am Spätnachmittag weht jeden Tag ein Wind gegen unseren Strand, dann ist es Erfrischung, in den Wellen zu baden und dann nackt im Wind zu stehen. Um diese Zeit steige ich häufig den Berg hinab zum Strande. Manchmal nehme ich Zeichenblock und Wasserfarben mit und Proviant und eine Zigarre, um den ganzen Abend da zu bleiben. [...]

Ich hänge den Rucksack an einen Ast, ich reiße die Kleider ab, kaum ertragen die nackten Fußsohlen den durchglühten Kies. Das seichte Wasser, in das ich trete, ist warm wie die Luft, erst draußen beim Schwimmen empfinde ich eine Ahnung von Kühle, tief tauche ich in den dunklen blauen Abgrund hinab. Ich lege mich auf den Rücken, treibe lang, jede Welle schlappt mir launaß über Augen und Mund, aber der Wind kühlt, langsam, mit leisem Saugen zieht er die Hitze aus meiner aufatmenden Haut. Gestillt kehre ich zurück, rolle mich eine Weile im seichten Strandwasser, springe hoch und werfe mich in den brennenden Sand an die Sonne, liege lange tot, um nochmals heiß zu werden und das Spiel noch einmal zu spielen. [...]

Die Sonne ist tiefer gesunken, viel Zeit ist vergangen, vielleicht habe ich geschlafen. Ich richte mich auf, wische mir Steinchen und Muschelscherben von den Schenkeln, bald werde ich Hunger spüren und gehen. Mit Mißvergnügen denke ich an den steilen Heimweg den Berg hinan.« *Hesse, Strand. In: Tessin, S. 64ff.*

Wer die Aquarelle Hermann Hesses kennt, wird bei Wanderungen auf der Collina d'Oro auf Schritt und Tritt auf vertraute Motive treffen. Besonders erwähnenswert ist vielleicht die Kirche des hinter Montagnola auf dem höchsten Punkt der Collina d'Oro gelegenen Ortes Agra, die Hesse mehrere Male gemalt hat, und deren Aussichtsterrasse ein Lieblingsort bei seinen Malausflügen war; die Kirche enthält übrigens ein schönes, von Hesse erwähntes Beispiel Tessiner Illusionsmalerei.

Auch vom letzten Bergvorsprung der Collina d'Oro, auf dem das imposante, seit langem aber leerstehende und zerfallende Sanatorium von Agra steht, einst Filiale der Lungenheilstätten von Davos, also des Thomas Mannschen ›Zauberbergs‹, hat Hesse gerne gemalt. Den Blick, der hier weit über den italienischen Teil des Luganer Sees hin zu den Hügeln bei Varese geht, hat er den »Blick nach Italien« genannt.

Um zu Fuß von Montagnola nach Agra zu kommen, muß man nicht unbedingt die Autostraße nehmen, sondern kann zum Beispiel an der Casa Hesse vorbei einen Waldweg nach Bigogno hinaufwandern und in diesem Örtchen die parallel zur Autostraße verlaufende Via Municipio weitergehen, auf der man direkt zur Kirche von Agra gelangt.

Auf Klingsors Spuren von Montagnola nach Carona

Die Vorlage für diese Wanderung bildet das Kapitel *»Der Kareno-Tag«* in Hesses autobiographisch inspirierter Erzählung *»Klingsors letzter Sommer«*. Dort heißt es zu Beginn:

»Zusammen mit den Freunden aus Barengo und mit Agosto und Ersilia unternahm Klingsor die Fußreise nach Kareno. Sie sanken in der Morgenstunde, zwischen den stark duftenden Spiräen und umzittert von den noch betauten Spinnweben der Waldränder, durch den steilen warmen Wald hinab in das Tal von Pambambio, wo vom Sommertag betäubt an der gelben Straße grelle gelbe Häuser schlie-

fen, vornübergeneigt und halbtot, und am versiegten Bach die weißen metallenen Weiden hingen mit schweren Flügeln über den goldenen Wiesen. Farbig schwamm die Karawane der Freunde auf der rosigen Straße durch das dampfende Talgrün: die Männer weiß und gelb in Leinen und Seide, die Frauen weiß und rosa, der herrliche veronesergrüne Sonnenschirm Ersilias funkelte wie ein Kleinod im Zauberring.« *Hesse, Klingsors letzter Sommer, GW 5, S. 307*

Bei den Freunden aus Barengo handelt es sich um Dr. Hermann Bodmer, in der Erzählung »der Doktor« genannt, und seine Frau, die Malerin Anny Bodmer, die in Sorengo wohnten, dem Ort oberhalb von Lugano, in dem die Straße nach Montagnola und zu den anderen Orten der Collina d'Oro abgeht. Agosto und Ersilia sind der Schweizer Bildhauer Paolo Osswald (1883-1935) und seine 14 Jahre jüngere Frau, die italienische Malerin Margherita Osswald-Toppi. Ziel der Wanderung ist ein Besuch bei der *»Königin der Berge«* in Kareno (Carona), womit Ruth Wenger gemeint ist, die 1924 die zweite Ehefrau Hermann Hesses wird.

Die *»Kareno-Tag«*-Episode hat also eine reale Entsprechung in Hesses Biographie. Auskunft darüber gibt auch ein Brief, den Hesse am 24. Juli 1919 an seinen Malerfreund Louis Moilliet (1880-1962) geschrieben hat, der als *»Louis der Grausame«* eine wichtige Rolle in *»Klingsors letzter Sommer«* spielt:

»[...] Auch in Carona waren wir, sahen die Kanonenkugeln und den violetten Generoso wieder, und das feine Mädchen Ruth lief in einem feuerroten Kleidchen herum, begleitet von einer Tante, zwei Hunden und einem leider wahnsinnigen Klavierstimmer, es war eine herrliche Menagerie. Das Ganze endete in einem finstern Grotto, der irgendwo steil in der Luft hing, unten sausten beleuchtete Eisenbahnen vorbei, man küßte Weiber und Baumstämme, es war grauenhaft schön.« *Hesse, GB 1, S. 408*

So wie der biographische Hintergrund der Erzählung ohne größere Schwierigkeiten zu entschlüsseln ist, sind auch die Schauplätze relativ leicht zu enträtseln. Die Namen der Orte sind lediglich ein wenig spielerisch verfremdet: aus Lugano wird *Laguno*, aus Carona *Ka-*

Ausflug mit Freunden nach Carona am 24. Juli 1919, geschildert im Kapitel »Der Kareno-Tag« im »Klingsor«. Von links: Anny Bodmer, das Künstlerpaar Paul und Margherita Osswald, Hesse, Ruth Wenger (die Hesse an diesem Tag kennenlernt), und der Arzt Hermann Bodmer

reno, aus Sorengo *Barengo*, aus Pambio *Pampambio*, aus Monte San Salvatore *Monte Salute*, aus Monte Generoso *Monte Gennaro*, aus Pazzallo *Palazetto* und aus der Collina d'Oro *Monte d'Oro*; lediglich Montagnola wird als *Castagnetta* etwas besser getarnt, wohl in Anspielung auf die vielen von Hesse geliebten Edelkastanienwälder um Montagnola, deren Früchte ihm in den ersten finanziell knappen Jahren in Montagnola auch zur Bereicherung seiner Speisekammer gedient haben, wie er selbst in verschiedenen autobiographischen Skizzen berichtet.

Trotz dieser unschwer zu lokalisierenden Orte ist es freilich nicht ganz einfach, die Wanderung von Klingsor und seinen Freunden nachzuwandern. Die Orts- und Wegangaben sind unvollständig, was verständlich ist, da es Hesse in dieser expressionistischen Erzählung schließlich um die Darstellung ganz anderer Dinge ging, als um die geographisch exakte Beschreibung von Wegen und Landschaften. Soviel läßt sich jedoch an Wegbeschreibung aus *»Klingsors letzter Sommer«* entnehmen:

Die Wanderer brechen *»in der Morgenstunde«* von einem Ort auf der Collina d'Oro auf. Dies kann man daraus schließen, daß sie zuerst in das *»Tal von Pampambio«* hinabsteigen, also das Tal zwischen der Collina d'Oro und dem Bergzug, auf dem das Wanderziel, der Ort *»Kareno«* (Carona), liegt. Den Namen für das Tal leitet Hesse dabei von der an seinem oberen Ende liegenden Ortschaft Pambio ab. Als Aufbruchsort können wir mit einiger Wahrscheinlichkeit Klingsors Wohnort Montagnola annehmen, da die Wanderung durch *»steilen Wald«* ins Tal hinabführt, und dies auf der Collina d'Oro erst bei Montagnola der Fall ist.

Nehmen wir also an, daß Klingsor mit seinen Freunden von Montagnola aus ins Tal hinabgestiegen ist. Während des Abstiegs sehen sie in der Talebene *»an der gelben Straße grelle gelbe Häuser«*. Ob damit eine bestimmte Ortschaft oder allgemein die Besiedlung im Tal gemeint ist, läßt sich nicht mit Sicherheit sagen. Im Tal angekommen, durchqueren sie auf einer Straße das *»dampfende Talgrün«* und gehen auf der anderen Talseite den Berg hinauf, wobei der Weg *»wie eine Leiter steil bergan durch die Farnkräuter den großen Berg empor«* führt. *»Im durchsonnten spielenden Kastanienschatten«* klimmen sie *»den engen Bergweg hinan«*. *»Bei einem Bauernhaus, blau und orange«*, probieren sie *»gefallene grüne Sommeräpfel in der Wiese, kühl und sauer.«* Schließlich brechen sie *»aus dem durchsprenkelten Schatten des Waldpfades auf die offene breite Fahrstraße hinaus, die licht und heiß in großen Spiralen zur Höhe«* führt. Dabei haben sie eine grandiose Aussicht bis zu den schneebedeckten Alpenbergen, und über ihnen tritt *»über dem Wald von Akazien und Kastanien«* *»der höckrige Gipfel des Salute hervor«*. Wenig später erreichen sie auf dieser Straße den *»Bergrücken«*, von dem sich *»eine neue Welt dem Blick«* eröffnet und auf dem ein *»winziges Dorf«* liegt.

Diese Stationen der Wanderung lassen sich leicht entschlüsseln: Klingsor und seine Mitwanderer erreichen die von Lugano-Paradiso über Pazzallo, Carabbia und Ciona nach Carona führende Straße unterhalb von Ciona, wo sich die Straße in großen Serpentinen zu dem auf dem Bergrücken liegenden Örtchen emporwindet. Von dort eröffnet sich einem ein weiter Blick auf die andere Seite, die von dem mächtigen Massiv des Monte Generoso beherrscht wird. Wenn man nun davon ausgeht, daß die Straßenserpentinen unterhalb von Ciona auf einem Weg erreicht worden sind, der *»wie eine Leiter steil bergan«* führte, so kann man auf den wahrscheinlichen Ausgangsort der Wanderer im Tal unten rückschließen: dieser müßte eigentlich bei der Ortschaft Grancia zu suchen sein, die direkt unterhalb von Ciona liegt. Dafür spräche auch, daß es von Montagnola nach Grancia einen alten Verbindungsweg gibt, und einen solchen früher auch von Grancia nach Ciona gab, der heute durch einen neuzeitlichen Siedlungsarm des seitlich unterhalb von Ciona gelegenen Dorfes Carabbia verbaut ist.

Der Rest der Wanderung ist relativ klar: Von Ciona aus gehen die Wanderer der Straße entlang in das ca. einen halben Kilometer entfernte Carona, das sie durch einen heute noch vorhandenen engen Torgang, der auf den Kirchplatz führt, betreten. In Carona (Kareno) besuchen sie die Familie Wenger in ihrem Haus, das wegen seiner Bemalung mit Blumen und einem Papagei von den Einheimischen das »Papageienhaus« genannt wird. Von dort brechen sie erst am späten Nachmittag wieder auf und wandern am Berghang des Monte San Salvatore entlang in Richtung Lugano-Paradiso, mit dem Vorsatz, zum Abendessen in Sorengo (*Barengo*), dem Wohnort der Bodmers zu sein, um dort in einem Gasthaus am Muzzano-See Fisch zu essen. Diesen Plan geben sie aber wieder auf, da die Sonne bereits bei der Ortschaft Pazzallo (*Palazetto*) untergeht und Klingsor schon jetzt müde und hungrig ist. Der Weg nach Sorengo ist ihm zu weit, da er ja später noch nach Montagnola in seine Wohnung zurück muß. Deshalb beschließen sie, in der Nähe von Pazzallo einen Grotto zu suchen und dort zu essen. Dieser Grotto muß irgendwo am Abhang in Richtung Paradiso gelegen haben, oberhalb der Eisenbahnstrecke Lugano–Como, die hier in einem Tunnel im Berg verschwindet, wie dies im *»Klingsor«* beschrieben wird. Nach einem ausgelassenen Gelage im Grotto steigen sie vollends ins Tal hinunter (vermutlich bei Pambio) und gehen dann auf getrennten Wegen heim: Klingsor nach Montagnola, die anderen nach Sorengo.

Die Wanderroute von Klingsor und seinen Freunden läßt sich, wie bereits erwähnt, nicht in allen Details nachvollziehen; an manchen Stellen ist man auf Mutmaßungen angewiesen. Man muß dabei auch veranschlagen, daß es zu Klingsors Zeit (1919) – einer Zeit, die noch von Fußgängern geprägt war – eine Vielzahl von möglichst direkten Verbindungswegen zwischen den Ortschaften gegeben hat, die mit der aufkommenden Automobilisierung außer Benutzung gerieten und wieder zuwucherten.

Im folgenden soll versucht werden, einen Vorschlag für eine Wanderung von der Casa Camuzzi in Montagnola zum Papageienhaus in Carona zu unterbreiten, der verschiedenen Ansprüchen gerecht wird: Zum einen soll erreicht werden, daß man auf dem gewählten Weg tatsächlich die Kareno-Wanderung Klingsors in der Natur nachempfinden kann; dazu gehört auch, daß der Wanderweg so ausgewählt ist, daß man möglichst weitgehend durch Landschaftspartien wandert, die denen der Klingsor-Zeit wenigstens noch einigermaßen ähnlich sind. Zum anderen wurde darauf geachtet, daß die ausgewählten Wege schön und wandergerecht angelegt sind und möglichst eine Ausschilderung besitzen.

(P.S.: Wer sich die Wanderung [eine Strecke benötigt ca. 2-3 Stunden] nicht zutraut oder aus anderen Gründen nicht unternehmen kann, kann auch mit dem Auto oder Bus von Lugano aus nach Carona fahren. Es verkehren regelmäßig Postbusse.)

Wandervorschlag

Wir beginnen unsere Wanderung also an Klingsors Domizil, der Casa Camuzzi in Montagnola. Von dort gehen wir zum Montagnoleser Marktplatz, der Piazza Brocchi, und über diese hinweg ein Stück die Via Collina d'Oro hinauf zur Via Hermann Hesse, die wir bis zum Ende des Grundstückes der ehemaligen Casa Hesse durchschreiten. Dort, unmittelbar am Waldrand, biegen wir nach links den Berg hinunter von der Via Hesse ab, die hier in einen Waldweg übergeht. Durch diesen kleinen Hohlweg, der nach kurzer Strecke wieder flacher wird und durch einen schönen Laubwald gemächlich talabwärts führt, erreicht man nach einigen hundert Metern die kleine geteerte Via Vignino; an der Einmündung steht eine Wandertafel mit der Aufschrift »Vignino 15 min«. Nach einem knappen Kilometer taucht sodann der Weiler Vignino auf, der im wesentlichen

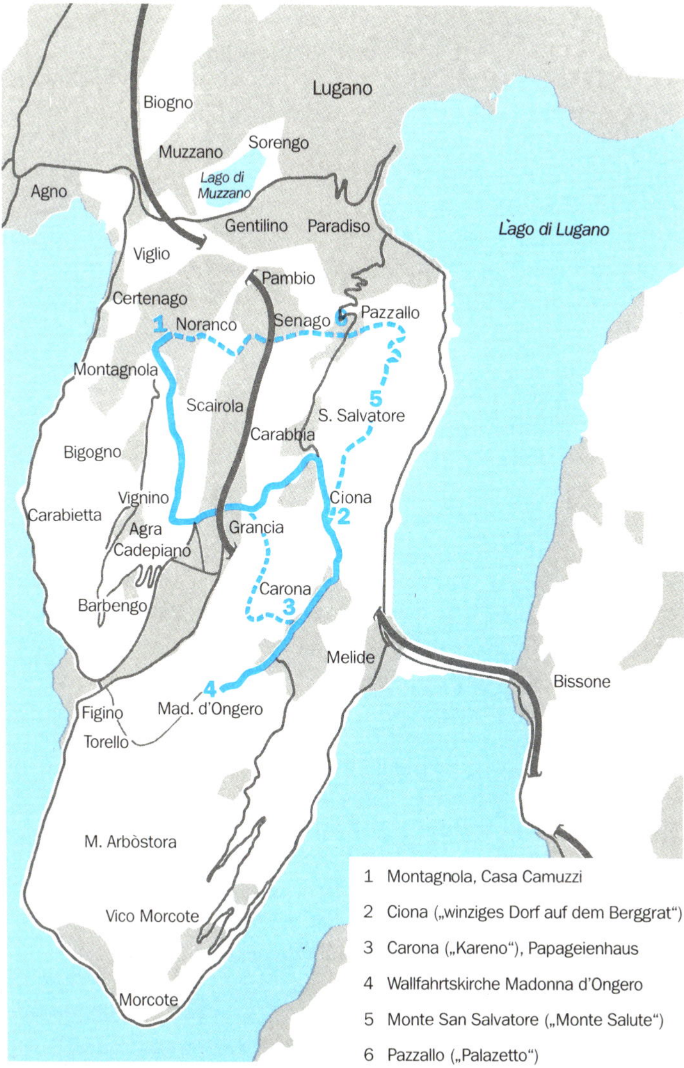

1 Montagnola, Casa Camuzzi

2 Ciona („winziges Dorf auf dem Berggrat")

3 Carona („Kareno"), Papageienhaus

4 Wallfahrtskirche Madonna d'Ongero

5 Monte San Salvatore („Monte Salute")

6 Pazzallo („Palazetto")

aus einem Bauerngehöft besteht. Von hier hat man eine schöne Aussicht auf die hoch am jenseitigen Bergzug einsam im Wald thronende Wallfahrtskirche Madonna d'Ongero, die von Hesse ausführlich beschrieben worden ist und deshalb im Anschluß an den Besuch in Carona besucht werden soll (siehe S. 332). Links von der Kirche, hinter dem bewaldeten Bergrücken versteckt und von hier nicht sichtbar, liegt Carona.

Etwa hundert Meter hinter dem Bauerngehöft liegt links an der Straße ein einzelnes kleines Häuschen. Unmittelbar hinter diesem führt links ein unscheinbarer, weil etwas zugewachsener Weg den Berg hinunter. Auf diesem erreicht man rasch die Talsohle. Im Gegensatz zum bisherigen Weg vermag das nun folgende Wegstück durch das Tal hindurch nicht an die im *»Klingsor«* beschriebene Landschaft zu erinnern. Das *»dampfende Talgrün«* und die *»goldenen Wiesen«* sind auch hier im Tal, wie auf der gesamten Strecke von Lugano her, längs der in den siebziger Jahren gebauten Autobahn durch Industrieanlagen verdrängt worden. Man hat an dieser Stelle nur den Vorteil, daß man die Industriezone relativ rasch auf wenigen hundert Metern durchschreiten kann. Durch eine Autobahnunterführung gelangt man an den gegenüberliegenden Hang zu dem noch unverdorbenen alten Kern des Dörfchens Grancia, das einen mit seiner traditionellen pittoresken Tessiner Bauweise wieder mehr in Klingsor-Stimmung zu versetzen vermag.

An der alten Kirche vorbei, vor der zwei prächtige Platanen stehen, geht der Weg zwischen den Häusern den Berg hinauf; ein schöner Brunnen gibt Gelegenheit zur Erfrischung. Kurz nach den letzten Häusern gabelt sich der Fußweg. Ein großer gußeiserner Wegweiser gibt als Ziel des nach links mit Stufen steil den Berg hinaufführenden Weges die Ortschaften Pazzallo (45 min), Carabbia (45 min) und Carona (1 h 10 min) an. Bei dem geradeausführenden Weg ist neben den weiter oben im Tal liegenden Orten Figinio und Torello ebenfalls Carona als Ziel angegeben.

Wer die Wahl hat, hat die Qual. Ein Kompromiß wäre hier eventuell, daß man den einen Weg jetzt und den anderen für den Rückweg benutzt. Schön sind beide, und beide sind auch etwa gleich lang und gleichermaßen wandergerecht angelegt. Der links den Berg hochführende ist sicherlich der ›Klingsornähere‹. Auf diesem Weg, der auch etwas bequemer ausgebaut ist, erreicht man zuerst das auf halber Höhe gelegene malerische Dorf Carabbia, von dem aus man ein herrliches Panorama genießen kann, und muß dann auf der Straße (auf den von Hesse im »*Klingsor*« beschriebenen Straßenserpentinen) hinauf nach Ciona gehen, das ebenfalls in der Erzählung beschrieben ist. Eine gewisse Beeinträchtigung des Wandergenusses besteht darin, daß die Straße Carabbia-Ciona-Carona heutzutage, zumal an Feiertagen und in der touristischen Hochsaison, stark befahren ist.

Der andere, geradeausführende Weg hat dagegen den Vorteil, daß man Carona auf ihm durch schöne Kastanienwälder bergaufschreitend erreicht, ohne eine Ansiedlung zu berühren. Er ist der naturnähere, mit schönen Aussichten im oberen Teil auf die Collina d'Oro bei Agra. Er ist aber mit Sicherheit nicht der Klingsor-Weg; jedoch hat Hesse diesen Weg mit einiger Wahrscheinlichkeit bei anderer Gelegenheit ebenfalls benutzt, und zwar 1921 bei einer Wanderung mit dem befreundeten Dichter Hugo Ball und dessen Frau Emmy. Aus der 1922 entstandenen Prosaskizze »*Das schreibende Glas*« geht hervor, daß bei dieser Wanderung nach Carona ein direkter Weg vom Tal aus eingeschlagen wurde:

»Mit Balmelli und Emmy stieg ich durch den steilen Wald nach dem Bergdorf, wo meine Freunde wohnten. Am glühenden Hang pflückten wir warme glänzende Brombeeren, aßen Brot, saßen im spärlichen dürren Gras unterm Waldschatten, tranken Wasser am kleinen steinernen Brunnen, stiegen weiter durch verwachsene Fußwege und leergetrocknete Bachläufe. Müde kamen wir auf der kühlern Höhe an, es ging Wind, und Regentropfen wehten schräg. Im Haus der Freunde waren nur die Frauen da, der Vater verreist. Wir ruhten und wurden gespeist, es gab Wein, Kaffee, Zigaretten.«

Hesse, Bilderbuch, GW 6, S. 320

Überhaupt gibt es zwischen Montagnola und Carona wohl kaum einen Weg, den Hesse nicht gegangen ist, da er zur Zeit seiner Verbindung mit Ruth Wenger diese Strecke unzählige Male zurückgelegt hat, und anzunehmen ist, daß er hierbei verschiedene Wege ausprobierte.

Hier nun eine Beschreibung der beiden von Grancia nach Carona führenden Wege:

a) Geradeausführender, direkter Weg nach Carona:

Der Weg ist durchgehend mit einem roten Strich markiert, der in der Regel auf Bäume oder Marksteine gesprayt ist. Aufpassen muß man nach den ersten paar hundert Metern, wo sich der Pfad an einer Bachklamm entlanglaufend teilt; der geradeausführende Weg endet nach einer kurzen Strecke bei einer Schießanlage; richtig ist der mit einem roten Pfeil markierte Weg, der nach rechts abbiegt. Dieser geht dann durch einen kleinen Hohlweg schräg den Berg hoch und stößt bei einem Schild »Zona di tiro a palla« auf einen relativ eben am Berg entlanglaufenden Weg, den Wanderweg Carabbia-Figino. Auf diesem bleibt man solange, bis dieser zu fallen beginnt. An dieser Stelle ist eine Weggabelung mit Wegweisern. Ein gelbes Schild mit der Aufschrift Carona zeigt, daß man hier den links den Berg hochführenden Weg wählen muß. Nun ist es nicht mehr weit bis zur Bergkante, wo die ersten Ausläufer des Dorfes Carona in Gestalt eines einzeln stehenden Hauses und eines markant auf einem Hügel thronenden Türmchens auftauchen. Nach rechts das kleine Sträßchen entlangschreitend gelangt man nach kurzer Strecke beim »Grotto del pan perdü« (siehe S. 334) an den Beginn des eigentlichen Dorfes. Man könnte allerdings vom Waldrand aus auch den ausgeschilderten kurzen und schönen Wanderweg nach Ciona hinüber einschlagen und sich dann auf Klingsors Spuren von dort her Carona nähern, wie im folgenden Weg ausführlich beschrieben.

b) Linker, über Carabbia und Ciona führender Weg nach Carona (Klingsor-Weg):

Dieser Weg führt mit schönen Aussichten auf das gegenüberliegende Montagnola (die Casa Hesse ist von hier aus gesehen das höchstgelegene Gebäude des Dorfes, links oben am Waldrand) einige hundert Meter den Berg hoch, bis zu einer Straße und einem Wasserfall. Dort zeigt ein Schild »Carona«, daß der Weg an der linken Seite des Wasserfalls mit gut ausgebauten Naturstaffeln weiter den Hang hinaufführt. Eine Irritation löst eine Weggabelung nach ca. 100 Metern aus (oberhalb des Häuserkomplexes mit Swimmingpool). Empfehlenswert ist der untere, geradeausführende Weg.

Der weitere Weg nach Carabbia ist unproblematisch; man muß

Blick zurück nach Montagnola; oben links die Casa Hesse, heute

lediglich an der ausgeschilderten Weggabelung auf halber Höhe die Richtung Carabbia/Monte San Salvatore einschlagen (der andere Weg geht nach Pazzallo). Durch ein kleines Wiesentälchen erreicht man sodann das schön an den Berghang gebaute Carabbia. An einem Dorfbrunnen besteht Gelegenheit, den Durst zu löschen. Von dort sind es nur wenige Meter bis zur Durchgangsstraße, die in Richtung Ciona-Carona den Berg hinaufführt. Wenig oberhalb des Dorfendes beginnt die Straße sich in Serpentinen den steilen Abhang des Monte San Salvatore hinaufzuwinden. Hier hat man herrliche Aussichten auf die Collina d'Oro und das Umland von Lugano mit den sich dahinter auftürmenden Bergketten, die zum Teil ständig Schneehauben tragen. Und irgendwo hier ist dem Klingsortext zufolge die kleine Wandertruppe auf einem heute nicht mehr auffindbaren Waldpfad auf die Straße gelangt:

»Sie brachen aus dem durchsprenkelten Schatten des Waldpfades auf die offene breite Fahrstraße hinaus, die führte licht und heiß in großen Spiralen zur Höhe. Klingsor, die Augen mit einer dunkelgrünen Brille geschützt, ging als letzter und blieb oft zurück, um die Figuren

[der Mitwanderer] *sich bewegen und ihre farbigen Konstellationen zu sehen. Er hatte nichts zum Arbeiten mitgenommen, absichtlich, nicht einmal das kleine Notizbuch, und stand doch hundertmal still, bewegt von Bildern. Einsam stand seine hagere Gestalt, weiß auf der rötlichen Straße, am Rand des Akaziengehölzes. Sommer tauchte heiß über den Berg, Licht floß senkrecht herab, Farbe dampfte hundertfältig aus der Tiefe herauf. Über die nächsten Berge, die grün und rot mit weißen Häusern aufklangen, schauten bläuliche Bergzüge, und lichter und blauer dahinter neue und neue Züge und ganz fern und unwirklich die kristallenen Spitzen von Schneebergen. Über dem Wald von Akazien und Kastanien trat freier und mächtiger der Felsrücken und höckrige Gipfel des Salute* [Monte San Salvatore] *hervor, rötlich und hellviolett.«*

Hesse, Klingsors letzter Sommer, GW 5, S. 311

Ebenso expressiv, aber zugleich naturgetreu, findet man die auf der Paßhöhe stehende kleine Ortschaft Ciona und die sich bei ihr eröffnende Aussicht auf die andere Seite in der Erzählung beschrieben:

»Der Bergrücken war erreicht, und jenseits brach eine neue Welt dem Blick entgegen: hoch und unwirklich der Monte Gennaro [Monte Generoso], *aufgebaut aus lauter steilen spitzen Pyramiden und Kegeln, die Sonne schräg dahinter, jedes Plateau emailglänzend auf tief violetten Schatten schwimmend. Zwischen dort und hier die flimmernde Luft, und unendlich tief verloren der schmale blaue Seearm, kühl hinter grünen Waldflammen ruhend.*

Ein winziges Dorf auf dem Berggrat: ein Herrschaftgut mit kleinem Wohnhaus, vier, fünf andere Häuser, steinern, blau und rosig bemalt, eine Kapelle, ein Brunnen, Kirschbäume. Die Gesellschaft hielt in der Sonne am Brunnen, Klingsor ging weiter, durch einen Torbogen in ein schattiges Gehöft, drei bläuliche Häuser standen hoch, mit wenig kleinen Fenstern, Gras und Geröll dazwischen, eine Ziege, Brennesseln. Ein Kind lief vor ihm fort [...].

Langsam kehrte er zur Gesellschaft zurück, das Herz voll von Träumen. Auf der Mauer des Gutes, dessen Wohnhaus leer und geschlossen schien, waren alte rauhe Kanonenkugeln befestigt, eine launische Treppe führte durch Gebüsch zu einem Hain und Hügel, zuoberst ein Denkmal, da stand barock und einsam eine Büste, Kostüm Wallenstein, Locken, gewellter Spitzbart. Spuk und Phantastik umglühte den Berg im gleißenden Mittagslicht, Wunderliches lag auf der Lauer, auf eine andere, ferne Tonart war die Welt gestimmt. Klingsor trank am Brunnen, ein Segelfalter flog her und sog an den verspritzten Tropfen auf dem kalksteinernen Brunnenrand.«

Hesse, Klingsors letzter Sommer, GW 5, S. 312 f.

Einige Details haben sich im Lauf der vergangenen 70 Jahre natürlich verändert. Und die expressive Atmosphäre kann nur erleben, wer zu günstiger Stunde und Jahreszeit mit der richtigen Stimmung an den Ort kommt. Anderes läßt sich aber unschwer noch finden: das Herrschaftsgut, die Kapelle, der kleine Brunnen (neben der Bushaltestelle), die alten Wohnhäuser mit den verwitterten bunten Putzen und sogar die steinernen Kanonenkugeln, die auf der Mauer des großen gelben Hauses gegenüber der Kapelle angebracht sind. Auch die Büste soll noch im Gebüsch auf dem kleinen Hügel oberhalb der alten Häuser stehen; sie ist aber nicht mehr zugänglich, da Einzäunungen den Weg versperren.

Die etwa einen halben Kilometer lange Wegstrecke von Ciona nach Carona beschreibt Hesse folgendermaßen:

»Dem Grat nach führte die Bergstraße weiter, unter Kastanien, unter Nußbäumen, sonnig, schattig. An einer Biegung eine Wegkapelle, alt und gelb, in der Nische verblichene alte Bilder, ein Heiligenkopf engelsüß und kindlich, ein Stück Gewand rot und braun, der Rest verbröckelt. Klingsor liebte alte Bilder sehr, wenn sie ihm ungesucht entgegenkamen, er liebte solche Fresken, er liebte die Wiederkehr dieser schönen Werke zum Staub und zur Erde.

Wieder Bäume, Reben, heiße Straße blendend, wieder eine Biegung: da war das Ziel, plötzlich, unverhofft: ein dunkler Torgang, eine große hohe Kirche aus rotem Stein, froh und selbstbewußt in den Himmel hinan geschmettert, ein Platz voll Sonne, Staub und Frieden, rot verbrannter Rasen, der unterm Fuße brach, Mittagslicht von grellen Wänden zurückgeworfen, eine Säule, eine Figur darauf, unsichtbar vor Sonnenschwall, eine Steinbrüstung um weiten Platz über blauer Unendlichkeit. Dahinter das Dorf, Kareno, uralt, eng, finster, sarazenisch, düstere Steinhöhlen unter verblichen braunem Ziegelstein, Gassen bedrückend traumschmal und voll Finsternis, kleine Plätze plötzlich in weißer Sonne aufschreiend, [...].«

Hesse, Klingsors letzter Sommer, GW 5, S. 313 f.

Auch hier ist die Zeit nicht spurlos vorübergegangen. Die Bäume, die der Bergstraße zu Klingsors Zeit Schatten gespendet haben, sind verschwunden. Die Straße ist zur modernen Autostraße ausgebaut, die keine Bäume gebrauchen kann. Ebenfalls verschwunden ist die alte Wegkapelle, dafür gibt es gleich nach Ciona eine moderne Apartmentsiedlung in Flachdachwaschbetonarchitektur. Was dagegen noch weitgehend unverändert geblieben ist, ist die grandiose Aussicht unterwegs und der dunkle Torgang am Eingang nach Carona, der auf den sonnigen Kirchplatz mit dem pittoresken Blick auf den alten Dorfkern führt. Hier hat sich kaum etwas verändert; die Sträßchen sind immer noch gleich schmal, so daß Autos ihre Schwierigkeiten haben, und weiten sich nur dann und wann zu kleinen Plätzen. Sarazenisch wirkt Carona heute allerdings kaum noch, eher touristisch.

Über den Weg, den Klingsor und seine Freunde in Carona nehmen, um zum Haus der Familie Wenger zu gelangen, heißt es in der Erzählung:

»Erwartungsvoll brach die Karawane durch die blaue Schattenschlucht der Gassen, kein Mensch, kein Laut, kein Huhn, kein Hund. [...] eine Schattenmauer schwand hinweg, und ein kleiner greller Platz mit zwei gelben Palästen lag still und blendend im verzauberten Mittag, schmale steinerne Balkone, geschlossene Läden, herrliche Bühne für den ersten Akt einer Oper. [...]

Hier mußte es sein, hier wohnte sie. Das Haus schien aber ohne Tor zu sein, nur rosig gelbe Mauer mit zwei Balkonen, darüber am Verputz des Giebels eine alte Malerei: Blumen blau und rot und ein Papagei. [...]

Sie fanden eine winzige Türe in einer Nebengasse, eine heftige Glocke, teuflischer Mechanismus, schrillte böse auf, eng wie eine Leiter führte eine steile Treppe empor. [...]

Plötzlich stand die Königin der Gebirge da, schlanke elastische

Das Papageienhaus in Carona, Ziel der Karenotag-Wanderung

Blüte, straff und federnd, ganz in Rot, brennende Flamme, Bildnis der Jugend. [...] Durch Räume mit Steinböden und offenen Bogen kam man in einen Saal, wo barocke wilde Stuckfiguren über hohe Türen emporflackerten und rundum auf dunklem Fries gemalte Delphine, weiße Rosse und rosenrote Amoretten durch ein dicht bevölkertes Sagenmeer schwammen. Ein paar Stühle und am Boden die Teile des zerlegten Flügels, sonst war nichts in dem großen Raum, aber zwei verlockende Türen führten auf die zwei kleinen Balkone über dem strahlenden Opernplatz hinaus, und gegenüber über Eck brüsteten sich die Balkone des Nachbarpalastes, auch sie mit Bildern bemalt, dort schwamm ein roter feister Kardinal wie ein Goldfisch in der Sonne.

Man ging nicht wieder fort. Im Saale wurden Vorräte ausgepackt und ein Tisch gedeckt.«

Hesse, Klingsors letzter Sommer, GW 5, S. 315 ff.

Das Haus und der wunderschöne kleine Platz findet sich heute noch ganz unverändert. Man erreicht ihn, indem man vom Kirchplatz aus der Hauptstraße folgt. Man kommt dabei an dem glycinienüberwachsenen Garten des Gasthauses zur Post vorbei und nach einer Biegung geht bei einem Antiquitätengeschäft ein Tordurchgang nach rechts ab, der auf den Platz führt.

Der im *»Klingsor«* geschilderte Besuch im Papageienhaus am 22. Juli 1919 ist der erste Hesses in diesem Haus, bei dem er die Schriftstellerin und Malerin Lisa Wenger, ihren Mann Theo und ihre Tochter Ruth, die eine Ausbildung als Malerin und Sängerin absolviert, kennenlernt. Die Wengers verbringen in Carona, das schon früh zum Wohnsitz für allerhand Künstler wurde, ihre Sommer. (Carona wird auch später, zur Zeit der Emigration deutscher Künstler vor der nationalsozialistischen Barbarei, eine Rolle spielen. 1933 kamen die deutsche Märchenerzählerin Lisa Tetzner, Verfasserin u.a. des bekannten Jugendbuches »Die schwarzen Brüder«, und ihr Mann Kurt Kläber, unter dem Pseudonym Kurt Held Verfasser des noch bekannteren Jugendbuches »Die rote Zora«, nach Carona, wo sie sich später ein Haus bauten und als geachtete Mitbürger lebten und auch mit Hermann Hesse Kontakt pflegten. Bei ihnen legten 1933 u.a. Bertolt Brecht und Helene Weigel Zwischenstation ein auf dem Weg ins amerikanische Exil.)

Ruth, die *»Königin der Gebirge«* fasziniert Klingsor:

»Eine Sekunde lang empfand er aufzuckend: ›Wäre ich zehn Jahre jünger, zehn kurze Jahre, so könnte diese mich haben, mich fangen, mich um den Finger wickeln! Nein, du bist zu jung, du kleine rote Königin, du bist zu jung für den alten Zauberer Klingsor! Er wird dich bewundern, er wird dich auswendig lernen, er wird dich malen, er wird das Lied deiner Jugend für immer aufzeichnen; aber er wird keine Wallfahrt um dich tun, keine Leiter nach dir steigen, keinen Mord um dich begehen und kein Ständchen vor deinem hübschen Balkon bringen.‹ « *Hesse, Klingsor, GW 5, S. 316f.*

Hesse selbst wird sich nicht an die Überlegungen seines Klingsor halten; er verliebt sich bald darauf in Ruth Wenger; 1924 heiraten sie; zu einem geregelten Eheleben kommt es freilich nicht und 1927 wird die Ehe auf Wunsch von Ruth wieder geschieden (vgl. S. 279).

Einen Besuch im Papageienhaus beschreibt Hesse auch noch an

anderer Stelle seines Werkes. In der Prosaskizze *»Das schreibende Glas«* (GW 6, S. 320-325) schildert er einen Besuch mit dem befreundeten Schriftstellerehepaar Emmy und Hugo Ball bei den Wengers, bei dem man zum Zeitvertreib allerhand spiritistische Experimente unternahm.

Den Nachmittag verbringt Klingsor mit seinen Freunden und den Gastgebern in einem Wäldchen in der Nähe des Dorfes. Eventuell gingen sie hierzu vom Dorf aus ein kleines Stück in Richtung der einsam im Wald gelegenen Wallfahrtskirche Madonna d'Ongero. Einen Besuch dieses idyllischen, ca. einen halben Kilometer von Carona entfernten Ortes sollte man keinesfalls versäumen; der Weg dorthin wird im Anschluß an das vorliegende Kapitel beschrieben.

Für den Rückweg von Carona nach Montagnola stehen eine ganze Reihe von reizvollen Möglichkeiten offen:

Die einfachste wäre, auf dem morgendlichen Weg wieder zurückzuwandern, wobei nun der andere Weg nach Grancia eingeschlagen werden könnte. Diesen findet man, indem man vom Papageienhaus wieder auf die Durchfahrtsgasse zurückkehrt und bergaufwärts am Hotel »Villa Carona« vorbei zum »Grotto del pan perdü« geht; an diesem führt rechts ein Sträßchen aus dem Dorf hinaus; vor dem turmartigen Gebäude auf einem kleinen Hügel, das nach kurzer Strecke in Sicht kommt, geht der Fußweg nach Grancia nach links in den Wald hinunter. (Vom gleichen Punkt führt auch ein schöner Waldweg nach Ciona hinüber, woraus sich eine weitere Streckenmöglichkeit ergibt.)

Klingsornah wäre eine Rückwanderung über Ciona nach Pazzallo (*Palazetto*), wobei hier der zwar schweißtreibende, aber sehr lohnende Weg über den Gipfel des Monte San Salvatore dem Weg der Straße nach vorzuziehen wäre. Dieser Weg ist ab Ciona sehr gut ausgeschildert. Vom Gipfel kann man entweder zu Fuß weiter nach Pazzallo hinab oder mit der Seilbahn. Von Pazzallo müßte man sodann weiter über Senago ins Tal hinunter nach Noranco und von dort auf der anderen Talseite die Via Civra nach Montagnola hinauf. Wem dies zu weit ist, der könnte mit der Seilbahn gleich ganz nach Lugano-Paradiso hinabschweben, den Stadtbus zum Hauptbahnhof nehmen und von dort mit dem Postbus nach Montagnola zurückfahren.

Eine weitere schöne, aber nur guten Wanderern zu empfehlende Möglichkeit für den Rückweg bestünde darin, von Carona zur Madonna d'Ongero hinauszuwandern (siehe unten), von dort gleich weiter am Abhang entlang nach Torello und Figino hinunter zu gehen und auf der anderen Talseite dann über Barbengo und Agra nach Montagnola hinauf.

Von Carona zur Wallfahrtskirche Madonna d'Ongero

Die Wallfahrtskirche Madonna d'Ongero bei Carona hat Hesse besonders geliebt und oft aufgesucht. Beschrieben hat er sie im Tessin-Teil des *»Bilderbuchs«* in den Schilderungen *»Madonna d'Ongero«* und *»Madonnenfest im Tessin«*. In letzterer heißt es:

»Hoch am Monte Arbostara, aus den endlosen Kastanienwäldern weiß hervorleuchtend, steht eine alte kleine Kirche, der Mutter Gottes geweiht, eine Wallfahrtskirche, deren Glocken man nur wenigemal im Jahr läuten hört. Von vielen Zaubern und Geheimnissen umgeben, liegt diese Kirche, mit ihrem hellen Turm und der freundlichen Vorhalle, weit abgelegen an einem schwer aufzufindenden Waldpfade, nur ein einziges Dorf liegt in der Nähe, auch dies eine halbe Stunde von ihr entfernt. Diese Wald- und Wallfahrtskirche sucht die Menschen nicht und will nicht gekannt sein, das ist es, was ich so sehr an ihr liebe, sie sucht nicht Ruhm, sondern Verborgenheit, sie strebt nach Anonymität, im Gegensatz zum Kram und Markt der Geschäfte, der Kunst, der Wissenschaft, der Literatur und all dieser Kinderbetriebsamkeiten, und darin ist sie den vollendeten Menschen, den Weisen und Heiligen, verwandt. Seit manchen Jahren kenne ich dies Heiligtum genau und habe oft meine Freude an den Spielen und Geheimnissen, mit denen es sich umgibt. In den Sommermonaten, und namentlich zur Zeit der Kastanienblüte, spielt die Kirche in ihrem Wald Verstecken, an manchen Tagen sucht das Auge sie den ganzen Vormittag vergeblich, sie ist weg, sie hat sich verloren und taucht erst später, wenn die Westsonne auf ihre Mauern fällt, wieder empor, und nie ist man sicher, ob sie wieder genau am alten Ort steht.«

Hesse, Madonnenfest im Tessin. In: Tessin, S. 85

Hesse beschreibt hier die Kirche, wie er sie von der Collina d'Oro zwischen Montagnola und Agra auf der anderen Seite des Tales hoch am Berg vor Augen hatte; sie leuchtet dort an klaren sonnigen Tagen verlockend aus dem Grün des gänzlich mit Laubwald bedeckten Berghanges. Über den Weg, auf dem sie erreichbar ist, schreibt Hesse:

Vom nächsten Dorfe aus ist sie leicht zu erreichen, aber dies Dorf selber will erst erreicht sein, es gehört zu den armen, rauhen Bergnestern der Gegend. Wer aber von der anderen Seite her die Madonna besuchen will, und zwar gerade von der Seite her, von der man sie, vom Tale aus, so weiß und freundlich locken sieht, der mache sich auf lange rauhe Wege und auf Enttäuschungen gefaßt: auf steilen Ziegenpfaden muß er durch den Wald, und oben, schon in großer Höhe, läuft der kleine Pfad in drei, vier noch kleinere auseinander, und keiner ist der rechte, und am Ende hört, wenn man nicht besonderes Glück hat, jeder Weg auf, und man hat sich durch Schluchten mit Steingeröll und Ginstergestrüpp und Brombeergeranke zu schlagen, und die Kirche, die vom Tale aus so hell und deutlich zu sehen war und so leicht zu erreichen schien, duckt sich verkürzt hinter die Wipfel und ist nicht zu finden. Oft bin ich dort gewesen, und die meisten Male bin ich fehlgegangen, einige Male aber zog sie mich zu sich, ohne daß ich sie gesucht hätte, und ich stand verwundert auf einer einsamen Waldstreife plötzlich vor der rötlichen Stützmauer und der lichten Fassade mit dem friedevollen Vorbau und schaute durchs vergitterte Fensterchen neben der Almosenschale in die Dämmerung des Raums hinein und sah hinten etwas Goldenes leise und ahnungsvoll glänzen und wußte, daß das die goldene Madonna war. An Sommerabenden um die Zeit des Sonnenuntergangs ist der kleine Platz vor der Waldkirche der schönste in der ganzen weiten Gegend. Aber es geschieht sehr selten, daß um diese Stunde noch ein Mensch dort oben anzutreffen ist.« *Hesse, Madonnenfest im Tessin. In: Tessin, S. 85 f.*

Um die Kirche im Waldmeer von Montagnola aus einigermaßen verläßlich zu erreichen und sich nicht auf den von Hesse geschilderten steilen Ziegenpfaden zu verirren, die heute zum größten Teil wieder zugewuchert sind, muß man einige Umwege in Kauf nehmen:

Der eine Weg geht dabei über Agra und Barbengo ins Tal hinunter und steigt dann auf der anderen Seite über Figino und Torello am Abhang des Monte Arbostara auf ausgeschildertem Weg zur Wallfahrtskirche hinauf. Der andere Weg zur Madonna d'Ongero führt über Carona. Da der Weg von Montagnola nach Carona im vorhergehenden Kapitel bereits ausführlich beschrieben worden ist, beschränken wir uns hier nun auf die Beschreibung des Weges von Carona zur einen knappen Kilometer entfernten Kirche. Dabei können wir uns an die Beschreibung halten, die Hesse in seiner Schilderung *»Madonna d'Ongero«* gibt:

»Von Carona am Monte Salvatore ging ich sommerabends, gleich nach Sonnenuntergang, zur Madonna hinüber. Aus den letzten patrizisch stolzen Häusern des Dorfes steigt der steinige Weg etwas bergan, ein paar Gärten liegen zu beiden Seiten, Feigenbäume über ockerfarbne Mauer hängend, im fetten Laub die fetten, satten Früchte schwellend, rückwärts sieht man bald das Dorf gelagert, Dach in Dach gedrängt, uniform, einfarbig, primitiv und schön wie eine Negersiedlung, hier und dort Polentarauch aus dem Kamin, das Ganze ein brauner, großer Steinhaufen, in dem die gespeicherte Wärme des Julitages noch nachglüht.

Die Gärten hören auf, Fußwege verlieren sich überall, launig, spielerisch, vielstrahlig in die Haine, ins gelbe Gerstenfeld, in die dunklen Pyramidenreihen der Bohnenäcker. Ein Grotto liegt am Sträßchen, stets geschlossen außer am Sonnabend, er heißt del pan perdü, zum verlorenen Brot, eine leere Boccia-Bahn, darüber die Terrassenmauer, aus dem schön rosigen Stein dieses Berges, warm, schmelzend von Farbe, sanft im Grünen brennend, so wie bei Renoir die rosigen Frauen aus dem Grün hervorschimmern, warme Edelsteine auf untergelegtem Samt. Eine alte Skulptur schaut edel aus dem Gemäuer, von klassischer Haltung, aber durch Alter und Verwitterung hinüber ins Frühe, Gotische, Wildere und Innigere verwandelt, eine Gottesmutter mit dem toten Sohn im Schoß. Der Weg steigt, unter den Sohlen rollt das lose Gestein. Wunderlich schweigsam ist dieser Weg, so alt, so anders als gewohnt, so aus einer andern Zeit, einem andern Weltalter, einer andern Lebensstimmung.« *Hesse, Madonna d'Ongero. In: Tessin, S. 76*

Im Zuge der Wandlung Caronas vom *»Bergnest«* zum Touristenort und exklusiven Wohnsitz reicher Städter hat sich natürlich auch einiges an diesem von Hesse geschilderten Weg verändert. Der »Grotto del pan perdü«, der zu seiner Zeit bereits etwas außerhalb des Ortes lag, liegt jetzt innerhalb, indem hinter ihm am Weg noch einige Bebauung folgt, so z. B. ein »centro sportivo«. Dadurch ist dem heute bis zum Waldrand asphaltierten Weg einiges von seiner Schweigsamkeit genommen; erst nach Eintritt in den Wald läßt sich die Stimmung nachvollziehen, die der Weg bei Hesse ausgelöst hat. Es lohnt sich aber, zuerst eine Weile beim »Grotto del pan perdü« zu verweilen, den man am Ende des Dorfkerns in Richtung Vico Morcote, ein kurzes Stück hinter dem Hotel »Villa Carona« auf der rechten Seite findet. Er hat seit Hesses Zeit offensichtlich zwar einige Modernisierungen erfahren, aber am Aufgang auf der linken Seite findet man tatsächlich noch die bei Hesse erwähnte kleine Pieta. Sie tröstet an dieser Stelle all diejenigen, die hier am Rande von Carona heute nicht mehr den kleinen bäuerlichen Kosmos finden, den Hesse anschließend so liebevoll schildert, wobei er seine Betrachtung mit folgenden nachdenklichen Worten schließt, die uns an der Schwelle zum 21. Jahrhundert lebenden Menschen nur zu verständlich geworden sind:

»Ich liebe dies alles sehr, und ohne mich gegen den ›Fortschritt‹ irgend zu wehren, ohne die lebendige Flut der Veränderungen anzuklagen, bedaure ich doch im Herzen jede neue Autostraße, jeden Betonbau, jeden korrigierten Lineal-Flußlauf, jeden eisernen Leitungsmast, die auch in diese zurückgebliebene Welt sich eindrängen und deren Geist längst schon die Wurzeln dieses Idylls bloßgelegt hat. Auch hier geht es zu Ende mit dieser alten Welt, es wird auch hier bald vollends die Maschine über die Hand, das Geld über die Sitte, die rationelle Wirtschaft über die Idylle siegen, mit gutem Recht, mit gutem Unrecht.«

Hesse, Madonna d'Ongero. In: Tessin, S. 80

Doch schreiten wir auf dem Weg zur Wallfahrtskirche fort. Am Eingang des »Grotto del pan perdü« vorbei, zweigt das Sträßchen schräg von der Hauptstraße ab. Nach einer kurzen Steigung gelan-

Kreuzweg zur »Madonna d'Ongero«. Aquarell von Hermann Hesse

gen wir zum ummauerten Friedhof des Ortes; auf der anderen Seite steigt ein Laubwaldhain zu einer erhöht gelegenen burgartig anmutenden Kirche an. Bei Hesse heißt es zu dieser Stelle:

»Rechts überm Sträßchen hinter stillen alten Bäumen still und alt steht Santa Marta, aus rotem Stein, Turm und Giebel noch vom Licht umspült, mit schiefgesunkenem Kreuz auf dem Turmdach. Links vom Wege durch das Gittertor einer Mauer sieht der Friedhof heraus, die Gräber umgeben von hohem Gras, hinten an die Rückmauer geklebt ein paar phantastisch blöde Bauten, Grabkapellen wohlhabender Familien aus jüngster Zeit, gottlos scheußliche Steinmetzarbeit, dumm und protzig, späte entartete Frucht am absterbenden Baum eines Glaubens.«

Hesse, Madonna d'Ongero. In: Tessin, S. 81

An der Rückmauer des Friedhofs findet sich allerdings auch ein schlichtes Grab, das wohl eher nach Hesses protestantisch gepräg-

Der von Hesse beschriebene
»Brunnen mit Tierfratzen« am Weg

tem Empfinden wäre; es ist das Grab der Eltern seiner zweiten Frau; die Schriftstellerin Lisa Wenger (1858-1941) und ihr Mann Theo haben hier ihre letzte Ruhestätte gefunden.

Am Friedhof vorbei führt das Sträßchen zum »Centro sportivo« von Carona, wo es sich verengt und nach links zur Hauptstraße hinabführt. Dort biegt der Weg, nun mit »Santuario Madonna d'Ongero« ausgeschildert, gleich wieder nach rechts ab und läuft auf den Wald zu, wo er in einen schönen Waldweg übergeht. Nach kurzer Strecke im Wald eine erfreuliche Überraschung am Wegesrand: Der von Hesse erwähnte *»uralte, wasserlose Brunnen am Weg, mit Tierfratzen«* ist noch da und spendet sogar wieder reichlich Wasser.

Der Rest des Weges ist unproblematisch; lediglich bei dem Marienhäuschen, das kurz nach dem Brunnen folgt, muß man auf dem

Kreuzweg-Stationenhäuschen am Aufgang zur Kapelle Madonna d'Ongero

unteren Weg bleiben. Das Weitere hat Hermann Hesse treffend beschrieben:

»Nun geht es durch den Wald, schon am Geräusch des Laubes beim Vorüberstreifen fühle ich, daß hier zwischen den Kastanien auch Buchen stehen, hierzulande selten und schon darum stets willkommen und begrüßt. Plötzlich mündet der Weg in eine breite, stolze Rampe, die zwischen zwei Reihen von Stationenhäuschen zur Madonna hinaufführt. Feierlich leitet der begraste Anstieg zur Kirche empor, einer in hellem warmem Rotgelb dämmernden Vorhalle entgegen, und hinter Kirche und Bäumen blendet Himmelshelle und durchglänzte westliche Ferne ahnungsvoll herein, und aufatmend steh ich oben. Da steht die alte Marienkirche schlafend mitten im schweigenden Walde, einsam am endlosen waldbewachsenen Berghang, und vor der bedachten Vorhalle ist Raum geblieben für eine halbrunde Schanze, eine von niederer Mauer umfaßte Pfalz, und von da fällt der Blick unendlich leicht, beschwingt und frei, unendlich erstaunt, gespannt, beglückt und sehnlich immer weiter gezogen über eine

grenzenlos weitgebreitete Berglandschaft mit vielen hundert Gipfeln hin und darüber in eine noch weitere, noch mächtigere, noch lokkendere Himmelslandschaft hinein. Es gibt viel Schönes auf der Erde, Schöneres als dies gibt es nicht. Zu Füßen, vor der kleinen Mauer, stürzt der waldige Berg steil in ein kleines, friedevolles, schon nächtiges Wiesental hinab, am jenseitigen Hang dieses nahen Tales kleben ein paar helle Dörfer und Kirchen [genau gegenüber liegt Agra, rechts davon Montagnola], *nach Südwest öffnet das schwarzgrüne Tal sich gegen den See, mitten im silberspiegelnden abendblassen See steht thronend ein steiler, runder Kuppelberg, um den zu beiden Seiten das blaßschimmernde Wasser die Arme schließt, dort liegt Caslano, und hinter See und Kuppelberg steigen andere Berge auf, italienische und Schweizer Berge, Höhe hinter Höhe, Kette hinter Kette, zuhinterst und zuhöchst Monte Rosa und blasse Walliser Gipfel, dazwischen Täler mit Dörfern, Höhenzüge mit Kapellen, Waldrücken und Hütten auf sanften Hügelwellen schwebend, die herrliche Bergreihe des Lema, Gambarogno und Tamaro, und nach links und rechts, den ganzen sichtbaren Halbkreis füllend, blaue, schwarze, graue, rosige, luftige Berge und Bergzüge, endlos hintereinander aufgestellt, alles klar gegen den noch rot und golden leuchtenden Himmel gehoben, dessen Wölkchenflammen langsam erlöschen.«*

Hesse, Madonna d'Ongero. In: Tessin, S. 82 f.

Hermann Hesse hat die Madonna d'Ongero aber nicht nur einsam im letzten Abendlicht besucht, er ist auch viele Male hinübergepilgert, um an einem Sonntag im September das Jahresfest mitzuerleben. Seine Eindrücke hat er in der Erzählung *»Madonnenfest im Tessin«* (Tessin, S. 85-92) festgehalten.

Literaturverzeichnis

Zitierte Werke Hermann Hesses:

GW = Gesammelte Werke. werkausgabe edition suhrkamp. 12 Bände, Suhrkamp Verlag, Frankfurt am Main 1970 (Die 1987 erschienene und im Buchhandel befindliche suhrkamp taschenbuch-Ausgabe »Gesammelte Werke in 12 Bänden« ist textidentisch.):

1: Gedichte. Frühe Prosa. Peter Camenzind
2: Unterm Rad. Diesseits
3: Gertrud. Kleine Welt
4: Roßhalde. Fabulierbuch. Knulp
5: Demian. Klingsor. Siddhartha
6: Märchen. Wanderung. Bilderbuch. Traumfährte
7: Kurgast. Nürnberger Reise. Der Steppenwolf
8: Narziß und Goldmund. Die Morgenlandfahrt. Späte Prosa
9: Das Glasperlenspiel
10: Gedenkblätter. Betrachtungen
11: Schriften zur Literatur 1
12: Schriften zur Literatur 2

GE = Gesammelte Erzählungen. 4 Bände. Zusammengestellt von Volker Michels. Suhrkamp Verlag, Frankfurt am Main 1977:

1: Aus Kinderzeiten. 1900-1905. (suhrkamp taschenbuch 347)
2: Die Verlobung. 1906-1908. (suhrkamp taschenbuch 368)
3: Der Europäer. 1909-1918. (suhrkamp taschenbuch 384)
4: Innen und außen. 1919-1955. (suhrkamp taschenbuch 413)

GS = Gesammelte Schriften. 7 Bände. Suhrkamp Verlag, Frankfurt am Main 1957

GB = Gesammelte Briefe. 4 Bände. In Zusammenarbeit mit Heiner Hesse hrsg. von Ursula und Volker Michels. Suhrkamp Verlag, Frankfurt am Main 1973, 1979, 1982 und 1986

KuJ = Kindheit und Jugend vor Neunzehnhundert. Hermann Hesse in Briefen und Lebenszeugnissen. 2 Bände. Hrsg. von Ninon Hesse. Fortgesetzt und erweitert von Gerhard Kirchhoff. suhrkamp taschenbücher 1002 und 1150. Suhrkamp Verlag, Frankfurt am Main 1984 und 1985

Bodensee = Hermann Hesse, Bodensee. Betrachtungen, Erzählungen, Gedichte. Hrsg. und eingeleitet von Volker Michels, mit einem Nachwort von Lothar Klein, Aufnahmen von Siegfried Lauterwasser. Jan Thorbecke Verlag, Sigmaringen 1977

Kleine Freuden = Hermann Hesse, Kleine Freuden. Kurze Prosa aus dem Nachlaß. Hrsg. von Volker Michels, Suhrkamp Verlag, Frankfurt am Main 1977

Kunst des Müßiggangs = Hermann Hesse, Kunst des Müßiggangs. Kurze Prosa aus dem Nachlaß. Hrsg. von Volker Michels, Suhrkamp Verlag, Frankfurt 1973

Tessin = Hermann Hesse, Tessin. Betrachtungen, Gedichte und Aquarelle. Hrsg. und mit einem Nachwort versehen von Volker Michels. Suhrkamp Verlag, Frankfurt am Main 1990

Hermann Hesse, Beschreibung einer Landschaft. Schweizer Miniaturen. Hrsg. von Siegfried Unseld, Suhrkamp Verlag, Frankfurt am Main 1990

Hermann Hesse, Erwin. Erzählung. Illustrationen von Heinz Treiber. Verlag am Klostertor Klaus Krüger, Maulbronn 1987

Hermann Hesse – Gunter Böhmer. Dokumente einer Freundschaft. Mit einer Einführung von Volker Michels, Bilddokumentation der Stadt Calw 1987

Hermann Hesse, Gerbersau. Rainer Wunderlich Verlag Hermann Leins, Tübingen und Stuttgart 1949 (vergriffen)

Hermann Hesse, Stunden im Garten. Zeichnungen, Aquarelle und Nachwort von Gunter Böhmer. Insel Verlag, Frankfurt am Main 1976

Hermann Hesse. Eine Chronik in Bildern. Bearbeitet und mit einer Einführung versehen von Bernhard Zeller. Suhrkamp Verlag, Frankfurt am Main 1960, erweiterte Auflage 1977

Hermann Hesse. Sein Leben in Bildern und Texten. Mit einem Vorwort von Hans Mayer. Hrsg. von Volker Michels. Suhrkamp Verlag, Frankfurt am Main 1979 (auch als insel taschenbuch 1111)

Hermann Hesse in Augenzeugenberichten. Hrsg. von Volker Michels. Suhrkamp Verlag, Frankfurt am Main 1987

Materialien zu Hermann Hesses »Der Steppenwolf«. Herausgegeben von Volker Michels, Suhrkamp Verlag, Frankfurt am Main 1972

Andere Werke, die bei der Arbeit am Band hilfreich waren:

Anstett, Peter R.: Kloster Maulbronn. Amtlicher Führer. Deutscher Kunstverlag, München-Berlin 1989

Ball, Hugo: Hermann Hesse. Sein Leben und sein Werk. Suhrkamp Taschenbuchverlag, Frankfurt am Main 1977

Freedmann, Ralph: Hermann Hesse. Autor der Krisis. Eine Biographie. Suhrkamp Verlag, Frankfurt am Main 1982

Finckh, Ludwig: Gaienhofener Idylle. Erinnerungen an Hermann Hesse. Verlag Karl Knödler, Reutlingen 1981

Greiner, Siegfried: Hermann Hesse. Jugend in Calw. Berichte, Bild- und Textdokumente und Kommentare zu Hesses Gerbersau-Erzählungen. Jan Thorbecke Verlag, Sigmaringen 1981

Heimatkunde vom Oberamt Calw, bearbeitet von Wilhelm Mönch. Druck und Verlag der Oelschläger'schen Buchdruckerei, Calw 1912. Nachdruck bei Verlag Bernhard Gengenbach, Bad Liebenzell

Kennzeichen CW/FDS. Heimatkunde der Landkreise Calw und Freudenstadt. Verlag Bernhard Gengenbach, Bad Liebenzell und Ernst Klett Verlag, Stuttgart 1983

Kleine, Gisela: Zwischen Welt und Zaubergarten. Ninon und Hermann Hesse: ein Leben im Dialog. Jan Thorbecke Verlag, Sigmaringen 1982. Taschenbuchausgabe bei Suhrkamp, Frankfurt a.M. 1988

Marie Hesse. Ein Lebensbild in Briefen und Tagebüchern. Zusammengestellt von Adele Gundert. D. Gundert Verlag, Stuttgart 1934. Als Taschenbuch beim Insel Verlag, Frankfurt am Main 1979

Michels, Volker/Rathgeber, Paul/Würzbach, Eugen: Das Hesse-Museum der Stadt Calw. Marbacher Magazin, Sonderheft 54/1990

Mileck, Joseph: Hermann Hesse. Dichter, Sucher, Bekenner. Suhrkamp Taschenbuchverlag, Frankfurt am Main 1987

Pfeifer, Martin: Hesse-Kommentar zu sämtlichen Werken. Winkler Verlag, München 1980. Als Taschenbuch bei Suhrkamp, Frankfurt 1990

Rothfuß, Uli (Hrsg.): Erinnerungen der Söhne an ihren Vater Hermann Hesse. Hrsg. von der Kreissparkasse Calw, Calw 1989

Santen, Michael: Auf den Spuren von Hermann Hesse. Notizen einer Tessin-Reise. Eigenverlag Michael Santen, Meerbusch

Scheuffelen, Thomas: Hermann Hesses Haus in Gaienhofen am Bodensee. Deutsche Schillergesellschaft Marbach am Neckar in Verbindung mit dem Höri-Museum Gaienhofen 1988 (= Spuren 3, Dez. 1988)

Staudenmeyer, Walter: Calw in alten Ansichten. Europäische Bibliothek, Zeltbommel/Niederlande 1979

Staudenmeyer, Walter: Hermann Hesse und Calw. Eine Bestandsaufnahme. Hrsg. von der Kreissparkasse Calw 1977

Wege zu Hermann Hesse. 5. Internat. Hermann-Hesse-Kolloquium Calw 1988. Hrsg. von Friedrich Bran und Martin Pfeifer. Verlag Bernhard Gengenbach, Bad Liebenzell 1989

Zeller, Bernhard: Hermann Hesse in Selbstzeugnissen und Bilddokumenten. Rowohlt Taschenbuchverlag, Reinbek bei Hamburg 1963

Ziegler, Hansjörg: Maulbronner Köpfe. Vorwort Günther Mahal, Einleitung Hans-A. Luipold. Melchior Verlag, Vaihingen an der Enz 1987

Besonders danken möchte ich Volker Michels, dessen hervorragende Editionsarbeit bei der Herausgabe der Werke Hermann Hesses eine wesentliche Vorarbeit für den vorliegenden Band darstellt. Dank auch an den kundigen Hermann Hesse-Leser Steffen Bock aus Düsseldorf, der alle beschriebenen Rundgänge vor Ort nachprüfte und Hinweise für die Überarbeitung gab.

Abbildungsverzeichnis

Calw

Verkehrsamt Calw · Aureliusplatz · 75365 Calw-Hirsau · Tel. 07051 - 5671

Hermann-Hesse-Museum Calw und Galerie der Stadt Calw · Marktplatz 30 · Tel. 07051 - 7522 · Ganzjährig geöffnet · Di - Sa und Feiertage 14 - 17 Uhr · Sonntag 11 - 17 Uhr · Montag, Faschingsdienstag, Gründonnerstag, Karfreitag, Heiligabend und 1. Weihnachtsfeiertag geschlossen

Maulbronn

Fremdenverkehrsstelle der Stadt Maulbronn · Klosterhof 31 · 75433 Maulbronn · Tel. 07043 - 103 - 12

Kloster Maulbronn · Tel. 07043 - 7454 · Klosterbesichtigung täglich 9 - 17.30 Uhr · (Nov. - Februar 9.30 - 17 Uhr)

Tübingen

Verkehrsverein Tübingen · Eberhardsbrücke 1 · 70072 Tübingen · Tel. 07071 - 91360

Basel

Verkehrsbüro Basel · Basel Tourismus · Blumenrain 2 · CH 4018 Basel · Tel. 0041 - 61 - 2686868

Gaienhofen

Verkehrsbüro im Rathaus · 78343 Gaienhofen · Tel. 077355 - 81823

Höri-Museum mit Hesse-Gedenkstätte und Hesse-Haus · Kapellensstraße · Tel. 07335 - 81837 · Di - Sa 14 - 17 Uhr · Sonn- und Feiertag 11 - 17 Uhr · Oktober - März: Freitag, Samstag 14 - 16 Uhr · Sonn- und Feiertag 11 - 16 Uhr

Bern

Verkehrsverein Bern · Im Bahnhof · CH - 3001 Bern · Tel. 0041 - 31 - 3116611

Montagnola

Verkehrsverein Lugano · (Ente turistico Lugano) · Riva Albertolli 5 · CH 6901 Lugano · Tel. 0041 - 91 - 9214664

Verkehrsverein Ceresio · (Ente turistico Ceresio) · Via Pocobelli 14 · CH 6815 Melide · Tel. 0041 - 91 - 6496383 · (zuständig für die »Ceresio« genannte Halbinsel im Luganer See, auf der Montagnola und Carona liegen)

Hermann Hesse
im Suhrkamp Verlag und im Insel Verlag

Gesammelte Schriften in sieben Bänden. Leinen

Gesammelte Werke. Werkausgabe in den suhrkamp taschenbüchern in zwölf Bänden. st 1600

Ausgewählte Werke in sechs Bänden. Leinen und Leder

Gesammelte Erzählungen. Sechs Bände. Geschenkausgabe mit farbigem Dekorüberzug in Schmuckkassette

Die Romane und großen Erzählungen. Acht Bände. Jubiläumsausgabe mit farbigem Dekorüberzug in Schmuckkassette

Hermann Hesse Lesebücher

Eigensinn macht Spaß. Individuation und Anpassung. Zusammengestellt von Volker Michels. Paperback

Die Einheit hinter den Gegensätzen. Religionen und Mythen. Zusammengestellt von Volker Michels. Paperback

Die Hölle ist überwindbar. Krisis und Wandlung. Zusammengestellt von Volker Michels. Paperback

Jedem Anfang wohnt ein Zauber inne. Lebensstufen. Zusammengestellt von Volker Michels. Paperback und Großdruck. it 2357

Das Stumme spricht. Herkunft und Heimat. Natur und Kunst. Zusammengestellt von Volker Michels. Paperback

Wer lieben kann, ist glücklich. Über die Liebe. Zusammengestellt von Volker Michels. Paperback

Einzelausgaben

Aus Indien. Aufzeichnungen, Tagebücher, Gedichte, Betrachtungen und Erzählungen. Neu zusammengestellt und ergänzt von Volker Michels. st 562

Aus Kinderzeiten. Gesammelte Erzählungen Band 1. 1900-1905. Zusammengestellt von Volker Michels. st 347

Bäume. Betrachtungen und Gedichte. Mit Fotografien von Imme Techentin. Zusammenstellung der Texte von Volker Michels. it 455 und it 1815

Bericht aus Normalien. Humoristische Erzählungen, Gedichte und Anekdoten. Herausgegeben und mit einem Nachwort von Volker Michels. st 1308

Berthold. Erzählung. st 1198

Beschreibung einer Landschaft. Schweizer Miniaturen. Herausgegeben und mit einem Vorwort versehen von Siegfried Unseld. Leinen und st 1970

Der Bettler. Zwei Erzählungen. Mit einem Nachwort von Max Rychner. st 1376

14/1/8.96

Hermann Hesse
im Suhrkamp Verlag und im Insel Verlag

14/2/8.96

Hermann Hesse
im Suhrkamp Verlag und im Insel Verlag

Jahreszeiten. Betrachtungen, Gedichte und Aquarelle zu den 12 Monaten. Herausgegeben von Volker Michels. Großdruck. it 2339
Josef Knechts Lebensläufe. BS 541
Kinderseele. Erzählung. st 1203
Kindheit des Zauberers. Ein autobiographisches Märchen. Handgeschrieben, illustriert und mit einer Nachbemerkung versehen von Peter Weiss. it 67
Kindheit und Jugend vor Neunzehnhundert. Hermann Hesse in Briefen und Lebenszeugnissen. 1. Band: 1877-1895. Ausgewählt und herausgegeben von Ninon Hesse. Leinen und st 1002
Kindheit und Jugend vor Neunzehnhundert. Hermann Hesse in Briefen und Lebenszeugnissen. 2. Band: 1895-1900. Herausgegeben von Ninon Hesse. Fortgesetzt und erweitert von Gerhard Kirchhoff. Leinen und st 1150
Klein und Wagner. Novelle. st 116
Kleine Freuden. Verstreute und kurze Prosa aus dem Nachlaß. Herausgegeben und mit einem Nachwort von Volker Michels. st 360
Klingsors letzter Sommer. Erzählung mit farbigen Bildern vom Verfasser. BS 608
Klingsors letzter Sommer. Erzählung. st 1195
Knulp. Drei Geschichten aus dem Leben Knulps. BS 75
Knulp. Drei Geschichten aus dem Leben Knulps. Mit dem Fragment ›Knulps Ende‹. Mit sechzehn Steinzeichnungen von Karl Walser. it 394
Knulp. st 1571
Krisis. Ein Stück Tagebuch. BS 747
Die Kunst des Müßiggangs. Kurze Prosa aus dem Nachlaß. Herausgegeben und mit einem Nachwort von Volker Michels. st 100
Kurgast. Aufzeichnungen von einer Badener Kur. st 383
Ladidel. Erzählung. st 1200
Der Lateinschüler. Erzählung. st 1193
Lebenszeiten. Ein Brevier, ediert von Siegfried Unseld. Mit Abbildungen und Dokumenten. Großdruck. it 2343
Legenden. Zusammengestellt von Volker Michels. BS 472 und st 909
Lektüre für Minuten. Gedanken aus seinen Büchern und Schriften. Ausgewählt und zusammengestellt von Volker Michels. Paperback und st 7
Lektüre für Minuten. Neue Folge. Gedanken aus seinen Büchern und Briefen. Herausgegeben von Volker Michels. st 240
Liebesgedichte. it 1958

14/3/8.96

Hermann Hesse
im Suhrkamp Verlag und im Insel Verlag

Liebesgeschichten. Geschichten, Gedanken und Gedichte über die Liebe. Herausgegeben und mit einem Nachwort versehen von Volker Michels. st 2400

Das Lied des Lebens. Die schönsten Gedichte. Paperback

E ine Literaturgeschichte in Rezensionen und Aufsätzen. Herausgegeben von Volker Michels. st 252

Luftreisen. Berichte und Gedichte. Herausgegeben und mit einem Nachwort versehen von Volker Michels. Mit zahlreichen Abbildungen. it 1604

Die Märchen. Zusammengestellt von Volker Michels. st 291 und Großdruck. it 2349

Magie der Farben. Aquarelle aus dem Tessin. Mit Betrachtungen und Gedichten zusammengestellt und mit einem Nachwort versehen von Volker Michels. it 482

Magie des Buches. Betrachtungen. BS 542

Die Marmorsäge. Zwei Erzählungen. st 1381

Mein Glaube. Eine Dokumentation. Auswahl und Nachwort von Siegfried Unseld. BS 300

Mit der Reife wird man immer jünger. Betrachtungen und Gedichte über das Alter. Herausgegeben von Volker Michels. Großdruck. it 2311

Mit Hermann Hesse durch das Jahr. Mit Reproduktionen von 13 aquarellierten Federzeichnungen von Hermann Hesse. Paperback

Mit Hermann Hesse durch Italien. Ein Reisebegleiter durch Oberitalien. Mit farbigen Fotografien. Herausgegeben von Volker Michels. it 1120

Mit Hermann Hesse reisen. Betrachtungen und Gedichte. Herausgegeben von Volker Michels. it 1242

Die Morgenlandfahrt. Eine Erzählung. BS 1 und st 750

Musik. Betrachtungen, Gedichte, Rezensionen und Briefe. Mit einem Essay von Hermann Kasack. Eine Dokumentation. Ausgewählt und zusammengestellt von Volker Michels. BS 1142 und st 1217

Narziß und Goldmund. Erzählung. BS 65, st 274 und st 2640

Die Nürnberger Reise. Mit farbigen Abbildungen und einem Nachwort von Siegfried Unseld. Gebunden

Die Nürnberger Reise. st 227

Peter Camenzind. Erzählung. st 161

Piktors Verwandlungen. Ein Liebesmärchen, vom Autor handgeschrieben und illustriert, mit ausgewählten Gedichten und einem Nachwort versehen von Volker Michels. it 122

14/4/8.96

Hermann Hesse
im Suhrkamp Verlag und im Insel Verlag

Politik des Gewissens. Die politischen Schriften. 1. Band: 1914-1932. 2. Band: 1933-1962. Vorwort von Robert Jungk. Herausgegeben von Volker Michels. st 656
Robert Aghion. Erzählung. st 1379
Roßhalde. Roman. st 312
Schmetterlinge. Betrachtungen, Erzählungen, Gedichte. Zusammengestellt und mit einem Nachwort versehen von Volker Michels. it 385
Schön ist die Jugend. Erzählung. st 1380
Schriften zur Literatur. Band 1. Leinenkaschiert
Schriften zur Literatur. Band 2. Leinenkaschiert
Siddhartha. Eine indische Dichtung. BS 227 und st 182
Sinclairs Notizbuch. Mit aquarellierten Federzeichnungen des Verfassers. BS 839
Die späten Gedichte. Mit einer Nachbemerkung. IB 803
Die Stadt. Ein Märchen, ins Bild gebracht von Walter Schmögner. it 236
Der Steppenwolf. Aquarelle von Gunter Böhmer. BS 869
Der Steppenwolf. Erzählung. st 175
Stufen. Ausgewählte Gedichte. BS 342
Stunden im Garten. Zwei Idyllen. Mit teils farbigen Zeichnungen von Gunter Böhmer. IB 999
Tessin. Betrachtungen, Gedichte und Aquarelle des Autors. Herausgegeben und eingeleitet von Volker Michels. Leinen und it 1494
Tractat vom Steppenwolf. Nachwort von Beda Allemann. es 84
Traumgeschenk. Aufzeichnungen, Gedichte und Betrachtungen über das Träumen. Herausgegeben und mit einem Nachwort versehen von Volker Michels. st 2462
Unterm Rad. Erzählung. st 52
Unterm Rad. Roman in der Urfassung. Illustriert von Gunter Böhmer. Mit einem Nachwort von Volker Michels. Leinen und BS 981
Die Verlobung. Gesammelte Erzählungen Band 2. 1906-1908. st 368
Der vierte Lebenslauf Josef Knechts. Zwei Fassungen. Mit einem Nachwort von Theodore Ziolkowski. Herausgegeben von Ninon Hesse. st 1261
Vom Baum des Lebens. Ausgewählte Gedichte. Mit einem Nachwort von Volker Michels. IB 454
Von guten Büchern. Rezensionen aus den Jahren 1900-1910. Herausgegeben von Volker Michels in Zusammenarbeit mit Heiner Hesse. Leinen
Walter Kömpff. Erzählung. st 1199
Wanderung. Aufzeichnungen. Mit 14 Aquarellen des Verfassers. BS 444 und Großdruck. it 2354

14/5/8.96